乱世之雪

毕四海 毕亚飞 著

作家出版社

图书在版编目（CIP）数据

乱世之雪 / 毕四海，毕亚飞著 .-- 北京：作家出版社，2022.9
ISBN 978-7-5212-1937-1

Ⅰ.①乱… Ⅱ.①毕…②毕… Ⅲ.①长篇小说—中国—当代 Ⅳ.① I247.5

中国版本图书馆 CIP 数据核字（2022）第 110193 号

乱世之雪

作　　者：毕四海　毕亚飞
责任编辑：杨新月　苏红雨
装帧设计：意匠文化·丁奔亮
出版发行：作家出版社有限公司
社　　址：北京农展馆南里 10 号　　邮　编：100125
电话传真：86-10-65067186（发行中心及邮购部）
　　　　　86-10-65004079（总编室）
E-mail:zuojia @ zuojia.net.cn
http://www.zuojiachubanshe.com
印　　刷：唐山嘉德印刷有限公司
成品尺寸：152×230
字　　数：386 千
印　　张：27.75
版　　次：2022 年 9 月第 1 版
印　　次：2022 年 9 月第 1 次印刷
ISBN 978-7-5212-1937-1
定　　价：56.00 元

作家版图书，版权所有，侵权必究。
作家版图书，印装错误可随时退换。

第一章

先生，有一点点灼疼。孙美瑶说。

皮疼尚可忍着，这心疼，奈何？

孙美瑶苦笑。

这是第十一个腊月十三，孙美瑶坐在抱犊崮的通天洞里从老宅子客厅搬运来的交趾黄檀莲花宝座上，为六爻先生用炭火烧红的华佗刮刀刮着背上那一片腐肉的时候，那两只秃鹫又飞来了。它们用铁爪子焦躁地敲打着洞顶那块庞大的铁锈色陨石，还不时地发出两声怪戾的叫声——呱哇哇嘎嘎哇哇……

那个腊月十三，小甲午替我去干活，中枪，我从他大腿上取出子弹，也是这两只秃鹫，也是这种怪戾的叫声。他在心里说。

他叫，小甲午，用枪把它们赶走！

洞口那个他叫小甲午，别人却无法分辨出来他和他原来是两个人，依然称之为司令的人，懒洋洋地说，瑶帅，没用的。它们记性贼好，记得瑶帅只是吓唬吓唬而已。我的神枪对它们不神。

你还记得这两个东西的叫声？

它们贪馋我的肉，那叫声，扎心。忘不了。

我的先生多亏了你的神秘功夫……黑夜里干活，好一只夜猫子。

另外一个司令发出了独一无二的怪笑。

他的怪笑倒是吓得两只秃鹫压低了只有一撮黄毛的脑袋，随时准备冲上云天。

另外一个司令的怪笑却戛然而止。

两只秃鹫放松了又支棱起了脑袋。

金黄的刮刀哧哧地烧焦着六爻先生背上的腐肉。两只秃鹫的叫声更加怪戾。

美瑶说，先生只是骂了几声北洋政府的那个县太爷，他就把先生投入大牢，六十板子把先生的书生之背打了个稀巴烂。先生天天骂当今之天下充斥着戾气，先生，敢问谁之过？

六爻先生说，这千年之戾当然源自朝廷，源自权贵，尔等犯上作乱之群也在为黑云压城城欲摧的戾潮推波助澜。

孙美瑶只有继续做苦笑状。

孙美瑶说，我们现在也有了名堂，山东建国自治军。

六爻先生冷笑，说，你们七十二变，顶多变成一个小军阀而已。

孙美瑶说，老当家去南方了……

六爻先生突然又说，秃鹫的叫声比起当今天下之戾气，实在算不了什么。军阀横行霸道，官吏横征暴敛，加上鼠疫匪患，致使戾气沉重，民不聊生。美瑶，尔乃吾最杰出之学生，做梦我也没有想到，你竟然学习河南之匪首白朗、刘黑七，占山为王，当起了土匪。唉，此乃天亡六爻，六爻死在峄县大牢，死当其所哉！吾替十万苍生痛骂昏官，其死也朗朗。奈何又遭土匪学生救出水火，有何颜面苟活于这戾气飙风、暴行恣意之世道？

孙美瑶把一瓦罐自己秘制的白芷乳香黄芪膏药涂满了六爻先生那面瘦骨嶙峋的脊背。

六爻先生说，安逸得很了。

孙美瑶给先生穿了棉布长衫，把他扶坐在铺着一张狼皮的交趾黄檀罗汉床上。

床前，站立着一个德国造的铁板火炉。炉膛里，炭火一忽儿金黄，一忽儿彤红，让这个垂吊着白色钟乳石、圆桶状的石壁刀砍斧凿的山洞温暖如春。

孙美瑶说，先生，您在洞里安心养伤，有脾气了，尽管骂骂这个昏聩的世道，和这个土匪学生。

六爻先生也有一点不好意思。

他说，六爻一向把你看成当今之谦谦君子，突然有一日，你却反上抱犊崮。唉，昔日的君子，怎么就一下子变成了今天的这个样子？

孙美瑶长叹一声，默默地走出洞口。

另一个他从洞口跳下来，低声问，司令，你行吗？

他说，这个活我必须亲自去干。

另外一个他嘟哝，司令，你干文活是顶级好手，干武活、脏活不大行。

孙美瑶说，黑熊、车耗子管。我胸膛里这股千年之戾气必须亲自干才出得来。我下山了，好好保护我的老师！

另外一个他说，是，司令。

崮顶上的那一片皑皑白雪在阳光里只用了一个白天就变成了斑驳的狼皮。漫山的树皮斑驳、枝干弯如长弓的南洋乳香树好像已经泛滥了青色。

他在心里说，崮顶的十亩黑土地，有了这场迎春雪，干完了这个脏活回山，我就要播种我的黄芪了。

第二章

那年月铁路上的圆月惨白、冷峭，津浦线乃南北大通道，应该是它掀开了中国现代历史的苍茫书页，但是铁路沿线的村庄依然沉浸在秦皇汉武的萧索与古老中，两条铁轨明晃晃地从天津伸向浦口。

轰隆隆，铿锵的火车声冲破了静寂的鲁南春夜。

一辆蓝钢皮列车呼啸而来，白炽的车灯把黑夜劈成两半。

铁道两旁，一条蜿蜒的丘陵下埋伏着一簇簇人影。丘陵是土的，长满了半人高的荒草，把那群暧昧的人淹没其中。

几匹马慢慢地在小径上走着，马蹄铁与石头碰出一簇簇火星。马上骑着几个男人。其中一个五十岁光景，长衫。另外一些人一律山民装束。

一个山民说，老当家的，您会占卦，您算算，总司令这一回"劫皇纲"，凶多还是吉多？

老当家的叫孙桂林。

他说，狗肉张，孙家十几年前被朝廷逼上梁山，历尽生死磨难，好不容易才弄成今天的气候，山东建国自治军，多高的旗子，多响的名堂，他、他不该去绑国务总理的肉票呀……这个马蜂窝好捅？

狗肉张说，我劝过总司令，他说这事你狗肉张甭管。老当家的，我觉得总司令对这位国务总理恨到了骨头缝里。

孙桂林说，他和那个大官有着血海深仇……

狗肉张嗯了一声，我说呢……唉，老当家的，您这一回去南边，和革命党联络上了没有？

孙桂林说，大神没见着。门神、偏佛倒是拜了几个。

狗肉张说，您头晌上山，下晌就来接迎总司令……您吩咐我下山就办了。

孙桂林说，我不放心甲午呀。

狗肉张说，嘻嘻，总司令这个名字怪怪的。官宦人家就是讲究，我们百姓人家，狗子、羊子、牛子、保柱、钢蛋、石头，顺手捡一个就是一辈子。

孙桂林问，你有乳名吗？

狗肉张说，狗肉张是运河两岸、台儿庄南北的百姓叫出来的。我那杀狗卖狗肉的爷爷还真的给我起了一个好名，叫官运。嘿嘿，我爷爷是想叫咱一改门风，来一番官运，把狗肉世家变变天地。

孙桂林说，说不准哩。

狗肉张说，嘿嘿，已经改了，狗肉张变成了马子张。

蓝钢皮列车上，一名北洋士兵驱赶着四五个商人离开自己的座位。一个商人向士兵讲理，那个"一杠三花"的北洋军官抽出了手枪，枪口对准了商人的胸膛，商人吓得提起行李赶忙离去。

"一杠三花"一个人占了三个人的座位。他坐下来，掏出梳子梳头，把头发梳得水光溜滑。

锃亮的棕色意大利皮转椅上甚至还披着总理曾申的紫缎大褂，同样深棕色的柚木桌上老式的华生电扇也仍旧嗡嗡地转个不停。

唯独不见总理的人影。

再里边，就是总理的卧房了，它占去三分之一车厢。

湖绿色真丝窗幔随风飘摇。

一张铺着平展如纸的白色丝缎床单的巨大的床，默然占去了大半个车厢。

左、右两扇车窗半开，铁丝网罩在窗外。

一曲哀伤的琵琶曲在车轮的铿锵声中时断时续，若隐若现。

琵琶半遮一张冷月似的瓜子脸。

幽怨的大眼睛，睫毛上的泪珠。

她一身素白，青丝披拂。

侍女春兰端一碗莲子汤进来。

春兰说，夫人……

夫人冷冷地说，你又忘了。我不是什么夫人，我只是曾申的三姨太。

春兰说，小姐，您别生气，春兰是猪脑子，没记性。这微山湖的莲子汤还是蛮好的，您喝一碗吧。

小姐接过了莲子汤。她用汤匙一下一下地舀着莲子。

春兰说，小姐，总理大人猛不丁要坐汽车回京，他把小姐一个人落在火车上，他就放心？

小姐说，他是叫我代他当靶子。这官做得也实在是奇葩，天天防着天下人。

春兰叹气，说，老爷也真是的，一心想着升官，全不顾小姐……

小姐又拿起琵琶来弹。

幽咽的琵琶声中，耳边响起母亲的话语好像泉流冰下：雅儿，我知道你心比天高，但命比纸薄。你不依了你的爹爹，他就会把我一脚踢开，我这个二姨太就要变成弃妇。依了他，他答应过我，娘就会扶正。雅儿，给国务总理当三房又有多大的不好呢？

此刻，琵琶被她弹得嘈嘈如急雨。

她收拢手指划过四根弦，声音像撕裂了一段巾帛。

悲抑哽塞。

春兰原是听着这琵琶曲的，猛不丁想起了什么。

她急转身走进总理的办公室，从一个皮包内掏出一把小手枪，又回到了小姐身边。

春兰说，小姐，这是总理大人临下车时吩咐我的，让我把他的手枪拿过来，让您防身。

小姐接过了手枪。

她一脸苦笑。

春兰说，有了枪就好了，凭小姐的本事，坏人赚不到便宜的。

小姐熟练地取下弹夹，退出子弹，一粒粒地用手绢擦拭子弹。

春兰说，听老夫人说，小姐马骑得好，枪打得也正准。

小姐说，我在干爹的庄园里住过两年……干爹是武举出身，他教会我很多本事。

春兰问，小姐的干爹就是临沂的赵四爷吧？他可是大财主，家里的钱比沂水河水还多。

小姐问，你是临沂人？

春兰说，我不知道，十三四的时候在临沂当过丫头子。谁把我卖到临沂的，我也不记得了。

小姐陷入一阵沉思。

黑熊走近车厢门，门外两名马弁上前阻挡，黑熊也不回话，右手直捅一个马弁的咽部，马弁倒地身亡。

另外一名马弁欲掏枪，黑熊低了身子一个扫堂腿将他放倒，即刻右手狠狠按在马弁的胸膛上。

黑熊面无表情，打开车厢门。

他左手使枪，当当两声又放倒两个马弁……右手垂落着，钢爪上还带着血迹。

孙美瑶把绢扇插进后脖颈的衣领，双手抓着车帮上的一条横档，身体飘空挪向车窗。

车厢另一边，车耗子也是如此动作。

蓝钢皮列车驶上一座大桥。

桥下河水滔滔。桥上列车呼啸。

蓝钢皮咣当一声。

孙美瑶一手抓空。

孙美瑶只用一只手把整个身子吊在车帮上。

007

孙美瑶用意大利三接头白皮鞋划着车帮。

孙美瑶面庞上豆粒般大的汗珠子。

他终于又用另一只手抓住了横档。

火车的另一边，车耗子已经很轻松地剪开了窗网。

小树林里拴好了许多马匹。

孙桂林站在山冈上，借月亮的光眺望。

随后，他伏到铁轨上，屏息谛听着什么。他的那张清瘦的面庞憔悴而专注，此时此刻，心里竟然清楚地响起了他在广州，和那个西装革履、一身阔少气派的庄共和的对话：

……庄先生，我对孙文的主张十分敬佩，您能不能把我们这支队伍……就是山东建国自治军……我们的司令孙美瑶，他是壬寅虎年的秀才，胸揣一颗赤忱之心，立志救黎民于水深火热，有扶大厦于将倾的一腔热血。

庄共和似乎是在漫不经心地欣赏着他青袅袅的雪茄烟圈。

庄先生，您看不上我们？

不。庄共和站立在洋房里，两手插着西装马甲的胸兜，开始踱蹀躞步。

恰恰相反，我认真研究了孙美瑶，我知道，他与河南的白朗、刘黑七具有本质的不同。他具有成为一个三民主义信徒的一切素质……

孙桂林很兴奋，他说，那好哇，庄先生，拉我们入伙，何时需要我们打响支持北伐的第一枪，我们即刻在山东，在苏鲁豫皖的交界处竖起北伐的旗帜，接迎北伐军。

庄共和狡黠地笑了，说，会有一天，我拉你们入伙，但不是鱼龙混杂的北伐军，而是……等着我，保留好你们的队伍和生命，去参加属于我们的战斗。

孙桂林如堕五里雾中。

狗肉张领着几个人点燃了一蓬篝火。

左、右两个车窗同时钻进两颗男人的头颅。

三姨太却沉浸在琵琶曲里如痴如醉而不觉。

倒是她的丫头春兰发现了，惊叫，小姐！有、有鬼。

三姨太停止了弹拨。她也看见了左、右两个车窗上的人头，一白一黑，她也听见过廊里传来的枪声和格斗声。

她沉浸在充满了悲戚与哀怨的音乐天地里隔绝了外界。但是，她毕竟有着格斗的训练，即刻恢复了格斗的状态。

她猛地一把抓起了手枪，打开保险，拉套筒子弹上膛，摆好战斗的姿势。

她的枪口对准了孙美瑶。

孙美瑶和车耗子爬进了总理卧车。

车耗子见状大叫，曾申老贼，你敢害总司令，我扒了你。

三姨太听见车耗子的叫声，竟然垂下了枪口。

三姨太恢复了优雅与平静，她淡淡地问，你们劫财？

卧车里呈现出一幅奇怪的画面：

素白的女人一身清冷，躲于女人身后的俊俏又胆小的丫头。

这两个女人在卧车靠近车门的角落。

黑色皮肤精瘦的小个子男人狰狞着一张想唬住人的脸，白色皮肤俊朗如高贵公子哥的男人一双美目紧紧盯着素白的女人。

那两个男人则在靠窗的位置。

卧车内静止了一秒。

孙美瑶才声色俱厉地说，我们来劫大贪官曾申。

素白的三姨太冷笑，说，你们这不是不请自进了嘛。

车耗子一把夺下了三姨太的枪。

三姨太并不恼，也不害怕，似乎还有点顺从。

孙美瑶被女人的气魄吸引了。他不自觉地掏出了绢扇。

三姨太嘲讽，总司令，您出汗了，这才二月，今天惊蛰。

孙美瑶说，总理夫人，见了我，你难道不害怕？

三姨太哂笑，您就是"上官克星"吧？可是，小女子却不是上官夫人，所以何惧之有？

车耗子说，有趣。你也知道"上官克星"？

三姨太轻描淡写地说，北边官场上谁不知道"上官克星"呢？那个风高月黑夜，飞檐走壁独闯深宅大院，手持一把"大眼撸子"，凭着感觉就可以在五尺开外杀死某某督军、某某省主席的冷面杀手，贪官污吏的克星。

车耗子嘿嘿笑了，说，总理夫人好像不大怕他，还似乎有点欣赏他哩。

三姨太说，我不是总理夫人，我只是他的一个女人。而据我所知，"上官克星"还没有杀死任何贪官污吏姨太太的记录。

孙美瑶问，曾申呢？

三姨太说，你不了解曾申，怎么能杀得了他？很遗憾……他不在这列火车上。

孙美瑶却是不信，举起手枪对准了女人的胸口，说，他肯定就在这列火车上。

三姨太冷笑，说，找不到曾申，对一个女人逞什么威风？

孙美瑶厉声说，我要你告诉我，曾申在第几节车厢？

三姨太还是平静地说，我要是知道，我会告诉你的。

孙美瑶沉默，轻轻地问，什么意思？

三姨太回，他坐汽车回京了。

孙美瑶又问，那、那他怎么会让你一个人坐总理专车走？

三姨太回，他并不在乎我成为刺客的靶子。

孙美瑶意味深长地说，我明白了。你大概就是那位林主席的千金吧？

三姨太说，"上官克星"先生……

孙美瑶说，我可不是什么先生，我是抱犊崮山东建国自治军总司令孙美瑶。

三姨太惊诧地看着孙美瑶，说，对不起孙先生，我不知道……

我也不是什么林主席的千金，我只是他的二姨太生下的一个女孩而已。

孙美瑶说，如今你可是又当上了曾总理的三姨太。

三姨太讥讽地笑了，问，怎么，你比那个"上官克星"还厉害，连贪官污吏的姨太太也不放过？

孙美瑶怔了一怔，看着女人。

他心里对曾申的三姨太产生了兴趣：这个女人有点意思，她既不对我开枪，好像也承认自己的丈夫是贪官污吏……

春兰这时候说话了，孙司令，我家小姐可、可是好人，她是老爷送、送……

三姨太说，春兰，官匪一家，官无清官，匪还能有好匪？

孙美瑶说，三姨太放心，我孙美瑶从来不杀女人。不过，我要请你到山上去待几天。

春兰说，孙、孙司令，我家小姐可是好人，她是老爷送、送……

三姨太用眼神制止了春兰说下去，说，你不就是要钱吗？要多少，我给你，拿了钱，还是请二位下车吧。

她还是一脸无所谓，那张脸蛋在这种紧张的气氛之下越发美得神秘。

孙美瑶心里有点惋惜三姨太的身份，觉着她应该独立于世不被任何身份所缠累，就那么静静地绽放着女性的芬芳。

他声音柔软下来，说，我要的东西不是钱。

春兰听了，惊恐万分，叫，那、那你们要什么？

孙美瑶盯着三姨太。

他拉开了总理办公车厢的门，黑熊已经站在了里边。

他的钢爪铁臂已经卸了，半管袖筒在随风飘荡。

孙美瑶疾步走到书桌前，拿起毛笔，饱蘸浓墨，在宣纸上飞书绝句一首：

  贪官误国曾公占，千夫共指天黑暗。

暂借美妾上山去，速派专使来谈判。

　　　"白面包公"之子、"上官克星"、世侄　孙美瑶
　　　　　　　　　　　　　致曾申老叔

　　车耗子把一柄匕首插在纸上。
　　三姨太默默地收拾衣物。
　　车耗子欲上前督促，孙美瑶伸手制止。
　　三姨太动作着，淡然地问，离临城车站还远呢，我如何下车？
　　车耗子笑了，说，我们飞下车。
　　说完，车耗子取下裤带上的一大串钥匙，先打开过廊上的门，过廊里躺着马弁的尸体。然后，他又打开车门，夜风呼啸而入。
　　他回来走到春兰面前，嘻嘻笑着，说，小姐，咱俩要近乎近乎了。
　　他抬起手臂示意春兰靠近，要把她挟在腋下。
　　春兰不从。
　　他一把拉过春兰，不顾她的拳打脚踢，强硬地挟起春兰，轻捷地飞下车。
　　三姨太这时候还是有点害怕地看了看黑熊，孙美瑶微笑着走过来了。
　　孙美瑶说，不，飞车的本事他不如我，他太笨，只会杀人。
　　黑熊憨厚地笑着。
　　孙美瑶用右手抱住三姨太的腰肢，女人乖乖地听从他的摆布。他挎着女人来到车门口。
　　然后猛地挟起她飞下车去。

　　车门的景框里出现田野里那团篝火。
　　蓝钢皮特快列车疾驰而去的身影在这方被乾隆爷赐字"穷山恶水、泼妇刁民"的土地上，又增添了浓墨重彩的一笔。民国的匪首个个都是行家，他们不仅从事着绑架勒索、抢劫杀人的反社会活动，

还周旋在官、军、民、绅甚至外国势力之间，通过审时度势、闪展腾挪，帮助一方制衡另一方来不断获取利益。每逢乱世必出奇人，必生怪事。蓝钢皮特快列车承载着这方土地上的传奇，撕开了一道口子，如燠热中的一点微风吹拂而来。

三姨太在被孙美瑶挟持着飞下列车的那个瞬间，她却莫名其妙地产生了一丝快感。

她甚至想起了曾申的一次自嘲：

小雅，你知道吗？上海滩的一个文人写文章恶损我们这些君子，盛赞黑帮老大杜月笙……

嗯？说来听听。

江湖流氓真君子，朝堂君子真流氓。

他们落地了，林小姐却瘫软在孙美瑶的怀中。

这时候，餐车里，有人打开窗子，把白色的工作帽在黑夜里扬了几扬。

篝火渐渐燃尽。

孙桂林、狗肉张以及一队马子迎接从火车上飞下来的三男两女。

孙桂林在月光下仔细端详着孙美瑶。

孙桂林双手合十，仰天长叹，老爷，我的祈祷还是灵验的，一定是您的在天之灵保佑着甲午平安回到了我的身边。

孙美瑶说，皇叔，您从南边回来了，见到真神了吗？

孙桂林说，回山我再和你细说。冬天的黑夜里，我好像看见了一堆篝火……那篝火却又飘忽不定。曾申到手了？

孙美瑶说，曾申这个国贼命大。唉，白折腾了一夜。

孙桂林说，我劝过你多少次了，不叫你三枪两马地闯官场，那种事叫别人去干足矣。咱们的上策还是养精蓄锐，以候北伐。

孙美瑶说，皇叔……我舍不得这次机会，胸膛里的这股戾气呛得我难受……可是，曾申这个国贼我还是没有得手。

孙桂林有意岔开了话头，说，唉……孙文主义让我服气到骨头里，可是，南方政府似乎信得着那些军阀，对他们封官许愿。对我们这些造反的民众武装，还是唯恐沾上匪气。不过，我此次南国之行，并非空手而归。我有幸结识了一个阔少，他也是国民党的人，却在长沙农民运动讲习所当教员，他不歧视我们这些农民起义队伍，他拒绝把我们叫作土匪，而是称我们为农民自发武装。他叫我们好好保存实力，保护生命。迟早他会拉我们入伙的。

孙美瑶问，什么伙？

孙桂林摇摇头，停止了那个话头。

孙美瑶说，皇叔，还是我那句话，杀贪官污吏于朝，劫富豪财绅在市，为百姓讨个公平，济天下苍生温饱，绝饿殍于原野。此，为美瑶第一要务。次，美瑶还要带领抱犊崮的九百九十九名弟兄过好自己的日子，荷锄躬耕孙家祖田千顷即酒足饭饱，肩背长枪三尺筑垒于抱犊可保身家性命。吾闲日植乳香树千株于漫山遍野，播崮上十亩黑土黄芪花开炮制神药以保战士生命无虞。此生足矣。浩浩北伐与我何干？主义三民我亦一窍不通。

孙桂林猛不丁问，甲午，少和老叔玩这些哩哏儿愣，登堂入仕，难道不是你的朝思暮想？

黑夜里一老一少对着话，往来内容无非是关系选择去向，又每每无果而终。

孙桂林语罢，转过头去看着月光下不远处的两个女人，轻轻地叹了一口气。

他说，甲午，你爹爹以"白面包公"留名于史，虽然奸臣小人把我们逼上了抱犊崮，可是，名门落草，也不能做山里马子的勾当呀。

孙美瑶说，皇叔，当年跟着你反上抱犊崮，我就发过誓的，第一不杀老人孩子，第二不奸人家妻女，第三不聚敛钱财。三者皆为我之天条，犯一者即遭天诛地灭。

孙桂林厉声问，那两个女人又是何人？

孙美瑶说，那个有身份的就是曾申的三姨太林室雅，我绑她的肉票，皇叔……

孙美瑶向孙桂林耳语。

孙美瑶命令两个马子分别把两个女人抱上马。

车耗子立马死乞白赖地说，司令，让我抱着一个走吧，反正马又不够。

孙美瑶说，这种事本司令不敢劳烦你。

车耗子扮苦相，说，唉，好人没好命。

春兰说，我们小姐会骑马，用不着你们。

林小姐身轻如燕翻身上马，欲飞奔而去的样子。

孙美瑶拔枪，众马子亦拔枪。

林小姐咯咯笑着下了马，朗声说，别害怕，总司令。

她乖乖地上了一个马子的马。

一行人融进鲁南的黑夜里。

这时候，月亮下去了，黎明前的黑暗来临了。

山间小径上，走出一行人马。

一个老汉赶着一群羊和他们走了一个照面。老汉一点害怕的样子也没有，那群羊也不害怕，照旧在路边低头啃草。

老汉说，司令，咋的，这一回劫了个压寨夫人呀？

孙美瑶说，你看本司令会干那种勾当？

老汉说，玩笑。一定是劫了大官的小老婆，逼着大官剥自个的皮哩。

孙美瑶哈哈大笑，说，知我者，百姓也。

山头上，有青年汉子赤身露体在砍柴。他看见了山道上的人马，猛地吼起了鲁南的《拉魂腔》：

一女贤良数孟姜，二郎担山撵太阳。
三人哭活紫荆树，四人四马去投唐。
五元怀中抱太子，镇守边关杨六郎，
七里台前诸葛亮，八仙过海闹东洋……

这时候，两座山中间的凹膛处升起了那轮太阳。近如眼前，暖红色，迎接着山间小径上的人马。

一群山里农民下地。

他们左肩扛锄，右肩背着各种长枪，有土造的，有猎枪，也有洋枪。

他们纷纷和孙桂林打着招呼。

孙美瑶问，你们扛枪做什么？

农民甲说，向总司令小（学）习，抽空劫个把"肥猪"，没有劫活，就干庄户活。

农民乙说，俺们也都是马子爷了，哈哈哈。

孙桂林叫，可不许劫穷人。

农民甲说，老当家的，劫穷人做什么？一个头两个肩膀。

农民们嘻嘻哈哈，分别走进一块一块的庄稼地。

孙美瑶看着融进田地里的庄户人，况味杂陈地长叹一声。

孙美瑶一行人向抱犊崮行进。

不远处，是一道两座高山形成的峡谷，宽约十几丈。

孙美瑶他们猛然被一幅图画所吸引：峡谷，晨阳，一列马队，七八乘人马，疾驰在山脊上，飞马跨越峡谷。

孙美瑶看呆了。

车耗子说，八成又是马神他们。

孙桂林问，马神是谁？

车耗子说，鲁南一支有名的马子队伍，人不多，一律骑马、短枪，行无定踪。谁也不知道他们聚在哪里，宿在何方。头目人称马神，这小子有一套马上的绝活。

孙美瑶皱起了他的两道月牙眉，轻轻地问，他也与官军作对？

车耗子说，他们也劫富豪，也打官军。

孙美瑶凝眉沉思。

丫头春兰突然在一个马子板直的怀抱里嘤嘤哭起来。

孙美瑶怒目而视那个马子。

马子委屈地说，少爷、管家，我从小就长在孙府，我是那种人吗？

黑熊气哼哼地双腿一夹，打马跑到前边去了。

车耗子哼哼，说，世上哪有不吃腥的猫？

狗肉张说，耗子，你以为天下人都像你吗？

车耗子说，狗肉张，咱老耗咋啦？咱又没有曹国舅的小姨子、吴大帅的八姨太，咱老耗还是金童身哩。

林小姐面庞浮上阴云。

孙美瑶看在眼里，叫，耗子。

车耗子装出把许多话咽下去的样子。

孙美瑶问，你说，你哭什么？

春兰依旧哭着，什么也不说。

林小姐说，孙先生，她、她要方便。

孙美瑶笑了，说，方便为何哭泣？

他叫那个马子把春兰抱下马。

孙美瑶说，听我的命令，男人一律朝北注目，不许南看。

春兰在路边一蓬灌木后蹲下，突然，她又哇的一声哭起来，并慌乱地提上裤子。

春兰叫，他、他回头看。

孙美瑶猛地抖开绢扇，打在车耗子的脑瓜子上。车耗子抱头骑马蹿出一溜烟。

林小姐看着孙美瑶。

一行人马又款款而行。

林小姐禁不住好奇，问，孙先生，凭您那一手字、那一手诗，还有这身讲究，为什么……

她欲言又止。

孙美瑶说，林小姐，这个年代满腹文章、一腔热血也难逃劫数呀。

林小姐深以为然，说，是啊，这个年代，名门千金也逃不掉填房为小的命运。

马子说，我家少爷是大清最后一代秀才，十六岁高中乡试第一名。

孙美瑶打断马子的话头说，其实，秀才为寇，古即有之。

绝壁千仞。

一条粗粗的麻绳从山顶垂下。

马子摇动绳索。崮顶传下铃铛响声。

马子喊，下轿喽，来票了。

过了一会儿便有一张八仙桌倒着晃悠悠落下来。八仙桌的四条腿被绳子吊着，中间放了缎子被。

孙美瑶定定地看着林小姐。

孙美瑶说，林小姐，你要实话告诉我，你是自己走进曾府的，抑或不是？

林小姐俏丽的瓜子脸变成了惨白的冬月。她问，这事与孙先生有什么关系吗？

孙美瑶说，这事与孙某有关系，更与林小姐关系重大。

林小姐粉白晶莹的上牙咬定了红樱桃般的下唇。她又问，什么意思，孙先生？

孙美瑶说，如果是……后者，我就要考虑不让小姐上山了，我派人把你送到济南。

瞬间林小姐那双丹凤眼泪汪汪的，她沙哑了声音，说，孙先生，这是一个很难几句能说清的问题。

孙美瑶冷冷地继续说，可是，这是我必须搞清楚的。

林小姐欲言又止。

孙美瑶说，难道林小姐想回京？

林小姐的声音里充满了很多故事的意味，她说，我不想说什么……孙先生，我只能说一句，曾申，他比土匪混蛋得多了。

孙美瑶这边竟然脱口而出，可、可是，你和他日夜相伴，陪他到处视察。

林小姐眼睛里蒙了一层黑影，暗淡了光芒，失了风采。

她有点恼，回说，孙先生，女人的命运难道把握在自己的手中吗？和大官睡觉的女人难道都是坏女人？我的人生，就是漫长的生不如死。可是，我没有法子不选择生，因为，如果我选择了死，我的亲娘即刻变成了生不如死。

八仙桌落在了地上。

孙美瑶指着黑熊和车耗子说，你，你，把林小姐主仆二人送回临城，给她们买上票，要头等的。护送她们进京。

林小姐说，孙先生……你要马上放我回去？

孙美瑶说，这可不是曾申的面子。

女人骂，混蛋。

她却自己走向了八仙桌。

孙美瑶大叫，你，走吧。

女人也大叫，孙先生，你难道不想用我来钓曾申这条大鱼？

孙美瑶说，我改变主意了，我娘和我说过，真正的男人一辈子都不欺负女人。

女人坐进了"轿"，回过头平静地说，我却不想便宜了曾申。

八仙桌载着女人颤悠悠向上升去。

孙美瑶怔怔地仰视着八仙桌，心里说，这个女人真有点怪。我放弃了原来的主意，我怕世人笑话，拿女人当牌来斗曾申。说实话，我也有点不忍心让她受委屈，毕竟岗上的条件太差了，放她走，她却又不走了……

巢云观有马子进进出出。

观内，古老的银杏树枝叶翁郁，一杆杏黄大旗垂挂在树上，旗子上书"山东建国自治军"，大字是用金丝线绣的。观内有东西南北四房，北房为正厅，垂梁叠柱，漆门粉壁，菱形木窗，前出厦。大厅里，紫檀木条几上供奉着两个牌位，一个牌位上写着"皇清山东巡抚孙桂森大人之灵位"，另一个牌位上写着"皇清诰命夫人萧氏之灵位"。灵位上方，是孙桂森花翎顶戴、蟒袍朝靴而坐的画像。香炉里烟气袅袅。

孙美瑶跪在尘埃，低声诉说着什么。他站起来的时候，已是满面泪水，涕泗横流。

这座原来道士修行的大房子如今显然变成了马子们的议事厅。

居中是一把深紫色甚至接近黑色的太师椅，交趾黄檀，官名大红酸枝，又大又重。孙美瑶坐在椅子上。他的旁边，坐着孙桂林老当家的。下边五六把椅子分列两旁，一团长狗肉张、二团长、三团长、车耗子、黑熊等依次而坐。

他们正在议事。

孙桂林说，我在南边跑了半月，拜识了孙文的江北招抚使张之，还结交了不少孙文主义的信徒⋯⋯

孙美瑶问，皇叔，孙文没有见上？

孙桂林缓缓地摇头说，我实在不明白，南边吃尽了军阀的苦头，可是，政府想招抚的，还是那些个军阀，而对我们民众武装，张之说，有人还不大放心。

孙美瑶问，难道他们也和北洋政府一个德性，认定我们也是土匪不成？

孙桂林沉重地叹息，说，张之先生向他们详述了山东建国自治军的规模、宗旨、性质，特别禀报了孙司令之出身、品性、能为⋯⋯他们只有一句回话——还要看看，还要等等。

狗肉张说，老当家的，南边一时半会儿看来是不会给咱们番号的。

孙桂林沉默不语。他抱起金黄的黄铜水烟袋，嗞噜噜抽起水烟来。

狗肉张说，咱一把狗肉刀杀了恶人，反上抱犊崮，实指望归顺南边朝廷，将来也有个出路⋯⋯唉！

车耗子说，他们不给，咱还不要哩。

孙桂林瞪了车耗子一眼，车耗子伸伸舌头，扮了个鬼脸说，我老耗是臭嘴，该打。

孙美瑶站立了，双手一抖他的藏青色竹布长衫，说，我看，还是奉行咱们的抱犊崮主义，杀贪官污吏，劫富豪财绅，自封为王。

孙桂林默默地看了孙美瑶一眼，边抽烟袋边说，你那主张对我们建国自治军每一个官兵都好，唯独于你不行。

孙美瑶问，皇叔，那是为什么？

孙桂林说，甲午，我不能对不起老爷、夫人的在天之灵，不能对不起世代忠良的孙家。我孙桂林十八岁以一介落难书生进孙府，蒙老爷厚爱，先文案，后总管。那年，老爷和我说——桂林，如今天下大乱，改朝换代旦夕之间。吾生为大清人，死为大清鬼，已成定局。今后孙家若有灾变，你可以带上瑶儿和孙家主仆五十八口另谋新路，然而，这条新路却必须是通向庙堂的，必须是被一个新朝所认可的。孙家世代忠良，不能坏在甲午这一代。光绪三十四年春天，"白面包公"、山东巡抚孙桂森……老爷，为、为沿黄百万百姓请命，状告恩师袁世凯贪污治黄专款六百万两白银……谁知被小人出卖、叛变，状未告成先遭诬陷，让那个老女人定了一个灭门的大罪。我领着孙家老小反了大清，烧了孙府，上了抱犊崮，当了叛逆。苍天有眼，三四年后昏清灭亡，老天爷给孙家摘掉了叛逆的帽子。孙家军还由七八十号人发展到了今天的一千之众。然而，在世人眼里，我们还是马子，还是土匪。这顶匪帽，于我们都无妨，并不妨碍我们吃香的喝辣的，自由自在，却是万万不能戴在孙家后人的头上。甲午，你记住，不管千难万险，你都要带着这支队伍归顺孙文，中华民国是新朝呀。

孙桂林的声音在大厅里回荡，有种陈旧的穿越感。

孙美瑶却从鼻孔里哼了一声，说，曾申还是中华民国的总理哩。

孙桂林说，甲午，北洋政府是非法的，且又是小人当政。南边才是中华民国的正宗。

孙美瑶说，人家南边不要我们又有什么法子。

孙桂林说，身为匪不是匪，落为寇不是寇，终有一天，新朝会接纳我们的。这是我的南方朋友庄共和说的。他还说——保存实力,保护生命。不远的未来,我会到抱犊崮找孙司令,拉着他和他的队伍加入一支真正改天换地的崭新力量中,去为天下苍生打出一个真正为公的天下。

孙美瑶说,这些天,我和那位林小姐倒是谈熟了。她说,她有一个同学,就是张之的助手,倒是可以为我们说些好话。

孙桂林说,好线索。好生照应她们,万万不要搞出差错。

狗肉张说,她们来山上有些天数了,曾申怎么还不派人来?

孙美瑶说,我想曾申快派人来谈判了。他是一个色鬼,他不会扔下林小姐这样的女人不问的。

孙桂林说,我以为谈亦无用,曾申不会把鲁南这块地盘送给我们的。

孙美瑶说,我还有第二个条件嘛,起码,他得给我一千支快枪、一百挺花机关。要不,我不会还他女人的。

孙美瑶领着林室雅漫步崮顶。

崮顶土地十余亩。且有泉水潺潺。银杏树上,青翠中各种怪鸟婉转啼鸣,唯独不见那两只秃鹫再来光顾。十天前,孙美瑶脚蹬草鞋,身穿麻布长衫,头戴苇笠,左手挎着一个荆条编的提篮,里边放着满满的灰白色黄芪种子,右手持了一把耘锄,在松软的充满了团粒结构的崮顶十亩黑土地上点种。如今,两枚嫩绿叶钻出了土层,与阳光里斑驳陆离的冬日残雪相映成趣。

林室雅快活成了一个孩子。她撩开了黑呢裙蹲下来,伸出纤纤素手,去抟揉潮湿的沙粒一般的雪。

她咯咯笑着,说,瑶兄,抱犊崮乃神山也,春分了,山上的冬雪却不融化,好暖好硬好湿的抱犊崮的雪呀。

孙美瑶被她的话逗笑了。

或许是白雪的映照,她的眼睛晶亮而幽深,仿佛一潭碧水。她看定孙美瑶,破天荒把孙先生叫成了瑶兄。

鬼使神差，孙美瑶回她一句雅妹。

他说，我也不知道为什么，好像抱犊崮上一年四季都有不死的雪花。

两人走下豹子谷。

谷内遮天蔽日的是银杏，一丛丛一蓬蓬的是南洋乳香树。这些树都是孙美瑶从连云港的花果山上移栽来的。因为连云港是古老的丝绸之路的桥头堡，这些乳香树从南洋来到了连云港，就不足为怪了。

孙美瑶说，雅妹，曾申如果派人来谈判，答应我们一些条件，那你真的要回到贪官的身边？

林室雅眼睛里流淌出幽怨，她瞥了孙美瑶一眼，摘了一朵乳香花，放在鼻子下边嗅闻。

林室雅说，女人可去的地方实在太少了，尤其是我。

孙美瑶说，前几天你说过南边有一个同学，很有前途的，你可以去找他嘛。

林室雅突然就充满了热情，说，他是一个热血男人，决心为共和献身。他为了表心迹，把庄文林的名字都改成了庄共和……可是，我去他那里不大合适。

孙美瑶感觉在哪里听过这个名字，但是他的注意力却被林室雅吸引了去，并不深究。他问，怎么，和他不是太熟？

她说，不，很熟。济南洋学堂同学三载。

他说，关系一般？

她说，不……

他说，你们女人的心思太难猜度了。

她不无哀怨地说，人家早就有妻室了。

他说，那去投靠人家就真的不大合适了。唉，娘家嘛，你还有位当山东省主席的老爹。

林室雅突然两眼汪出了泪水，用白晶晶的牙齿咬着下唇，半天不说话。

他不由自主地说，没事，抱犊崮留你！

她苦笑了说，国务总理的三姨太当马子，那可真的成了千古奇闻了。

他无语。

她却突然问他，那、那曾申要是不派人来谈判呢？

他又反问她，他会……不派人？

林室雅神思恍惚，目光飘游不定。她说，也许……不，他还是要派人来的。我倒是还有一个去处，离这里也很近的。

孙美瑶问，咦，临沂？你有亲戚？

她有点兴奋，说，临沂的赵四爷，他是我的干爹，待我很好的。

他的脸色突然就晴转阴了，想说什么，却一个字也没有吐出来。

她似乎没有觉察他的变化，依然顺着原来的心思问，你知道我干爹吗？

他摇头，却抖开了他手中的绢扇，轻轻地扇动。这动作在初春显得特别突兀，仿佛有意为之。

林室雅感觉奇怪，心里嘀咕这么凉的天还装模作样地扇扇子。

她说，你什么意思，好像对我干爹心存芥蒂？

孙美瑶阴沉地不动声色。

林室雅却依然自说自话，我干爹乐善好施，在临沂他有好多长生庙哩，老百姓给他建的。

恰逢此时，那两只黑铁一般的秃鹫神秘地从天外飞来，落在了半山腰那座陵园松柏林中一棵虬枝铁干的古柏上，哇哇地叫……孙美瑶神速地从长衫里掏出了那把"掌心雷"，打出两枪。

两只秃鹫扑棱棱扇动巨大的翅膀，一飞冲天。

林室雅冷笑，你这个"上官克星"只是一个酸腐秀才，凭什么月黑风高夜射杀了那么多贪官污吏？就凭这二百五的枪法？

孙美瑶岔开了话头，说，墓园里长眠的十三个弟兄，就是被你干爹杀的。

林室雅在心里说，你们毕竟是土匪呀，我干爹好像没有错。

孙美瑶说，林小姐，其实你哪里也不用去，还是回你的京城。不管曾申那儿来不来人，答应不答应我的条件，你都可以随时离开抱犊崮，我负责派人护送。国务总理的三姨太，蛮不错的位子嘛。

女人弯身捡起一粒石子，朝天空一只苍鹰投掷过去。石子打中老鹰，老鹰哀叫一声，仓皇高飞而去。

男人说，好身手，林小姐。

女人说，打枪我并不比你差。

男人说，好哇，抽空咱们比试比试如何？

女人神秘兮兮地笑了，未置可否。

林室雅撇下孙美瑶，一个人大步向巢云观攀登。待走到孙美瑶的头顶上，她眼睛圆睁，柳眉倒竖，咬牙切齿地迸出一句话——孙先生，我是一个做梦都想杀死曾申的女人，你休想拿我做鱼饵来钓曾申。

孙美瑶呆住了。

七八间用木板隔成的小房子，这是用来安顿重要肉票的，人称票房。

春兰刚洗了头，端着脸盆从票房出来倒水，恰遇房前走过的车耗子。

车耗子尴尬地笑着。

春兰热情地说，耗子大哥，进来坐呀。

车耗子口不对心，说，不了，我去找老当家的，有事。

说完，他欲言又止，低下脑袋，匆匆地走了。走了几步，又回过头来说，春兰，有人欺负你，你就告诉我。

春兰说，没人欺负我。

车耗子走了，春兰进房。

车耗子却又折回来，在房门口徘徊。他一会儿一脸苦笑，一会儿一脸傻笑，一会儿一脸哭状。

他从怀中掏出一条金项链，提在手上，嘴巴嚅动。

车耗子心想，老耗，这一回算是玩完了，一点辙都没有了。自从见了春兰，七魂丢了三对半。那天咱老耗胆子哪里去了，叫狗吃了？就不能抬起头来看她一大眼？半眯半缝的，只看见白腚锤儿一晃，唉，能看个真切，把咱老耗的小鸡子命赔上也值呀。

他提着金项链走来走去。

抱犊崮浸润在清晨淡青色的曙光中，宛如一个温柔的女人，散发着淡淡的香味，让车耗子的内心躁动不安，他又在春兰的门口转悠。

血丝网布车耗子的眼睛。他应该一宿没有合眼了，他的心被春兰占据和诱惑着，他依旧失神地提着那条金项链。

一名站岗的马子端枪走过来。

车耗子赶忙递上一盒洋烟，掩饰尴尬说，兄弟，没事，咱睡不着，在这里走走。

车耗子的嘴里吐出酒气，他摇摇晃晃，哼着鲁南荤腥小曲《十八摸》，猛然推开了一间票房的门。

这间小房子里住着林小姐和春兰。

林小姐刚刚离开票房。

票房里，光线幽暗。

春兰正在给小姐洗衣裳。她坐着一个树墩子，两腿夹着一个木盆，搓板斜在盆里。旁边的黑碗里放着两个猪胰子。春兰把打了猪胰子的湿衣裳团成一个长滚子，放在从上到下排列着三十道棱子的搓板木刀上，两只手抓住了衣裳滚子使劲按压在木刀上，从上到下地搓动。两条粉红色的丰腴小臂鲜润无比，洋溢着青春的芬芳。

车耗子没有敲门。他进到房子里，静默无声冲着春兰暧昧地笑。

春兰有点害怕。

春兰说，我家小姐马上就回来了。你来做啥子？

男人咽了许多口水——咕噜，啊，她一时半会儿回不来的……男人又吞咽了许多口水——咕噜，我都侦探好了，她去找总司令了。

她对我们司令好像有点馋。

女人说，呸呸呸！你别胡说，她可是总理夫人。

男人迅速学习了女人的一个表达——呸呸呸，曾申算个鸟男人？小人一个。我们总司令才是堂堂男子汉。我告诉你，那年我们去、去杀一个贪官，贪官的小老婆跪着求司令睡她，我们司令就是不入她的港……

女人也算伶牙俐齿，说，我们小姐也不是凡人，在济南念完了洋学堂，本来是要出国留洋的……

男人说，可是她给曾申当了小老婆。这个世上，我最看不上的女人，就是让贪官睡的女人。

女人抽抽噎噎哭起来——你别冤枉我家小姐，她、她、她可是一个孝女，她没有法子。

车耗子不停地搓手。他的两只眼睛直勾勾地看着春兰。

春兰害怕地步步后退。

车耗子慌乱地从怀中掏出金项链，抖颤着手抓起春兰的手，再次咕噜——给你，真正的金货，从一个贪官的女人脖子上拽下来的。

春兰双手捧了，一脸惊喜，却又猛地把它抛到地上。

春兰慌乱地说，我不要，不要。好金、金项链……可是、可是小姐说了，女人不能随便要男人的东西。

男人说，我的东西你能要。因为、因为……

车耗子扑通给春兰跪下了。

男人语无伦次了，男人的两只手出汗了，男人的血液一股向上一股向下冲去。

我，我要睡、睡你，我、我活不了，你……

女人好害怕，又有一点点期待在萌发。她只有慌乱地倚立墙边。

女人忽然抬起变得绵软的手打了男人一记耳光。

男人趁机就抱住了女人的两条腿。女人先是慌乱成一团，随即狠命地推开了男人。

男人却变得很会说话——怎么，你小看我？我可是一个人物！

孙司令出去干事，扒火车，飞檐走壁，全靠我。杀人的事，靠黑熊。你看那火车，我一溜风就上去了。嘿嘿，我还有一个本事。

他变戏法一般从女人怀中偷出了花手绢。

女人被定住了一样只会发呆。她身体的温度在男人身体的逼近里变得燥热起来。

车耗子又开始进攻。这一次，是实质性的……

春兰最后的防线开始崩了，她也咕噜了——你、你是土匪，我告诉你们司令。

车耗子已经压住了女人。

男人口干舌燥的咕噜变成了湿润的呢喃——告也白告，我救过司令的命。你别、别怕，我要娶你。人家要娶你了，还不让睡吗？

济南府。

那时候的济南府杠杠的，无论是历史还是现实都呈现出了魅力四射的光景。

这里原来是前清山东巡抚的一处官邸，前后两套四合院串在一起，有假山，有小桥流水、亭榭楼阁，气派、古典。如今这里成为林主席的一所秘密官邸，一处很少人知道的办公地点，一处只有他自己知道的家。

大门口没有挂牌子，也不设警卫，然而，一条胡同里又几乎全是便衣在巡查。

南院前边东西向的走廊里，还住着一个机关枪连的北洋军，他们穿着北洋军的服装，实际上，他们是警察局的警察。山东省警察局局长是林主席的亲信，林主席没少武装他们，而局长对主席也是忠心耿耿。

高瘦的林主席五十七八岁样子，躺在"不倒翁"大红酸枝摇摇椅上，似乎在闭目养神，颀长的身子弯曲着贴紧了椅子来回摇荡着。时令已经小满，这个接近老年的男人还是穿着毛线袜子踩了滚轮按摩几,一双脚板归顺着摇摇椅的前后摇动而踩得滚轮哗啦哗啦响。

旁边,警察局长弯腰向他耳语什么。

林主席面无表情。

警察局长说,主席,我又招了两千名警察,按您说的,一律军队的标准,有好身手的重用。只是人有了,还没有家伙器。

林主席说,我是养兵千日,用兵一时,你可别吃我的空头。

警察局长嘿嘿笑着。

林主席说,我谅你也不敢,到时候我是一个萝卜一个窝,一个兵有一个兵的用场。

警察局长说,主席,帮您打天下,我有好处。我懂。

林主席慢慢腾腾站起来,光着脚板踩着书房的南洋金刚木地板,咯吱咯吱走到保险柜前面,打开保险柜,拿出一张银票,用手指弹弹银票,说,一百五十万,够不够?

局长眉开眼笑,他说,够了,足够了。

林主席说,我要的可一律是德国造的洋枪洋炮,要比徐中玉特务营的家伙器高出一筹。

局长说,主席,我使一点假,您挖我的双眼。

林主席叹了一口气,说,小子,你不知道这点钱来得多么不易,虎口拔牙哟。我扣的是徐中玉的军饷,张作霖应从山东划拨的装备款,我硬是赖着不给。吴大鼻子来电话臭骂,说再不给徐中玉饭吃,他就来山东扒我的皮。张作霖的特使来山东三回了,都吃了我的闭门羹。

局长说,咱怕他们个尿?咱有曹大帅顶着,还有曾大总理,咱们根子硬。

林主席说,你胡说什么呀,我当的可是中华民国的省主席,而不是曹家的家臣。

局长说,那是,那是。

林主席又从保险柜里拿出一张银票,交与局长。

林主席盯着警察局长。

局长拍拍后脑勺，说，我明白了，主席，端午节是曹大帅的寿辰，我亲自押款前往天津，代主席给老师拜寿去。

林主席说，这年份不好，意思意思吧，人家大帅待我不薄。

局长伸伸舌头，不无羡慕地说，主席办事那真叫排场，二百五，还叫意思意思？

林主席说，快去瑞蚨祥提款吧。

局长喜滋滋地施礼走了。

他和走进来的秘书撞了一个满怀。

林主席站在门口迎接客人。

秘书领着一对青年男女走进书房。

秘书介绍，说，主席，这位是《申报》的宋记者，这位是张记者。

性感女郎宋记者向林主席嫣然一笑，递上名片。

林主席矜持地接过名片，示意两位记者落座。

秘书斟茶。

宋记者很洋派，很短的西洋裙露出了两条丰美的大腿。

林主席禁不住去瞟。

宋记者说，林主席，我是您那位总理姑爷的好朋友，这次来拜访主席，就是作为曾总理的私人使者来替总理办一件私事。

林主席稳住眼神，问，阿申他好吗？

她说，林主席是南方人？

他说，吾是无锡人，不过来北方已久，半个山东人了。

宋记者微微一笑，甜腻地说，阿申让我转达他对您的敬意，阿申国务缠身，不能来看您，请您谅解。

他说，自古忠孝不能两全啊，我理解。不用说堂堂的国务总理，我一个区区主席，几年来想回老家给双亲上上坟，都不能如愿。唉，官身不由己呀。

宋记者从小皮包里掏出一张纸条，双手递给林主席。

那是孙美瑶写给曾申的绝句。

林主席拿着纸条的手在颤抖。

他呆若木鸡，怔在了当地。

纸条从他手中飘落。

两行老泪滚下脸颊。

他冲动地抓起电话……

宋记者抢过来把电话压住了，说，电话，您就不必打了。

他低声叫，挣扎着说，我叫曾申马上派人进山谈判，我叫曾申马上下令救我的女儿，我叫曾申不要无动于衷……

她说，曾大总理因为您女儿的事已经搞得焦头烂额，您太麻木了，没看到全国的报纸？外国鬼子、孙大炮，都在骂他无能，堂堂国务总理，连自己的女人都叫土匪绑了票，丢人哟。这还是轻的，重的骂他的北洋政府搞到了遍地匪患、官场腐败无能的地步。

林主席被宋记者的一席话浇得理智了、清醒了，他亲自给两位记者斟茶。

他说，事情很糟，是很糟。当务之急，应该想法挽回阿申的面子。他的面子就是政治，就是位置，太重要了。

她笑了，说，知林主席者，姑爷阿申也。临来的时候，我还有点发怵，怕办不好这桩说公不公、说私不私的差事。曾大总理说了——我那位丈人识大体、顾大局，绝对以国家为重、以我为重，你就放心去好了，你说我说的，办好这件事，只能以舆论对舆论。

林主席努力竖尖了耳朵去听宋记者从曾申处领到的授意安排。

德人山东商会舞厅。

林主席携宋记者在舞池中翩翩起舞。舞池里人影成双成对。宋记者亲昵而不失尺度地依偎着林主席。

她突然尖叫了一声，爹地，你踩疼了小雅。

林主席拍拍宋记者的后背，说，阿爸天天被公务忙得晕头转向，这、这舞步都迈不灵光了。

《申报》男记者摄下他们起舞的镜头。

舞罢，林主席和宋记者进吧台喝咖啡。

德国人向林主席问好。

林主席向德国人介绍,说,会长先生,这是小女林室雅。

宋记者腼腆地起身,向德人山东商会会长致意问好。

德国人惊呆了。

德国人大声问,你气(是)林小姐?

宋记者说,是呀。

德国人还是惊讶不甘心地问,你不气(是)叫新(孙)美小(瑶)绑了肉票?

宋记者说,纯粹是小报造谣。我陪总理南方视察完毕,来到济南看望双亲,他们就起哄了。

德国人摊摊双手,做出邀请宋记者跳舞的表示,宋记者欣然应允。

《申报》男记者也摄下了这一切。

林主席和宋记者在观看《申报》林主席和宋记者跳舞的照片。

内容提要:国务总理曾申三夫人林室雅女士陪总理南方视察完毕,中途回济南省亲。图为林主席女儿林室雅赴德人商馆舞会。

德人山东商会会长和宋记者跳舞的照片。

大标题:《林室雅女士与德人共舞》。

下边,还有一段文字报道,记述了会长和"林女士"的谈话录音……

林主席说,老了,不如小姐的芳步勾人心魄。

宋记者说,主席的舞步很有英国绅士的风度、法国骑士的奔放呀。

林主席今天一身西装革履,头发梳得水亮。

宋记者向林主席展示了一下自己手上的猫眼钻戒。

她媚笑着,甜腻的声音让人心神荡漾,说,谢谢喽。

他说,小意思,略表寸心而已。我还给"女儿"准备了一份厚礼。

她说，噢，可以让我看看吗？

林主席晃了晃手中的银票，又把它装进口袋，两只色眯眯的眼睛却紧紧盯着宋记者的胸脯。

宋记者也开始向林主席频送秋波。

她说，主席大人，都民国了，女人就永远只配做戏子吗？

他别有用心地说，好"女儿"，可以不做戏子嘛。

宋记者更是赤裸裸，她的需求永远是明白无误的，也不拖泥带水，说，"女儿"可不是白当的。

他说，我会叫"女儿"心满意足的。

林主席把女人揽过来。

飘落在地上的《申报》。

厢房的卧室里传出男女的调笑声……

春兰披头散发找到了林小姐和孙美瑶。

春兰说，小姐，土匪窝……呜呜，土匪窝。

林小姐杏眼圆睁，盯着孙美瑶，说，孙先生，你刚才还一再表白，一不是贪官，二不是土匪……

孙美瑶无言以对。

林小姐扶着春兰，离开孙美瑶，走了。

孙美瑶跌跌撞撞、气喘吁吁地爬山。

孙美瑶站在院子里，大吼，谁干的？

一些马子从四面房子里出来，低着头，不说话。

黑熊安装上假臂，用钢爪向一棵碗口粗的树捅去，树断了。

孙美瑶说，有种的，就敢作敢当。

车耗子低着头从票房里走出来，他的瓦刀脸上有一道血印。

车耗子说，司令，我干的。

孙美瑶走过去，狠狠地给了他一记耳光。

孙美瑶说，我说过，你们谁糟践女人，就是糟践我的姐姐、妹妹。

车耗子说，她不是黄花闺女，她说、说，她叫曾申糟践过。

孙美瑶愤怒至极，说，贪官是畜生，你也是畜生吗？

车耗子垂下了脑瓜。

孙美瑶喊，黑熊。

黑熊站出来。黑熊走到车耗子跟前，用左臂勒住他的脖子，把他提到那棵银杏树下。

车耗子不甘心，说，司令，咱老耗可、可是救过你的命。

孙美瑶说，捆了。

车耗子被剥光了衣裳，只穿一条烂裤，五花大绑，从脖子到脚后跟地捆在银杏树干上。

他说，黑熊，哥们儿，轻一点，好不好？老耗求你了……

黑熊把绳子勒得更紧。

他骂，黑熊，哎哟哟，我日你姥姥，嘿嘿，你有姥姥叫老耗日吗？黑爷爷，老祖宗，把老耗勒死了，谁和你做伴出差？谁帮你保护总司令？

春兰满脸泪痕地走出来，来到黑熊面前，她说，黑熊大哥，你就轻一点捆他好不好？他喝酒了……

车耗子呜呜大叫——我是畜生，春、春兰妹子，你别替我求情，我不配。黑熊，来呀，再加把劲，把这条乱"走秧"（鲁南土话，即交配）的狗勒死裂了。呜呜。

那面杏黄旗迎风招展。

林小姐站在山顶上，她的大眼睛蒙上了泪花。

一身青布长衫的林主席在房子里踱步。

他猛地拿起那张《申报》，哆嗦着手，却怎么也掏不出眼镜来。好容易掏出来戴上，眼前便有一颗颗铅字向他射来。

他神经质地狂笑，然后，把那张报纸一点点撕开，撕得粉碎。

他的面庞变得苍白。

他数落着，不停地说，曾申，流氓、混账王八蛋……我还是人吗？我不是人，我和曾申是一丘之貉。不，我堂堂正正的一省之长，曾申才是拍曹锟的马屁爬上去的,又在几个老头子中间八面使风才坐稳的,我瞎了眼,为什么要把女儿送给这样一个不学无术、混账透顶、流氓无赖、巴结逢迎的家伙?……曾申,你还是一个出卖朋友的小人,当年,是你把孙桂森——你的八拜兄弟卖了,人家的儿子来报仇是天理,你迟早要被孙桂森的儿子干掉的……

他说得嘴角冒出了很多的白沫。

门外传来动静。

他戛然而止。

他胆战心惊地向门口张望。

他的二夫人泪流满面地走进来了。

他一把搂住了二夫人。

他问,你、你怎么来的?你怎么找到这里的?

二夫人说,别怕,我不是刺客,我今日来,也不是吃醋的,你爱有多少宅子就有多少宅子,爱养多少女人就养多少女人。我是来向你要女儿的。呜呜,雅儿,都是娘害了你。

林主席马上警觉起来。

他急切地问,你、你和外人说了雅儿被劫?

她回,我哪敢呢,我看到了你搂着婊子跳舞的报纸,还冒充雅儿。我就知道,你们有鬼。

他说,你是一个女人,你不懂,这里头有政治。

她说,我是不懂,不懂,可是,我求求你,快把雅儿救下山来。

他的已经有几个黑斑出现在耳朵下边的白净面皮上显出了无奈。

他说,救?我有什么能耐救出女儿来?

她说,我给曾申打电话,我进京去找曾申,我把女儿送给他,他算哪一门子丈夫?

他说,人家把主席送给你就那么容易吗?多少人送金条、送女人,连主席的一根毛也没有捞着呢。

她天真地说,我们一辈子也忘不了总理大人的恩德。可是、可是,雅儿毕竟是他喜欢的女人,他能见死不救吗?

林主席似乎被这句话击中了。他发起呆来，习惯性地摘下金丝眼镜，露出一对金鱼眼珠子。

二夫人缠着他，呜呜哭。

她说，你去求徐中玉好不好？他手中有兵，他可以进山剿匪去救雅儿呀。

他一脸哭丧，说，你在做梦。求谁，我也不能求他。就是求了，也求不出个子丑寅卯来……

她说，我豁出去了，我明白了，曾申是要面子不要老婆呀……我到京城去，我到国务院去，当着众人的面，我问问他还救不救自己的女人。

林主席已是泪流满面，他像一个木头人般走出卧房。

林主席走到一架藤萝下面。

他抚着藤条低语，雅儿，是爹爹害了你，是爹爹害了你……我本一介书生，为什么非要削尖脑袋钻官场呢？弄到这般地步，骨肉不亲，人伦不存……

办公室里突然响起电话铃声。

他快步走去。

林主席抖动着鸡爪子一般瘦骨嶙峋的手猛地抓起话筒。话筒里的声音传出来——林主席吗？我这里有五百万元的治黄专款，山东接不接？

林主席脸上的忧伤不见了，惨相消失了。他大声回答。

他好像立即打了鸡血，一下子由沮丧变成了亢奋。

他说，总理阁下，山东接，山东最有资格、最有本事接这项差事。我的办事能力你是知道的，山东政军又是那样精诚团结，山东沿黄百姓盼政府治黄更是望穿秋水，山东境内黄泛区最长，受害最重……

另一边说，这一切我清楚。只是，这笔款子是曹大帅从政府税务部门生生地虎口拔牙拔出来的，为这事，张作霖还在到处找我。

他说，咱们是一家人，我办这事你应该最放心了。我想，曹大帅那边你直接扣下一百万就行了，让他老人家买幢洋楼。你这里，我也有数。

另一边说，我是绝对不沾一分一厘的，本届政府最讲究一个两袖清风。

他说，国人有目共睹，有口皆碑。

另一边问，曹大帅的那一份我不能扣，要经你的手从山东送来。你还要亲自到财政部把五百万一分都不少地提出来，下边的事你知道该怎么办了？

他说，好说，下边的事好说。

另一边嘱咐，可不能叫徐中玉探到风声。

他说，那是第一位的。

电话里的那一边又说，室雅的事你可要心中有数。

二夫人悄悄地走进办公室。

她要去抓电话。

林主席推开她。

他对着话筒大声说，室雅在我这里，我可以向天下人说明。

他一把扣下了电话。

他凶恶地注视着二夫人。

二夫人害怕了。

他声音狠辣，呵斥道，雅儿在济南，在家里，听见没有？

她怯怯地说，听见了。

精瘦的车耗子依旧被捆在树上。车耗子干如枣皮的双唇、呆滞的眸子。

一个十五六岁的小马子走过来，问，耗子哥，又是老二给你惹的祸？

车耗子睁开眼看了看小马子，不吱声。

小马子不解，说，老二咋就这么不老实？这棵树上捆过三十八个人了，都是老二惹的。

车耗子说，去，小毛孩，不懂。

小马子还是不走，再问，丢人现眼，五天五夜不给吃不给喝，就那一小会儿，值吗？

车耗子斜了他一眼，呵呵地回，小兄弟，值，掉脑袋也值。

小马子还要问，耗子哥，你不后悔？

车耗子说，不后悔。

小马子说，叫我说不值。

车耗子说，你那老二还嫩点儿，到时候，也许比你耗子哥还傻。

小马子嘻嘻笑起来。

车耗子说，好兄弟，给口水喝吧，熬了三天三夜了。

小马子伸伸舌头，回，爷，我可不敢，司令发话了，谁给你水喝、给你饭吃，枪毙。

一眼山泉从岩缝里汩汩流下。

春兰捧着一个四鼻儿瓦罐接水。

林小姐站在一边。

春兰问，小姐，我怕，他要是死了可咋办？

林小姐说，我看他不是一个坏人，他是真叫你迷住了。

春兰满脸飞红。

春兰喃喃地说，他在咱门口转悠好几天了……

主仆二人来到院子。

春兰把瓦罐递给林小姐。

林小姐不接。

春兰说，求你了小姐，人家害怕。

林小姐不急，看着春兰笑，说，那就算了，干死他算完。

春兰急得跺脚，流出了泪水。她几乎要给小姐跪下的样子。

林小姐笑了，接过水罐，向已是半昏迷状态的车耗子走去。

银杏树下，林小姐双手捧着瓦罐，把泉水倒进昏迷却大张着口的车耗子嘴巴里。

昏迷的车耗子凭着本能咕咚咕咚地喝水。

林小姐眼中晶莹着泪花。

春兰双手合十，祈祷着什么。

孙美瑶站在议事大厅门口，一动不动。

车耗子的神志清醒了。

他第一眼看到的是孙美瑶，他哆嗦了一下，他又看见了林小姐。

车耗子说，司令，是我、我要的水，犯规矩的是我，不是林小姐。

林小姐说，不，我愿意接水给他喝的。

春兰扑过去，护住林小姐。

春兰说，都不是，是我，是我……

孙美瑶走了过来。

孙美瑶面色平静，说，你们不是山上人，可以不守我的规矩，只是便宜了耗子。

车耗子回，司令，咱耗子再也不敢了。

春兰心里嘀咕，他倒是一个男人。她嘴巴里却说，司令，他坏，他狗改不了吃屎的。

车耗子说，春兰大妹子，我给你做牛做马，你就饶了老耗吧。

孙美瑶示意林小姐跟他到议事厅。

两人走了，剩下捆在树上的车耗子和站在地上的春兰。

议事厅内，孙桂林正在看一份《申报》。

孙美瑶领着林小姐进来了。

孙桂林把报纸放到一边。

孙桂林问，林小姐，我们马上派人把你送回京城如何？

林小姐说，难道你们不希望让我当一回肉票，或者说诱饵？从曾申那里钓一些钱和枪炮出来还是没有问题的。

孙美瑶说，我们把你绑了票……

她回答，我说的是真心话。

孙美瑶问，你为什么还要帮我们？

她说，你们是一些好人，起码，你们要比那些贪官污吏好。

孙桂林说，我们什么都不要了，马上派人护送你回京。

她不甘心，说，怎么，他不派人来谈判了？……说实话，那样更好，曾申那里我早就不打算回去了……我……他不会不派人来的，他现在确实还、还是迷恋我的吧……

孙桂林把《申报》递给林小姐。

《申报》图片、标题:《林主席携女儿林室雅赴德人商馆舞会》。

照片上女郎的脸。

林小姐的脸惨白。

林小姐迸发出凄厉的大笑，继而，她拿着报纸冲出了门。

林小姐呆呆地站在绝壁前。

孙美瑶爬上来，站到她的对面，让自己背对着万丈深渊。

木桩上挂着的铜铃。

深渊中摇荡的麻绳。

旁边孤零零的轿桌。

孙美瑶轻声说，别走了，先留在我这里，找机会把你送到南方去。

林小姐缓缓地摇头。

他说，那我把你送到济南，那里毕竟有你的父亲，他毕竟当着主席。

林小姐刹那间泪流满面。

她的声音里充满了撕心裂肺的痛。

她的声音刹那间变得沙哑、破碎。

她叫，他还是我的父亲吗？曾申那贼子做出这种勾当来我还能接受，我的父亲……又一次向我伸出了刀子……其实，他更能做得出来……

他说，我想，这一切都是曾申导演的。

她说，他，他们，都是一样的。

他问，你特别恨你的父亲？

她说，在我的字典里，我最不愿意谈到、念到"父亲"两个字，那实在是一个让我痛苦、难堪的话题。

他说，对不起。

她说，不，我又想把一切都告诉你了，非常想。

他看着林小姐，说，说吧，把痛苦说给朋友，那么，痛苦在你的心中就分去一半了。我觉得，我们已经成为朋友了，不是么？

林小姐神情复杂地看了孙美瑶一眼。

她说，你的心中也许有一个疑团解不开，怎么堂堂主席的千金做了曾申的三房？她还是一个新时代的女性。美瑶兄，让我这样子叫你好吗？我有七八个同父异母的兄弟，可是，我统统视他们为路人。

一朵白云罩在他们头上。

一只苍鹰围着他们盘旋。

她说，你无论如何也不会想到，我父亲的主席职位正是用我换来的……

他说，官场腐败到了骨头里，买官、卖官、送金条、送房子、送女人，亦是屡见不鲜。想不到，有人为了买官，竟然送出自己的女儿。

她好像恢复了平静，冷漠地说，他还是饱读圣贤言的书生，他还是天天大讲仁义道德的君子……我父亲原来只是江苏省一名小小县长，偶然机会认识了曾申，便抱上了他的粗腿，先送金条，后送房子，看看那些都不管用，便打上了我的主意……

天阴得不见一点星光。

一匹瘸腿的老狼孤零零在山间穿行。

它爬上一块大石头，朝天长嗥一声。

摇曳不定的烛光。

林小姐木呆呆地坐着，春兰端着荷包蛋面条，站在她的面前。

春兰担心，说，小姐，你吃一口好不好？一天了，你是汤水未进呀。

林小姐面无表情。

两行清泪挂在腮上。

春兰说，总司令派人送过三次饭了……

一碗碗饭、一盘盘菜放在小桌上。

林小姐心灰意冷，说，我什么都没有了，吃饭还有什么用？父亲，又一次卖了我……母亲为了保全她的地位，为了不被男人抛弃，哭着、跪着逼她的女儿跳进深渊……丈夫，哼哼，他也叫丈夫吗？我林室雅无路可走了，无处可去了……

春兰说，那咱们就留在抱犊崮，他们也是一些好人。

林小姐缓缓地摇头。

山风吹开小门，老狼的嗥叫传进来。

春兰吓得一头扎进林小姐的怀中。

暴雨雷鸣电闪。

孙桂林、孙美瑶正坐在议事厅里，春兰一脸惊慌冒雨跑进来了。

春兰脸上不知道挂着雨水还是泪水，喊，司令，我、我家小姐不见了。

孙美瑶大吃一惊，扑进风雨中。

孙美瑶冒雨漫山遍野寻找林小姐。

孙美瑶看见崮顶绝壁上一身素白、呆呆站立的林小姐。

他不敢喊叫。他在风雨中悄悄爬山。他爬到林小姐面前，飞扑上前，抱住了万丈深渊前的林小姐。

一身雨水的林小姐依在孙美瑶的怀中。

风雨飘摇的大山。

林小姐推开了孙美瑶。

孙美瑶赶忙站在林小姐面前，挡住她。

孙美瑶声嘶力竭地问，你、你要干什么？

林小姐眼神凄厉，说，你认为我会死吗？不！

她拼命大叫，我恨透了我的亲爹，我恨透了我的……丈夫，我恨透了这个政府，我要向他们复仇。

雷声大作。

孙美瑶亦大声地说，那好哇，你留下来，我们一起干，一起杀曾申、杀贪官污吏，一起劫富豪财绅，一起占山为王。

她说，不，我要到南方去，我劝你们也投奔南方去，南方毕竟是一个政府。

孙美瑶大叫道，不！我谁也不投，我就是王，我就是主。

她说，你想让抱犊崮成为二十世纪的水泊梁山，成吗？

孙美瑶在风雨中呆呆地站着。他全身都是雨水，他被雨水和黑夜包裹着。嘎啦啦，头上一条蓝色闪电劈下，距离他和她咫尺之遥地炸了。

他说，我不会放你走的，你要去找那个庄共和，人家是孙中山封的官，而我，不过是一个草头王而已。

她说，美瑶兄，我们是永远的朋友。

孙美瑶甩开了满脸雨水，说，不，我不放你走，我不放你走。

林小姐一个人向巢云观走去，崮顶的风雨中，只留下孙美瑶剪影一样的身形。

春兰拿着雨伞来迎林小姐。

林小姐接过雨伞，又爬上崮顶，为孙美瑶撑伞。雨幕中一对剪影。

抱犊崮的雪一年四季不会完美地消融。夏天里，崮顶上的阳光明媚里也会有一块块的白雪，覆盖着一方方青虚虚的石灰石，尤其是司令窟顶上那块庞大的赭红色陨石，更是被不知道何年何月便飘落下来的一片片一层层的雪花簇拥着。而抱犊崮的豪雨却总是那么来也匆匆去也匆匆，大都只有老当家的孙桂林抽一袋水烟的工夫便销声匿迹，空留下千条水溪哗哗哗，百尺雪瀑树树银花。

雨过天晴，繁星密布。

崮顶那块陨石上，坐着一个男人，双手握一管铜箫，吹出凄凉孤独的曲子。

他是孙美瑶。

他的心思随着箫声流淌出来——我从来没有像今天这样，心里灌满了孤独。我想大哭……我好冤屈。原来，我觉得有皇叔，有山上的弟兄，还有朋友，很充实，今天我才知道，在这个世上，我只是孤零零的一个人，独步人生……

"中国中兴煤矿公司"的牌子。

天轮。井架。

德式办公楼。

身材高大的德国总工红胡子卡尔掖着一卷图纸，身穿工作服，头戴安全帽，从大楼里走出来。

他穿过一条街市。

他用流利的汉语和市场上的小贩开着玩笑。

他坐到一家羊肉汤馆门口的小桌前，嗞嗞溜溜地喝着羊肉汤。

他被辣椒辣得满面汗水。

他把烧饼撕进海碗里，艰难地吃着。

卡尔冲进客厅。

卡尔兴奋地叫，华莱士，我的将军，你在哪里？

一个山民打扮但鼻梁坚挺的男人站了起来。

卡尔怔了一怔，马上拥抱起山民来。

卡尔说，你搞的是什么鬼名堂？华莱士，噢，你一定是又去抱犊崮了，去绘制你的地形图了。

华莱士说，你还够朋友，没有向孙美瑶告发我。

卡尔说，什么话，你、孙，都是朋友，我严守中立。不过，你乔装打扮，不光明正大，没有绅士风度。

华莱士从一个山民式的背包里掏出一卷纸，把它展立在沙发上，甚是得意。

他说，绅士对付不了中国人。卡尔，看看我绘制的图吧，这是一条山间小径，藏在山林中，可以从这里上山，直捣匪窟。这里，是一条河，抱犊崮的马子全指望河水上山了，他们在山上有一个蓄水池，盛七千立方米的水，够一千人喝十天的，只要河水一切断，就掐了孙美瑶的脖子。中国的军阀全是一群官僚，官场上窝里斗好样子，剿匪不中用。曹大帅很明白这一点，他说，华将军，过一些时日，我聘你当剿匪总顾问。

卡尔似乎心不在焉。

卡尔说，我只是一个工程师。可是，我不明白，你为什么一定要帮着中国军阀打孙美瑶呢？他没有伤害过你呀。

华莱士撕开衣衫，他满是黑毛的胸脯上有一条刀疤。

他说，这就是孙美瑶用刀捅的。

卡尔说，那次是你的过错，你进山游玩，却强奸了中国女人。据我所知，孙美瑶当时是手下留了情的。

华莱士卷起地形图。

他说，你们德国人只懂开矿。

卡尔说，不，我们也有好斗的公鸡。至于我，更喜欢和中国人交朋友。

他问，你不会出卖我吧？

卡尔说，你这头猪，用中国话说，不要以小人之心，度君子之腹。

他说，那好，老朋友，给我派辆车，我要去天津。

卡尔说，我给你准备好了英国牛排，还有德国汉堡啤酒。

华莱士拥抱卡尔。

他说，你永远是一个好朋友。不，我要先去洗个热水澡，我在山里窝了四十天，和老百姓住一张床、吃一张桌，身上长满了中国虱子。卡尔，中国人如果像中国虱子那样凶猛，这个国家就好了。

他脱下山里人的衣裳，很像山里人那样用牙齿去咬衣缝里的虱子，咬得又脆又响。

卡尔急忙拽过他的衣裳，扔进垃圾桶，想了想，摁响了电铃。

一个仆人走进来。

卡尔说，把这堆衣裳扔进锅炉里吧。

仆人看着只穿了一条裤衩的华莱士。

华莱士看见墙上挂着一幅二人合影。

青年华莱士和青年卡尔在镜框里回望着他。

他问，卡尔，这张照片是在哪里照的？我记不起来了。

卡尔回，十五年前，我们在天津教会中学照的。

他说，那时候，我们还都抱着唤醒东方睡狮的梦想，随着我们平和的传教士父亲双双被义和团杀死，我的梦想醒了，我要用刀枪征服这头东方睡狮。而你，却还在幻想用科学和他们交朋友。

卡尔说，我不仅是他们的朋友，还是他们的雇员。我是中兴煤矿第一大股东，焕金王董事用丰厚的佣金聘来的。

华莱士哂笑，说，就是那个狡诈的中国秀才、大烟鬼，那个和徐州的小姨子私通的家伙？他是一个少有的具有义和团情结的商人，他很小气，他从来不借给我他的黄金柱头软包马车，那马车好有白金汉宫的风范。

卡尔不和华莱士争辩，他语气平和，说，老同学，我没有那么崇高，我只是想在中国发财，除了当工程师，我好想拥有几座矿山。兄弟，小心那个"上官克星"，月黑风高夜，他用"大眼撸子"连发五颗子弹搞花你的脑袋。

华莱士说，NO，我又不是贪官污吏。

卡尔小声说，焕金王悄悄和我说，"上官克星"就是孙美瑶。兄弟，小心为妙。

华莱士猛烈地摇动着大脑袋和金色的鬈发，说，NO，孙美瑶也是一个秀才，他虽然手下有好几个黑煞神，却绝对不是一个具有现代手段的杀手。

卡尔的房间。

卡尔和孙美瑶叙谈。车耗子、黑熊站在孙的身后。

孙美瑶一身南洋富商打扮。

孙美瑶说，卡尔先生，今天我来找老朋友，是想求您一件事……

卡尔说，我的朋友，你说吧，何必吞吞吐吐的呢？我很欣赏中国的一句老话——为朋友两肋插刀。

孙美瑶说，卡尔先生，我……我筹集了一批款子，想换换装备，您能不能帮帮忙，从贵国给我置买一批最新式的机关枪、步枪……

卡尔站起来，端着一杯咖啡，在房间里踱步。

孙美瑶问，怎么，老朋友，不大好办？

卡尔说，不，很好办，只是，我不太喜欢帮助我的朋友干这种事……我不得不告诉你，我的另一位朋友前几天到这里来过，他是一位意大利的军人，信奉战争可以征服一切的哲学，他正在准备着帮助你们的军阀打你们……我很伤心，我只是一个工程师，我迷信科学，我讨厌战争。

那时候的枣庄还只是一个镇子。

除了周围七八个洋务运动中李鸿章兴办的中兴煤矿公司在德国人帮助下开发的煤矿已经用上了电力，夜里也是明灯火照以外，那条叫作三角花园的大街上没有一盏电灯，一片昏暗。

也只有中兴大酒店的灯光在镇子的黑夜里表示着一种现代的光亮。街头，还有一家店铺亮着灯。那灯却是蜡烛在燃烧着火焰，发出蜡黄的光芒。

它是一家棺材铺。

木工师傅在制作着一具具棺材。

各种规格的大棺材摆放在铺子门口。

四五匹马飞奔而过。

马上的乘者一律黑布蒙面。

棺材铺老板看着消失的马队，自言自语——不知又有哪一家富豪要遭劫了。唉，马子爷、六旅爹，白天抢，黑夜劫。还是开棺材铺好哇，没有人来抢我，来劫我。

孙美瑶站起来，他说，卡尔先生，我理解您的态度，我不麻烦您了。

卡尔说，我从心底里希望中国人和平……别的事，我都会帮忙的。

孙美瑶说，我知道，老朋友嘛。

突然，门被撞开，四五个蒙面人冲进来。四五支枪对准了他们。其中一个瘦子把短枪顶在卡尔的胸口。

瘦子说，洋老板，跟爷们儿走一趟吧，你，还有你，南洋大老板，爷们儿跟你一天了。

卡尔问，你、你要干什么？

瘦子说，干什么？绑你的肉票，懂不懂？要拿五十万大洋来赎。还有你，也得五十万。嘿嘿，爷们儿今天有福，绑了两张肥票。

孙美瑶气定神闲，不紧不慢地说，你放了卡尔先生，我给你一百万如何？

瘦子没好气地说，好排场的大老板。不中，爷们儿绑张肥票容易吗？鲁南的肥票都叫孙美瑶绑完了。

车耗子说，你放屁。

一个蒙面汉子当胸给了车耗子一拳，车耗子要反抗，孙美瑶示意他不要动。

孙美瑶说，据我所知，孙美瑶绑的只是为富不仁的肥票。

瘦子说，我哪能和人家孙司令比呢，人家人多势众，手下高手如云。人家与官兵势不两立，贪官污吏谈孙色变。天下人谁不知晓，"上官克星"就是孙美瑶，孙美瑶就是"上官克星"。咱只是小打小闹，弄几个小钱，喝一壶小酒，吃一片大肉，玩几个女人。

车耗子嘻嘻笑了，说，你真是一个马子。

瘦子不耐烦，他说，少说废话，走。

他们用枪逼着孙美瑶、卡尔快快随他们走。

孙美瑶抖了几抖眉宇间那颗宛若红豆的佛心痣。车耗子见状猛抬飞脚，踢飞了瘦子手中的枪。黑熊单臂打倒两个蒙面人，下了他们的枪。

车耗子打趴下了一个蒙面人。

车耗子与瘦子对打，黑熊来助战。

瘦子身手了得，但十几个回合后，还是被黑熊单臂制服。

卡尔要去打电话。

孙美瑶阻止了他。

黑熊要结果了瘦子，孙美瑶亦阻止了他。

孙美瑶问，你叫什么名字？

瘦子硬气，说，爷们儿输了，随你的便吧！

外面传来马嘶声。

孙美瑶再问，你是马神？

瘦子回，爷们儿正是。

孙美瑶说，就是你，有一套马上的神功？

瘦子问，爷们儿叫马神，可不是吹牛。哎，你是谁？

孙美瑶说，我是孙美瑶。

瘦子倒是一条汉子，语气里满是不在乎，他讪笑，说，哎哟喂，爷们儿真是李鬼碰上了李逵，也是咱马神的缘分，输在你手上，值，风光。怎么样？孙司令，叫你这位洋鬼子朋友把我送官吧，老子活在世上，老娘在，只怕老娘，老娘不在，天底下没有怕的人。不用说几个臭官了。

孙美瑶说，哪能呢。

车耗子问，你不怕我们总司令？

马神回，多少怕一点点。

孙美瑶哈哈大笑。

孙美瑶问，马神，跟我上山吧？

马神紧跟着问，跟你去当个小马子？

孙美瑶微微一笑，说，那你要多大的官？

马神说，凭我的本事，不给个团长不中。

车耗子骂，你就甭做梦娶媳妇了。

孙美瑶说，我给你了。

马神很干脆，喊，总司令！

他非常规范地给孙美瑶敬礼。

春兰端着砂锅，砂锅盖上扣着一个黑碗，黑碗上蒙着一张黄表纸。

她走进黑熊和车耗子的住房。

黑熊正在用砂石打磨他的钢爪。

车耗子躺在床上，一盏马灯挂在他头顶的墙上。

春兰进来后把砂锅放在小桌上，开始用黄表纸过滤中药，黑碗一会儿就满了。

春兰说，我求总司令给你开了药方，总司令还领着我漫山遍野采了草药，耗子哥，你喝下就好了。

车耗子一动不动。

春兰把他的头颅放在自己的大腿上，端着药碗，要喂车耗子喝。

车耗子抽抽噎噎地哭了。

她问，耗子哥哭啥呀，你不是吹自己是个大英雄吗？

黑熊放下钢爪，端起车耗子的尿盆出去了。

车耗子骂自己，说，春兰妹子，我是个畜生。

她说，男人做事，敢作敢当。

他突然说，你们过几天就要走了……

她惆怅地说，小姐到上海去，我上哪里去？

他说，跟着你家小姐走哇。

她说，小姐说——从今后，我就不是小姐了，也不是夫人了，我要自个儿养活自个儿。春兰，你留在抱犊崮吧，山上尽是好人，耗子……也是个好人，他们会好生对你的。

车耗子一个鲤鱼打挺爬起来，接过药碗咕咚咕咚一口气喝了，情不自禁抓住了春兰的手，春兰这回却没有恼。

他高兴极了，说，那你还不听你家小姐的？一个小女子，无家无靠，在这兵荒马乱的岁月里，可不敢乱跑，要不，我去和司令说说，你别看他捆我、打我，那是因为我犯了山规。其实，他对我很好的，有一回和官兵打仗，我腿上中了弹，是他一口气把我背上山来的。叫他把你留在山上，做做饭什么的。

她问，一山大男人，有人欺负我咋个办？

他底气虚弱，说，他们敢？你、你是我的朋友嘛。

她气恼，说，朋友？说得倒轻巧。我是你的人了，我要你娶我。

车耗子一时傻了眼，半天，他嘿嘿笑着，看着女人。

她问，咋的，配不上你？

他问，你要嫁给我这个马子？

春兰怔了一怔，用双手蒙住脸，然后，脑袋又像拨浪鼓似的摇着。

她说，不，我是胡说的。我不嫁你，我至死也不嫁你，你是天底下最大的坏人。

她连珠炮似的说着，又疯了一般跑出去。

林小姐正坐在烛光下发呆。

春兰扑进来了。

春兰说，小姐，我不能留在山上，我是不会留在山上的。我害怕……

林小姐说，你怕谁？好好和我说。

春兰说，我怕自己办错一辈子的大事……

林小姐说，春兰，你留在山上是最合适的，山上有很多好人，更重要的，有车耗子。

春兰说，正是有他，我才非要下山去。

林小姐说，你无亲无故，到哪里去呀？我又养不活你……

春兰说，小姐，我记起来了，滕县我还有一个远房舅舅，我去投奔他吧。

林小姐为春兰收拾行李。

春兰说，小姐，我不能伺候你了，你可要学会珍惜自个儿……

你胃不大好，别吃凉东西，夜里，你好做噩梦，你要侧着身子睡觉，甭把手压在心口窝。

林小姐说，好妹妹，我安稳了，就来接你。

春兰抱住林小姐，泪流满面。

林小姐掏出一沓钱，塞到春兰的行李里。

春兰把钱取出来，说，小姐，我回乡村，不用钱。你到了上海，哪里都要钱呀。

春兰把钱还给林小姐。

林小姐又把钱塞进春兰的行李里，她说，春兰，回去把钱交给你舅，叫他给你买几亩地，你也就有了根基。

春兰又一次抱住林小姐，痛哭失声。

背着行李的春兰走在山路上。

有几次，她停下来，泪眼迷离地回看来路……

路边灌木丛里，蹲着车耗子。

春兰走，他跟。

春兰停，他躲。

春兰向一个老人打听什么……

老人摇头，走开。

春兰又向一个中年女人打听什么……

中年女人问，你找他啥事？

春兰说，大婶，我是他外甥女。

中年女人说，外甥女、侄女、干闺女，他家里成天招这些玩意儿，他指望这个发财哩。

春兰问，大婶，他家在哪里？

中年女人说，你往北走，门口有棵大槐树就是。

大槐树。

两个石狮子把门。

朱门，虎头环。

春兰胆怯地去拍打虎头环。

院子里，一条狼狗狂叫起来。

朱门开了一条缝，一个搽胭脂抹粉、三十七八岁的女人伸出头来。

女人问，你找谁呀？

春兰回，我找我舅。

第三章

七八十名北洋军冲进大楼，对着玻璃窗就是一排子弹。

玻璃粉碎，哗啦啦摔在地上。

一个黄蜡面皮，穿了一身藏青礼服呢，头上戴着一顶红珊瑚瓜皮小帽的五十多岁男人跑出来，他的后面跟着两个穿了洋服的年轻人。

他说，老总，千万莫胡来，我们王者大矿第二股东是德国人卡尔先生，得罪不起。

其中一个年轻人说，王者大矿第一大股东、中兴公司董事王老板驾到，你们还敢撒野？

一个小官模样的丘八说，我们不怕外国人。我们更不怕的就是最肥的肥猪。我们就是来杀猪的。

王老板说，那、那我们中兴公司第一任董事长就是袁大总统，袁大总统就是吴大帅的恩师，而吴大帅又是徐督军的恩师。

丘八不耐烦，说，什么乱七八糟的，我们只管来拿钱，徐督军派我们来的。

他推开王老板，王老板向后趔趔趄趄，连着打起了哈欠。一个年轻人马上从口袋里掏出了一个鼻烟壶，玻璃小瓶内画出了一个袅娜美女，王老板迫不及待抓住了小瓶，放到鼻子上贪婪地吸着。他没有打喷嚏，却似乎止住了哈欠，恢复了精气神。这时候，那些丘八冲上了二楼财务科。

年轻人赶紧向他汇报，大东家，昨天那个叫天顶砸死了的窑汉，他的爷爷奶奶爹娘叔叔婶婶七大姑八大姨三十几号人一窝蜂拥到了办公室，要求赔偿人命费十万元外加丧葬费一万元。

大东家把鼻烟壶举过了头顶狠狠地摔下来，他的手却在长衫口袋处戛然而止，把鼻烟壶顺手装进了口袋里。

他说，没有。一分也没有。岂有此理。王者大矿招收窑汉的告示写得明明白白，来者自愿，人命伤残自负，本矿一律不予赔偿。我王大东家从来就没有请任何一个窑汉到本矿来下窑是不是？我王大东家也从来没有向任何一个来本矿下窑的窑汉说，若"空"了冒顶了淹死了窑汉砸死了窑汉还要赔偿是不是？本矿就是这么一个"王法"，中兴十二个大矿，天下的窑汉却就是挤破头也争着抢着来王者大矿下窑。为什么？为着王者的矿肥，挣钱多。对不起了，窑汉们，你是一个窑汉，就天生的"四块石头夹着一坨肉——埋了没死"！

一个年轻人低声说，大东家，那窝人已经在您的办公室楼道里打了地铺，叫嚷着先睡个三五天，还拿不到赔偿，就把砸成了一个肉团的窑汉用筐抬来！

大东家骂两个年轻人——养着你们两个跟班何用之有？去给峄县警察局乌局打电话，就说王大东说的，我弄着那群衮衮诸公就是对付这些窑汉的。叫他把闹事的泼妇刁民用绳子捆了串了牵进局子里，乌局知道如何对付这方连乾隆爷都拿他们一点法子没有的泼妇刁民。给我处理好了，叫乌局去红灯笼巷找我。

王大东要从后门溜之大吉。后门是专为王大东的"依骚馆"开的。

一个年轻人嘀咕——大东家，卡尔总工还叫您去接待那些丘八。

大东家乜斜了他一眼，悻悻地走向了后门。

他们用枪托子砸保险柜。

他们用刺刀乱挑账簿。

小官说，处长说了，拿不到钱，就先砸了财务科，接着烧大楼。

几个男女科员瑟瑟发抖。

055

北洋官兵进进出出，有的提着酒瓶子，有的搂着妓女，一个个东摇西晃，醉眼迷蒙。

一个个包间杯盘狼藉。

一个个房间变成污秽不堪的垃圾场。

几个士兵向墙上撒尿。

夜晚的红灯笼巷，挂着的一个一个红灯笼依旧闪烁着暧昧的摇曳的光芒。昔日里进进出出各栋青楼的全是那些个今日多出了几百斤炭因而多拿到了几十块钱便快活一天算一天的窑汉们，眼下都不见了，取代他们的是卡尔二东家自掏腰包请的客人——那个小官和他率领的三十个丘八。

卡尔哭丧着脸说，大东家抠门得很。他请乌局在"依骚馆"一个人要花十万，因为要抽大烟，还要"见红"，你们中国人他妈的纯粹有病，喜欢玩雏儿。他不在乎花多少钱，因为钱都是从柜上出，就是财务科拿钱。我是二东家，请你们这些丘八，却要我自掏腰包。这是他定的规矩。我晕，我很晕。所以，请弟兄们理解，先凑合着。其实都是中国男人欺负女人的不体面行为。

小官说，这就行。不管什么样的玩意儿，二哥快活就好。

卡尔陪着征稽处的处长抽大烟。

处长吞云吐雾。

卡尔一脸愁云。

处长说，卡老板，老白干喝了，人头马喝了，女人干了，大烟也抽了，可是，三百万我还是要的，我拿不回去，徐督军就要我这颗脑袋。

卡尔说，处长，你是知道的，吴大帅就是中兴的大股东……

处长说，对，不假。今天，我可不是向中兴来讨赞助，今天，我是向王者大矿——中兴第一大矿来讨赞助的。卡老板，三百万，对于你来说，不过是牛腚上拔一根毛。你还会捞一个名誉，徐督军会从北洋政府给你讨一枚勋章回来。

卡尔哭丧着脸说，我哪有那么多钱……王者大矿，我只是二股东，还有大股东，三百万，要开股东会研究的，朋友。

处长说，你们外国人事多，中国老板哼一句话。

卡尔说，我还要向王大东请示一下……处长，我和你们林主席可是朋友。

处长语气半点也没有变得友善，他说，鸟，你别拿林某某来压我，我不怕，我怕的是你们德国商会。至于那位鸟主席，我更不用雀子尿他。

卡尔埋头喝咖啡。

处长说，实话告诉你，卡老板，我们打算在这里住一个月。那些丘八能干出什么好事来，我也说不清。

卡尔连连在胸口画十字。

卡尔见状，只能低声下气，说，朋友，钱，我一定想办法。股东会就不开了，不过，程序是不能少的，我要一个一个和他们去说说，通融通融。

处长嚣张，他说，老外，你难道也学会了中国那一套，躲债？好，你去说吧，我不怕你躲，你躲过了初一，躲不过十五，反正你有矿井，你有大楼，你躲到德国去，咱也不怕。

卡尔苦笑。

卡尔退出客厅。

走廊里，卡尔自言自语——华莱士说得对，中国人欺软怕硬。不，孙美瑶不是这样的，可恶的是中国军阀，还有王大东。我、我也要参加革命党了。

舅舅、舅妈摆酒席招待春兰。

舅舅是一个一口金牙的男人，舅妈就是那个油头粉面的女人。

舅妈很殷勤，不住手地往春兰碗里夹菜。

舅妈说，兰子，你就甭走了，和舅妈住一块儿，有舅妈吃的，就有兰子吃的，有舅妈住的，就有兰子住的。真是人好命薄的，一枝花似的人儿，没爹没娘的。甭怕，有你舅，你舅舅可是个大善人。不用说自个儿的外甥女，外人到了舍下，他都管吃管喝管住。

春兰一个劲地点头。

春兰给舅妈敬酒。

舅舅不时地盯着春兰看。春兰感觉到了这一点，她不敢抬头看舅舅。

舅舅自斟自饮。

舅舅说，哎，明天你拿上几个钱，陪兰子去县城裁身衣裳。

舅妈说，成，我去。

春兰赶忙说，不用，舅，我给一个阔小姐当了五六年丫头，我行李里衣裳多。

舅舅表现出关心春兰的样子，脸上表演着善意，他说，你有是你的，这是舅舅的一点心意。唉，你娘一辈子惨呀……

春兰红了眼圈，她心有戚戚焉，低声说，我都不记得我娘是个什么样子了。

舅舅红着脸膛，眼睛里透射出攫取的兴奋，满口的金牙在灯光的照射下锃锃地发着恶俗的黄光，很是刺眼。春兰低着头，她根本无法分辨眼前的男人和女人毒蛇一般的心思。舅舅黏黏糊糊的眼神不时地停留在春兰饱满的胸部，舅妈拿眼睛去瞪舅舅，舅舅才收敛了眼神，继续他善意的表演。

舅舅说，你如何记得？你三岁上，你娘就叫人贩子绑了花票，你爹赎不起，人贩子就把你娘卖了。

春兰抽泣。

舅妈看了舅舅一眼。

春兰起身解开行李，取出一沓钱，双手交给舅妈一些，说，舅妈，这点钱是兰子的血汗钱，孝敬舅妈的。

舅妈眉开眼笑，收下，嘴巴却说，一家人，这就不外气了。

春兰又把一些钱交给舅舅，说，这些是那位好心小姐给我的，我求舅舅用它给我买几亩地，也让兰子有个饭碗。

舅舅接了钱，郑重其事地点点，说，一共一千块，能买七八亩地哩，舅舅好生给你办。兰子可出息了。

月牙儿浮上檐角。
春兰在小床上辗转反侧。

车耗子贴在房顶上，两只大眼看着很近的月牙儿。
他猛地翻了身。
他看见后边的柴火院子里人影幢幢。月色朦胧中，几个男人从柴火垛里拖出四五个女人，一律绳捆索绑，一律棉花塞嘴巴。
偶尔有女人的尖叫发出。
三四乘轿子停放在门口。
四五个女人被男人扛着，胡乱塞进轿里。轿子启动了，两个男人抬一乘，向镇子外的黑夜里走去。

卡尔独身一人，来到绝壁下。他摇动麻绳，这条麻绳从看不见的高处垂落，崮顶传下一串铃声。
卡尔喊，我是卡尔。
卡尔在山下等待"轿子"。显然，这个德国人不是第一次进行这种操作了，他安心地等待着"轿子"。绝壁下野花遍地，卡尔饶有兴致地采摘野花。
"轿子"下来了，里边坐着孙美瑶。
卡尔拥抱孙美瑶。
孙美瑶双手扶着卡尔端详，说，你瘦了，兄弟。我真想你……王者大矿好吗？我知道，在中国，只有它是你的"窈窕淑女"。
卡尔说，是的，先生，你教会了我接着念下边"君子好逑"。可是，我又不喜欢你的文化了，因为它怎么教出了焕金王这样的秀才？
孙美瑶今天心情很好，像抱犊崮的春天。他说，我听到了好多关于王大东家盘剥窑汉的故事。

卡尔问，那你为什么不绑这只肥票？

孙美瑶说，他盘剥的是千千万万个窑汉的血汗，请相信我兄弟，迟早王大东家会吐出来他吞下的民脂民膏。

卡尔说，你绑了他，要他五百万，用这个钱，我去给你买全世界最漂亮的武器。你用这样的武器，去打你们的军阀。

孙美瑶摇头。他岔开了这个话题，回到刚才的问题——你的王者大矿还好吧？

卡尔说，不好。

孙美瑶不解，问，漏了大水？

卡尔摇头。

孙美瑶很是关心，继续问，塌了大顶？

卡尔摇头。

孙美瑶又问，出了伤亡？

卡尔又摇头，他说，它的灾难和美瑶兄是一样的……噢，让它见鬼去吧，我来抱犊崮，是游山玩水的，是休息的，我太累了。欢迎吗？我的朋友。

孙美瑶高兴异常，他说，当然欢迎。我陪你，天天陪你。

孙美瑶亲自把卡尔扶上了"轿子"。

孙美瑶亲自摇动麻绳。

铜铃声中，"轿子"缓缓上升，颤颤悠悠，在天地间，别有一番自由自在。卡尔依旧兴奋不已，像个孩子一下子忘记了不快，他左右环顾，大叫，好哇，比我的电梯漂亮多了。

第一本白话版的《峄县志》云：

鲁南的抱犊崮位于峄县、临沂、费县、滕县四县之间，为周围七十多座山峰之冠，海拔六百余米，有一柱擎天之势。因山势险峻，老百姓无法牵着大牛上山，只得抱着小牛犊在山上养大后再耕田，故名。山势周遭乃悬崖峭壁，只有北面一线鸟道（亦称蛇道）可通，是藏身的绝佳之处。岗下群山围绕，林木茂盛，山村守望，是上山可守，下山可攻。

野花灿烂。

泉水淙淙。

百鸟啼啭。

一些蜂箱摆放在一处山洞前面的开阔地带，一个头戴蜂帽的男人正在收拾蜂箱。一团团的蜜蜂围着他转。

孙美瑶、卡尔两人在豹子谷游玩。

孙美瑶认真地给卡尔讲述着抱犊岗的传说。他说他首先是抱犊岗的一个药农，从连云港的花果山移来了一千三百二十一棵南洋乳香树，它们都活了，服了这一方的水土，且向这一方水土上的生命贡献了可以与南洋媲美的药效。他还种了漫山遍野的白芨，岗顶的十亩黄芪更是表现得出类拔萃……

卡尔问，你救死扶伤的柔软心肠，你的红佛痣，你漂亮得可以和东方美女相媲美的粉白面庞，怎么和那个月黑风高夜一枪毙命上百个贪官污吏的"上官克星"连在一起呢？

孙美瑶阴鸷地笑了，那张脸竟然有了几分粉面含凶的味道。

他说，所以天下人送我一个"粉面杀手"的雅号。

卡尔说，我还是很疑惑，"上官克星"是不是孙美瑶。

孙美瑶笑而不答。他回到风花雪月的主题。

他说，这是"婆婆丁"，学名蒲公英。它小的时候，百姓可以挖回家去，做渣豆腐吃。这是"溜溜嘴"，我不知道它的学名是什么，你看，花多俊。

卡尔已经采了一怀野花。

一棵高大的银杏树下，卡尔驻足。

卡尔热情地去拥抱树干。

卡尔说，国粹，中国的国树，你们有国树吗？银杏够品位。

孙美瑶说，中国现在是一无所有，只有腐败的官场，还有老百姓化的土匪、土匪化的老百姓。

卡尔皱起了眉头。

孙美瑶笑了，说，该打，我又谈国事了，犯规。

卡尔一个人向养蜂人的方向走去。

孙美瑶紧随其后。

养蜂人摘下蜂帽。

养蜂人说，卡尔先生，你好哇。

卡尔问，老当家的，原来是你。你也会养蜂？

孙桂林说，闲暇时养养蜂、种种花，这是中国人的一大情致，就像卡尔先生业余时间弹弹钢琴一样。

卡尔说，中国人的情趣更加回归自然，而我们的所谓文明，更多的是压抑本性。

孙桂林说，中国人讲究天人合一。

野菊花茶。

孙美瑶和卡尔分别坐在两块石头上，对饮。

卡尔突然说，美瑶兄，我也想上山当马子了……

孙美瑶哈哈大笑，他看向卡尔，说，兄弟，你说什么风凉话。你有技术，有事业，有矿井，家里还有娇妻爱子，而我，有国不能投，有家不能归。

卡尔说，我更加理解你的所作所为了。你们中国军阀，是世上最讨厌的家伙……

孙美瑶问，兄弟，你有心事？

卡尔嘴硬，说，没有，我很好……

孙美瑶白净的脸庞浮现出一抹粉红色的关心，他说，你的王者大矿出了麻烦。

卡尔回，美瑶兄，这事你帮不了我。我只有在你这里躲些日子这一条路。

孙美瑶说，兄弟，你待我不薄。真正的中国人是讲究为朋友两肋插刀的。如今你有难处，我岂会袖手旁观呢。

卡尔说，徐中玉他欺软怕硬，不敢向中兴公司大老板伸手，他怕吴佩孚呀，他欺负起我这个王者大矿的小老板来了。

孙美瑶说，你是外国人呀。

卡尔说，中国军阀怕拿枪的外国人，不怕拿图纸的外国人……他借口发不出军饷，派兵来要我赞助，张口就要三百万，不给，兵就不走。

孙美瑶问，他派来了多少兵马？

卡尔说，有一个营吧？带兵的却是征稽处处长。

孙美瑶说，让我来收拾他。

卡尔连忙摆手，说，不行，不行。你收拾了他，他就收拾我，我只有躲。

孙美瑶说，你能躲几天？你有矿井，有大楼。

卡尔说，可是，我宁愿矿井封口、大楼关门，也不想再把钱送与那些贪官污吏了。他们是喂不饱的狼，你给他一座银山，他马上就来要你一座金山。这样的政府，外国人谁还敢来中国做生意呀。

孙美瑶看着眼前这个男人，心里已经有了盘算，他说，兄弟，咱们可以想个万全之计嘛，一来可以赶走持枪的强盗，二来又不会让徐中玉抓住你的辫子。

卡尔瞪大了灰蓝色的眼睛，说，那样太好了，你帮我渡过这个难关，美瑶兄，我给你一百万。

孙美瑶笑了，说，那年山上日子不好过，我找到你，你开口就给了我一百万，我可是什么事也没有给你办。如今我帮你，哪能要钱呢。你出钱，我办事，那叫生意，不叫兄弟。

卡尔说，我的中国兄弟，这活可是拼性命的玩意儿。

孙美瑶说，我们也只有性命可以拿出来为朋友一拼了。

卡尔冲动地过来拥抱孙美瑶。孙美瑶被他抱得突然，竟然有点不好意思。飒飒山风在两个男人的身边缠绕和回应，见证着抱犊崮上男人之间的友情——坦荡，赤诚！山上和山下两个世界，两种生存方式。卡尔享受着难得的片刻身心放松。

卡尔显出难为情的样子，说，你才是我真正的朋友。朋友，对不起，我有件事没有告诉你。

孙美瑶说，兄弟，不想告诉我的就不要告诉我。

卡尔说，不，一个意大利人，华莱士，他也是我的朋友，他帮曹锟的忙，要来打你。他绘制了抱犊崮的地形图，你要小心。

孙美瑶说，我知道这个外国人，曹锟给了他一个中将军衔，他扬言一定会活捉我。

卡尔说，他是一只好斗的公鸡。

孙美瑶说，不，他是做梦都想征服中国的侵略分子。谢谢，兄弟。山里人有句老话，朋友来了有酒肉，豺狼来了有猎枪。

春兰在睡觉。

她的脸颊上还挂着一颗泪珠。

舅舅捅开门闩悄悄进来。

舅舅鬼祟地站在春兰的床前。

舅舅扭曲的面庞。

舅妈拧了舅舅一把。

春兰惊醒，她叫，谁？舅舅！

舅舅扬起一块黑布，一下子蒙住了她的头。一团棉花塞住了她的嘴巴。

春兰双腿乱踢。

舅妈麻利地用绳子捆住春兰的两条腿。

舅妈说，兰子，让你明白也好，你舅舅要卖你，他为你找好了南京的窑子。我不来，他还要睡你。你……别恨我，我也是差点被他卖掉的女人，不过他看上了我。说不准，你娘也是叫他卖的，他本来就是人贩子。

舅舅一脚踹倒她。

舅舅扛起春兰走出小厢房,把春兰塞进一乘轿子里。

舅舅夹着红毡,像送新娘子的长辈在押轿。

四名轿夫抬着轿子。

还有几个吹鼓手在吹吹打打。

路人驻足观望。

舅舅把一些红枣栗子塞给路人。

轿子来到一棵银杏树下。

车耗子大叫一声从树上跳下。

车耗子心想,黑熊在就好了,够他们喝一壶的。

车耗子用脚踢了舅舅的脑瓜,舅舅受伤扑倒在地。

车耗子左右开弓,用手枪打死了两名轿夫。吹鼓手纷纷从腰间亮出了刀子。

两名轿夫则抽下了轿杠。

车耗子和他们打成一团。

车耗子背上挨了一刀,血染红了白褂。

车耗子又开枪,打死两名吹鼓手。

众歹徒吓跑。

车耗子从轿里拖出春兰,解开绳索,掏出她口中的棉花,背上就跑。

春兰呜呜大哭。

春兰说,耗子哥,我、我不该下山的。

车耗子也不答话,只顾飞跑。

春兰叫,呀,血,耗子哥,你受伤了。我下来,我自己跑。

车耗子不听她的,照旧背着她跑。

舅舅从后边追上来了。

舅舅喊,放下她,她是我的人。

车耗子掏出枪,向后瞄准。

春兰说,求、求你别打他,他……他是我舅呀。

车耗子说，糊涂，女人太糊涂。

车耗子开枪了，打飞了舅舅的瓜皮帽。

车耗子大叫，人贩子，春兰叫我留一条命给你。

票房内。

春兰为车耗子敷药。

她轻轻地抚摸着车耗子的背，有一滴泪落在了车耗子的背上。

他说，哭啥，离心口窝十万八千里哩，女人。

春兰的手继续温柔地抚摸着车耗子的背，她轻咬嘴唇，说，人家后悔嘛。

车耗子抓住了春兰的手，却又倏地松了。他说，我、我什么也没干。

她笑了，说，傻瓜，如今你干啥也没事了。我是你的人了。

车耗子是抱犊崮上一个粗糙的爷们儿，哪里经受过女人的温柔和呵护，一两下就被女人给缴了械。这抱犊崮上的男人都是粗在外面，内心极软又重情，火辣辣的让女人受用又安心。

他问，你这一回真的要跟着我这个马子了？

她说，什么马子不马子的。我家小姐倒是嫁了一个大官，依我看，那个大官还不如马子好。

他说，春兰妹子，你别说嫁、嫁的好不好？我怕，我害怕。

春兰执拗，不由分说——我偏说嫁你，嫁你。

车耗子转过身来，用手捂住了春兰的嘴巴。

他小心翼翼地说，别说嫁我，一嫁你又要下山了，我害怕你下山。

春兰看着真诚的车耗子，禁不住双手抱住了他，泪流满面。

春兰说，我不下山了，好人，我要跟你，和你在山上待一辈子。

车耗子醉了一般。

他又说，我还是有点怕，怕你家小姐不会愿意。

这时候，林小姐推门进来了。

林小姐说，我愿意。

他挣扎着起来，说，我、我给您磕头。说着，车耗子真的跪下了。

林小姐说，春兰，你过来，你也跪下。你们两个就算是拜谢主婚人吧。

春兰过来和车耗子跪在一起，给林小姐磕了三个头。林小姐把他们拉起来，把手上的金戒指摘下给了车耗子。

林小姐说，这戒指可不是贪官给我的，这是我姥娘给我娘，我娘又给我的。耗子，过去给春兰戴上。

车耗子接了戒指，给春兰戴上了戒指。林小姐满脸笑意，看着车耗子和春兰。

林小姐说，春兰，姐姐如今也没有什么东西能送你，姐姐的箱子给你留下了，里边还有几身衣裳。

春兰说，小姐，我可不要了，你到了南边，还要生活。

车耗子说，林小姐，我也当了十几年的马子，积攒了一些钱，养活春兰，够。

林小姐说，你的是你的，我和春兰姐妹一场，她一辈子的大事，当姐姐的说什么也要表示一下心意。

车耗子应道，是，小姐。

林小姐说，耗子，我和孙司令说，你有了春兰，以后再拈花惹草的，他就会打碎你的脑袋。

车耗子看着春兰，笃定地说，有了春兰，我耗子一辈子就够了、足了。

林小姐长长舒了一口气。

林小姐说，你们好了，我也该走了。真是天意呀，这难道就是缘分？

林室雅心里千回百转，她咂摸着，不确定缘分对于她是什么，她心里在说，他们都有缘分，我还有缘分吗？让孙美瑶劫了我，是不是也算老天给我的一次缘分……可是，我该走了，该下山了。

亭子在抱犊崮的山腰。

天清气爽，白日朗朗。

万绿丛中，一座红顶小亭。

鎏金匾"送君亭"高悬。

十几株石榴树围着小亭。

孙桂林、众头领，从头到脚焕然一新的车耗子和春兰，还有一大队持枪的马子，簇拥着林小姐下山。

小亭上拴着三匹马。

孙美瑶、黑熊已在小亭等候。

春兰扶着林小姐，眼泪汪汪。

众人来到小亭。

林小姐说，老当家的、众头领，小女子就此别过了。

孙桂林说，林小姐，你和抱犊崮有天缘，我们已是朋友，我想托你一件事。

林小姐说，老当家的请说。

孙桂林说，林小姐到南边贵同学处，张之先生处，还望多说好话，让你的这群山野朋友也好有个归宿。

林小姐说，我会的。老当家的，我要告诉南边的人，抱犊崮上的马子是仁义马子，他们的对头是北洋政府。

孙桂林让人用传盘端上一个存折，存折上印着"上海汇丰银行"的字样。他说，我们给朋友造了难为，我派人在上海汇丰以小姐的名义存了一万元，一来算是补偿，二来也是孙司令对朋友的一点心意。

林小姐说，不，这存折我是万万不能要的。我非但不能钓来曾申的一条枪一块钱，还给朋友添了不少的麻烦。如再让朋友破费，我林室雅虽为女子，也实难心安。

一直沉默的孙美瑶拿过存折，说，林小姐，你如果看得起孙某，就把它收下。你如果不屑接受一个土匪的馈赠，那我就把它撕了。

林小姐接过了存折。

孙桂林嘱托——林小姐，请你记住，今后无论发生了什么事，在这座大山上有一群真正的朋友。

林小姐翻身上马，在马上向众人抱拳施礼，然后飞马而去。

孙美瑶和黑熊也上马，跟了上去。

三匹马，两个男人一个女人缓缓前行。

黑熊骑马跟在孙、林后边。

孙美瑶问，你准备到南方去投孙中山的军队？

林小姐回，我有自己的复仇方式。

他又问，我能帮你什么忙吗？

她回，谢谢。

他继续问，那个男人不是已经有了妻室？

林小姐苦笑，她说，美瑶兄，我娘的悲剧，就是把自己的命运寄生在男人的身上，我先前也是被动如此。我、我这次到南方去，就是要寻找我独立的生命。我谢谢曾申抛弃了我，没有这一次的抛弃，我这个五四时期的新女性也会慢慢蜕化成达官显贵养在笼子里的金丝雀。

他说，你比我有脑筋，说到底，我孙美瑶还是一个封建义士。

她说，但愿美瑶兄最终不要变成一个封建官僚。

孙美瑶陷入一阵迷茫、失落，半天他才说，那是绝对不会的，我孙美瑶终生与封建官场为敌。

她说，可你孙家世世代代都是封建官场中人呀。

他说，封建官场已经灭我家门了。

她迷茫，问，南方你不投，北洋又为敌，那美瑶兄要在抱犊崮待一辈子吗？

孙美瑶仰天长叹，骑马向前，向苍天发问——老天，想我孙某人少年得志，原想一展宏图，报效国家，青史留名，驰骋官场……你却叫奸佞坑我，小人害我，让我报国无门。我的路在哪里？老天，你还给我机会吗？

林小姐感受着孙美瑶的迷茫,她虽有着女人智慧的直觉,却实在不理解孙美瑶的迷茫。在她看来,这无异于孙美瑶作茧自缚,但是她什么也没说,她知道男人的路只有自己走出来。

下午。

孙美瑶、黑熊俱已换装。孙美瑶戴着墨镜,拄着文明棍,长衫、礼帽、皮鞋,一副京城商人的模样。

黑熊则是跟班打扮,提着皮箱。

林小姐像是商人的宝眷。

孙美瑶说,黑熊把你送到上海。

林小姐说,不用了。

孙美瑶说,我不放心。噢,还有一件事情你记住——第二次特快国际联运蓝钢皮车上有我的"眼子",他在餐车当大师傅,姓王。有紧急事你去找他,就说甲午是你表哥,他会随时向我禀报情况。

林小姐点点头。

孙美瑶声音低沉,说,室雅,多保重,美瑶不送了。

孙美瑶抱抱拳,淹没在人群中。

卡尔在办公室里批阅文件。

处长带着一队士兵冲进来。

卡尔说,朋友,请坐。

处长说,外国人也会泡蘑菇呀。卡老板,和那些股东说好了吧?都五天了。

卡尔站起来,摊摊双手。

处长问,什么意思?

卡尔回,三百万,我给你,OK?

处长问,三百万,都给?

卡尔回,明天早晨八点整,你来拿钱,OK?

处长说,现钞。

卡尔说，我在济南没有账户，当然是现钞。

处长一下子兴奋了，正了正军装军容，叫道，三营长。

三营长跨步进来，笔挺地站着。

处长发话——传我的令，都放规矩一点，卡老板是督军的朋友。

处长神秘地问，二东家，你的大东家呢？

卡尔摊摊双手耸耸两肩，说，他去徐州会小姨子了。

处长说，这三百万起码有一半是属于这个土财主的，他舍得？

卡尔说，舍不得，他又有屁法子？他对窑汉、对下属厉害得很哪。对你们，他就是一只小耗子，你们是黑猫。

孙桂林微闭双目，双手合成葫芦状。"葫芦"里似乎有什么东西，他在轻轻地摇着、摇着，猛地向空中一抛，落下来的原来是六枚道光年间的铜制钱。

他仔细地辨认着铜钱的正反。

他一连如是做了六次。

他口中念念有词。

孙桂林说，这一仗可打。一个三余，应该是三面埋伏。

几位团长静静地坐着。

他说，众将领听令。

三位团长以及车耗子齐刷刷站了起来。

他说，我策划好了三面埋伏虎口夺丹的妙计，三位团长一一听着。

三位团长应是。

孙桂林依次和各团长窃窃私语。他们各各向老当家的抱拳，离去。

他对着车耗子说，耗子，虎口夺丹的是你。

他亦向车耗子的耳朵密语着。

车耗子说，老当家的，老耗记下了。

他说，千万别忘了，当着那位处长，大骂卡尔一通。

一营的北洋军从南向北行进。

一乘竹竿小轿抬着处长，处长的怀里抱着一个皮箱。

处长的耳畔响起督军的声音——姥姥，咱哥们儿没有人家林大虾米那样的千金好送曾大总理，咱们也没有比丈人还要大十几岁的女婿能从财政部给个三百万五百万的，可是，咱手里有枪，他姓林的没有。这年头有枪要啥都有，金条、女人、房子、位子。你到枣庄去，住他一个月二十天的，从那个洋鬼子手里抠出三百万，就说请他赞助点儿军饷，弟兄们喝碗糊糊。你可别动中兴公司大老板，他是吴大帅的哥们儿，吴大帅在他手里有干股。你甭怕那个洋鬼子牛皮烘烘，他手里没枪，只有图纸。这事办好了，我给你提成，百里抽一。至于那个大烟鬼王大东家你甭尿他，你和我的兵一到，他保险溜之大吉。他只敢盘剥他手里的三千名窑汉。

他洋洋自得地闭上了眼睛。

前面横挡去路的一座高山，有一群羊，一个放羊的汉子吼起了鲁南的"拉魂腔"——

说你诌，你会诌，大年五更立了秋。
牵着镢子杠着牛，漫天空地镢芋头。
芋头地里有了草，拿起镰刀去耪豆。
一耪耪到树墩子，见了条白花蛇子黑乎乎。
张起兜来拾小枣，拾到手里是毛桃。
张三吃，李四饱，撑得王五满街跑。

烟桌两边，斜歪着卡尔和孙美瑶。

孙美瑶很是娴熟地亲自干着抽大烟的那些细发活儿，他干得十分仔细、认真，干错了便重新干起。

卡尔的两只手却有点笨拙，还有点抖，怎么也干不好那些活儿。

卡尔苦笑，他说，你送我这杆烟枪都两年了，但我还是学不会中国这玩意儿。

孙美瑶说，中国这玩意儿却是你们洋人教的。

卡尔讪笑，说，在中国做生意，要有三手。第一，要能唱一曲好二黄；第二，要能写一手好字；第三，要能抽一口好大烟。我一手也学不好，所以，生意做不好。

孙美瑶哈哈大笑，他告诉卡尔——那是老皇历了，如今有了新皇历。第一，要靠上一个大官；第二，要学会送金条、女人；第三，要……

卡尔没等孙美瑶说完，皱眉说，中国的讲究真是叫人没办法。

孙美瑶说，卡尔，我送你的这杆烟枪还是从云南弄来的，它叫"蛇总管"，用一种怪树做成，避邪，在屋里一放，蛇、蝎子什么的都不敢来了。它是我的传家宝，还是光绪爷赐给祖父的哩。

卡尔把玩着烟枪。

卡尔叹口气，说，我把它一放，军阀不敢来就好了。

孙美瑶大笑。

卡尔说，朋友烟道不浅哟。

孙美瑶说，兄弟知道否？人称"白面包公"的家父，也是短不了抽一口的。但我这个儿子看着架势很足，却只是做个样子。

室内烟雾缭绕，把光线都晕化了，一切都是如此的柔和，把两个不同命运的男人困在其中。

卡尔好奇，他问孙美瑶——朋友，世人传说你爸爸与曾申换过帖子，不知道这事是不是真的？难道一个君子与一个小人，一忠一奸、一义一佞也能交朋友？

孙美瑶说，并非谣传。那时候，家父任山东巡抚，曾申任直隶巡抚，他们二人同为袁世凯的得意门生……世事纷纭，官场多变。朝廷栋梁可以变成窃国大盗，生死弟兄可以出卖，忠义之人也可以一朝一夕之间剥下表皮，露出奸佞本相。因为这个官场，只发达庸才、小人、奸雄，曾申这样的小人，不就成了永远不倒的三朝元老？

卡尔说，我不明白。

孙美瑶说，大清、袁世凯、黎元洪，不是三朝又是几朝？

西洋大钟打了十下。

卡尔问，朋友，那事怎么样了？

孙美瑶回，兄弟放心抽烟即是。兄弟知道三国的故事么？人家周郎"谈笑间，樯橹灰飞烟灭"，咱们是烟榻上，静候"完璧归赵"。

无数面铜锣一起敲起来。

无数名马子从各自的山洞、营房里钻出来，向巢云观大院集合。

北洋军依旧走着。

牧羊人的"拉魂腔"唱完了。

东山腰的绿色灌木丛后边，刷地站起一团长狗肉张。只见他口叼一把杀狗的弯刀，左手拿着匣子枪。

他率先向山下小路上的北洋军打响了第一枪。

顷刻间，几挺机关枪嗒嗒，上百条长枪砰砰，一齐向山下的北洋军开火。

处长骂骂咧咧——放轿，娘的。

抬轿的士兵扔了轿杆。

处长跌坐在地上，依旧怀抱着那个皮箱。

处长说，马子断路来了，给我打。

处长抱着皮箱，蹲伏到路边的坟头后边向东山眺望。

五百人的北洋军一齐向东山进攻。

东山的马子凭借地利，扫倒了一片北洋军。北洋军又返回头来，向西山逃跑。

西山的马子打响了枪。

东山上，狗肉张举着宰狗的弯刀，大叫，杀官兵喽！本团长有令，今晚回山宰狗十只，犒赏弟兄们。

马子们在狗肉张的率领下。从东山上冲下来。

北洋军受到东、西两面的夹击。

处长喊，向北冲，不要恋战。

他带头向北路逃走。

北洋军一窝蜂向北山方向逃窜。

北山上则有更猛烈的火力向他们扫射而来。

北洋军被三面夹击得纷纷趴在地上不敢动。

处长怀抱皮箱。

处长两只兔子般的胆怯的眼睛四处张望。

这时候,车耗子率领二十名短枪手,只打还手的,不打趴在地上的,从北山的一个角落冲下来,直奔处长而来。

他们行动神速,很快就冲到了处长跟前。

二十把手枪的枪口围住了处长。

处长依旧抱着皮箱。

北洋军眼巴巴看着,不敢开枪。

车耗子从处长手里夺过皮箱,打开,里边全是钞票。

车耗子说,好个卡尔洋鬼子,狗日的,看来你是怕徐中玉不怕孙美瑶呀。我和孙司令求了你五六回,你是老母猪的皮,不出血。当官的一来,你狗娘养的就大方了。哈哈,徐中玉啊徐中玉,你是强盗遇上了土匪,你敲卡老板,我们敲你。

几名短枪手要开枪打处长。

车耗子说,别动,这一回,咱们是只要钱,不要命。走,处长,我把你领出包围圈吧!

处长说,谢谢,谢谢好汉不杀之恩。

车耗子说,我不杀你,你也别让他们杀我们。他们杀我们,我们就杀你。

车耗子一只手揪着处长衣领,一只手举着枪顶着处长的后脑勺。

处长说,好,好,我下令……他对北洋军大叫,谁也不许再开枪!

枪声慢慢平息下来。

车耗子和二十名短枪手押着处长,驱赶北洋军向北而逃。

三面山上的马子从隐蔽处依次站起,一齐喊出一段顺口溜——

卡尔卡尔软骨头,去舔徐督胖腚沟。

徐督徐督好可怜,到口的肥肉半路上丢。

车耗子嘻嘻笑着。

处长不甘心,说,好汉,能不能给我留下个百八十万的?这钱抠得不易呀。

车耗子没好气地说,卡尔够客气的了,我们怎么抠也抠不出来的。

处长说,割谁的肉谁不疼呀。

车耗子说,你还是一个明白人。

车耗子拍拍皮箱,说,这玩意儿是我们的肉了。

处长哭腔哭调,说,好汉,我回去如何交差呀?

车耗子说,你才来了三百人,我来了五百人,山上还有一千。你回去和徐中玉说清楚,鲁南地面上的钱,他不派三千两千的兵来,休想拿走一分。

几十名马子冲进财务室。

一位老职员出面,弯腰赔笑脸,说,好汉爷,你们来有什么事?好说,好说。

一个马子小头目喊,山上断粮了,孙司令派我们来借上三五百万的,弟兄们喝碗糊糊。

老职员说,哎呀呀,徐督军刚派兵来提走了三百万,矿上眼下是一分钱也没有了。

马子小头目生气的样子,说,好呀,你能给姓徐的,就不能给姓孙的?

老职员颤抖着,说,他是硬抢走的呀。

马子小头目说,那好,我们抢。

小头目率先向大楼的玻璃窗开枪。

一扇玻璃哗啦啦摔碎在地上。

几十名马子纷纷向玻璃窗开枪。

顷刻间,大楼的大部分玻璃窗都被子弹打碎了。

马子们呼啸而去。

老职员眼泪汪汪。

男女科员瑟瑟发抖。

老职员气极,说,民国呀,你就关起门来受穷吧。连卡尔先生这样规矩的外国人在中国投资、做生意、开矿,你都不容。官府敲诈勒索,土匪明抢豪夺,谁还敢来呀。敢来的,只剩下开着军舰的洋强盗了。

西洋挂钟当当敲了十一下。

孙美瑶显然已经入睡,发出匀长的呼吸声,面孔上露着淡淡的微笑。

卡尔却在屋子里转着圈子。

他不时俯在孙美瑶的脸上,嘴巴张了几张,又走开,沉重地叹气。

不远处传来一阵枪声。

他先是倾听,继而又捂住了耳朵。

一会儿,老职员气喘吁吁跑来,推开了门。

卡尔出门迎他。

老职员说,孙美瑶又来要钱,把大楼的玻璃全打碎了。

卡尔问,他们走了吗?

老职员说,走了。他们倒是没砸别的什么东西。

卡尔说,我知道了,你回去吧,玻璃先不要装新的。

老职员怔了一下,走了。

卡尔推门走进来。

孙美瑶依旧大睡不醒。

卡尔连连在胸口画着十字,又低下头,祈祷。

卡尔自言自语——军阀比我强,马子也比我强。在中国,是无法发展实业的。再好的实业,也不过是官、匪的一口肉而已。华莱士也许说得有道理,和中国人打交道,别忘了带上你的大炮。

孙美瑶一个鲤鱼打挺从烟榻上跳起来。

他哈哈大笑,说,兄弟,我孙美瑶可是从来没有拔过王者大矿一根草呀,除非朋友真心送的。

卡尔说,孙、孙司令,我实在是急糊涂了,胡说八道,纯粹是胡说八道呀。

孙美瑶说,不,你说的正是中国的实情。中国要富强,必须采取关门打盗、开门揖商的策略:对华莱士那样的侵略分子,必须狠狠地揍他,一点儿也不能手软;而对于卡尔先生这样的和平友好商人,则应该敞开国门,真心欢迎,并且把你奉为上宾,官、民都要有这样的心态……可惜呀,如今的官员和政府采取的正好是相反的路线。

卡尔说,朋友,你要是民国的国务总理,民国就好了。

孙美瑶说,我不会像曾申之流那样昏庸无能的。

卡尔说,朋友,还有那一天吗?

孙美瑶说,"学成文武艺,货与帝王家",我信,"天生我材必有用"。

卡尔说,作为你的朋友,我盼着那一天的到来……那位车先生怎么还不来呀?那边的砸戏也唱完了。

孙美瑶说,兄弟急什么呀,我说过,三百万,连上一座大楼的玻璃钱,差你一文,我来给你补上。我还值这个数。

卡尔说,真朋友——也!我喜欢中国的一句古语,来而不往非礼也。我和王大东实话实说,这事我求了孙司令,才夺回了矿上的三百万。我们理应拿出一百五十万,我回趟德国,花最低价格,可以买上一千五百支世界上最优秀的步枪,弹匣一次可装子弹二十发,送给中国目前最正义的军人。我和王大东说,这样做,王者大矿可以从此高枕无忧。

孙美瑶沉吟着,说,卡尔,你不怕王大东出卖你,说你勾结孙美瑶，抢劫政府军？

卡尔说，王大东这个中国读书人，胆小、贪婪，盘剥工人，却还不傻，他不敢也不想出卖我，离开了我，他的大矿就完蛋了。

孙美瑶说，很好。可是，这个一百五十万我不要。我会给你另外一个一百五十万帮我买枪，德国人造的枪。这个一百五十万，请大东、二东发发慈悲，赔偿最近三年来王者大矿死去的三十个窑汉的爹娘、妻子儿女吧，行行好，孙美瑶替三十位亡灵求求大东、二东了。

第四章

车耗子一手提着皮箱,一手攀缘墙壁,轻捷如猴。他不走大门,而是从大楼的后墙爬上三楼,推开窗子,跳进去。

车耗子把皮箱放在桌子上,打开。

箱子里的钞票完好无损。

车耗子说,卡老板,三百万元,你查查,看看少了没有。

孙美瑶问,那个处长,你放他走了么?

车耗子说,没动狗日的一根汗毛。

孙美瑶又问,当着他的面,大骂卡尔先生没有?

车耗子说,骂了,骂了个狗血喷头。

孙美瑶起身,说,兄弟,活儿给你干完了,告辞。

卡尔感动得热泪涟涟,他用外国人的方式拼命拥抱车耗子。车耗子有点不好意思。

车耗子嘿嘿笑着说,卡老板,你没搞错?咱老耗是带把的,不是光板子。

卡尔憨笑着松开他,从皮箱里拿出几大捆钞票,双手捧给孙美瑶。

卡尔说,朋友,这钱是弟兄们用命给我夺回来的,按照我们日耳曼人的传统,我必须拿出三分之一做酬谢。

孙美瑶把钱推开。

孙美瑶面色淡然,他已经迈开步子走了,边走边吆喝——耗子,走,回山!

楼下两匹白马喷着响鼻。

两匹白马，两个男人向山里疾奔。

马进山区，孙美瑶放缓了马步。

车耗子说，司令，我探听到一点"票信子"。

孙美瑶说，商场上的还是官场上的？

车耗子说，我知道，司令最有兴致的是官场上的。

说！孙美瑶很有兴致。

路边出现一棵杏树，"麦黄杏"熟了，一枚枚金黄，煞是好看。毛茸茸的黄在阳光下闪耀着，看得人嘴里的酸水刹那间就流了出来。

车耗子从马上一个飞跃，跃上杏树，往他的大口袋里摘杏。

孙美瑶停下马，看着这个大孩子。他调侃说，耗子，你裤上的口袋好大哟。

车耗子不无得意地说，这叫贼布袋子，能装下两斗米哩。

孙美瑶说，你敢情是出门不回空哩。

车耗子说，这叫……公私两不误，碰见有用的，顺手牵羊，就搞回来了。

孙美瑶说，可不许犯规呀。

车耗子无赖，他和孙美瑶搅着浑，说，司令，耗子是个长不大的人，小规你就甭问了，睁一只眼闭一只眼。大规，咱老耗从那以后不敢犯了。司令，看——

车耗子从大口袋里掏呀掏，掏出了一枚玉镯子。

孙美瑶严厉地问，从卡尔先生那里牵来的？

车耗子赶紧说，我哪能敌友不分呢。我从那个处长兜里牵来的，我猜着，老贼不定是从哪里牵来的，八成是想送给相好的，不如我牵过来，送给春兰多好。

孙美瑶听了竟然有点感动，也有点羡慕车耗子和春兰。

孙美瑶问，这杏，也是摘给春兰的了？

车耗子说，她老想吃酸。

孙美瑶乐了，他说，八成有小耗子了吧？

车耗子骄傲地摸着自己的脑袋，嘿嘿个不停，他说，春兰说，是那回给她强种上的。

自从有了春兰，车耗子成了抱犊崮上最幸福的马子。他提前过上了正常的普通人的生活，孙美瑶羡慕不已，但是他又不敢羡慕，他深知自己肩上的担子太重了，他已经不能去奢望这种像人的生活。看着车耗子的幸福模样，孙美瑶更加意识到这一点。

孙美瑶哈哈大笑。

车耗子摘了满满一大口袋杏，又从树上轻盈地跳到马背上。

两匹马继续缓缓前行。

车耗子说，那个处长见我夺了他的皮箱，说，你们就敢抢咱小官的，大官的就不敢动一动了。我问他什么意思，他说，人家林主席一下子就从他老女婿那里整来了五百万，说是治黄，谁不知道呢，"治黄治黄，肥了官场"。司令，咱们想法子劫了那个林主席如何？

孙美瑶说，那个姓林的贪官按说已经贪到了份上，让我宰他一刀也不是冤死的鬼了。为了升官，连自己的亲生女儿都送人，人性全无。

车耗子说，劫他？

孙美瑶说，不，这笔款子不能动，毕竟是治黄救百姓的钱，也许，姓林的还有一点天良。黄河是该治一治了，十年九开口，黄泛区成了地狱。

车耗子语气肯定，说，司令，不用老管家算，我也能算出来，五百万，姓林的板上钉钉，一准装进腰包一百万，还有那个曾申，他得拿大头。三下五除二，用到黄河上，三五十万撑天了。

孙美瑶说，耗子，你盯着这事。如果真的叫你算准了，那、那我就不顾林小姐的面子了。

车耗子说，人真叫邪，亲生的爹和闺女，一脉血一种肉，一个好得赛朵花，一个坏得头顶长疮、脚底流脓。我真闹不懂。

林主席站着打电话。

他一脸谄笑。

他说，吴大帅，我是山东林文山呀，天天穷忙，愈忙愈穷，荒疏了给您老人家问安，大帅千万不要怪罪。

话筒另一边传来声音——嘿，曹大鼻子手下的人都会说话。你可把徐中玉日鬼苦了，在你的地盘上快成叫花子了。

他说，大帅，中玉兄是个好人，心好，嘴巴有点损。其实，大帅放心，我和中玉是老婆和汉子，谁也离不开谁。

另一边说，你一个小小的山东主席会玩哟，在三个大帅中间玩得溜溜转，还能升官。

他说，谢谢大帅的吉言，你们大帅中间那些个瓜果梨桃，我一个小官如何分得清楚。我这个小小的省主席只有一个当法，就是对您、对张大帅、对曹大帅，统统都是一样孝敬。

话筒里的声音满是贪婪的试探——全国多少个主席，我只认得你一个。能在三个老鬼面前说"孝敬"的，全国怕也就是只有你一个林主席。好哇，说说又要如何孝敬法？

他说，我一听说大帅进京都要住六国饭店，连个家都没安，我这心里就甭提有多么难受了。曾申总理也是这种心情，我们爷儿俩一合计，前几天，我给大帅在西四买了一幢王爷府，就是当年那个端王爷的第二府邸。什么都安排好了，嘻嘻，连夜里给大帅暖被窝的小女子都预备好了，单等大帅回家了。

话筒传来疑问——这事又是曾申这龟儿子的主意吧？

他说，嘿嘿，他那个位置，不太方便，只好泰山出力了。谁叫泰山官小呢。

另一边说，好一对翁婿。对喽，贵千金如何了？

他说，小女还在我家里，她是一个孝女，她母亲最近有点小恙。

另一边继续试探——那好，这房，东北胡子那里也有一套吧？

他对着话筒不自觉地表演着，说，天地良心，绝对没有。

另一边又是试探又是威胁，话筒里的声音传递出来——那我可要告一刁状了，胡子进山东，够你喝一壶的。

他赶忙说，别，千万别，大帅！

话筒那边哈哈大笑——我才懒得去惹那份狗撕猫咬。钥匙啥时节给我？

他说，钥匙、房契，我已经派人给大帅送去了。大帅，我林文山求您了，张大帅那里，还有曹大帅那里，您老要三缄其口呀。

一直用西洋电吹风吹弄头发的那位宋记者此刻扑哧笑了。

他放下电话，说，你笑什么？你来传曾申一句话，够我老夫子当三天孙子的。

宋记者说，也真难为你了，你对你那女婿可谓尽忠尽责了。

他说，他也不容易，他是坐在三座火山口上呀。

她说，那么，张作霖那里也有一套了？

他说，五天前他的八姨太就住进去了。

她问，那么曹锟呢？

他说，他是我和阿申的恩师，连我们这些人都是他的。

女人扔了电吹风，扭动肥臀，身子抡了一个旋风，把自己摔进了沙发里，跷起了二郎腿。

林主席摇摇头，走过去，从口袋里掏出一串钥匙，握在手上，在女人脸前晃动。

金光闪闪的钥匙发出哗啦声。

女人跳起来，双手搂住林主席的脖子，在他的腮上狠狠亲了一口，留下一个清楚的口红印，然后，动作优雅地抢去了钥匙。

他说，我的白鸽子，这一套可是我个人给你的。

她娇嗲地说，我领情。

女人从一串钥匙中摘出一把交给林主席。

女人拿着那串钥匙，声音甜腻，说，我在京城等你哟。

他吃味地、不怀好意地说，可不能再给曾申配一把哟。

女人反问，我会吗？

他说，如今的中国，有一大批时髦女郎，比最能干的男人还能干。

女人噘起了性感小嘴，她已经深谙此道，把一切拿捏得恰到好处。

他说，比如你，吃了丈人又吃女婿。

女人的脸上写出阴云，好像做了丑事被人撞见一般，有点气恼，但是很快就扫光了那丝不快。

她竟然语带委屈地说，你们也吃我的呀。

第二次国际联运特快蓝钢皮列车在济南站停靠。

上下车的达官显贵、洋人络绎不绝。H型的德国钢管红色水龙头被工人开启，白花花的泉水涌进了第二次特快列车的水箱。

华莱士提着一个皮箱，身穿北洋军的将军服，配中将军阶，带着四名马弁趾高气扬地上了软卧包厢。

林主席把宋记者送进了第二次特快列车的另一个软卧包厢。

华莱士早就打开了包厢的车窗，戴上巨大的墨镜，两束阴晦而略带猥琐的目光从镜片里边窥视着在月台上缠绵的这一对老夫少妇，他脑海里闪过了《申报》的那张照片。他从曹锟的口中知道了林文山与曾申这一对翁婿。他从皮箱里拿出相机，摘下镜头盖，把相机对准了月台上的这一对男女。

宋记者吻别林主席。

哗嗒嗒，相机轻柔的快门声响起了。

林主席低语——你和阿申说，三位大帅那里我都摆平了，他们都和财政部通了电话，财政部不敢捣乱。一切按计划执行。

宋小姐点头说，你比曾申官小，做人却比他大方、潇洒。

林主席突然记起了什么。他从皮包里取出一个长条紫绒面盒子，轻轻打开，盒子里是一把金光闪闪的小锤。

宋记者一脸狐疑。

他说，宋小姐爱吃核桃，那核桃好吃难开，林某特连夜叫人赶制金锤一把，供小姐砸核桃之用。

宋记者笑了。

她说，你真细心呀。我的这一嗜好，连总理阁下也不知道呢。

他说，曾申不知道的事，我未必不知道。不过，我的这一手，还是跟曾申学的。

她说，你说什么呀，曾申可是连把木锤也没有给我做过呢。

他说，可是，当年曾申给袁世凯的八姨太送过一把金锤，那个女人也喜欢吃核桃。他用这法儿取得了袁大人的欢心。

她说，曾申钻的是官场，你钻的是女人的心。我感谢曾申，是他让我做这联络员，给了我人生一次良机，让我碰上了你。

宋记者搂住林主席，把小嘴巴附在他的耳朵上，窃窃私语。

林主席心花怒放。

林主席打电话。

他说，总理，治黄砂模、施工计划、责任状，统统都让宋小姐给您带去了。请总理过目训示。

话筒传来声音——我当然要看、要审，我还要召开专门会议。

林主席在看一份《申报》。

报童沿街叫卖。

报童喊，号外，《申报》。看黎大总统，财政、水利部长，看直隶、山东两省主席，看京城中外记者三百余人，看曾大总理召开治黄记者答问会，看山东主席立军令状，五百万"袁大头"治黄河……

另一报童也在叫卖。

另一报童喊，看号外，《申报》。年年治黄年年淹，今年治黄不简单。看曾大总理发话了，五百万，一分一厘用在刀刃上，贪污一分者，杀！林主席立下军令状，不缚黄龙，自动辞职。

林主席拿着《申报》，双手瑟瑟发抖。

林主席扔了《申报》，站起来，在室内踱步。

他自言自语——去你妈的，曾申狗杂种，你这五百万我不要了，你倒是在老百姓面前把自己择得干干净净，俨然一副勤政廉洁的样子，可是，五百万，不给你们送去一半，成吗？我不能给你们当这头替罪羊。

他跌坐在沙发上。

他双手扎进头发里，抱着脑袋。

他继续自言自语——曾申，咱们都按照你报上说的，谁也不拿一分一厘，五百万，一个子儿一个子儿都用在黄河上，我林某人干，绝对干，绝对干好，可是，你们干吗？

他突然放大声音——谁不干谁是孙子。

他又嘿嘿笑起来。

他怀着恨意，还在那儿自说自话——我是天下最大的傻瓜。我还看不透这个官场？好话说尽，坏事做绝。他们不怕，我怕个尿，天塌下来个儿高的顶着。

第二次国际联运特快蓝钢皮列车在站台待发。

一辆黑亮轿车嘎一声停在了软卧包厢的门前。

车门开了。林主席一副京城富商装扮，墨镜、文明棍。他下车，后边跟着两个保镖模样的男人，其中一个提着崭新的皮箱。

三人登上火车，火车开了。

林主席站起来，打开原来放在车上的一只旧皮箱，取出一身旧长衫，换了装，由富商变成一个小职员模样。

他亲自打开新皮箱，把一捆捆钞票装进那只破皮箱里。

林主席枕着破皮箱躺着。两个保镖样的男人坐在对面的铺上，新皮箱夹在他们中间。

包厢门开了，一个白衣白帽的餐车师傅送来了夜点。他看了一眼林主席，放下夜点，轻轻退出，关上厢门。

车到廊坊站。

还是一辆黑亮的小轿车停在站台上。

林主席提着破箱子下车，在站台上看看四周，朝小车走去。

他上了小车，小车开走了。

餐车的窗口有一顶白帽子探出来。

林主席满身征尘,一屁股坐到了那把小叶紫檀盘龙椅子上。旁边的紫檀虬龙八仙桌上放着早点——八仙粥、什锦菜、栗子面窝头。

他一口气喝下那碗八仙粥,三口两口吃下几个小窝头。

他打开破皮箱,取出十捆票子,排放在床头柜上。

他自嘲道,我这个过路财神,我这头替罪羊。

他又取出十五捆票子,排放在八仙桌上。

他骂,我他妈真是孙子!

他又取出十捆,想了想,再加上五捆,抱起来,走到保险柜前,欲放进去。

一个女人从里间走出来,径直走向那两堆票子。

林主席怔了一怔,急忙掏出手枪,顶住了女人的后背。

女人转过了身子。

女人咯咯笑起来。

林主席目瞪口呆。

他惊讶——你、你,谁叫你进来的?

她一点也不惊惶,说,你忘了?你给了我这幢房子的所有钥匙和特别通行证。

他恢复平静,说,你来得好快呀。

她说,来拿钱能不快吗?

他问,曾申叫你来的?

她回,那还用说嘛。

他话里有了点醋意,说,看来,他、他对宋小姐是特别宠信的。

她笑了,娇气地说,这对你不好吗?我对你可是特别宠信呀。

他说,曾申事事叫你一个女记者出面,这一招真高呀,办事隐秘,不招风不招雨。万一捅出娄子,还可以一推六二五,把自己择得干干净净。宋小姐,你可要当心他卖你,让你当他的替罪羊。

女人见惯不怪,很无所谓地说,嘿嘿,我不怕……他有时候比不上你的招高。

他说,那十捆是他的,宋小姐,拿走吧。

她说,还有那十五捆。

他问,他不是让我给曹大帅送去吗?

她说,他改主意了。

他说,是呀,烧香的事他怎么会让我干呢?我只是一头替罪羊。

她说,这可是一只大有油水可赚,又毫无风险的替罪羊。

林主席定定地看着这个女人。

宋记者打开一个皮箱,把二十五捆票子放进去。

她嘱咐林主席——公事公办,曾总理还让我给你捎来几句话,他说,剩下的二百五十万,你可要一分一厘都花在黄河上。今年大汛再来,若开了口子,你可是承担全部责任的。

他说,你告诉曾大总理,我掂得出这事的分量。不光这二百五十万,那二百五十万我也有法子,从别处抠出来。让沿黄各县出石方、石灰、人工,按人头平摊,我算了一下,这些不花钱的东西怕也有二百五十万。

她说,曾申知道你有本事抹平这事,他的原话是,这事捅出娄子,可只有你一颗脑袋填上。

他说,曹大帅敢杀我的头,他曾申敢杀我的头?

女人咯咯大笑,说,我说你比曾申高嘛。不过,曾申还说,黄河如果再开口子,国人怕不会放过你,那个"上官克星"也保不准会对你开刀。你别忘了,民国八年,直隶陈佩元主席就是因为贪污赈灾款,被"上官克星"用"大眼撸子"连发八颗子弹把脑袋打了个稀巴烂。

他突然就结巴了,说,他、他的警察总署还没有捉住这个北洋政府第一号通、通缉大盗粉、粉面杀、杀、杀手?

她说,你不是也有警察局吗?听说,"上官克星"还是山东人,你的臣民。

他说,本主席两袖清风,一心治黄,他"上官克星"奈吾何哉?

宋记者又恢复了一个性感女郎的风采。她抱住林主席，轻声说，你干好了一桩特大欢喜的事，咱们也该快活快活嘛。

他问，你为曾申如此卖力，他给你多少？

女人回，哼，庄户刁，吝啬鬼。

他又问，宋小姐，我想问你，你如此周旋奔波，是为了什么呢？

她回，本小姐人生在世，只对两件事感兴趣。第一，钱；第二，有本事的男人。

他再问，如今这样的女人很多吗？

女人巧妙地答复——因为你们当官的需要的姨太太过多了。

沐浴房。

一人高的木盆，大若小池。

木盆里热气腾腾。

水汽蒙蒙中，依稀可见一个男人和一个女人在洗浴。

男人说，沿着黄河跑了七八天，血里肉里都是黄泥了。

女人不解，说，这又是何苦呢，把几个县长召集来一说不就结了？

男人嬉笑着说，对，这儿，它都叫黄风吹成蚕蛹了。嘻嘻，等一会儿你可要殷勤一点。

女人不快，说，我不会那一套浪，你还是到老三那里去吧，她是窑姐出身。

男人嬉皮笑脸，捏着女人腰间丰腴的皮肉，说，本主席就喜欢你的半推半就、丰腴白嫩。你不懂，我这一趟风沙之苦吃得值。章丘县那个县长挺精的，他要联络八乡士绅联名上书黎大总统，褒扬我与民同苦、为国解忧的精神呢。

女人拒绝，推搡着男人，说，别，在水里不好，容易伤身子。

男人在浴盆里唱起京剧《空城计》——我正在城楼观山景……

女人突然低了声音，喃喃地说，雅儿到底怎样了？她毕竟是你的骨血呀。

男人好大一会儿不作声。

哗哗的撩水洗澡声。

女人不甘心,问,女儿也依你了,主席也做成了,你海誓山盟许的把我扶正的事,你还记着么?

男人应付说,这事还要从长计议。你也知道老大是只母老虎。唉,大小又有什么关系,反正我都给你安了这个家。

女人无奈说,只是苦了雅儿。

男人还是应付说,那个曾申是个什么东西,他会啥?他就会拍马屁,一个人拍着三匹老马,雅儿离开他也许更好。

女人担忧,说,可是,那个孙美瑶若是硬逼着她当压寨夫人可如何是好?

男人说,那个孙美瑶却不是那等土匪,听说,他已放走了雅儿。

女人问,那雅儿到哪儿去了?

男人回,我也正在打听。

浴房里响起电话铃声。

女人站起来,爬出浴盆。

女人问,是谁呀?

话筒里传来声音,说,二姨太呀,我是徐中玉。漫山遍野打兔子也没打着,原来兔子跑进骚狐狸窝了。

女人撒泼说,好个徐阉驴。

话筒里传来另一边的声音——阉驴好哇,省得像林主席,一根绳子穿好几个母蝈蝈,麻烦。

女人放下话筒,又跳进木盆。男人从木盆里出来,背着身子接电话。

林主席问,徐督军呀,有什么指示?

话筒里传来徐中玉的声音——林主席呀,我没有饭吃了,想着到外边打点野味,半路上又叫孙美瑶狗娘养的劫了去。这是什么世道,兵当强盗遭匪劫。

林主席说,又是鲁南抱犊崮上那个孙美瑶?

091

徐中玉说，不是他谁还有如此天胆？

林主席说，你没听说？他的旗号是——要劫，劫皇纲；要日，日娘娘。

徐中玉气恼说，反了，简直反了。

林主席不耐烦地说，还不是让你惯坏了，叫你进山剿他，你又不去。

徐中玉更是没有半点好语气，发着牢骚——剿匪也要吃饱了再干呀。我都三个月没关饷了，今天开口来向主席借饷了。

林主席干笑，说，督军向主席来借饷，真正是天下奇闻呀。

徐中玉说，说实话吧，这是吴大帅的意思。他刚刚拍来电报，我给你念念——曹大鼻子喂家猫，变着戏法肥腰包。日出东山西边黑，借他两百万也挺好。

林主席哭丧着腔调，说，我的徐大督军呀，那是治黄的专款，总共才七八十万。

徐中玉说，咱是漫天要价，你不妨来一个落地还钱嘛。不多不少五十万吧。

电话咔地扣死了。

林主席在作画，二姨太为他研墨。
他画的是神采飘逸的陶渊明，手持云锄，刘草南山。
女佣挎着竹篮进来。
竹篮里是一条凶猛的黑鱼，尾巴还在摆动。
女佣说，太太，你要的黑鱼我从集市上买回来了。
二姨太接过竹篮说，我今晚亲自下厨，给你做一砂锅黑鱼粉皮汤，你最爱吃的。
二姨太来到小院的一孔泉水旁，用刀杀鱼。
她惊叫一声，把刀扔到一边，那鱼也让她扔出好远。
林主席端着手枪跑出来。
四个碉堡的枪眼也全部打开。

林主席看见了鱼肚子里的白丝巾。

他拿起白丝巾,看着上边写的一首诗:

治黄本是功德事,休拿天良拆污泥。

有人给君记着账,秋后一并见高低。

"粉面杀手""上官克星"

上海一个幽雅的院落。

林室雅的手按在铁门的按铃上。

门开了,一个女佣站出来。

林室雅问,这是庄共和先生的公寓吗?

女佣问,小姐是庄先生的什么人?

她犹豫了一下,说,我叫林室雅,是庄先生在济南读书时的同学。

女佣退进院里,铁门又无声地关上了。

林室雅站在大门口等了好一会儿,铁门才又打开。女佣做出请进的手势,林室雅随女佣走进大院。

那个显然已经成熟,变得面庞很有棱角、下巴苍青的男人站在楼门口的台阶上。

男人的旁边站着一个少妇,一脸冷漠,一副冷美人的样子。

庄共和的惊喜不加掩饰,说,哎呀呀,是你呀,室雅,我真是万万没有想到。

林室雅说,老同学,你这位民主共和的化身,看来混得很阔呀。

庄共和说,济南一别,我随家父到了上海,进了美国的花旗银行,如今做成高级职员了。不过,我很不满意这份铜臭气很浓的工作,我一直梦想成为一名职业革命党人。

少妇嘲笑庄共和,声音在舌尖飘着看不起人的意味,说,人家根本不睬你。

庄共和这才意识到自己的失态,赶忙说,啊……我忘了介绍,这位是我的太太,上海汪副市长的千金密斯汪,这位是我的老同学林室雅,国务总理曾申——当然是非法的……

林室雅说,庄夫人,不请我进屋吗?

密斯汪淡淡地说,曾夫人,请。

密斯汪坐在一对男女老同学的中间。

女佣沏好咖啡端上来。

林室雅说,老同学,我首先必须声明一点,我和曾申已经毫无关系,我来上海,是自己混生活的。

密斯汪话里带着不解,说,曾夫人,啊,不,林小姐,说人家非法不过是南北人士的狗咬狗,女人嫁一个曾申,还是蛮有面子的,蛮来赛的。

庄共和咽下一口唾沫,关切地问,林,老同学,你如今下榻在什么宾馆呀?"锦江"还是"大世界"?

林室雅说,我、我还没有确定。

庄共和说,那让我来安排吧。

密斯汪根本不掩饰自己的不友好,说,共和,这样不大方便吧?

庄共和无奈——也是。你住好了,给我……我们来电话,我们去看你。

林室雅见状,并不介意地说,我拜访老同学,只是想麻烦老同学一件事,请你给我介绍一家报馆,最好是你们南边人开的。

庄共和说,那是一点问题也没有的。上海、广州的革命党高层人士我都很熟,有很多人都是我的朋友。张之不用说了,上海的头面人物,比如四大金刚、三大元老,阿拉都很说得上话。我还有更加神秘的关系……比如南方北伐军中的共产党人。

他猛地瞥了夫人一眼,话头戛然打住。

密斯汪嘲弄庄共和,说,你倒是有这个本事,拿着钱去赞助革命党人,以此为荣,以此为好。

庄共和辩解——什么话,我既然抱定终生之宗旨,献身孙文主义,当然要投身到革命洪流中来了……啊,老同学,你想进报馆做事?

林室雅说,不,我想写点文章。

庄共和说,应该写。读书时你就在《新青年》上发表文章,有名的才女嘛。

林室雅站起来说,庄太太、老同学,我告辞了。

庄共和搓着双手,眼神显出留恋和不舍,说,吃过饭再走。

密斯汪接过话茬,冷淡地说,改日再请林小姐吧。共和,我今天又妊娠反应,头晕恶心。

庄共和询问旅馆的总台小姐。

他失望地走出来。

庄共和询问另一家旅馆的总台小姐。

他又沮丧地走出来。

外滩。

林室雅一身素白,孤零零一人。

她的耳畔响起抱犊崮山顶上的铜箫声。

她的面颊上滚下两行泪串。

孙美瑶吹着铜箫。

车耗子夫妇爬上崮顶。

孙美瑶问,春兰,林小姐在上海,除了那个姓庄的,还有其他亲朋吗?

春兰回,没有。

孙美瑶又问,那个姓庄的是不是有妻室?

春兰又回,是的,司令。他是个阔少爷,他爹是开银行的。小姐说,当年他迷小姐迷得差一点点得了精神病。如果不是老爷、小姐肯定嫁他了。

孙美瑶嘟囔说，如今也不是嫁不成了。

春兰没有察觉孙美瑶话里的异样，继续说，小姐说，她嫁曾申的时候，庄共和自杀过。

车耗子突然说，你啰嗦什么呀，司令问什么，你说什么。

孙美瑶怔怔地盯着春兰。

孙美瑶再问，那她非要去上海干什么？

春兰说，她说是去复仇，她恨透了曾申，还有我家老爷。

孙美瑶说，越走越远，这叫哪门子复仇呀。

车耗子说，司令，我去问了"车眼"，林小姐没信。

车耗子夫妇走下崮顶。

车耗子说，司令中邪了，男人咋好中邪哩。

春兰说，那还不好办？向你小（学），抢过来不就结了。

车耗子说，嘿嘿，人家司令有学问，哪能像咱老耗，那样子没出息。不过，司令也真是邪乎，人家狗肉张前几天亲自保媒，要把老家的妹子许给司令。那女子也上山来了，甫看是杀狗的，水灵灵俊巴巴，七仙女下凡了，按说可以了，够份儿。可是，司令不应允，老当家的硬压着他也不应承，嘴巴上说是不能坑了人家张家妹子，其实咱明白。司令那心里已经种下了林小姐的根。

春兰说，我就是不明白，你们这些杀人不眨眼的男人，对心上的女人却比水还软还深。

车耗子说，你不懂，我们司令人称"粉面杀手""柔情秀才"。嘿，他公开说，他是要美人不要江山的主儿。

黄浦江边，林室雅依旧一身素白，呆立江畔。

江水呜咽，一艘远洋轮的汽笛发出长鸣。

林室雅心里在念着——美瑶兄，你在做什么？你是不是又在暗杀贪官污吏的途中……你是不是又在山上训练那些马子……我好孤单呀，我觉得茫茫人世间，你站在一个山头，我站在一个山头，我们隔着千山万水……

庄共和突然出现在林室雅的面前，他十分冲动，要去拥抱女人，女人轻轻躲开了他。

庄共和很激动，焦急地说，雅，你为什么不打电话？你让我跑遍了上海大大小小五十六家饭店，你到底住在哪里？你好冷酷呀你，白天蝴蝶一样飞来了，却马上又飞去得无影无踪。当年，你突然不辞而别去了京城，我曾经跳过大明湖。今天找不到你我又要跳黄浦江了。

林室雅苦笑，默不作声。

庄共和特别无奈，他说，室雅，我明白你的心，只是，唉，她是上海第一大醋缸子，乏味得很。

林室雅说，共和，你给我找到了报馆没有？

庄共和说，张之老先生和《万国时报》的洋老板交情甚厚，他为你写好了介绍信。

他把一封信交给了林室雅。

庄共和说，你要、要写什么文章呀？你的身份很特殊，南边已经关注你了。

林室雅说，放心，我的文章对你们南边大有好处，我、我要向北洋政府开火。

庄共和轻声说，那就太好了。张老先生对你的背景……有点不大放心。你的身份太复杂了。

林室雅说，可是，我最恨的就是曾申、林文山。

庄共和看着眼前楚楚动人的林室雅，不禁靠近了她，使劲嗅着林室雅的女人香。庄共和有些迷醉了。

林室雅的眼睛汪上泪水。她没有拒绝庄共和的爱抚。他揽着她的腰走进了一家餐厅。

高雅的中西合璧的餐厅。

霓虹闪烁。

西洋乐曲轻曼舒展。

庄共和和林室雅在跳舞。

庄共和说，你安心地在上海生活下来，有我在，一切都会好起来的。你大胆地写吧，揭穿北洋政府达官显贵们的腐败、伪善和小人相。你已经投身在了南方民主共和的晴朗天空之下，在这片晴空之下，有你，有我。我们已经分离了很久很久，我发誓，我再也不能失去你了！

华灯怒放的十里洋场。

庄、林在林荫道上漫步。

庄共和猛地抱住林室雅狂吻。

林室雅想推开他，却似乎没有多少力气。

庄共和用嘴巴去蹭林室雅的耳朵。

庄共和喃喃地说，雅，我在上海还有一处房子，我们到那里去吧，好不好？

林室雅慌乱地推开他。

林室雅说，不，不行，你有太太……

庄共和笑了。

庄共和说，雅，她不知道的。我说我要到郑州去策反吴佩孚手下的一位师长。

林室雅问，你们南方当官的也有几套房子？也有几个女人？

庄共和回，南北官场中人首先也是人，人都是一样的。

林室雅说，共和君，听说你是孙中山的江北招抚使张之的特别助理，几个同学都把你传成了孙中山身边的大人物。

庄共和说，是吧……不过什么助理不助理的，只要是为共和尽心出力，为孙文主义献身，我根本不在乎有没有头衔。而且我还奔波在新革命的路上，我还当了一段时间长沙农民讲习所的教员呢……我……

林室雅说，你们费尽心机，冒着风险去招抚、争取一些军阀，却又吃尽了军阀反动的苦头。可是,对一些民众武装,你们却不予承认。他们对南边情有独钟呀。

庄共和说,你是说那支抱犊崮马子吧?我知道你叫他们劫上了山,你成了一时间的新闻人物。我还费了些工夫研究抱犊崮的那支马子武装呢。

林室雅说,他们都是北洋政府的死对头,孙美瑶是一个好人,他们真心盼着你们去收编哩。

庄共和说,我不只听张之说了,上个月孙桂林拜见了老先生,老先生说,此人倒是有点共和思想。室雅,我还在广州见到了孙桂林老当家的,我俩相谈甚欢,真是有缘,或许不仅仅因为你,我和这支马子队伍缘分甚大。

林室雅说,那好哇,你们给他一个番号,不就是南边的人马了?

庄共和说,南方政府的思想你还不大懂。他们认为土匪只有破坏性,不好改造,而一些军阀,换换旗子就行了。我不赞同这种思想,我比较赞同南边阵营中的另一支力量,我和他们走得更近,我认为这支力量才是工农大众的真正代表。而南方阵营中的主流人物,他们实质上更喜欢官场。我想,抱犊崮上的那支农民武装,也许将来有一天,会成为南方阵营中那支神秘力量的拥趸者。那支神秘力量中的大人物曾让我尽其所能帮助孙美瑶,尽力不让北洋政府把孙美瑶剿灭……雅,说不定哪一天我会请你做向导,带我走进抱犊崮,拜会孙美瑶。

林室雅忘情地把双臂放在庄共和的臂上,欢呼雀跃,像极快乐的小女孩,叫道,庄兄,想不到你变化如此之巨大,我替美瑶兄谢谢你。他是一个有远大抱负的中国秀才,他值得你去帮助他。

庄共和拉长了脸,醋意十足地说,你已经爱上了他?他比我更值得你忘乎所以?

林室雅赶紧收敛了她的失态,解释说,庄兄,抱犊崮上那群马子真的好有人性的魅力,他们已经成了我的朋友……我也已经不自觉地在为抱犊崮上的马子们打抱不平了。

她进一步说，他们不是土匪，他们是我的好朋友，是他们把我救出了火坑。

庄共和见林室雅如此认真，不禁有点吃惊。他不想林室雅不高兴，于是说，我从郑州回来后，会亲自到抱犊崮跑一趟，考察一下他们，并认真向张之汇报。雅，他们是你的朋友，也是我的朋友嘛。

林室雅兴奋地扑到了庄共和的怀里。

庄共和乘机说，而眼下，我最想的却是重温八年前的大明湖梦。

林室雅娇羞地笑了。

一份份《万国时报》。

通栏标题——《请看北洋政府达官显贵之嘴脸》。

通栏标题——《曾申拍马记》。

通栏标题——《曾申金屋藏娇记》。

印刷机疯狂地转动着，印出一张张报纸。

报纸的河流。

无数报童沿街叫卖。

报童甲——特大花边，总理曾申三姨太亲自撰文，看曾申小人嘴脸……

报童乙——特大新闻，看曾申三夫人血泪控诉，国务总理金屋藏娇……

报童丙——号外，才女林室雅，揭露其夫曾申。

报童丁——号外，看国务总理公款买私房养女人……

人们争相抢购《万国时报》。

电话铃响。

面色苍白、身穿睡衣的林室雅从案边走过来接电话。

庄共和的声音从话筒那边传过来，他急于想给林室雅吃颗定心丸——雅，你的文章连孙大帅都看了。张老先生撰文曰，中华之奇女，报坛之檄文也。不啻一颗颗炸弹，足以把北洋非法之政府炸一个人仰马翻。我在郑州,那位师长说,吴佩孚气疯了,他要派人暗杀你哩。雅,别怕,我那住处是绝密的,我马上回去保护你。"

林室雅轻轻放下话筒。

她走到案前,拿起一张稿纸,纸上的标题赫然醒目——《卖女求荣林主席》。

一串泪珠滴落纸上。

她把稿纸撕了。

她扑到床上,发出撕心裂肺的哭声。

第五章

孙桂林陷入沉思。

孙美瑶拿着几份《万国时报》如饥似渴地看着……

他把报纸往案头一拍，激情万分地抖开绢扇，打起了孙家祖传的阴阳拳。他打得呼呼生风，他打得阴阳相和、刚柔并济。

众头领纷纷喝彩。

狗肉张赞叹说，名不虚传的孙家拳哟。

他上前接了几招，就被孙美瑶扫在地上。

孙美瑶收住把式。

他扬着那几份报纸兴奋地说，这个女人比我厉害。我孙美瑶昼思夜想，都盼着能在曾申老贼的胸口插上一刀。五年了，我没有办到。弟兄们，看看人家，这一刀子插得何等痛快。

他拿着几份报纸跑出去。

孙美瑶跪在父母的灵位前。

孙美瑶说，爹爹，你的仇人终于在天下人面前丢尽了颜面。爹爹，你看看这张报纸……

他把报纸点燃了。等到报纸燃成黑灰，他又把黑灰一点一点捡进香炉。

孙桂林站在了孙美瑶的身后。

孙桂林说，甲午，林小姐虽然为我们孙家、为天下人出了一口恶气，可是，她也为自己招来了弥天大祸。

孙美瑶一下子怔住了，跪着发了半天呆。

猛地，他的铁拳砸在地上。

孙美瑶站到院子里，大叫，张团长、耗子、春兰！

狗肉张、车耗子、春兰跑到他的跟前。

孙美瑶心急如火，他恨不能亲自去实施搭救，但是他知道自己要克制。他尽量让语气平缓地说，如今林小姐在上海遭遇大祸，你们火速选上几名身手一流的弟兄，带足银钱，连夜去上海搭救。

狗肉张问，司令，你有林小姐的下落吗？

孙美瑶说，连春兰都没有，我到天上寻去？

狗肉张知道孙美瑶着急了，他大声说，司令放心，我们去寻。这事恐怕非同一般……

孙美瑶说，张兄，你足智多谋、做事果断，车耗子心性机敏、身手一流，你们两人去，是黄金搭档。拜托了。

狗肉张说，司令，救不出林小姐，我们也不会活着回来。不过，我建议司令还要准备第二步棋……

孙美瑶噢了一声。

狗肉张向孙美瑶耳语。

孙美瑶频频点头。

林主席拼命撕着《万国时报》。

地上是一片撕碎的报纸。

宋记者有点幸灾乐祸地站在一旁。

林主席说，宋小姐，你是报虫子，这份《万国时报》是什么鸟玩意儿？

宋记者说，它是美国传教士办的一份报纸，停停办办，有几十年的历史了。自从去年复刊以来，它已成为南方政府的喉舌之一。

林主席呆若木鸡。

电话铃急剧响起来。

他走过去，却不敢接。

她说，不接也好，肯定是曾申骂你的。曾申气疯了，他咬牙切齿地发誓，要绞死你。我说，你就是把林主席碎尸万段也无济于事，再说，这也不是林主席的过错。

林主席感激万分，给女人鞠了一个大躬。

他说，你真是我的救命菩萨。

她说，就是菩萨怕也救不了你，恐怕你只能自救。

他说，我懂，这事已经不是男女恩怨，成为政治事件了。我那土匪女儿把北洋政府的天捅了一个大窟窿，闹不好，几位老头子要赶曾申下台的。

她说，林主席，你还算是明白人。曾申叫我火速赶来，就是为了让你明白，并迅速做出决断。

他说，宋记者，你回去告诉曾总理，我手中还有一些高人，我马上派他们去上海了结这件事。请总理大人放心，大义灭亲我林某人还是能做到的。

她说，曾总理说，他不要死的，要活的。

他说，也行。

黄浦江畔。林室雅一个人，一身摩登打扮伫立江边。

她的耳畔又响起抱犊崮顶的铜箫声。

报童在江边叫卖《万国时报》。

报童叫喊，特别报道。曾申政府阴云密布，吴大帅国府骂娘，曹国舅恨铁不成钢，指着曾申说"死狗扶不上墙"……

林室雅苦笑。

一名山东口音、戴墨镜的男子凑近她的身边。

男子问，小姐，到《万国时报》报社怎么个走法？

林室雅说，你一直往前走，走到淮海路口向北拐，走半刻钟就到了，挺好找的。

那个男子打量了一下林室雅。

男子又问，请问小姐是山东人吗？

林室雅说，阿拉上海银（人）。

那个男子悻悻地走开。

林室雅怔了一下，急忙折进一条马路。

那个男子又回过身来，大步追她。

林室雅躲进一条小巷。

庄共和的秘密公寓。

林室雅跌跌撞撞地逃回寓所。

她慌乱地关上铁门，又上了保险闩。

一个男人站在大厅里。

林室雅惊叫一声往外跑。

男人说，是我，雅。

林室雅惊魂未定，认出是庄共和，便慌乱地扑进他的怀中。

她惊惶地在庄共和怀里哆嗦着说，共和，我害怕。《万国时报》已经叫人砸了，又有人跟着我，肯定是曾申派人来杀我。

庄共和说，我不是给了你一把枪吗？

她说，人家是女人嘛，我好孤独，我觉得四周都是曾申的人。

庄共和说，莫怕。这是在南边。再说，我的寓所是绝对保险的，等过了风头，我把你送到广州去。

她说，我有点后悔……

庄共和安慰她说，我的白天鹅，后悔什么呢？和曾申决裂，投进旧情人的怀抱，不是很好的事吗？

林室雅任凭庄共和抚弄。

金顶罗汉床。

男人和女人躺在一起。

林室雅若有所思，说，你也有这样一张床……

庄共和说，我从一个前清大官僚的家里买出来的，金贵得很呀。

林室雅的眉头紧锁,她的心乱极了,她想让男人给她一个答案,她倾诉着——写那几篇文章之前,我的心被仇恨鼓得满满的,不发出来,我要闷死、撑死。发出来了,我又感觉到了一种空虚、一种茫然,共和,我、我怎么办?

庄共和说,永远当我的情人好了。我养你一辈子,爱你一辈子。

林室雅的声音里有掩饰不住的失望,她轻声说,那么,我由曾申的姨太太变成了共和的地下姨太太。

庄共和怔了一怔,说,这怎么能够相提并论呢,一个共和志士,一个封建官僚。

林室雅苍白地笑了。

林室雅问,共和,你到郑州去策反军阀,是他们派你去的?

庄共和说,不,我自己主动去的。我要干出一番大事业来,让张之他们看看,省得他们说我只会夸夸其谈,至今也不给我一个明确的身份。张之不留爷,自有留爷处。国民党不给我一个身份,我、我就加入那支神秘的力量。这是肯定的。

林室雅说,我明白了,你也不是革命党人……

庄共和说,我可是党外最坚定、最忠诚、最有献身精神的孙文主义者。我在上海滩的演讲是很有名的。

林室雅淡然问,你策反成功了几支军阀队伍?

庄共和说,我受不了那份罪,天天和一些丘八混在一个窝里,虱子、骚话、白菜汤、大饼子……唉,我总是住不了几天就回上海来。

林室雅说,共和,你可以直接去投北伐军呀,当一名战士或军官,冲锋陷阵,那才叫革命。

庄共和与女人纠缠着,享受着肉体的欢愉。温柔乡的魔力软化了庄共和的事业热诚。庄共和在女人身边睡过去了。

他的脸上浮出甜甜的微笑。

突然,外面响起嘭嘭嘭的砸门声。

似睡非睡的庄共和一个鲤鱼打挺跳下床,示意女人别出声——嘘,你躺着别动,我出去应付。没事的,三两个我能对付。

庄共和从枕头底下拿出手枪，穿上睡衣去开楼门。

他猫着腰的样子让林室雅打了一个激灵。

他开了楼门，走进来的却是他的太太汪女士。

汪女士柳眉倒竖，猩红的嘴唇把上海女人的厉害体现得淋漓尽致。她显然已经是胜券在握，叫嚷道，我雇了私人侦探，终于找到了你的金屋。庄共和，曾申的小老婆呢？你们刚才应该还在……鬼混。

庄共和狼狈至极，他极力掩饰，但脸色是苍白的，他腮帮子上暧昧的纹路刺激着女人的眼睛。上海女人变成了东北虎，上海的白领变成了瘪三。但是他还是要狡辩的。

他说，这房子里哪有什么曾申的小老婆，这房子是我们革命党人开会的地方。

汪女士说，呸！你这个口头革命党，玩起女人来倒是动真格的，又说又干。

说着，她一脚踹开卧房门。

林室雅已经穿戴好了坐在沙发上。

汪女士冲到林室雅的面前。庄共和胆怯地跟在她的后边，嘴唇哆嗦着不敢说话。

汪女士鄙夷地看着林室雅，不屑地说，难道还用我动手赶你吗？

林室雅面色苍白，她不纠缠，似乎这一切都与她无太大关系。她说，对不起，庄太太，我向你致歉，我马上走。

说着，她站起来向汪女士认真地鞠了一躬，拿起自己的包，包一直未打开，仿佛她早知道自己的命运。她默默地走向门口。

庄共和跨到太太面前，请求说，我求求你，让她住下来。外面曾申派来的杀手正在寻找她，她离开这个房子就会没命的。

汪女士冷漠的脸浮上胜利者的笑，她说，那是她的事。这幢房子从此属于我了。

庄共和气极，说，那、那好，我和她一起走，我要为她的安全负责。

汪女士问，你有这个胆子吗？

林室雅冲着庄共和淡淡一笑，径直向门外走去。

庄共和要跟出去，被他的太太一把拉住了。

林室雅化了男装，戴着墨镜。

她和衣躺在小床上。

她昏昏沉沉地睡着了。

……抱犊崮顶。她气喘吁吁爬山，手脚并用。身后，四五个杀手在追赶。她抓着一棵荆根攀缘绝壁，两脚踩空。她的身子悬空乱动，吓得哇哇大叫，四五个杀手眼看就要抓住她的两只脚。突然，她看见孙美瑶坐在崮顶上吹着铜箫，她叫，美瑶兄快救我。孙美瑶却不答话，只是吹他的箫……

她大叫一声惊醒，冷汗津津。

她喃喃自语——美瑶兄，你会来救我吗？

她的耳畔突然响起孙美瑶的声音——有什么急事，你去找第二次国际联运特快蓝钢皮列车上的餐车师傅，你就说甲午让我来找你……你记住，我与你的危难同在。

她抹了一把冷汗。

她爬起来，走上街。

林室雅急匆匆向行车公寓走去。

一个戴墨镜的男人碰了她一膀子，伸手摘下她的墨镜。

她急忙掏出枪。

那个男人一脚就把枪踢飞了。

男人抓住了她。

她和男人厮打。

男人轻松地制服了她，掏出一张相片，看看相片，又看看她，笑了。

男人说，林小姐，林主席让我来接你。

林室雅说，我不认识你，放开我。

男人说，我们都是你老爹高薪请的，养兵千日，用兵一时，你跑不了的。

男人吹了一声口哨，便有四个男人围上来。

一个男人不由分说，把林室雅的右手腕和他的左手腕用手铐铐在了一起。

男人说，林小姐，你让我们找得好苦哇。还是钱能通神，上海的私家侦探真厉害。

林室雅说，我随你们走就是了，铐我做什么？

男人说，这是林主席的死命令，我们不过是在执行公务，小姐莫怪。

站台。

第二次国际联运特快蓝钢皮列车待发。

蒸汽机头喷吐白气。

林室雅被四五个男人簇拥着进了站。

这时候，从餐车上冲下几个男人，扑向那四五个男人。

两伙男人开始搏斗。

餐车上，春兰从窗口里探出头，焦急地要喊，被一只男人的手捂住了嘴巴。

后来的那些男人显然不是绑架者的对手。

狗肉张一边格斗一边叫道，耗子，你和三个弟兄……快、快，我顶着。

车耗子明白了，率领三个人向林室雅扑去。

车耗子他们围起林室雅和那个铐在一起的男人，向站台外退去。

狗肉张一人挡着四个男人，被打得头破血流。

他掏出一包白石灰，要向几个男人的头脸撒去。

一个男人眼疾脚快，飞起一脚，把狗肉张手中的白灰踢飞了。

白灰撒进了狗肉张自己的眼睛里。

他哇哇乱叫，却看不见对手是谁。

他被一个男人打趴在地。铐上了双手。

他蹲在地上闷喊,司令,我是熊包。

几个男人又去追打车耗子他们。

车耗子他们被打得一个个趴在地上不能动弹。

车耗子要掏枪,被一个男人用一副手铐打飞了手枪,随即车耗子他们两人一对被铐了起来。

自始至终,车站的警察似乎什么也没有看见。

旅客纷纷上车躲闪。

一个老人喊警察——打群架了,你们不管?

警察甲说,算什么群架,又没动枪动刀的。

警察乙说,老人家,上车去吧,闲事莫管。

庄共和这时候从站台上冲过来。

庄共和喊,室雅,我来救你。

庄共和拔枪要射击那些男人。

天桥上的警察扔了警棍,打飞了庄共和的枪。

警察甲叫道,不懂规矩,站台上不许动刀动枪。

红色警示牌:车站不分党派、南北,站内不许动刀动枪。

第二次国际联运特快蓝钢皮列车。

软卧车厢的走廊里站着许多洋人,看着林室雅等几个人被押进来。

林室雅他们被一个个铐在火车的管道上。

庄共和惨笑,说,室雅,实在对不起你。

车耗子用头撞车皮,说,我真无用,司令,我坑了你。

双眼红肿的狗肉张表现平静。

林室雅用左手摸摸车耗子的脸。

林室雅自责——都是我不好,连累了朋友。

车厢的灯关死了,一片漆黑。

车厢走廊上,站着五名男人。

他们一个个瞪大眼睛,脸上没有一丝倦容。

春兰在嘤嘤哭泣。

大师傅背对着她干活。

炉火熊熊,油烟腾腾。

大师傅说,表妹,姑妈有病,你急也没有用的。我已经给老家报了信,你到徐州下车,会有人在车站接你。

一名英国军官和一名荷兰军官一边喝着洋酒,一边谈话。

英国军官说,我有一种预感,这趟车要出事。

荷兰军官说,华莱士将军派我们回国招聘军官顾问团,你招到了几名?

英国军官说,愿意来的多了,又有中国军阀的高额薪俸,又可以到这个古老神秘的中国来探险,多美的差事,只是华莱士提出只要校级以上的军官,有点难。

荷兰军官说,我都定好了,曹锟给了定金,我就可以再回去领人。

英国军官说,你和华莱士是好朋友,你知不知道,我们的任务只是指挥曹锟的部队剿匪,还是要帮助曹锟打内战?

荷兰军官说,当然两件事情都要干。

英国军官醉眼蒙眬,说,朋友,你和华莱士上次进山,玩了几个中国姑娘?她们好玩吗?

荷兰军官大笑说,华莱士是匹色狼,要不是孙美瑶那个马子头捉住了我们,他发誓要玩一百个才走。

英国军官问,你玩了几个?

荷兰军官回,三四个吧,忘了。

英国军官问,好不好玩?

荷兰军官回,小巧玲珑,妙极了。

英国军官举起了一瓶威士忌……

押解林室雅他们的软卧车厢。

车耗子闭着眼睛。

庄共和说，雅，伯父对你未免也太狠了一点。

林室雅说，官场上无亲情。

庄共和突然问，你还在记恨我吗？

林室雅说，我凭什么记恨你呢？你的太太并没有错。况且，你又赶来相救。

车耗子说，唉，都怪我耗子不是块材料，要是黑熊来了，那五个狼羔子根本不在话下。

狗肉张依旧不吱声。

林室雅说，这倒是实话，耗子，黑熊没有来吗？

车耗子也觉得奇怪，说，司令没点他的将，不知为何。

庄共和问，你们说的黑熊是何许人也？

车耗子说，他是孙司令手下的一员大将，十六岁上就给我们老爷当保镖。我们老爷你还不知道吧？他就是大清有名的"白面包公"孙桂森，一辈子专门和贪官污吏作对。

庄共和说，我倒是听张老先生说起过这个传奇人物，噢，孙美瑶原来就是孙桂森的后人。

林室雅点点头。

庄共和说，可惜，可惜呀。名门贵子，为什么要去占山为王呢？

林室雅觉得庄共和的话刺耳，就说，你不也是大清名门之后？你不也是占山为王吗？

狗肉张这时候开口了，说，林小姐说得好哇。

庄共和说，根本不是一回事。我追随孙文，仍身在官场。孙文他是合法的大元帅，他是一朝之主呀。

狗肉张说，听说庄先生在南边是个不小的官，怎么会一口老调？

庄共和沉默一会儿。

庄共和说，那些问题以后再去讨论吧，现实才糟糕。喂，你……你们记住，从现在开始……

他转身对林室雅说，室雅，你先什么也别说，一切都是革命策略,你们记住了,我的身份不是孙中山江北招抚使的特别助理,而是上海花旗银行的高级职员。

林室雅说,这是真的,何必还要特别嘱咐呢?

庄共和说,他们不是传我……唉,我和林小姐的关系,当然是同学关系。

车耗子说,嘿,为什么要装猫变狗呢?

庄共和说,你不懂,这是革命的策略。

车耗子不再说什么,站着打起了呼噜。

其他几个马子也睡了。

只有林、庄两人在小声说话。

庄共和问,室雅,你那位丈夫会对我们用刑吗?

林室雅说,他恨透了我。

庄共和说,我不怕,真金不怕火炼。张之老先生五十岁时叫大清逮过,他们对他用了大刑。什么"竹签穿指",什么"油锅炸鱼",什么"七窍出水",他老先生硬是挺过来了,英雄呀。孙先生赠他的条幅就是"钢筋铁骨,侠肝义胆"。嘻嘻,英雄却难过美人关,后来,袁世凯当权了,对他用了美人计,他就靠过去了一些日子,后来才又回到南方,却有了历史污点。要不,老先生肯定会在国民党里占个高位子。

车过临城。二等车厢里,一个"一杠三花"突然拔出手枪顶住了乘警长的胸口。

"一杠三花"说,老乡,对不住了。实不相瞒,我们是抱犊崮上的马子,我就是孙桂林。

乘警长受惊结巴——老、老乡,你、你们要干什么?

孙桂林反问,马子嘛,还能干什么?

乘警长说,这次车上没有官票,也没有商票……老乡,你放我一马,上回你们绑了总理的三姨太,我那位前任就被砍了吃饭的家伙……我求求老乡……

孙桂林说，这一回，孙某劫的是犯人。

乘警长哆嗦着说，老乡，别动武的，我、我去给你把犯人送来。我去，我去……

他一边说着，一边向餐车方向倒退。看看离餐车只有两三米远时，他猛地转过身子，一个箭步蹿到餐车门口，打开门大叫，马子上车了，他们要抢犯人。

他趴到了地上。

餐车上的十几个便衣纷纷拔出枪，向二等车厢开火。

"一杠三花"和他的手下也趴到地上，向餐车的便衣开火。

餐车上的许多便衣中弹身亡。

二等车厢里也有马子中弹身亡。

其他车厢里的乘警闻声而来。有的来到餐车，加入便衣的队伍；有的来到二等车厢的那一头，向那些马子开火。

蓝钢皮火车的车顶上，一个男人爬上来，向车头方向奔跑。

一等软卧车厢内，五个男人一动不动，继续把守门口，任凭枪声大作。

车耗子说，我知道司令会来救林小姐的，豁上命，他也会的。

林室雅的眼睛水汪汪的。孙美瑶的声音在耳畔响起，压过了枪声——我与你的危难同在。

庄共和异常兴奋，他把耳朵贴在车门上努力去谛听，又拼命去挣脱手铐，却无济于事。

庄共和叫嚷，还我自由。还我自由。

车门不动。

两节车厢里在继续对打，双方都有伤亡。

乘警长趴在地上，叫道，打死一个马子，上头赏大洋一千；活捉一个，上头赏大洋两千。

"一杠三花"打出一支金镖，击中了"老乡"的眼睛，他疼得哇哇乱叫,满地打滚。

一个马子说,老当家的,你还有这一手呀。

"一杠三花"笑说,孙家的人都有一手。

餐车里又有几个便衣和乘警被击中。

乘警长捂着眼睛,叫,你们来的人太少了,怕不是马子的对手。

一个便衣头目说,山东警察快来了一半,还少?林主席这位千金是什么人物呀?京城拼命要,说是活要见人,死要见尸,马子爷拼命来劫,这阵势好大哟。

又一支飞镖飞来,击中了他的嘴巴,他遍地打滚却叫不出声来。

一个人拧动着餐车和一等软卧车厢之间的连接挂钩。

餐车里有人发现,向他开枪。他中弹了,身子掉下车顶,在空中乱荡秋千,而两只手却还在拼命拧着那个挂钩。他终于又爬上车顶,小腹流出来的血染红了蓝色的车厢。

餐车和一等车厢慢慢断开。

车头只拉着四节一等车厢,毫无知觉地行驶。

餐车和后边的车厢慢慢停了下来。

那个人抓不住了,掉下车顶。

大师傅穿了一身洁白的工作服从厕所走出来。

他捂着小腹,头上豆粒大的汗珠子滚落下来。

五个男人毫无表情地继续在门口守卫,其中一个戴上了墨镜。

软卧车厢里,庄共和焦急地问,枪声呢?怎么没有了枪声?

车耗子沮丧地垂下了头。

林室雅万分焦急的样子,担心地问,耗子,司令他们不会有事吧?

车耗子没有回答。

庄共和又说,我们完了,我们完蛋了。一群笨蛋,你们不会多来一些人吗?

林室雅烦躁,说,庄先生,你让我安静一会儿好不好?

孙桂林喊,撤!

马子们纷纷跳窗。

孙桂林背上了一个马子的死尸,另外七八个马子背着或亡或伤的同伴。

黑夜里,铁路边停着五六辆胶皮轱辘马车。马子们上了马车,马车飞快地奔驰,消失在夜里。

只传来粗狂的《马子歌》——

要劫,劫皇纲。
要日,日娘娘。
一群山大王,个个热心肠。
杀,杀尽天下贪官污吏。
劫,劫光人间富豪银两。
活有人样,死有鬼样……

黑熊般的男人从自己包厢里走出来,好像是要去厕所,他那管袖筒不再空荡荡的了。

他走到那五个男人的身边,猛地伸出右手,捅向一个男人的胸口,鲜血喷涌而出。

两个男人的重拳落在黑熊身上,他向后趔趄了一步。

包厢里冲出"南洋富商"和另外三个人。

显然是敌对的双方展开了狭窄空间里的决斗。

"南洋富商"施展出了孙家拳,配以绢扇。那个戴墨镜的人和他厮打,身手也十分不凡。两人各有得手,也各有失手。

"南洋富商"的嘴角出血了,白皙的面庞开出血花。墨镜人的耳朵被绢扇削去了一只,左边脸庞全是血水。

墨镜人问,你是"上官克星"?

"南洋富商"回，不，我是孙美瑶。

墨镜人说，你刺杀直隶主席的时候，我领教过你的套路。

孙美瑶说，我知道你是当年直隶义和拳王陈三，可惜，做了贪官的走狗。

墨镜人说，人总要走正路。

孙美瑶冷笑，出手更凶猛。

陈三被孙美瑶逼到了窗口，进退无路，只好跃出窗外，翻身上了车顶。孙美瑶钻出窗赶到车顶上，两人继续缠斗。

狭窄的过廊上，四个男人在与三个男人对打。

黑熊又收拾了一个，举起那人从大开的车门里扔出去。

英国军官和荷兰军官一起把耳朵贴在车门上谛听。

荷兰军官小声说，我敢保证，孙美瑶又来了，绝对是孙美瑶。

英国军官问，他来干什么？他来劫我们？

荷兰军官摇摇头。

英国军官拔枪要出门。

荷兰军官用自己的身子挡着车门——上帝保佑，你不能出去，孙美瑶可不是军阀，他是杀人的山大王。

车顶上的咚咚声震动着林室雅他们的心。

车耗子兴奋地说，我听得出来，这声音是总司令的，他会轻功。

庄、林、张拼命去听。

林室雅着急地问，怎么样了？

车耗子说，还在斗，没事。

一个男人打开了他们的包厢门。

他向林室雅举起了枪。

和林室雅紧靠在一起的庄共和见此情景，下意识地闪到一边去。

车耗子却扑过来，用自己的身子遮住了林室雅。

另一个男人踢飞了那个男人手中的枪,叫道,林主席说过,无论到了什么地步也要保全林小姐的性命。

嘭!

车顶上传来一声枪响。

林室雅痛苦大叫,美瑶!

车耗子惊叫,总司令,你为什么不用枪呢?耗子上次不是给了你一把勃朗宁?

车顶上中弹的却是墨镜人。

墨镜人是胸膛中弹的,他扑倒了,头脑却还清醒。他怔怔地看着手提"大眼撸子"的孙美瑶。

红樱桃佛爷痣,粉白的面庞。可是,他还是说,你、你不是孙美瑶。你不会使枪的,你从来都是用你的绢扇杀人。

孙美瑶不说一个字。

墨镜人自己否定了自己,说,不,你就是孙美瑶。上次你刺杀直隶督军也用的是"大眼撸子"。可是,世人为什么都说、说孙、孙美瑶不会使、使枪呢?

他中弹的肺破裂了,大口的鲜血从口腔喷出。

他带着疑惑死了。

孙美瑶跳下车顶,快速闪进一处柳林。柳林里有一匹乌青西凉马,孙美瑶翻身上马,箭一般飞走了。

无影无踪。

车顶上,却还有一个孙美瑶躺在距离墨镜人尸体两三步远的血泊中……

林室雅把孙美瑶抱在怀里。

孙美瑶已经成为一个血人。他的腹部中弹,肠子淌了出来。

林室雅的泪水一滴滴落在昏迷的孙美瑶面庞上。

车耗子跪在孙美瑶的前面。旁边几匹马在哞哞地喘气。

周围是前来接应的人马。

孙美瑶醒了。他看清了林室雅的面容，惨笑，说，林小姐，我……我与你的危难同在……

林室雅无声地哭着，泪流满面。

孙美瑶不放心，追问，室……室雅，你还走……走吗？

林室雅说，美瑶兄，我再也不走了，我和你占山为王。

孙美瑶心疼地说，傻女子……你应该到……

孙美瑶又昏迷过去了。

这时候，黎明的曙光出现在东方的地平线上。布谷鸟叫起了早晨，天上那颗启明星却还在闪亮。

昏迷中的孙美瑶含混不清地说，皇叔……你在哪里……你不该来的，太危险了……让我骑马吧，皇叔，甲午是你的儿子……爹死了……

孙桂林领着一个医生跌跌撞撞地赶来。

孙桂林痛苦地叫喊，甲午！甲午！老天，你可要睁眼呀。

孙美瑶又醒了。他看清了孙桂林的面容，苍白无血的面容上浮现出飘忽不定的惨笑。

孙美瑶问，皇叔，你没事吧？

孙桂林说，甲午，你要挺住呀。

孙美瑶问，皇叔……死了几个弟兄？

孙桂林说，七个。

孙美瑶问，尸首都背回来了吗？我要亲自为他们发丧。

孙桂林说，这事皇叔来给你办，你别说话了，甲午。

孙美瑶看到一直跪在旁边的车耗子。

孙美瑶说，耗子，你跪着做什么？快起来。

车耗子说，司令，事情我没办好，你毙了我吧！

这时候，双眼红肿的狗肉张也过来了。

狗肉张说，总司令，罪过在我身上。

孙美瑶说，说什么呀，好弟兄。林小姐救出来，值。

林室雅大哭，她说，我的命是弟兄们给的，用命换的。我……不知道该如何报答你们。

孙美瑶说，室雅，咱们是朋友嘛……

车耗子号啕大哭。

队伍里传出一片哭声。

孙美瑶又昏迷过去了。

孙桂林看着医生。

医生看着孙美瑶肚腹外的肠子，不敢动手，摇摇头。

黑熊扑过来，抓住医生，怒目圆睁。

医生吓破了胆子。

孙桂林用双手掰开了黑熊的爪子。

孙桂林跪下了。

队伍齐刷刷给医生跪下了。

医生害怕地说，我、我确实没有把握。

孙美瑶醒了，安慰医生说，没、没把握也不要紧，你、你不要怕，我、我孙美瑶的命不值钱。

医生仍旧不敢动手。

孙美瑶喊，张、张团长！

狗肉张立正站在孙美瑶面前。

孙美瑶说，如果我……不、不行了，抱犊崮由你来当总司令，你、你大胆干，老当家的，还有众弟兄们，会好好辅佐你……

狗肉张早就泪流满面，他哽咽着说，总司令，你能挺得住。咱们的壮志还没有实现哩。总司令，我狗肉张永远给你当团长。过几天，我把十八岁的儿子也叫来跟你干，咱抱犊崮有前景。

孙美瑶说，你行，我知道你行。

孙美瑶说着，闭上了眼。

第六章

孙美瑶苍白如冰的面容。

医生为他切脉。

林室雅俯下头去，流着泪亲吻孙美瑶。

长长的一个吻。

孙美瑶又睁开了眼。

这一次，他似乎有了一点力气。

他苦笑着说，医生，你还不敢？让我来吧。

林室雅孩子般地笑了。

林室雅说，美瑶，你能行，你没事的，我与你的危难同在。

孙美瑶听了林室雅的话，点点头，哆嗦着伸出双手，艰难地向医生的盛着酒精的玻璃器皿伸出手。他感受到林室雅体内的血液正在通过他的头颅向血管里流着，而林室雅的那双丹凤眼正在向他的眸子里倾注着生命的波涛。他分明地感觉到两个人的生命正在交融，他恢复了力气，他的两只手伸进了酒精里浸泡，他把手从酒精里拔出来，捧起自己的那团肠子，那团越来越干硬的肠子，用手心里的酒精浸洗着肠子。那个名字嘹亮在这一方水土的中医，从来没有干过西医外科的活，这时候也知道该干什么，他一只手端着玻璃器皿，另一只手把酒精撩洒在孙美瑶的肠子上……孙美瑶说，行了。他双手捧起那团业已变得柔软的肠子，一次又一次地向肚子里塞去。塞到第五回的时候，他终于彻底完成了这项工作。

晨光里，豆粒般的汗珠子爬满了他惨白的面庞。

孙美瑶极度虚弱，说，医生，你缝吧。

熊熊篝火。

一枚又粗又长的钢针被篝火烧得通红。

钢针穿透人的肚皮，发出嘶嘶的声音并冒起一股白烟。

医生抖动的手。

孙美瑶的一只手始终攥着那把带血的绢扇，另一只手抓着林室雅的小手，抓得非常紧，指缝里渗出了血。

林室雅把孙美瑶的脑袋放在自己的胸口。她的面孔贴在孙美瑶的脸上。

林室雅心疼地轻声说，美瑶兄，你叫吧，我知道你疼。

孙美瑶的两条腿在痉挛，两只脚插进土地里。

但是，他始终没有哼叫一声。

黑熊却抓起一挺机关枪，对着苍天射出了一梭子弹。

孙美瑶昏过去了，在女人的怀里。

胶皮轱辘的马车上，孙美瑶昏睡在林室雅的怀里，他的脑袋仍然枕在女人的胸口。

女人的面孔贴在男人的脸上。

颤悠悠上升的"轿子"里，一床棉被裹着男人和女人。

孙美瑶依旧昏睡，他还是躺在女人的怀里，他的脑袋一直枕在女人柔软的胸脯上。

女人始终和男人脸贴着脸。

卧房里，孙美瑶还在昏睡，他依然躺在林室雅的怀里，他的脑袋深深地陷在女人高耸的胸脯中。

林室雅的面孔苍白憔悴，眸子血红，一眨不眨地盯着孙美瑶。

春兰走进来，说，小姐，让我替替你好吗？

林室雅沙哑着嗓子说，谁也替不了我。

春兰轻轻退出去了。

孙桂林在占着六爻卦。
他把卦物扔在地上，老泪纵横。
耳畔响起孩童的话——皇叔，你的马马真好骑。甲午长大打天下，我封皇叔做、做王爷。

狗肉张领着一个十七八岁的孩子来到床前。
孙美瑶依旧不醒。
狗肉张说，总司令，我把儿子给你领来了，张家的根儿种在抱犊崮上了，你可要挺住。
孩子说，总司令，我叫张运河，我来报到了。
他向孙美瑶鞠躬。
父子俩轻轻退出去。

摇摇欲灭的灯光。
林室雅像之前一样抱着孙美瑶。
她用小手撩着中药熬制的药水，给孙美瑶洗涤伤口。
庄共和走进来。
庄共和问，他要是永远不醒呢？
林室雅说，我就抱着他进坟墓。
庄共和又问，你是他的什么人？
林室雅说，我是他的朋友。
庄共和说，你这朋友只怕是比他的女人还痴心……
林室雅说，因为他这个朋友可以拿命给朋友。
庄共和负气说，那、那好，我可要回上海了。
林室雅说，这支队伍的为人你都看见了，我拜托你，求你，不，你去求张之他们，早日给他们一个番号。
庄共和无奈地说，这事我会尽力去办的。

孙美瑶终于醒了过来。

他发现了自己的样子,很不好意思,挣扎着要坐起来,却虚弱得动弹不得。

林室雅说,你终于醒了,你……谢谢你。老天真好,真好。

她声若游丝。

她披头散发。

她脸白如纸。

她激动得很,却流不出眼泪来。

孙美瑶惨笑着说,我、我把你累垮了。

林室雅帮助孙美瑶坐起来,他靠在她身上。

林室雅说,你为我都死了一遭。

孙美瑶说,这个梦好长呀。我梦见自己躺在摇床上,我娘一刻不停地摇呀摇。桃花开了又谢了,石榴叶子绿了又黄了。室雅……我是不是一直这样子躺在你、你的怀里?

林室雅没有作声。

她的脸颊飞上一小片桃红。

秋天的抱犊崮。

野果累累。

林室雅扶着孙美瑶漫步。

春兰挺着业已隆起的肚子,和丈夫跟在他们后边。

车耗子像只猴子般轻捷地爬上一棵酸枣树,摘下一口袋酸枣,送到林室雅手里。

林室雅说,春兰这时候最爱吃了。

车耗子拍拍另一个口袋,说,给她留着哩。

孙美瑶说,耗子,你有功哇,你要给抱犊崮生下小栋梁了。

车耗子说,是小马子。

孙美瑶说,不,我要送他念书,出国留洋,回来做大官。耗子,你这一辈子也许不能指望了，你的儿子却大有希望。

车耗子说，总司令，你真是官宦人家出来的，你这心中，那根官弦一直没断呀。

孙美瑶说，做官才能为民，做官才能青史留名。生为男人，不谋仕途是窝囊的。

车耗子说，如今咱们是马子呀，司令。

孙美瑶说，迟早有一天，我会把弟兄们带上一条光明大道的。

庄共和气喘吁吁地爬上来。

他拉着林室雅要走。

林室雅不情不愿地问，你有什么事，在这里说还不行吗？

庄共和说，咱们总该有一点秘密吧？

孙美瑶说，室雅，你随庄助理去吧，我没事。

林室雅不走。

庄共和看看孙美瑶，只好说了——多亏我没有马上回上海，那个汪小姐等不及，来信要和我离婚了。

林室雅问，你太太不是都怀孕了吗？

庄共和说，她那是在发醋，你还不明白？

孙美瑶迎风站在那块绝壁上，没有任何表示。

林室雅低头说，庄先生，你和太太离婚，好像与我没有多大关系吧？

庄共和气急了，说，你这是什么话？这事与你有摆脱不了的关系，怎么，还要我当着司令的面把来龙去脉讲个明明白白吗？

孙美瑶回过身来，脸庞苍白如纸。

孙美瑶说，免，这事与本司令可是毫无关系。

林室雅说，庄先生，那你也应该回上海去，那里有你的洋房，有你的洋职务，还有你的高朋。

庄共和真诚地说，不，我不想，起码是暂时不想。经历了这一场大难，我似乎悟出了一个职业革命党人应该如何干法，如今我可是向着那个目标大大地迈进了一步呀……再说，你、你还在山上嘛。

天气很好。

庄共和西装革履，拿着一个铁皮卷成的广播筒，登上一块大石头。

马子们三五成群，分布在各处。有的在练把式，有的在下棋，有的扒下衣服来捉虱子，有的在大谈女人，说骚话，听者颇众。

一个刚刚上山来的头戴瓜皮小帽的老财主——肉票——被几个小马子从票房里领出来，一个马子把他按在地上，骑上他的身子，让他当马。

庄共和说，你、你怎么不尊重他的人权？

马子看着他，听不懂他说的话。

庄共和说，你的行为与孙文的三民主义背道而驰，格格不入。

马子问，你是哪一个山头的？

庄共和说，什么山头，典型的匪气。我是孙中山江北招抚使的特别助理，上山来考察你们的。

马子说，什么鸟尿玩意儿，裤裆的虱子，林子里的嘎嘎鸟，大爷我不认得你这花尾巴斑鸠。

庄共和说，你、你敢侮辱我？

马子说，我敢揍你个××。

这个马子从腰间抽下了他的绳鞭……

庄共和吓得三步两步跑开。

众马子哄笑。

庄共和开始发表演讲——工友们、农友们……

周围的马子都愣住了。

庄共和神情庄重，大声说，我叫庄共和，是上山来宣传孙文的三民主义，即民生、民权、民主的。你们是一支民众武装，需要革命的理论来再造。

孙桂林、狗肉张也来了。

马子甲问，他在干什么？唱大花脸？

马子乙说，他说啥呀？是个疯子吧？"话疯子"，我们村有一个，爱叨叨。

马子丙说，我在徐州见过他，他是学生娃，革命党人。

孙桂林摆摆手，众马子不敢再胡说。

庄共和看见了孙、张两人。庄共和的眼神和孙桂林交换着一种热络，他也在孙桂林的眼神鼓励之下说得更加起劲了——今天，我给大家先讲民权。孙大总统说，人，中国人，天赋人权，生而平等。比如说，我和大伙是平等的，谁也不能压迫谁，这即平等权，此乃人权之根本也。人权还有如下条款：选举权、被选举权、言论权、结党权……中国人，人人都有被选举权、选举权，人人都有权利选举大总统，人人都有当大总统的权利……

马子甲问，那、那咱们选总司令当大总统如何呀？

众马子说，好！那好！

众马子围住了庄共和。

马子乙问，庄、庄什么来着，我们选总司令当大总统行不？

庄共和说，当然行。

马子丙说，行个屁，人家悬赏十万拿总司令哩，还选他当大总统？

马子甲又问，选我当大总统行不？

庄共和看了看他说，也、也行，你有这个权利。

众马子哄笑。

众马子抬起了"大总统"——马子甲。

马子乙说，你真是一个疯子，"话疯子"。

马子丁说，姓庄的，我和你……不是平、平等吗？你扒下你的衣裳给我，我把我的衣裳给你，好不？

他把手心的虱子举到庄共和脸前，又把衣裳塞给庄共和。

庄共和看见了虱子，双手推着那件破衣裳。

庄共和步步后退，他退到了大石头的边缘。

127

孙桂林大叫，放肆。

众马子马上规矩了，一个个好好地站着。

孙桂林说，庄先生讲的道理多么好呀。

狗肉张说，听不懂也别胡闹，慢慢嚼嘛，一个个不长出息。不过，庄先生，我猜着，这宣传民众也有学问，你得叫民众听明白呀。比如我卖狗肉，我就得把狗蹄、狗筋、狗下水变着法儿吆喝，说狗筋像豆菜一般鲜嫩，像媳妇的奶子一般可口……

众马子欢呼。

庄共和哭丧着脸，说，我在上海滩的万人大会上是很受欢迎的，好多女士都跑上来吻我。来到山上，才二三十号人，却出了丑。

孙桂林说，庄先生，这不怪你，弟兄们没文化。

马子甲说，我们少心没肺的。

马子乙说，庄先生，多给我们念叨念叨也好。

马子丙说，总比天天说女人的裤腰带有货。

马子丁说，庄先生，我、我是和你闹着玩的。

庄共和笑了。

孙美瑶、孙桂林、狗肉张、林室雅、庄共和等人正在议事，车耗子跑进来，咕咚咚灌下一大碗水。

车耗子说，总司令、老当家的，还真的叫你们猜准了，黄河在济阳开了口子，淹死了无数的百姓，淹没了无数的庄子，淹坏了无数的农田。

仍旧虚弱的孙美瑶拍案而起。

他发出了沉重的叹息，说，人祸终于酿成了天灾。腐政、苛政比天灾祸害十倍也。

南岸决开了十几里地的大口子。河水已经停止了向堤外的宣泄。

岸边形成一个个巨大的湖泊。

向南，是黄泥淤积的原野，无数村庄被黄水冲刷得一片狼藉。

携儿女领妻子的灾民向南边逃难。

街道上，灾民成群结队。

店铺纷纷关门。

饿殍横陈街头。血红着眼睛的野狗在光天化日之下吃人肉。

孙美瑶、孙桂林和卡尔一个个铁青着脸，在济阳县城的街上被满目的凄惨压抑得喘不过气来。

孙美瑶问，卡尔，王大东那一百五十万赔偿了那三十条人命吗？

卡尔说，饱读圣贤书的秀才却原来是一个人渣。

孙美瑶的眼睛瞪得像两个煤球。

卡尔问，朋友，你要干什么？

孙美瑶恢复了表面的平静。

孙桂林说，甲午，我明白你的心，我马上去安排，不然这里会饿死十万百姓的。

孙美瑶平淡地说，皇叔，这事还是让甲午自己来。

卡尔似乎明白了什么，说，你去求他拿出一百五十万来赈灾？朋友，没有用，他照旧会一毛不拔。

孙美瑶说，朋友，你别过问此事。那个一百五十万是抱犊崮用命换来的，我没有要，只是可怜王者大矿两年里三十个罹难的窑汉，希望王大东用这钱来抚慰、赔偿三十位亡灵的爹娘妻儿。想不到千万富豪王大东却如此令人不齿。

一个注定会发生故事的夜晚，黑云像铅块般低垂着，却就是挤不出一滴雨珠，黑云彩又十分的霸道，不让满天的星斗和农历二十几的月牙儿向大地和人间投射一星半点的光亮。

两匹雪青西凉大马从抱犊崮半山腰的马场里冲出，向中兴公司王者大矿的独栋中式三层楼飞奔。

司令吩咐——今夜陪我去拿一笔大钱。

马神说，这点小活儿，我再叫上耗子就给司令干熨帖了，何必劳动司令。您身子还弱，林小姐吩咐我们，不可劳烦。

司令说，这活儿我必须亲自去干才舒服。

马神说，司令，那必揣上您的"大眼撸子"，那枪比孙家拳好使……啊，司令，马神不是那个意思。

司令却笑了，说，当然，上回吃了大亏，不会再忘了。

司令说，到了香墅，你只管在围墙外守着两匹马，我一个人飞进去就中。

马神惊奇地问，司令还有轻功？

司令说，什么话，我上了三年武堂，白吃干饭的？

两匹马狂奔。司令趴在马背上，率先到了香墅外面那高达丈余、布满铁丝网的围墙下，跳下马，一个"旱地拔葱"已经飞过围墙，落脚在苏式园林的一座小亭顶上。马神下了马，忐忑不安地牵着两条马缰绳，待在一片山坡上。不远处，王者大矿的天轮在飞转，天轮上的探照灯像一柄柄白光闪闪的剑，劈开了昏暗的黑夜。

孙美瑶掏出了"大眼撸子"，直接从小亭子上飞过一方池塘，悄无声息地落在了香墅二楼长长的阳台上。三个值夜班的峄县警察哗啦啦拉开了枪栓。三声枪响，三个警察的三颗脑袋全被打爆了。这是孙美瑶用左手干的。

孙美瑶的右手，稳准狠地将一支带着白丝帛子的绿色飞镖送入菱形窗户，飞镖穿碎玻璃，飞进了王大东的卧房里。飞镖插进了小叶紫檀的拔步床，插在了上头的铭板上。

白丝帛抖开来，浑身打着摆子的王大东叫道，小荷，快、快给姐夫念，是不是"上官克星"向我要账来了？

他的小姨子，名叫小荷的，抖颤着善唱徐州"拉魂腔"的声嗓儿念——

王大东，要活命，就干两个活儿。一、从你的床头柜里送给我一百五十万，这钱你该给我的。二、明天从财务支上三百万，逐一赔偿、抚慰两年中罹难的三十个窑汉之爹娘妻儿。如若再抗吾命，三天内阁下、乌局座，一律杀无赦！

具名者:"上官克星""粉面杀手"。

十辆大车停在空场子里。

一袋袋玉米、麦子、黄豆卸下来了,堆成三座大山。

商人打扮的孙桂林、狗肉张、马神领着伙计向灾民分发玉米、小麦、黄豆。每个灾民代表一户人家,分得一斗黄豆、一斗小麦、三斗玉米。

孙桂林心里在说,甲午啊,你救了十万灾民。他的耳边回荡着孙美瑶低沉的声音——昨夜,家父向我托梦,他说,此乃吾之过也,一心杀尽贪官污吏,却根本就没有想到,满朝尽硕鼠,黄河焉可清?

孙桂林环视场子上的灾民,他的内心鼓荡着无以言表的痛苦。

老板娘装束的林室雅领着一群灾民走过来。

她说,我都查清楚了,他们每个人确乎来自不同人家。

一个看似识文断字的灾民领着一群人走过来。

他问,请问这位老板,您发财的宝号在哪里?

孙桂林打量了他一下,说,鄙人四海行商,无固定商铺。

他又问,那、那请问老板尊姓大名?

孙桂林问,先生有什么事吗?

他说,我是黄河乡的。一个上午,老板已经分发玉米五百余石、小麦一百石、黄豆一百石,这是救命呀。我,还有这些乡亲受情不过,想送块匾给老板的宝号。老板不肯,那我们就给先生在黄河岸上立一块长生碑。如今天下难寻先生这样的大善人了。

孙桂林说,都免了吧。鄙人行善,乃是本分。

他说,如果那位林主席有老板十之一二的高风亮节,今天也不会重演三十年前的悲惨黄祸。

林室雅抬起了头,停止了劳作。

林室雅问,你们林主席不是也喊着治黄吗?

他说,他那是在发治黄财,政府拨下的治黄款,他都吞下了。

他想了一招,下令沿黄各县捐助治黄,叫黄民治黄。年年治黄年年捐,谁还捐得出什么,只好眼睁睁地看着林主席为了挡百姓眼、交官差而修的大堤被黄河水冲开口子……其实,也不光他这样干,那些大大小小的官都视治黄为肥差,你争我夺互不相让。

林室雅锁起了眉头。

大路。

几辆空空荡荡的马车向南边行进。

孙、林、张坐在一辆马车上。

白日朗朗。

沉默半天的林室雅突然问孙桂林,老皇叔,你们孙家好像对黄灾、治黄格外敏感关注?

从往事中拉回思绪的孙桂林说,我们老爷功成于治黄,亦自治黄罹祸。这是一段黄河与一个家族的故事,以后你会慢慢知道的。

林室雅若有所思所悟地点头。

林室雅突然说,美瑶兄似乎对曾申格外仇恨,这仇恨难道也是根于治黄吗?

孙桂林说,正是这样的……

林室雅显然还想听下去,她往孙桂林身边挪了挪。

孙桂林却岔开了话头。

孙桂林说,林小姐,我看庄先生很有本事,对小姐又情有独钟,你还是不要让他太难堪为好。庄先生在山上住下去是桩好事……

林室雅不解,问,皇叔,您是随便说说的吧?

孙桂林说,当然。林小姐如果不想听,就算我没有说。

林室雅又岔开了话头。

林室雅问,孙司令真的是秀才出身?

狗肉张抢过来话头,说,那还有假?总司令的学问大了,咱从心里佩服。

孙桂林说,他是皇清最后一科秀才,十六岁高中山东第一名,如果天道不变，科举不废，甲午中个把状元是大有希望的。

林室雅说，他却是丁点也没有一个秀才的样子。

孙桂林说，甲午他最看不起的就是烂酸秀才。民国后，他就进了武馆习武。其实，我家老爷虽说是进士出身却也武功盖世，孙家拳已经传了五代。

林室雅不再问什么，托起香腮陷入沉思。

天上，一行大雁向南飞翔。

地上，几头黄牛在山坡上吃着秋草。

林主席正在化装。

一个皮箱放在一边。

皮箱上有一张去上海的车票。

宋记者悄悄地走进来。

林主席拿着手枪，猛地车转身，看是宋小姐，他的枪口垂下了。

宋记者拔下了他的假胡子，拿下了他的假发。

她嘲笑说，怎么，想逃？

她看见了皮箱上的火车票，拿起来。

她脸上露出轻蔑的笑，说，去投南方？

林主席说，人家南方要我？我不能在北边待了，闺女闯下天祸，如今黄河又开了口子，北边不吃了我？我只有到南边去当一介平民，隐姓埋名过过日子。

宋记者把火车票撕了。

他有点急了，说，你、你是受曾申指令，带人来逮我的吧？我、我可是待你不薄。

宋记者咯咯笑了。

宋记者扶着男人坐下，像哄孩子一样拍拍他的腮颊。

她说，不，我是来救你的。不，我没有那份能耐，我只是来向你报平安的，因为你待我不薄……你别怕，你没事了。

他不信，说，你、你在骗我，你在稳住我。

她说,这一次,我是自己偷偷跑来的。我知道你正在火焰山上。

林主席带着哭腔问,你快说说,到底怎么一个平安法?

她玩弄着自己染着艳红指甲油、状若葱白的手指,说,我想,你的主席照当,财照发,曾申和三大帅,都不会动你一指头的。

他说,我不相信,你在骗我,你在骗一个即将完蛋的人。

她大声说,林文山,你真的没事了,你命大,命好。

他更加糊涂了,问,这、这到底是怎么一回事?

她反而更加不着急了,娇嗲地说,给我脱掉鞋子,我慢慢说,有一个不短的故事哩。

宋记者坐在沙发上,把两只脚伸到林主席的怀里。

林主席怀抱着女人的脚,给她脱了鞋子。

她继续说,袜子。

林主席又给女人脱了袜子。

林主席用嘴巴去亲女人的脚。

女人舒服地闭上眼睛。

林主席眼巴巴地看着女人……

京兆(即后来的北京)总理办公厅,宋记者把一摞《申报》塞进曾申的怀抱。

宋记者说,我的大总理,你好好看看,天下人是如何评价你们的。

曾申把报纸放到案上,说,什么天下人,不过就是几个报虫子。

曾申拧了宋记者的腮一把,享受着那一小片的嫩滑,他说,那是另一个世界。这是在中国,还是枪杆子说了算。政府用人不当所致,把国家大把的治黄钞票发放到一个"饿皮虱子"手中,后果不言自明。

宋记者说,这次可不一样。

她递给曾申一张报纸。曾申戴上金丝眼镜,一个字一个字地看,看完了,愤怒地把那张报纸揉成一团,扔进垃圾桶里。

曾申说,世上还有比吴大辫子更不知廉耻的吗?礼照收不误,关键时候，娘照骂不误。咦，有张作霖的态度吗？

宋记者把两份《申报》挑出来给曾申，头版黑体大字——张大帅说，此次黄祸，实乃人祸，政府、贪官私吞专款，定要查个水落石出。张大帅称，务必揪出贪官并顺藤摸瓜。

曾申跌坐在沙发上。

女人依偎过去，安慰着男人。

宋记者说，人家不能光报喜不报忧呀。

曾申说，谢谢你。

宋记者真诚地说，天底下，我也许是少数真心祈盼你宝座不倒、宦海平顺的女人之一。

曾申苦笑着摇头。

曾申像是自言自语——看来，吴、张这是要联手把我弄下台呀。怪不得有人说靳云鹏这几日不是郑州就是奉天，捡落瓜的人都他娘地下生了。

宋记者突然想起了什么，抱住曾申，把小嘴巴凑到男人的耳朵边上，说，你不会来一个丢卒保车？

曾申问，你是说把姓林的抛出去？

宋记者猩红的嘴唇里吐出冷冰冰的话——让你那位年轻的泰山当当替罪羊不是蛮合适的吗？

曾申咬牙切齿地说，这也不失为一个良策……你女儿死心塌地当了土匪，你这个主席父亲就代女受过吧。

宋记者似乎还嫌不够热闹，又拿出一张《申报》，挑逗着曾申——这里还有一则桃色新闻哩，说林室雅在抱犊崮和孙美瑶谈情说爱，总理大人心里不大好受吧？

曾申说，我、我有什么不好受的，林室雅反正是我先睡过的女人。

宋记者咯咯笑，突然收了笑容，说，行了，总理、山大王与一个女人的三角故事等有心情和空闲再去研究吧，眼下总理大人的政治难关还不够喝一壶的？

曾申走到案边，抓起了电话。

曾申说，给我接天津，曹大帅的家。

电话还未要通，老家人先进来了。

老家人说，曹大帅给老爷送药来了，他听说老爷近来心口窝堵得慌。

曾申放下了电话，接过老家人捧上来的同仁堂产的瓷瓶包装中成药，共两瓶，一瓶"六神丸"，一瓶"逍遥散"。

曾申大喜，说，知我者，曹公也。

宋记者问，这个曹锟葫芦里卖的什么药？

曾申说，老师叫我沉住气定下神，天下太平。

宋记者沉潜进一种思索，猛地，她去翻找那些报纸，终于找到了一张，急忙交给曾申。

宋记者说，你猜得对。这里有一则报道，你看看，最近日本人给曹锟武装了两个师，曹锟公开说，他的实力大增……

曾申抓住那份报纸，好像要把它吞下去的样子。

曾申哈哈大笑。

曾申抱起了女人，向东厢房走去。

女人说，你要干什么？讨厌。

男人说，好久没有心情了，今天，咱们要好好庆祝一下。

女人说，那、那就便宜了那个姓林的？

曾申说，不便宜也很麻烦的，他有嘴巴，拔出萝卜就会带出泥来……这回就放他一马吧！

宋记者赤脚躺在沙发上。

林主席长长出了一口气。

男人拿过了那只皮箱。

男人说，谢谢，你给我报了平安，这东西我用不着了，你带回京城吧！

女人打开了皮箱。皮箱里有票子、金条，还有一把手枪。

女人疯狂地抱住男人。

男人说，你肯定是在曾申那里也疯过……

女人说，吃醋的男人，没劲！

孙桂林和孙美瑶对面而立。

后边，是绝壁。

孙美瑶说，皇叔，这一回，说什么我也不会放过他。

孙桂林说，他是贪官，他是禽兽，可他毕竟是林小姐的生身父亲呀。

孙美瑶叹一口气，他举起一块巨石，愤怒地扔进万丈深渊。

深渊里迸发出天崩地裂的巨响。

孙桂林说，你若是非要为老百姓出出这口恶气，就对着曾申这奸雄下手如何？

孙美瑶说，皇叔，我与曾申有着不共戴天的仇恨，每日每刻我都想亲手宰了他……可是，曾申比狐狸还要狡猾，我至今还摸不准他的行踪。我一点把握也没有……

孙桂林说，姓林的呢，就那么有把握？天下所有的贪官，他们都有一流的防范。甲午，我真的很担心，说实话，我也不同意你用这种方式来与这个政府对抗。

孙美瑶说，皇叔，与其坐等孙文的北伐，倒不如先干他几下。我实在等不及了。

孙桂林说，我听说林主席手下高手不少，上次只坏了几个。还有，从办公厅到家，戒备都是十分的森严，并且，他行无定踪，有好几处住所……我实在担心呀。

孙美瑶说，今生，我也许无缘进官场为民做主，那就拼上这一腔热血为百姓除恶铲贪，求一个心安吧。我知道，林氏确实是虎狼窝。

林室雅突然爬上山来。

林室雅说，美瑶兄，让我给你带路。

说完这句话，她那张梨花一样的面容上已经是泪水斑斑了……

孙桂林问，甲午，那，你准备什么时候去干这件事？

孙美瑶说，我在等待时机。

巢云观后边有一个独立的院落，高大的围墙、铁门，墙角还有炮楼子，炮楼上站着持枪的马子。
院子里有石碑，有断头台，有罚桩，有戒板。
高大的石碑。石碑上刻着用朱砂染了的碑文——

　　山东建国自治军军纪八条：
　　一、不绑架四十亩以下民众；不绑架小商小贩；不绑架女票，但贪官污吏之家眷除外。
　　二、不打骂男女票客，尤其严禁奸淫女客。违犯者，绑罚桩示众五天五夜……
　　三、不虐待俘虏之官军士兵……

孙桂林、庄共和、林室雅站在石碑前。
庄共和俯在石碑上认真观看。

这是一架巨大的铡刀。刀架在一根横躺在地上、粗大无比、只有半边的檀木上。
刀刃下，是深深的凹膛。凹膛里尚有紫黑的污血。
铡刀磨得雪亮。
孙、庄、林站在断头台前。
孙桂林拉起铡刀，填进去一截木棍，他用力一按，木棍被铡为两段。
一个马子走过来。
马子说，今日又到磨刀的时辰了，老当家的。
孙桂林点点头。
马子卸下铡刀，把铡刀扛到一块青石上，开始打磨。
磨刀霍霍。

庄共和问，每天磨一遍？

孙桂林点点头。

庄共和说，我看到过北洋政府的一份报纸上有篇文章，专门写你们的断头台，说"断头台上铡刀寒，几多票客命丧了"。我记得，这篇文章还是张之让我看的，他当时很气愤，他的话我就不说了。

林室雅看着孙桂林。

孙桂林仰天长叹，说，朝廷命官尚能蒙冤丧命，何况我等草民乎？

庄共和说，老当家的，你们撕票的方式也太残酷了一点吧？

孙桂林说，庄先生、林小姐，我孙某可以对天盟誓，这断头台下如若死过一个票客，我孙某人也难逃铡刀之劫。

庄共和指着凹膛里的污血，问，这是什么？

孙桂林说，铡刀下只有违犯军纪的孙家军的鬼……我的亲侄子，就是因为违犯了那八条中的第三条、第六条，被我下令开铡的。你们都认得车耗子，林小姐还记得他被绑了五天五夜之事？如果他再同时违犯了八条中的任何一条，那次他也就成了铡刀下的鬼。庄先生，那石碑在孙家军官兵的心目中是包青天的"虎头铡"呀。抱犊崮上有铁的法度，不论官、兵，凡违犯八条中两条者，开铡，违犯一条者，或罚跪戒板，或捆罚桩。如果没有法度，不用山下来剿，抱犊崮早完了。

庄共和震惊，他若有所思，说，看来，南边对你们是误解了。

孙桂林说，不怕，我们的日子还很长，如今，庄先生又来到了抱犊崮。我们俩也算是老相识了，我相信，江北招抚使接受我们的日子不会太远了。

庄共和说，老当家追求真理、信仰孙文的真诚、恒心让庄某感动，只是，你的队伍还、还良莠不齐，有的马子还是真马子，这些日子我天天在山上宣传，但是……

孙桂林说，确实如此。美瑶报仇心切，经常下山，我顾了头顾不了尾……这里的一切全指望庄先生向招抚使大人美言了。

林室雅看看庄共和。

林室雅说，老当家的，你也要亲自跑几趟上海才好，共和君他……

庄共和说，我当竭尽全力，办成此事。

孙桂林说，那我就感恩戴德了。

庄共和似乎想起了什么，大声说，咦，其实大门就在眼前，你们抬脚就可以走进去。

孙桂林一把拉住庄共和，说，庄先生……你的意思是不是说，您就有收编、委任孙家军的权力？

林室雅赶紧抢先一步说，共和君还没有这个权力。

庄共和领会了，说，啊……庄某年轻，资历尚浅，不过，有一个离你们很近的人，说不定他还是你们的朋友，就有这个权力。

孙桂林突然像一个前清大臣那样，甩了甩双臂，扑通给庄共和跪下了。

他的这个举动把林、庄二人吓了一大跳，林室雅简直是手足无措，而庄共和也接连后退了几步。稍微定了定神，两个年轻人才急忙过来拉孙桂林。

孙桂林却跪着不起来。

孙桂林问，庄先生，此人是谁？请您指点迷津。孙家军两千名儿郎的前程全拜托了，请您告诉我，此人是谁？

湖水荡漾，烟波浩渺。

微山岛高大的微子墓顶端，用铁轨竖起来的旗杆上，迎风招展着一面白底黑字旗。

黑字：山东建国军。

湖面上，一叶扁舟由几个军汉慢慢划着桨，缓缓航行。

一个中年男子站立船头，拿着一本线装书在默念。

几条渔船正在撒网捕鱼。

单腿而立的黑色鱼鹰猛地飞起来，又急转直下，一个猛子扎进水里，叼出一条鱼。

渔姑唱起渔歌——

微山湖，莲花香。
大运河，浪打浪。
范司令，百姓王，一肚子学问双手使枪。
左手先打曹国舅，右手再敲吴大郎。
……

众头领都在。

孙桂林说，人家范司令受过孙中山的直接委任，人家山东建国军的旗子就是金的、官的，咱孙家军投过去，矮不了，小不了。

孙美瑶一言不发。

庄共和说，我敢担保，大当家的、老当家的，还有诸位，范司令都会有位子给的。

孙美瑶依旧不吭一声。

他眉宇间那颗红豆佛爷痣在微微抖动着。

孙桂林说，甲午，南有孙文，北有北洋，孙家军总要投靠一方吧？北洋和孙家不共戴天，孙家只有南边一条路。

孙美瑶还是不说话。

狗肉张站起来，嘴巴子动了几动，显然想说什么，却又硬生生地把话咽了回去，一屁股坐在椅子上。

孙桂林说，甲午，南边咱们一时不好投奔，范司令咱们还是抬脚就可以靠得上的。咱们和他原来就是朋友，他揭竿而起的时候咱们帮助过他，又有庄先生牵线搭桥，他不会亏待咱们的。他那个人有儒雅之风，有海纳之胸怀。

孙美瑶抖开了手中的绢扇。

孙桂林说，庄先生，这事我做主了。请你作为孙家军的代表，到微山岛走一趟，向范司令表明我等之心意，看看范司令是个什么意思。

庄共和说，我立刻就去。

孙美瑶缓缓站起来。

孙美瑶说，谁也不能去。我就不相信，南边能委任范某某，就不能委任我孙某某？皇叔，你不是从小就教训我说，凡事沉稳者，真丈夫也，你怎么就沉不住气了？

山东建国军黑字旗在风中猎猎作响。

广阔的平川。

庄共和和范司令坐在观礼台上。

范司令说，庄先生，你我都是孙文的信徒，天下为公嘛。

庄共和说，孙美瑶对范司令是十分崇敬的。

范司令哈哈大笑，说，庄先生的良苦用心，范某懂。孙美瑶这个人我还是很了解的，本事有余，自负也有余，恐怕他不会投奔到范某麾下的。

庄共和说，不妨试试看。

范司令说，庄先生，范某和张之先生极熟……范某知道你想促成范、孙联合，好在张先生面前立一大功，只怕这功劳不太好办。

庄共和向范司令抱拳。

台下，一支马队疾驰而过，为首者高举一面杏黄旗，旗上绣着黑字"燕"——燕字营。

骑手们在马上做着各种动作。

马队过后，一队体形彪悍的壮士来到台下，为首者亦举着一面杏黄旗，旗上绣着黑字"虎"——虎字营。

壮士们在台下表演格斗。

范司令说，我还有鹞字营、豹字营、獒字营，人人都有绝活，营营皆有高招。

庄共和说，范司令，你真是一员帅才，孙美瑶是应该好生向你学学军事。

范司令说，庄先生千万不能这样说呀。

庄共和说，那就叫互相切磋好了。

范司令说，对，请柬上就这样写法——欢迎大驾光临鄙军演武大会，恳请赐教，互相切磋。

庄共和把一份大红的请柬双手呈给孙美瑶。

孙美瑶反复把玩着请柬。

孙美瑶把请柬递与孙桂林，孙桂林看完又传给众头领。

众人七嘴八舌地议论。

孙桂林拍拍手掌，议事厅安静下来。

孙美瑶问，庄先生，你不是说要回上海吗，怎么拐弯子去了微山岛？

庄共和说，回上海也好，去微山岛也好，其实目的只有一个，都是为了孙司令好。

庄共和风尘仆仆。

林室雅掏出手绢让他擦拭，庄共和接过手绢，眉目间向林室雅脉脉传情。

孙美瑶突然问，老范的日子还好过吧？南边每月给他多少军饷？

庄共和说，南边哪有军饷给他。南边靠的是信仰、真理来收编军队。不过，我看范家军是很雄劲的，他们的演武大会我只看了一个开头，就从心底里服了范司令。

孙美瑶问，范家军比起孙家军如何？

庄共和反问，孙司令让我说实话还是不说实话？

孙美瑶说，孙美瑶一辈子最痛恨的就是朋友间不说实话，咱们毕竟是朋友呀。

庄共和说，论整体实力、素质，范家军比孙家军要高出三成。论武器嘛，抱犊崮比微山岛要好一点儿。

孙美瑶的脸色不大好看了。

林室雅打圆场说，这是不好比的，你只是一种感觉，对不对？

她看着庄共和示意，庄共和却书生气十足。

庄共和说，不，我学过军事，我懂。

这时候，诸头领中一个三十七八岁的红脸汉子腾一下站了起来，他就是新近投诚的马神，主管山上的马队，坐最后一把交椅。

马神说，庄先生，我只问一句话，微山岛上有会骑马的吗？

庄共和说，范家军有一流的马队，人人都能镫里藏身，个个皆会马上倒顶。

马神嘿嘿冷笑。

马神不屑，说，你外行了不是？那些玩意儿是马戏团的杂耍，不能打仗，上不了战场。

车耗子说，微山岛，狗屁。我有几个朋友在那边都是高手，倒是一个个叫我师父。

众头领七嘴八舌，纷纷表示对范家军的不屑一顾。

孙美瑶容忍大伙的放肆。

孙桂林看看孙美瑶，再看看庄共和，说，那就谢绝吧。庄先生，还要烦你再跑一趟，和范司令好生说说，就说司令小恙，改日再去拜会。

孙美瑶却站起来，下达命令——不，留下老当家的守山，其余头领谁不去也不行。

孙桂林和庄共和交换了一个担心的眼神。

孙美瑶与林室雅一块儿从春兰和车耗子的房里走出来。

孙美瑶说，林小姐，还请你多费心照料一下春兰，耗子成天跟着我，不大在山上。

林室雅说，这事还用你嘱咐吗？

突然一个身轻如燕的男子如走平地般掠过房顶，轻轻地落在了孙、林面前。

孙美瑶大吃一惊，迅速亮出招数逮住了来者，来者却并不反抗。

马神从外面笑哈哈地走进来。

马神说，总司令，你别动手，他是我的朋友，来投山的。

孙美瑶上上下下打量来者。

孙美瑶说，他是你的朋友？

马神说，当年，我和他都是冯玉祥的营长。我善骑马，他善轻功，枪法又好。不过，他和我一样，都管不住……嘻嘻……老二，惹下祸来，只好逃了。

孙美瑶问，你叫什么名字？

来者说，神燕李四。

孙美瑶好奇，又问，噢，燕子李三是你的什么人？

李四回，什么人也不是，我佩服那小子。

孙美瑶说，马团长说你有天大的本事，你……

马神说，李四，给总司令露一手，抱犊崮可是不要窝囊废。

李四也不回话，瞄了一眼高大的议事厅，三下两下就飞上去了。

林室雅觉得新奇，笑着说，好，又一个车耗子。

孙美瑶扔给他一把手枪，他一甩手就是一枪，一只鸟儿应声跌落尘埃。

孙美瑶说，我收下李爷，给马团长当个营长去吧。

李四轻捷地跳下了议事厅。

第七章

省主席办公室。

曹大帅的巨幅画像挂在正中。

林主席亲自取下画像,掏出白丝手绢轻轻擦拭。

秘书领着一个老板模样的人走进来。

林主席和老板相互寒暄,落座。

老板从皮包里取出一摞账册,递给林主席。

林主席戴上眼镜仔细阅看。

林主席问,曹大帅的天源矿已经投产了?

老板说,试产一个月,产量已经达到设计能力的七成,这在中兴煤矿公司还没有先例。

林主席问,天源比起吴大帅在中兴的天地矿来如何呢?

老板说,从年产、前景、条件、设备、质量来看,总而言之,一句话,曹大帅的天源矿比起吴大帅的天地矿来那是更上一层楼的。

林主席说,原来你中兴公司可是只有吴大帅一根柱子,如今又多了曹大帅一根金柱……

老板说,还有林主席一根钢柱。

林主席嘿嘿笑,心里乐开了花,说,你是三柱架一天,中兴不得了了。

老板说,中兴洪福齐天,多谢林主席关爱。

林主席说,曹大帅投资一百六十万元,委派我为他选矿,我在山东几十家矿山公司中独独选了中兴,也是你的运气。

老板忙不迭地表忠心，说，大帅和主席的厚爱，我一辈子都会铭记的。

林主席说，曹大帅是个很清廉的人。其他人，比如京城的张绍曾，还有吴大帅、张大帅，也说入股办实业，可是，他们的股金还不都是一句空话？他们那叫入干股，曹大帅是不是这样呀？

老板捧场说，啊……哈哈……曹大帅的确是一派帝王之气。

林主席脸上挂着假笑，无耻地说，曹大帅不和他们一个样，一百六十万就是一百六十万，一个子儿也不少你的，这叫什么？节操，风范。中国的官员都像曹大帅就好了。

老板说，主席所言极是……我这次来，主要是为着一件事，听说曹大帅在今冬要竞选总统，主席已经成为那个……智囊团的顶梁柱。曹大帅毕竟是中兴的大股东，这么大的事，中兴应该赞助一下的……

林主席说，这倒是很应该的事。曹大帅当了总统，中兴可就根深叶茂了。

老板说，中兴尚在创业阶段，一下子拿不出多少钱来。我带来了一百六十万元的银票，劳主席代转。

林主席说，也好……一百六十万，多少也是一番心意，我代表曹大帅谢谢你了。这事可要嘴巴严一点哦。

老板赶忙说，我懂，我懂。

林主席问，听说你的王者大矿遭了匪砸，又遇上了兵讹？

老板说，是的，唉，惨呀，王者大矿的二股东是个德国人，叫卡尔，很老实的，还是中兴的老员工。他倒纯粹是一个来中国办实业的人。

林主席义愤填膺，说，这些兵、匪也太不像话了，这么个折腾法，谁还敢来中国投资做生意？政府三令五申，保护洋人企业，却总有个把官兵去敲诈勒索。请你代表我向那位卡尔先生表示慰问，并向他致歉。

老板说，我会的，我会的。嘿嘿，主席也看了账，没有什么遗漏吧？

林主席说，看不出什么来。

老板说，主席的天人矿，投的资还、还没有到位……

林主席说，吴大帅的天地矿都三年了，投资也没有到位，你呼呼地给他出煤。我的天人矿才投产两个月，怎么，就厚此薄彼了……放心，林某人欠不下你的。

老板额头上沁出一层汗粒。

他早就站了起来，弯腰谄笑。

林主席心中不快，问，怎么，你是来向我要账的？

老板说，不，绝对不是那个意思，我是专门为报账来的……

林主席大笑，站起来，拍拍老板的肩头。

林主席说，老板不愧是山东第一商，很会借风使船哟。好，今天本主席请你的客，燕禧堂，怎么样？

院子里的一蓬青竹绿意盎然，枝叶上却挑着一些昨夜的残雪。

壁炉融融。林主席操古筝，二姨太用琵琶为其伴奏。

古乐一曲，玎玎玑玑。

乐毕，林主席放下筝，揽过了二姨太。

林主席轻松地说，我总算渡过了一道道难关，且转祸为福。都是曹大帅的恩呀，没有他老人家，我这颗脑袋这一次铁定搬家了。不用说福星又降了。

二姨太问，曾申会那么无情？

林主席说，当年，他和那个"白面包公"孙桂森可是八拜兄弟，为了升官，他还不是把兄弟出卖了？何况，雅儿又给了他那么大的难堪。

二姨太呜咽——雅儿落入匪手……

林主席狠心地说，她是咎由自取。

二姨太还是不放心，问，曹大帅咋就对你那么好？黄河开了口子，我一颗心也就悬到了空中……

林主席无奈，说了一句大实话——官场福祸皆是天数。

二姨太破涕为笑。

二姨太继续问，主席的花花肠子只有我知道……你给老头子送了女人？

林主席微笑着摇头。

二姨太再问，你给老头子做了干儿？

林主席哈哈大笑，得意地说，我堂堂一省之长，能干那种事？

二姨太一脸茫然。

林主席轻描淡写，说，告诉你吧，我这一回是什么也没送就化险为夷，接着，又是老头子来找的我，让我给他干一件大事……大事呀，嘿，我林文山福大命大造化大，一介书生，竟然要去决定中国的大命运，嘿嘿……

二姨太说，老爷，我被你搞糊涂了。

林主席拍着二姨太的脸蛋说，女人无才便是德，女人糊涂就是福，你闺女缺的就是你的糊涂。

演武大会。

观礼台上，孙美瑶和范司令坐在主位。

抱犊崮的众头领都被请上了观礼台，包括庄共和、林室雅。

蒹葭苍苍，芦花似雪。

冬天的微山湖，依然生机勃勃。

渔船撒网正忙。

一只只鱼鹰此起彼伏，你飞上天空，我扎入水中。

渔姑撑篙行船，唱着渔歌——

  微山湖，莲花香。

  大运河，浪打浪。

  京城朝廷轮流坐，个个都是草头王。

  黎元洪，吴大郎，曹国舅，胡子张。

平头百姓泪汪汪，真龙天子在何方？

几名壮汉正在格斗。

一名军官在台上宣布——范司令有话，得第一名者，赏大洋一百块。

台下的格斗更凶。

范司令抽洋烟。

孙美瑶抖开了绢扇。

范司令说，美瑶兄，你出身官宦，想必眼观六路、耳听八方，不像范某只是一介穷儒，教乡塾半生，耳塞目短。目前你我处境险恶呀。

孙美瑶叹一口气，深有同感地说，兖州有何六旅，临沂有李五旅，泰安有陈小手，陈调元携一整编师据守徐、海，东西南北，把你我困在了方圆不足百里的弹丸之地。

范司令说，而中山先生的北伐之师又迟迟不能北进，你我真是四面楚歌了。

孙美瑶说，日子还是能过得下去。

范司令说，我知道老兄的法子多。

孙美瑶说，人在夹缝中也能生存。

范司令说，就怕北洋的政治格局一旦稳定，曹锟、吴佩孚、张作霖抽出手来，夹缝也会没有的。

孙美瑶沉默不语。

第三排坐着林室雅和庄共和。

林室雅说，你总算办了一件好事……可是，我很害怕。

庄共和说，是呀，两虎并排坐，毕竟不是多么安全的事。不过，我看得出来，只要你在场，孙司令的表现就很有风度。

林室雅说，共和君，什么时候你能改掉这一身的风流小生味，还是能干出大事来的。

庄共和说，雅，我做的一切，都是为了你呀……

林室雅说，又来了，人真的是本性难移呀。

两盆君子兰摆在两位司令的面前，绿叶在冬天里分外青翠。

孙美瑶观赏起花来，惊奇地问，这样名贵的花，范司令从何处寻来？

范司令说，它们是范某十年的心血。

孙美瑶说，哎哟哟，范司令有此雅兴，美瑶心服。我家是养君子兰的名门。当年朝廷大典，摆的君子兰都是从我家端去的。范司令的这两盆，一曰心兰，一曰灵兰，均是兰中之名卉。

范司令说，说句不恭的话，孙司令，其实名花并不一定出自豪门，百姓中也有名花贵草呀。

孙美瑶默不作声。

范司令说，美瑶兄，你我只有合二为一，才能应对迫在眉睫的危机，等到北伐雄师到来的那一天。

孙美瑶却继续赏花。

这时候，台下一名壮汉显然获得了胜利，七八名壮汉倒在他的脚下。

壮汉大叫，司令，我胜了，赏呢？

一名军官手端传盘走出来，把传盘呈给范司令。传盘里有一张红纸，红纸上压着一百块大洋。

范司令高兴地说，好，大洋归你了。

说着范司令就要给壮汉颁赏。

黑熊突然从台上嗖一声跳下，和那壮汉并排站着，却不说话。

孙美瑶说，他是我的家传卫士，几乎不会说话。他是想和这位好汉比试比试，不知范司令恩准否？

范司令说，好哇，天下的擂台，谁都可以比，谁都可以赛。获胜者不分东西南北，皆可领奖。

孙美瑶说，好。

台下两名壮汉，一个独臂，一个竟是独眼，一个一身黑青，一个浑身素白，展开了格斗。

黑熊终于把那名壮汉打趴在地。

范司令很兴奋地说，好兄弟，好身手，上台来，这大洋归你了。

黑熊一步一步慢腾腾上了台，恭敬地从范司令手里接了赏，然后不失礼数地给范司令鞠躬。转过身子来，他却把那传盘连同一百块大洋变戏法一般抛给了趴在地上的壮汉，那撂着的大洋竟然一点也没有乱。

范司令大气地说，哎哟哟，美瑶兄手下不乏奇才！

孙美瑶笑而不答。

这时候，台下有马队呼啸而来。一共十骑，一律白玉马，骑手也一律素白的行头。他们在狂奔的马上垂直倒立，头颅支撑着全身，且双手抱胸，并不扶撑。

范司令说，这是我的燕字营，个个都是神骑。我还有豹字营、虎字营、鹞字营、獒字营。怎么样，孙司令，还凑合吧？

孙美瑶似乎陷入一种沉思。

坐在台上最后一排的马神却说话了——小人斗胆问一句，范司令，这是在比赛马戏呢，还是在比赛打仗？

范司令一时语塞。

孙美瑶假装呵斥——马神，放肆。

马神固执地说，他们这样子还能打枪吗？能打，马神才服气。

台上的范家军头领个个怒目而视，有几个人站起来逼近马神。

范司令说，这位兄弟说得不无道理。不过，做到这一步，也算是人间绝技了。

马神嘿嘿而笑，一抱拳说，献丑了。

他也不管别人做何表示，自顾自地来到台沿，吹了一声口哨。一匹乌龙驹闻声狂奔而至。他不等马速有丝毫的放慢，便从台上一个跟头翻到狂奔的马上，并立刻用头撑起了倒立的身子。

马狂奔着。有一只鸟从天空飞过。

马神说，范司令，我给您打一只鸟下酒。

马神倒立在狂奔的马上，掏出短枪，甩手打去，一声枪响，便有一只带血的飞鸟跌落在台子上。

范司令惊呆了。

孙美瑶说，他原来是冯玉祥的骑兵营长，后来跟了我。小子还行，会几手雕虫小技。

范司令说，孙司令，贵军奇才济济，范某大开眼界。

孙美瑶说，范司令，你我是朋友，我的就是你的。以后用得着愚弟之处，说一声，要钱有钱，要人有人。

范司令又说，美瑶兄，咱们合了吧，你来做副总司令，管军事，我给你当当门面，如何？

孙美瑶笑而不语，轻轻地摇着绢扇。

范司令说，范家军、孙家军一合，江北就有我们的一方天地了。等南边北伐军一到，你我将功垂青史。

孙美瑶说，我这个人有个毛病……

孙美瑶没有说下文，他的自负以及对官场的迷恋影响着他的判断和选择，他的命运走向已如抱犊崮的鸟道，狭窄而弯曲。孙桂林是明了的，但是他无法影响孙美瑶。林室雅也是明了的，但她同样无法影响孙美瑶。

十几匹马缓缓而行。

为首者正是孙美瑶。

庄共和一直在琢磨孙美瑶没有说出来的话，他禁不住问，孙司令，你后边那句话是什么呀？为什么不说出来？

孙美瑶不回答。

狗肉张一直不作声，走在最后边，这时候，他策马上前，和孙美瑶并肩而行。

狗肉张说，总司令，依我看，范司令这个人有海量、能共事，他是真心请你去……

孙美瑶说，是呀，真心请我去当一个副手。

狗肉张天性单纯，品不出孙美瑶的不甘和不快，他说，总司令，孙中山一到，还分什么正、副，都变成革命党了。

马神说，张团长，你这话不对，革命党也分大官小官。

狗肉张并不识趣，耿直地说，总司令，人家范司令说得对，官兵把咱们围得铁桶一般，说不定哪一天就剿山，这势头悬乎着哩。弟兄们不合起来，能不吃亏？

马神嘲笑说，张团长，你害怕了？

狗肉张有点恼，骂骂咧咧——怕个鸟，我狗肉张怕？怕能把亲生儿子也带上山来？

孙美瑶说，张团长，你那小子挺出息的，人精神，我把他派到火车上了，跟"车眼"好好学学，也见见世面，有朝一日也有个前程。

狗肉张说，总司令，我的本意可是让孩子来山上当马子的。

孙美瑶不纠缠那个话题——你对抱犊崮的忠心，对我的诚意，我都知道。哎，弟兄们，范家军怎么样？大伙开了眼界吧？

马神说，一般，还燕字营，嘻，那水平。

车耗子说，我看了他的豹字营，最棒的给咱老耗提鞋也不行。

孙美瑶说，吹，吹，人家在演武，咱们在比赛着吹牛。回去我就要让你们一个个都拿出吃奶的本事，到时候拿不出来，就一个个排队上罚桩，跪戒板。咦，耗子，你这大贼布袋又干的什么活儿，鼓鼓囊囊的？

这时候，众人才注意到车耗子衣服的腹部缝着一个特大的口袋，它如今鼓起来了。

车耗子双手护着它。

马神揶揄车耗子说，嘿嘿，耗子，又给老婆偷的变蛋吧？那玩意儿长奶。

庄共和说，你快成神偷了，和天津的燕子李三差不离。

车耗子说，李三是咱老耗的师兄。

庄共和天真地问，真的？

马神说，吹牛。他是土生土长，靠吃铁路长大的。

孙美瑶问，耗子，拿了范司令的什么东西？

车耗子哭丧着脸，从大口袋里慢慢掏出了一盆君子兰。

马神惊讶地夸说，神了老耗。

庄共和也夸道，哇，名不虚传，神偷。

林室雅也跟着起哄——兄弟，你真有两下子。

孙美瑶的面孔一点点在变，变成了铁青色。

车耗子吓得赶忙下马，怯怯地站着。

众人也都不敢再闹，停住了马。

车耗子说，总司令，耗子看你挺喜欢那花，小气鬼又不开口给你，我急了，手就痒痒了，临走动了手脚，给司令搞来了。

孙美瑶仰天长叹，说，我前生作了什么孽，今世让我摊上了这、这样的弟兄……黑熊！

黑熊下马，掏出一根随身带的绳子，三下五除二捆上了车耗子。

孙美瑶说，张团长，你领众人上山吧。我带耗子去给人家赔礼，太丢脸了。

狗肉张说，总司令，这事我去吧，你去不合适。我带耗子去，代替总司令去，好不好？

两匹马在行走。

一匹马上坐着狗肉张，他端着盆君子兰。

一匹马上坐着五花大绑的车耗子。

车耗子说，大哥，我求求你，你把耗子的两只手剁去吧，要不，我这小命非坏在它们上面不可。

狗肉张说，兄弟，我知道你心里的滋味。干啥干长了干久了都有个习惯，比如我吧……你看那狗，花狗。

一只花狗在路边撒尿。

狗肉张说，见了狗手就痒，就想动刀子。这花狗能出三十五斤六两肉、斤半狗筋。它有一片肺叶子不能吃,有病。它那狗鞭特棒,有劲,有人肯花大价买……

车耗子大笑,笑出了泪花花。

山东混成六旅旅长何大鼻子陪着林主席视察部队。军乐队奏欢迎曲。

林主席虾米着腰,拄着文明棍,他凌乱的步伐根本与乐曲的节奏驴唇不对马嘴。

何旅长则走得十分气派、合拍。

两个人形成滑稽的对比。

有些士兵拼命忍住笑。

何旅长一副赳赳武夫形象,腰板笔挺,一动不动地坐在林主席的对面。

林主席的身后站着两个保镖,其中一个就是警察局长。

林主席问,何旅长,你是属什么的?

何旅长说,主席,小人属羊。

林主席说,那是标准的老弟,比我整整小了一旬,我也属羊。

何旅长说,羊好,漫山遍野都是草,饿不着。

林主席大笑。

何旅长的勤务兵给林主席斟茶。

林主席轻轻呷了一口茶,说,我这次来看弟兄们是受曹大帅之托。曹大帅说,我老了,不大好走动了,你替我去看看这些老部下,兖州的何大鼻子、泰安的陈小手、章丘的王二杆子,他们几个都是我看着长大的,如今都混阔了,一个个师长旅长的。

何旅长站起立正,关心地问,大帅的老寒腿还疼不?大帅尿频,人老了,也不知道谁伺候他老人家。

林主席示意他坐下,说,大帅是个好人哪,他一生爱兵如子。

何旅长说,我是大帅的勤务兵,大帅把我当成亲儿子待承。

林主席附和道，咱们只有好好干才能报答大帅的恩情。

何旅长问，主席，我知道你也是大帅的人，我是个粗人，我不大懂官场的黑道黄道，我闹不大明白，大帅为啥子不到台前当总统，却推出个鸟黎元洪当总统？

林主席压低了声音说，兄弟，莫慌，快了，那一天快来了。

何旅长腾地跳起来，在客厅里来回跨着大步。

何旅长说，林主席，你去和大帅说，他老人家啥时候想当总统了，我何大鼻子就带领弟兄们去保驾，去开路，去拼命。

林主席的脸上露出了笑容，他走过去把何旅长拉到沙发上坐下。

林主席说，如今是民国了，先要讲讲民主、民心、民权。有一张请愿书，想请何旅长签字。

说着，林主席把一张很大的纸交给何旅长。纸上赫然印着一行大字——山东省党、政、军、商、学界人士敦请曹锟出任中华民国大总统请愿书。

上面已经写上了许多人名。

何旅长双手捧着请愿书——主席，我不会写字，你给我签上。

林主席在纸上写好"山东混成旅六旅旅长何树"的字样。

林主席把皮包里的印泥拿出来，示意何旅长按手印。

何旅长却推开了林主席递过来的印泥，把左手中指放在嘴里，猛地咬下去。

何旅长白牙上的血。

请愿书上血红的手印。

一派书生气的李森旅长携小鸟依人的妻子宴请林主席。他设的是家宴。

李森充满歉意地说，实在不好意思，让主席大人在寒舍用餐。

林主席一副随和的样子。

林主席的身后站着那两个保镖。

林主席说，官场混久了，最向往的却是家庭的温情，这样好，很好。

小鸟依人的夫人把壶,为林主席斟酒。

林主席一派长者风度,彬彬有礼却又居高临下。

林主席赞叹说,夫人一看便知出身名门,是大家闺秀,典雅、素气、内秀。

李森说,大人夸奖了。她倒是来自书香门第。

林主席说,好极。说到底,咱们是一路人。林某前半生苦读,人称书虫子,素喜舞文弄墨,祖上也算是江南名儒。可惜呀,后来误入官场,觉得实在是不习惯。

李森说,大人过谦了。看看官场上的高手,又有几个不是学富五车、才高八斗呢?

林主席与李森干了一杯。

林主席真诚地说,山东的几个师长、旅长,均是一介武夫,唯独李旅长一身书卷、满腹经纶。少见,少见。

墙上挂的是王羲之的《兰亭序》。

林主席离席,站在卷轴下面看得入迷。

他的旁边站着李森,身后还是两名保镖。

林主席说,虽说不是真迹,却属上乘,当是宋代文人的仿作。

李森求问,主席,您一定是一流的书家,李森斗胆想求一幅墨宝,不知能否如愿?

林主席似乎高兴起来了,他说,山东军界向林某索字的,你是第一人。要我的字,还是要我的官?

李森回,主席成百,书家能有几人?

林主席哈哈大笑。

他说,怪不得曹大帅一再说,山东那些个丘八,只有一个人是才,就是宋公明的老乡,郓城李森。

说着,林主席健步走到李森的书桌前,悬腕书成几个大字——宦海无边,识向者能上。

李森说，林公的书法，齐鲁第一人也。

他心里可惜，字真是好极，可惜根扎污泥。

林主席与李森对面而坐。林主席身后依旧站着两名保镖。

林主席说，咱们都是读书人，容易心意贯通。我这次受曹大帅委派来找你，给你送两样东西。

林主席慢慢打开皮包，拿出两份文件，摊在李森的书桌上。

一份文件是委任状——

兹委任李森为山东独立师师长兼第五混成旅旅长。

直鲁豫皖副巡阅使、大元帅　曹锟

中华民国××年×月×日

一份文件是那份请愿书。

李森的目光在两份文件上扫了一遍。

林主席有点不放心，说，曹大帅是很偏爱李旅长，不，李师长的。

李森淡淡一笑，什么也没说。

他收起了委任状。

他在请愿书上签名。

林主席收起请愿书，把它放进皮包，起身。

林主席说，李师长是个识时务的人。李师长，公事完毕，我要告辞了。

李森说，主席大人，临沂古玩甚多，我陪着您转转，必有收获。

林主席说，不了，来日方长。我来临沂，还要拜会一位老友。

李森说，也好。主席大人，如果方便的话，我送您去如何？您知道，这一带是马子的老巢，孙美瑶的暗党不少。

林主席说，不必劳动李师长了，我的老友已在门口接我，他是临沂赵四爷。

李森笑道，哈哈，赵四爷那里比我这里还保险，主席尽可放心去玩。

林主席噢了一声。

李森说，赵四爷的兵力、武器、防御工事，比五旅强上十倍。赵四爷有钱呀，北中国，谁不知道临沂赵千万？山西孙百万，山东瑞蚨祥，比不上临沂赵四爷。

林主席大笑。

李森说，主席大人不信？

林主席说，我信，他是我女儿的干爹。

李森说，赵四爷不仅有钱，还手眼通天，京城的达官显贵，有好几个是他的朋友。

林主席问，孙美瑶没有打过他的主意？

李森说，来过一回，叫赵四爷打回去了。

两个保镖一前一后，夹着林主席出门。

一辆黑色雪佛兰停在门口。

十二匹高头大马分列两旁。

骑者一律黑衣装扮，一人一把鬼头大刀，宽皮腰带间插着匣子枪。

李森送林主席出门。

两辆一模一样的轿车从旁侧开过来，它们是林主席的车子——永远一辆坐人，一辆空着，谁也闹不清什么日子什么时候哪一辆坐人哪一辆空着。

一个长袍马褂、银须飘拂、戴墨镜的老者从黑色雪佛兰里出来。

老者和林主席互相抱拳作揖。

林主席问，赵翁，什么时候不骑马了，换上了车子？

老者说，文山贤弟，这车子是曾申大总理前些日子才送过来，他说别骑马了，车子省力，又防弹又安全。依老朽之见，还是马好，马通人性。老朽骑了一生的马，不是一辈子都平安吗？嘿嘿，年轻人洋派。

李森过来给赵四爷问好。

赵四爷很冷淡的样子,点点头。

赵四爷说,文山贤弟,还是到山庄一叙吧,几年不见了,有许多话要说呢。

他们上了车。

车子开走。

马队追随其后。

几匹马大汗淋漓地飞奔而至。

黑漆漆铜钉南洋大铁门,黑漆漆厚三尺高一丈的围墙。黑森森松柏在阴森森大院内遮天蔽日。大门左边,挂着一块宽三尺高尺半的小叶紫檀木白漆牌子,上书墨黑大字:山东督军府。

李森滚鞍下马。

徐中玉看着李森用完早餐。

徐中玉五十岁,又高又瘦,他看着李森说,森子,有啥急事?看这一头一脸的汗。没有大将风度,还是一个书呆子。

李森笑笑,推开饭碗,掏出委任状递给徐中玉。

徐中玉看也没看,又扔给李森。

徐中玉说,嘛东西,想挖我的墙根,嘿,傻×。

李森把委任状撕碎,扔进废纸篓里。

徐中玉问,曹国舅要做什么营生?

李森说,恩师,他要贿选总统。

徐中玉不相信自己的耳朵,又问,嘛玩意儿?嘛新鲜的,破烂货,中国人都清楚。

李森说,恩师,这一回姓林的瘸驴给曹锟做出了一道鲜菜。

徐中玉再问,说说嘛鲜菜,姓林的玩女人有一手,肚子里也有鲜货?

李森说,他这一手挺绝的,搞党、政、军、学、商联名请愿,让曹锟上台。恩师,林文山拉了一百多人,都不是一般人物。

徐中玉说,咦,姓林的小鬼头还有些嘎嘎鸟,怪不得吴大帅敲打我,说我早晚要毁在林虾米手里。

李森做了一个宰的手势,低声说,督军……

徐中玉说,那是下策。再说,林虾米防范很高明,不大容易得手。

李森说,都怪我,在临沂没有下手。

徐中玉说,傻小子,你下不了手,单说那两个保镖,林虾米可是花了大钱买的,其中一个是警察局长,当年给袁世凯当过保镖。还有那位赵四,人马三天前就撒满了临沂城,连你的书房顶上也有人。姓林的嘛事干不成,保命却有高招……咦,我倒想起那个"上官克星"来,李森,你给我找找他,给他千儿八百万,问他干不干。

"山东建国自治军"大旗迎风猎猎。

旗下,孙氏叔侄身穿自己设计的军服,腰挎指挥刀。

对面,是排列齐整、军纪严明的众官兵。

孙美瑶郑重其事地说,授旗。

两名军士护送着一名旗手从议事厅里走出来。旗手举着一面黑旗,黑旗上写着白字。

左边,竖行——山东建国自治军。

中间,一个大字——鹰。

孙美瑶喊,马宗山,出列。

马神向前跨了一步。

孙美瑶说,我委任你为鹰字团团长,你在十天内务必精选善骑者一百人,物色备好良驹一百匹,使出浑身的解数,迅速为我训练出一支一流的马队。

马神问,司令,买马要大洋,买好枪好刀也要大洋,你给我多少大洋?

孙美瑶呵斥道,废话。

旗手把旗子举到马神面前。

马神接过旗子归队。

庄共和与林室雅在看授旗仪式。

庄共和说,嘿,嘴巴子上不买账,心里却向人家学习。

林室雅说,男人也许都是一个样子。这就叫死要面子活受罪。

庄共和说,嘿,叫黑熊做熊字团团长,有戏了。

林室雅问,怎么,你看不起黑熊?

庄共和说,不,我从心里佩服他杀人的本事,可是叫他当官,他会说话吗?

林室雅叹了一口气。

庄共和说,孙美瑶是高人,他的马子队伍却、却是乌合之众。

林室雅说,你纯粹是偏见,他的队伍还是人才济济的。

庄共和说,你忘了从微山岛回来的路上,他的仰天长叹了?

林室雅说,他是一个孤独的人。

庄共和回,你来了,他就不孤独了。

林室雅斜了他一眼,把双手抱在胸前,一副不屑的神态。

庄共和说,雅,我已经在离婚协议书上签了字,寄回了上海。这一回你该满意了吧?你、你不冷不热是什么意思?咱们总不能一辈子都待在抱犊崮吧?

林室雅说,你随时都可以回上海嘛,谁也没有拦你。

庄共和说,老当家的就非常诚恳地留我在山上。

林室雅讽刺说,那是因为你是什么"特别助理"。

庄共和说,他们非要那样子认为,我总不能自己去说我不是吧?

授旗仪式完毕。

队列里,鹰、熊、猴、豹、鹞,五面大旗在迎风招展。

孙桂林说,我讲几句话,总司令后边还有更重要的任命。第一,鹰、熊、猴、豹、鹞五团直属孙司令管辖、调遣。一、二、三团编制仍然存在。第二,孙家军历来讲究赏罚分明。五个直属团分给每一位团长，你们大胆发展。我作为财务总掌柜宣布，凡筹得一万元团费者，赏团长一千。

几位团长欢呼雀跃。

唯独黑熊不为所动。

孙桂林说，不过，我提醒诸位，军纪碑尚在，虎头铡尚在。好，下边由总司令宣布重要任命。

众头领面面相觑，竖起了耳朵。

孙美瑶说，我宣布，兹委任张士栋为山东建国自治军副总司令兼一团团长。位排老当家的之后。

狗肉张急头涨脑地站出列。

狗肉张很真心地说，总司令，我一个杀狗卖狗的，你没有搞错？我肚子里没有一两墨水，脑瓜里一盆糨糊，这、这死狗咋能扶上墙？这差事叫其他弟兄干吧，车耗子、马神、二团长、三团长，他们哪一个比我本事都大。

孙桂林说，张副司令，你就上任吧，这事，我和总司令掂量了好几个月了。

马神酸不溜丢，戗他说，张团长，叫你当官还不干？别装了，越装越不好。

狗肉张急得要哭，辩白说，谁装谁是孙子。我祖上从来没出过一个小官，全是杀狗卖肉的。

孙美瑶说，张副司令，你那老乡刘邦手下的大官樊哙就是杀狗卖狗肉的嘛。

车耗子说，狗肉张，大哥，你行。你带我去微山岛见范司令，那气派，那讲究，就有大官样子，又不失礼数，又有风度。

孙美瑶说，兄弟，能者不必过谦。人生在世，有多大本事，就当多大的官。

狗肉张憨笑着。

狗肉张说，众弟兄扶咱，死狗也上墙了。今日个我出钱，下山买狗杀肉请大伙，大碗吃肉，大口喝酒。

漫天飞雪。

天寒地冻。

孙桂林为一箱箱蜜蜂盖被子保暖。

林室雅缝制被子。

老人慈祥地看着林小姐劳作。

孙桂林问，林小姐也会做下人的营生？

林室雅说，就像老当家的也会养蜂。

孙桂林呵呵地笑了。

林室雅说，我看到厨子、剃头的、看病的、马夫都叫总司令少爷，难道他们原来都是孙家的下人？

孙桂林说，甲午人好呀，他造反上山，下人都跟着上山了。甲午从来不拿下人当下人看，像我，实在也是一个下人。

林室雅说，可是，他有时候也蛮凶的，杀人不眨眼。

孙桂林说，他杀的都是贪官污吏，还有小人坏种，你不知道，贪官污吏把孙家害得多苦，把甲午害得多苦。不把甲午逼到这个份上，甲午也不会这个样子。甲午实在是个软心肠，是念旧之人……曾申没说过？前几年，他在徐州叫甲午逮住过，甲午的刀子戳着他的脖子，曾申说，甲午，都怪我不仁不义，我对不起你爹爹，你杀了我吧。结果呢？甲午的手软了。后来，想杀也杀不成了，人家防着你了，防得严严实实。

正说着，孙美瑶从山上走下来。

他冲林小姐笑笑，说，我猜你准在这儿。

孙美瑶把一条狐皮褥子给了孙桂林。

孙美瑶说，我知道皇叔惦念你的蜂子，这几天一准在蜂房睡，把我的狐皮褥子给你拿来了。

雪一直下，铺天盖地。

两人漫步在冬天的桃林中。

一时无语，雪片朵朵。

还是孙美瑶打破了沉默——人生的路还很长，你下一步有什么打算？

林小姐看了他一眼，那眼是汪深潭，幽深而含怨。孙美瑶感觉要掉落进去，沉在那潭底去探究个明白。

孙美瑶试探地说，庄先生和我说，他要带你去广州……

林室雅问，你同意吗？

孙美瑶心里苦涩，说，我……同意怎么样？不同意又怎么样？

林室雅说，我就是要你句话。

孙美瑶说，林小姐，抱犊崮终究不是你的安身立命之地……

林室雅说，抱犊崮也不是你的安身立命之地呀。

孙美瑶叹气，说，到了这步田地，中国哪里又有我的安身立命之地呢？沦落人，飘零身，浮萍无根。

林室雅说，同为天涯沦落人，相逢相交是缘分。

孙美瑶一听，心里有了丝亮光，但是还不放心，继续问，那么说，你、你不走了？

林室雅说，我到了这步田地，也只有走一步看一步。我想帮你干点事情……

孙美瑶说，你是说那件事？我想好了，他终究是你的父亲……

林室雅说，天底下哪有这样的父亲，官场已经让他由人变成人兽。

孙美瑶心疼眼前的这个女人，他说，不管怎么样，我还是不想让你参与那件事。

林室雅说，没有我，你想干成那件事，太难了。自从北中国出了"上官克星"那个暗杀大王，官场要员们一个个都成了惊弓之鸟。我爹爹知道自己作恶太多，因而把防范刺杀当成头等大事。这些年，他贪污的民脂民膏，十有四成都用来防身了。在济南府他到底有几个家，连我也不知道。他倒是时常到我母亲那里住，不过，我很清楚，那个家几乎是万无一失的。你手下虽然有许多高手，但也很难成事，倒是有很大的危险在等着你……我不、不让你到那里去，太可怕了。

孙美瑶心里像滚沸的水，翻腾不止，说，他贪污治黄巨款，致使数万百姓死于黄患。最近，他又为曹锟卖命，拉选票，贿选。过去他丧尽人性天良的那些事咱们就不说了。林贼一天不除，我一天不能心安。

巨石后，李四手持短枪，急切地瞄着林小姐。
林小姐却一直走在孙美瑶的后边。
他无法下手。
他脸上的汗珠子在漫天飞舞的雪花中一颗一颗滚落！

一眼山泉。
它在一处高大的悬崖下。这里无风，不冷，泉清，竟有浮萍在水中泛现。如今，鹅毛大雪落进泉水中，便融化为水。
林、孙二人来到泉边。
林小姐用小手掬水饮。
林室雅说，最近几天我一直在思虑这事，我想，你倒是不妨利用一下林、徐之间的矛盾。我爹爹和徐中玉水火不容，如今他在山东给曹锟贿选，徐中玉想必更是恨之入骨。也许，他们的矛盾能给你提供一些机会。
孙美瑶说，哎呀呀，室雅，你、你胸有良策，谈吐蕴风雪呀，与君一席话，心胸顿开朗。我想，这是一篇大文章，值得我好好写一下，那件事只是大文章的一章，后边还有好多的内容，好多的章节……

李四终于瞄准了林小姐。
他要扣动扳机。
突然枪响了，他的手腕被打中，他的枪落到石头上。他要去拾枪，马神从山岩上跳下，骑在了他的脖子上，用一只脚踩着他的伤手。

此时抱犊崮的雪下得正酣，把一座天底下巨无霸级的大山描画成了这个地球上一个孕妇的雪白馒头似的凸腹，她正在孕育一个美妙无比的婴儿。它需要雨和雪，还有风，这些大自然中的精、气、神。

孙美瑶、林小姐急匆匆赶到巨石旁边。

马神说，总司令，我对不住你，给你引来了一条狼……

孙美瑶急问，马团长，这是怎么一回事？

马神说，我这几天一直看他不大地道，他天天跟着林小姐转。今日个，小子要对林小姐下毒手。

孙美瑶问，你从哪里来？

李四不吱声。

马神猛力去踩他的伤手。他疼得大叫。

李四说，我、我是受曾申大总理委派，到山上来刺杀林、林小姐的。

马神气恼，咬得牙根咯咯作响，他觉得自己在司令面前失了脸，很是挂不住。他狠辣地说，我日你姐姐，你好歹毒呀，你是怎么挂上曾申那龟孙子的钩的？说！

李四说，哎哟哟，马、马兄，你脚下留情呀，是曾申花钱买了我。

马神不理会李四的话，看着孙美瑶说，总司令，让我处理了这堆烂狗屎。

李四说，马、马团长，咱们是、是朋友呀。

马神干脆地说，狗屁！我要忠心护主。

他掏出枪来，毫不犹豫地打死了李四。

孙美瑶动情地抱住马神，说，好兄弟，咱们以后是朋友了。

抱犊崮的雪还在下着，丝毫没有停止的意思。

第八章

悬崖有十几丈高，下边是山间羊肠小径。

悬崖上，排列着一队士兵，一律光着膀子。

马神站在队列的旁边。

羊肠小径上有一匹马在飞奔。

马神举着皮鞭。看看奔马渐到崖下，便把鞭子举起，指着排头的士兵，叫道，跳！

士兵跳下悬崖，落在马上。马驮着士兵飞奔。

又有一匹马飞奔而来。

又有一个士兵完成跳跃。

又有一匹马飞奔而来。

轮到的士兵犹豫了，马神甩出皮鞭，把士兵打下去。马早已跑过恰当的地点，士兵摔入峡谷。

又有一匹马飞奔而来。

马神一声呼哨，马戛然而止，发出痛苦的长嘶。

马神说，你们都佩服老子的一身绝技是不是？绝技不是天上掉下来的，我马宗山从娘肚子里钻出来的时候也不是马神，都是练出来的，用自个儿的命、皮肉、骨头、脑子、胆气练出来的，是冯老总用皮鞭抽出来的。告诉你们，别怕，摔死的全是胆小的，胆大的都练出来了。小子，人没有绝招不行，一招绝，人上人。开始。

下边的跳跃出奇的成功。

孙美瑶不知道什么时候也站到了悬崖之上。

他向马神竖起了大拇指。

孙美瑶说,不愧是正规军出身。马神,以后多为我出力,弟兄们共奔一个好前程。

马神说,我听总司令的。

孙美瑶走了。

马神有点得意忘形。

马神向士兵们神吹——人有绝招,吃香的喝辣的升官发财。告诉你们吧,凭这身绝招,老子睡过……大官的女人,你们信不?

绝壁上插着一面黑旗,黑旗上的"猴"字闪着寒凛凛的白光。

几十根麻绳从山顶垂下,在绝壁上荡悠。

一些身轻如燕的年轻人在练习攀缘绝壁。

练习者的腰间都拴着麻绳,唯独车耗子没有。

车耗子时而单手吊身,时而倒挂金钟,时而弯弓上墙,敏捷、轻巧、自如似猴。

一只苍鹰在绝壁间盘旋。

一个年轻人叫,团长,你这本领大概是天生的吧?

车耗子一边攀缘,一边说话。

车耗子说,屁话。我七八岁在山里放羊,十一二岁开始吃铁路。有一回放羊,三只大灰狼追我,我没有退路了,只有几十丈高的绝壁在前头。我也不知道咋就那么神,三下五除二就攀上了崖顶。嘿,几只灰狼在下面气得一个劲嗥叫。

年轻人说,团长,你拿着刀在下面追,我也许学得快。

车耗子说,我没有马团长那股凶劲。慢慢来,不怕慢,就怕歇。要学的东西海着哩,下边还有爬火车……

"鹞"字黑旗插在一棵高大的银杏树上。

两棵树中间拴着一根粗铁丝。十个滑轮吊在铁丝上,每一个滑轮上都安着靶子,那是一幅幅人头像。

几十名士兵每人一杆长枪，几乎没有一个人专门瞄准，提起枪来就打，却又几乎每枪必中。

阵阵叫好声此起彼伏。

团长是个猎户出身的中年汉子，他很高兴。

团长问，副总司令，我这鹞字团还行吧？

来视察的狗肉张斜眼看着他。

狗肉张说，孙总司令的鹞字团可不是这样的。大山里挑猎户，把枪打准，比杀狗还容易吧？

团长一脸迷茫。

狗肉张提起几条破枪，扔进沟里。

狗肉张说，孙总司令要的鹞字团，人好，枪也要好。每人一长一短，长者，日本造的大盖子；短者，德国造的左轮枪。

团长说，副总司令，那好，你给我枪，我给你练。

狗肉张没好气地说，我给你枪，要你这个团长做什么？

团长不解地问，那去偷，去抢？

狗肉张说，你算开窍了。我给你一个月的时间，你必须把鹞字团给我武装好。向人家马神小小（学学），一百匹好马，人家从六旅的马棚里牵出来了，他还得了两万元的赏。

崮顶如今成为熊字团格斗的练习场。

黑旗插在崮顶。

黑熊正在用石块和石板捣碎一些中草药，为一个十八九岁的男孩敷伤。男孩的脚脖子又红又肿，黑熊把他的脚搂在怀中，为其轻轻按摩。

林室雅、庄共和面对面坐在两块陨石上。

陨石是铁锈色的，每一块都有半间屋大。

庄共和在默默地抽烟。

林室雅看着远方的村庄和田野。

庄共和说，这支队伍不错，我应该去向张之报告，要求他尽快委任、收编这支队伍。可是，我还是没把握。我多次听张之先生说，孙美瑶也是官宦出身，为什么选择了暗杀这条路？北洋官吏他杀得红了眼，也许杀得有点公理共情，那些个军阀贪官太腐败了。可是，南方政府的大部分官员难以接受他就是"上官克星"这个现实。

林室雅问，为什么？革命党人难道不痛恨贪官污吏？

庄共和说，革命党人拿到了全国的政权当了官，谁也不敢保证自己不会成为贪官污吏。或许那一股赤色的力量才是纯粹有未来的吧？！

林室雅好不沮丧。

庄共和赶紧说，这也许仅仅是我的一种判断。也许张之先生会信服我这个说客，我应该是一流的说客。

林室雅说，说干就干。共和君，你历来都是这样，说得多，干得少，说得快，干得慢。

庄共和变得拙笨起来，他无奈地说，反正我在你的眼里一无所长……当然比不上总、总司令英雄，可是，我、我有房子，有存款，有高级职业。

林室雅说，你这一切会吸引好多女人的，你就快一点回上海呀。

庄共和沉默了，又点上了一支烟。烟雾和涌过来的云雾把他包围。

庄共和说，雅，我陪你到广州去吧。到了广州，咱们一块儿生活，一块儿共和，一块儿革命，那是多么美好的日月呀。

林室雅溜下大石头，默默向山下的巢云观走去。

她看到一个小头目从巢云观里往外送一个票客。

小头目一个劲地向票客道歉，说，王先生，实在对不起，你家里不够四十亩地，我错绑了你……

票客说，你们又叫又嚷说不是马子，却专干马子事。

小头目说，王、王大爷，我这不就送你下山嘛。

票客说，送我下山也还是……马子。

小头目说，我要真当马子，你还敢凶？错绑了你，送你下山，回来我就要去跪戒板，那东西你知道吗？那是枣木桩子，一跪就是一天一夜呀……呜呜。

林小姐目送着他们下山。

庄共和追上了林小姐，他也目睹了这一幕。

林小姐说，共和，你自己走吧。

庄共和很不甘心，说，我、我知道你是越来越看不上我了，你嫌我口头革命党，你嫌我只开花不结果，你嫌我一身公子哥气，你嫌我干不成大事……林室雅，我告诉你，庄共和绝非无能之辈，我迟早要干几件大事让你瞧瞧。

林室雅说，眼下就有一件。

庄共和说，什么？去、去刺杀你的父亲？

林室雅说，那倒不难为你……我实在受不了你在众人面前装腔作势、硬充革命党人、假戏真唱的虚伪，你给我当着老当家的、总司令、大小头领的面，脱下招抚使"特别助理"的画皮，还一个真实的庄共和，那，我就服了你。

庄共和语带乞求——室雅，那、那又何必呢？我又没伤着谁，害着谁。我诚心诚意地给他们办事，你给我一点面子好不好？

林室雅苦笑了。

林室雅说，共和，我不打算走了。我不能骗你。

庄共和问，你要入伙？

林室雅说，我已打定主意，跟着孙美瑶干。他当马子，我也当马子。他投孙中山，我也投孙中山。

庄共和哈哈大笑。

庄共和酸溜溜地说，好哇，抱犊崮上又有了女马子。

林室雅说，你们革命党人中不是也有女侠吗？

庄共和磕巴着问出了心里话——你、你要嫁给他？

林室雅说，我只是说跟着他当马子。

庄共和说，那我也不走了。

173

林室雅温柔又无奈,她心里多少对庄共和存着些许歉疚,她觉着自己把庄共和裹进了这不好的命运洪流里来了,她柔声细语地说,共和,何必这样呢?男人应该活得洒脱一点。你走吧,上海也好,广州也行。抱犊崮前途未卜,你不适合待在山上。

庄共和心有幻想,说,雅,你在哪里我都陪着你……何况我这个自封的江北招抚使的特别助理,原本就应该生活在马子中间,抑或军阀队伍里。

林室雅心烦意乱地向桃花峪走去。

孙桂林追上了林室雅。

孙桂林说,庄先生这个人还是很有学问的,连甲午都很佩服他。

林室雅向前走着,折下一枝桃花。

孙桂林说,我是个老头子了,林小姐,我看出来了,庄先生对你可是一往情深,他从上海来到山上,不怕吃苦不怕风险,还不都是为了林小姐……

林室雅默默地看着凋零的桃花。

孙桂林一个人向养蜂小屋走去。

山东督军徐中玉视察国术馆。馆长陪着。

他们走过练武房、剑库,走过武术鼻祖霍元甲的巨幅画像,来到擂台前。

督军突然一个鹞子翻身,翻上擂台。

一阵喝彩。

督军说,吾是嘛出身?武举。吾一辈子嘛也不好,只好武术。武术是嘛?国宝呀。我督鲁有年,嘛也没干,就盖起了这个馆子。八年了,我老徐成了酒桶饭袋,国术馆倒是给我整出了好多高手。

督军拍拍几个保镖,几个保镖憨笑着。

他又指指几个马弁说,你,你,还有你,不都是从这里出来的?孙中山有黄埔,徐中玉有国术馆。

馆长问，将军，今年的擂台还打吗？

徐中玉说，嘛话，你给我念念这对子。

上联——一年一度，以武会友。

下联——花开花落，招贤纳士。

馆长没念。他有意却低声嘟哝——馆子都快揭不开锅了，摆擂台，要钱呀，将军。

徐中玉无奈地说，山东嘛——国术馆，他主席就不给一点儿？

馆长说，前任给过。林、林主席是铁公鸡。

徐中玉嫌弃地说，你们是嘛？秀才？书生？

馆长说，我们找姓林的都找一年了。省政府里只有几张破桌子、破椅子……

徐中玉嘿嘿干笑。

徐中玉说，龟孙子。连我都半年没见他是个嘛样了。唉，罢罢罢，谁叫咱好这一口，改天我叫师爷给你送一万来，你可要仔细着花，这钱，是我的薪水。

台下人头攒动。台上打得难解难分。

不时有人被打下台子，又不时有人跳上台子。

卖冰糖葫芦、麻辣串、大烧饼、花生果的小贩在吆喝。

一个光膀子的男人举着一把菜刀，走到一个小媳妇跟前，朝着自个儿的头顶比划，那意思是说，给钱不？不给，我就砍狗日的脑袋。他的脑袋已经血糊糊的了。此种人曰"犁头子的"，也是一种营生，在鲁中的大集上、庙会里颇为流行。

还有一位"铁半仙"，摆着张桌子，桌子上搁着一个竹笼子，竹笼子里蹦上跳下的是一只虎皮雀。它可以为人抽签，签筒就放在竹笼子一边。

"铁半仙"一副穷困潦倒的样子。

今天与往日不同。

第一，督军徐中玉坐在台子中间观战，他身后是四名保镖。

第二，"叫擂"的是一个黑衣人。他叫了半天，也无人上台应战。

督军问，黑侠，你打趴下几个了？

黑衣人说，十八个。

督军说，嘛话也别说了，再没有人上台，你就是武状元，本督请你喝酒，还有赏钱。

黑衣人说，谢督爷。

人头攒动中，有黑熊和车耗子的面庞。

黑衣人说，本人从五台山来，听说齐鲁多俊杰，想不到出了水泊梁山的齐鲁也是平平。

黑衣人问，督爷，收场吧？

他的话音刚落，一身白绸西装、领带紧扎、皮鞋锃亮的南洋富商模样的男人，手持一把绢扇，轻盈地飞上了台。

他抖开绢扇。

黑衣人睨视着他说，哪里来的一个花花公子？

他说，花花公子也有高手。

督军问，上台者嘛人？

他从口袋里掏出一张名片，嗖一下向督军射去。督军用手下意识抵挡，名片插入督军的手指缝里。

督军看了一眼，急忙站起，走过来，语气带着难以置信，问，上官云良？你怎么姓上、上官呢？

上官反问，怎么，在齐鲁礼仪之邦不许人姓上官？

督军为他的失态而尴尬，说，准许，准许，嘛姓都可。您是南洋橡胶园的大老板？

上官说，将军，大老板也喜欢国术，故而到齐鲁来以武会友。

督军说，好，好哇，这国术馆是本督开的。今日幸会，遇上你这位朋友。走，大老板不用打，我请你。

上官说，将军，我赢了这位侠士，你就请我，我输了，就请你。

督军说，没说的，君子一言，四匹马也追不回来。

上官向黑衣人抱拳说，领教。

两人开始对打。

台下不时爆发出一声声喝彩。

督军吆喝着，左右看了看，对着他的那些马弁说，嘛话来？对，人外有人，天外有天。啧啧，看看人家这身手，那才叫绝。

上官和黑衣人打了足足几十个回合，衣衫纹丝不乱，皮鞋上没有半星灰尘。

黑衣人被上官打倒几次。

黑衣人说，先生，我服了。

上官说，你还没有败阵。

黑衣人抱抱拳，跳下台子，一溜烟走了。

督军问身后四位保镖——你们去试试如何？齐鲁他娘的也太没人了。

四名保镖凶狠地向上官扑来。

台下，黑熊要上台，车耗子拖住他。

台上，上官采取的是以守为攻的方略。

他轻捷地躲过了四名保镖的"三板斧"，几乎没有让他们打中一拳。

随后，他以迅雷不及掩耳的快速组合拳把四名保镖打得晕头转向、丑态百出。

督军怒吼，你们滚吧，你们也不是对手。

四名保镖退出比武。

上官掏出手绢擦着皮鞋上的尘土。

众人在客厅里就座。

徐中玉还是从心里佩服高手的，他叫勤务兵去拿上好的茶叶来招待客人。

徐中玉说，老了，不中用了，可是手心脚心都痒痒，真想上台与先生比划比划。

孙美瑶恭维徐中玉说，督军您是老武举了，当年名垂齐鲁、直隶，谁不知道"徐板爷"呀，将军的拳头比板斧厉害。

徐中玉心里美得冒泡了，高兴地说，你也知道？哈哈，看来我有点臭名远扬呀。

他看到黑熊和车耗子站在孙美瑶身后。

徐中玉说，上官先生，以你这般身手要嘛保镖，碍手碍脚的。

孙美瑶淡然一笑，说，将军拥兵十数万，且一身绝艺，不也有四名保镖吗？

徐中玉说，啊，哈哈，本督和你不一样，身居高位，官场险恶，不得不防。

孙美瑶说，商场如战场，打我主意的也大有人在。

徐中玉说，说得好，说得好哇。咱们有缘分，投机。打见第一面，我就觉得先生不是一般人物。

孙美瑶谦虚说，不管什么人物，来到齐鲁，比起将军来还算人物吗？

徐中玉说，不，总有那么一两个嘎嘎鸟，刚飞出林子，就觉得自个儿是个人物。呸，不说他，不说净心。他叹了一口气，又问，先生是专门来打擂的？

孙美瑶说，早就听说将军办了一所国术馆，我是来进香的。

徐中玉问，嘛意思？

孙美瑶使了一个眼色，车耗子就把一个皮箱放在了督军面前，打开来，只见里边是花花绿绿的票子。

孙美瑶说，将军，二十万元，一点儿小意思，为国术馆的发达略尽绵薄之力。

徐中玉站起来，给孙美瑶敬了一个军礼。

车耗子站在客厅里，送给徐中玉一张请柬。

车耗子说，我们老板说，来而不往非礼也。昨天，您请了他，明天，他回请。请督军务必大驾光临。

徐中玉说，明天……我去，我去。

柳芽吐黄，鸽子飞白。

一艘豪华的游船在湖上游弋。

山东柳琴戏的韵律从游船上袅袅飘出。

孙美瑶宴请徐中玉。两个人的身后各自站着保镖。

一位老人和一名少女在角落拉琴、唱曲。

徐中玉自己灌下一大杯酒，说，嘛曲子，如此难听，岂不脏了上官先生的耳朵？

孙美瑶接话——说说话吧。朋友倾心交谈，胜似人间美曲。

徐中玉说，是啊，是该叙谈叙谈。

车耗子走过去递给老人一沓票子，老人与少女千恩万谢地走出船舱，上了一条小舟。

小舟向岸边划去。

不管敬与不敬，徐中玉一杯连一杯地灌酒。

孙美瑶看在眼里，关切地问，徐兄，你心绪不佳？

徐中玉说，娘个锤，先生你不大知道，中国官场上尽是小人。嘛事哟，后台就后台好了，偏偏又要上前台。总统就总统好了，偏偏又弄个干儿子。日鬼的请愿书，好像他不出来当大总统，中国就不中国了。一窝婊子养的。

孙美瑶说，我知道一些，你说的是曹锟，还有贵省的林主席。

徐中玉惊讶，警惕地问，你一个商人，咋嘛事都知道？

孙美雅说，我还清楚徐兄的处境委实不妙。

徐中玉哈哈大笑。从里到外都表现出了不服气、不信邪的神态，把他那张痘痕累累的脸膛扭曲了个七上八下。

他说，说你胖你就喘。我堂堂一省督军，处境怎么就不妙了？

孙美瑶说，徐兄的山东督军近乎是光杆司令，曹锟的人马围定

179

了你，泰安有陈小手，兖州有何大鼻子，章丘有王胡子，德州有曹锟的干儿子，只有临沂的李森是你的人，四比一。虽说有吴大帅做你的后台，他却是鞭长莫及，顾不了你。尤其是最近，日本人给曹锟武装了两个师，曹锟势力疯狂扩张，又要上前台来当总统，吴大帅自己顾不了自己了。眼下，将军更是大难临头。林主席时来运转，成了曹锟的红人。曹大帅一旦当成总统，他姓林的不仅仅是主席，徐兄怕是连光杆司令也干不成了。

徐中玉的脸上沁出一颗颗豆粒般的大汗珠子。

他猛地离席，拔枪。

孙美瑶低头把玩绢扇，黑熊与车耗子也不动声色。

徐中玉说，你到底是"上官克星"还是上官云良？

孙美瑶说，眼下，我如果是"上官克星"，倒是对徐兄大有用处。

徐中玉紧紧盯着孙美瑶。

孙美瑶说，可惜，我不够份。我只是"上官克星"、孙美瑶他们的朋友，上官云良。我也是徐兄的朋友嘛。坐，喝酒。这大明湖的鲤鱼还是蛮鲜美的。

徐中玉不坐，也不收枪。

徐中玉说，你和他们是朋友，我和你就不交朋友了，咱们不是一路人。

孙美瑶说，依我看，在眼下这盘棋上，你和他们倒是站在一边的。

徐中玉说，你文绉绉的，我不懂。

孙美瑶说，说白了，眼下最能帮你的一是"上官克星"，二是孙美瑶。

孙美瑶为徐中玉斟酒。

孙美瑶端过酒去，把徐中玉的枪收了，插进他的枪套里，给他敬上酒。

徐中玉坐下来，喝酒。

他说，这事，怕不大合适吧？

孙美瑶说，据我所知，当年吴大帅为了和曹大帅干，倒是收编了河南一支又一支的马子，还雇了一名杀手，干掉了曹大帅的"智多星"。张作霖更是干这种事的高手。

徐中玉突然把一大杯酒倒进湖中。

他试探地问，你和他们是朋友，他们听你的？

孙美瑶说，我是他们的经济支柱，他们对我言听计从。

徐中玉说，那好，你告诉孙美瑶，让他集中力量对付六旅。你告诉"上官克星"，对某些人，该出手时就应该出手。我不会不够朋友的。

孙美瑶说，他们也向将军提出了条件。

孙美瑶和徐中玉头碰头，低声说了一些第三者听不见的话。

徐中玉大声说，我统统答应。

孙美瑶说，徐兄说话算数？

徐中玉说，嘛话，他们这是在为我干活，我嘛事不明白？

一座石板造就的屋子，连窗框都是石头的，铁门。

这座石屋是抱犊崮的"财柜"。

马神推开铁门走入。

孙桂林坐在椅子上缝补自己的衣裳。八仙桌上有算盘，有账簿。

马神说，你这抱犊崮的财神爷，守着一箱一箱的大洋、票子，却是这般小气。

屋子里，原来的弹药箱如今上了锁，摞成一垛，有几十个箱子。

孙桂林说，我算什么，当年我家老爷奉旨治黄，守着千万银两，一双布袜子竟有三十几个补丁。

马神说，这官场里看来还真有个把清官哩。

孙桂林说，说正事，坐下。

马神很规矩地坐下了。

孙桂林问，你有一个朋友在五旅当营长是不？

马神说，不假，您说的是王麻子，当年我和他一块儿在冯老总那里当连长。

孙桂林拿出一封信。

孙桂林说，这是司令的亲笔信，你马上到临沂跑一趟，把信交给王营长。

马神说，老当家的，实不相瞒，王麻子可干不了啥事，只会搓麻将。

孙桂林说，马团长，你的任务就是送信、叙旧，别的事不归你管。

马神说，我懂。

乌龙驹驮着马神在山间飞奔。

乌龙驹飞越一道峡谷。

王麻子抱住马神，两人又捶又打地亲热了半天。

王麻子调侃地问，马神，又睡了几个当官的娘儿们？

马神说，马尾巴拴豆腐——不能提。连百姓那玩意儿也不敢摸一摸，摸了，要上虎头铡的。

王麻子说，那、那你这土匪算个鸟，连我这国军也不如。

马神说，呸，国个屁。如今这世道，是兵不如匪，官不如民。

王麻子哈哈大笑，说，有道理，有道理。

两人分别入座，一个人守着一张小桌，一张小桌上有一坛子酒，有几大海碗菜。

酒是用黑碗来喝的。两人一连干了三碗。

王麻子说，哎，兄弟，当了多大的一个马子头了？

马神说，嘻嘻，团长。

王麻子说，不赖呀，比我这营长高一头粗一腰了。

马神说，不好意思。我是马子团长，你是国军营长，不好比的。

王麻子说，兄弟，甭灰心，听说了不？

马神问，啥事？

王麻子说，吴大帅在河南招安了七八股马子，马子人人都混上了官。

马神说，我们怕不中，我们头头热孙中山。他叹口气，说，我这辈子算是裂熊了，走不上官运了。

王麻子说，还不都是老二给你惹的祸？要不，凭兄弟的本事，旅长也说不定。

马神不好意思地说，大哥，别提那事行不？哪个男人一辈子不打个把黑碗？

王麻子说，什么鸟官狗官的，人活一世，还不是图个自在快活？干。

马神说，干。

王麻子说，兄弟，吃鱼别想肉，干了马子，就别想官了。想钱，想女人。亏了谁，也不能亏了下边呀。

马神说，我们这马子是四不像，匪不像匪，民不像民，兵不像兵。

王麻子说，你们是有点怪，百姓都叫你们仁义马子。兄弟，那就先仁义仁义吧。哎，兄弟，我们旅座和几个贴心部下也说了，以后，五旅要和你们演戏。

马神问，什么，演戏？

王麻子说，你我只管看好了，保险有好戏。

马神说，他娘的光顾喝酒了，把正事给忘了。

王麻子说，兄弟，你自个儿喝，我们旅座正等着这信哩。

马神问，有行动？

王麻子说，有戏了。

一、二、三团人马下山。

狗肉张骑在马上，夹在队伍中间。

狗肉张率一、二、三团人马进入临沂地界。

五旅一营官兵在街上急行军，后边跟着一辆马车，马车上有许多箱弹药。

王麻子骑着高头大马，走在队伍前边。

十几张八仙桌。桌子上斟满了大碗大碗的酒，还有一摞摞红纸包着的大洋。

十几名士绅站在桌子前。

李森旅长和赵四爷正在攀谈。

赵四爷说，贵军决意迎头痛击骚扰临沂的匪帮，我和众位士绅很是崇敬，特备水酒，送军出征。

李森说，四爷、诸位，安心发财，有五旅在，抱犊崮匪患休想踏上临沂寸土。

众士绅欢呼。

赵四爷问，一个营的兵力够吗？

李森说，够了，王营长挺能干的。

王麻子的队伍已急行军来到城门。

王麻子滚鞍下马，给李森敬礼，给赵四爷和诸士绅行礼。

赵四爷亲自端了一碗酒来敬王麻子。

王麻子仰脖而灌。

赵四爷说，吾老也，不然，吾决意随大军一同迎匪。

王麻子说，几个马子而已，四爷静待，包在王麻子身上了。

李森说，前年四爷也曾亲自退匪，为我军楷模。

赵四爷拈须而笑。

赵四爷说，那个孙美瑶，乃是国家之叛徒，理应全民共诛之。吾老友林主席尝言，孙贼谁若擒之，将成为国之功臣。老朽迟早要夺这个功劳的，哈哈。

李森恭维说，廉颇雄风，四爷传之。

众士绅分别给官兵敬酒。

王麻子命人收了大洋，说，待到凯旋，论功行赏。

枪声大作。

河西，狗肉张。

河东，王麻子。

两个人俱骑马而立。

狗肉张问，二团长、三团长，弟兄们知道枪是个什么放法吗？

两位团长回，知道。

狗肉张说，点上火鞭。

一时河西烟雾滚滚，枪声响成一片。

马子们朝天放枪。

火鞭在洋油桶里拼命炸响。

河东。王麻子问，一连长、二连长、三连长，知道怎么放枪吗？

一连长问，营长，朝天放枪能打跑马子？

王麻子骂，笨熊。

三位连长回，是。

王麻子说，把洋油桶里的千头火鞭、大雷子给我点上。

三位连长回，是。

一时河东也烟雾滚滚，枪声、炮仗声响成一团。

距离战场一二里地的下游，马神率领人马飞奔过河。

王麻子和马神你打我一拳，我打你一掌。

王麻子说，这不是打仗，这是做买卖。

马神说，放屁，这是交朋友。

王麻子说，十箱子弹，机关枪的、步枪的、手枪的，各十万发。你点点。

马神说，你还敢坑我？

王麻子说，伙计，在山上捞不着睡女人，到临沂来，我给你拉皮条。

马神说，先办正事。

他从马上解下一个皮箱,打开,里边是票子和大洋。

王麻子说,我们旅长说了,第一次是送的,交个朋友。

马神说,我们老当家的也说了,交朋友,来而不往非礼也。这是四万元,你数数。

王麻子干脆地说,数个屁。

马神说,那好,你要给我一个收条。

王麻子说,你也要给我一个收条。

两人互换收条。

王麻子说,这样的漂亮仗今后弟兄们还得多打几次。

马神说,那是上头的事。

两人告别。马神的骑兵驮上了弹药。

枪炮声正酣。马神飞奔而至,冲着狗肉张在空中甩出一串漂亮的响鞭。

马神说,狗肉张,不,张副总,事办完了。

狗肉张说,你应该下马,敬礼,报告。

马神说,哎,又不是正规军,哪有这多规矩。

狗肉张要发火,又咽下去。他大叫,撤。

河西的队伍向后撤退,留下了许多破衣烂衫,还有几面残破不全、弹孔累累的旗子。

一连长大声问,营长,马子撤了,追不?

王麻子说,追,给我追到抱犊崮山下。

一连长说,营长,别中了马子的埋伏。

王麻子说,你懂个屁。

五旅士兵追过河。

王麻子在马上大叫,收战利品喽,一件破衣衫十元,一面马子旗一百。

众士兵纷纷捡拾衣物、旗子。

横幅：嘉奖庆功舞会。

山东军界头面人物荟萃。

军官们举杯向李森祝贺。

一枚勋章在李森胸前金光闪闪。

一排桌子上摆放着战利品：破旗、破衣、枪支、大刀……

舞厅一角是西洋爵士乐队。乐队旁坐着妙龄伴舞女郎。

司仪说，众位，请静静。现在，我宣布，山东督军徐中玉将军嘉奖山东混成旅五旅痛歼一百三十余名抱犊崮匪部暨庆功舞会现在开始。

乐曲响起。镁光灯闪动。

司仪说，下边，请……

司仪话还没有说完，徐中玉晃了晃手中的一纸电文，扯着嗓门说，这电文挺长的，文不拉叽的，我就不念了。么意思呢？就是说，五旅在临沂白沙河打了大胜仗，把马子打趴下了，打得缩回头去了。国防部给了李森金质军功章一枚，小李子都戴上了，挺神气的是不？六旅，何大鼻子来了没？

何旅长跨出来，立正说，来了。

徐中玉说，我猜着你心里酸不溜丢、苦不拉叽的是不？光酸光苦不中，进山去打呀，去剿呀。我三令五申，你六旅就是不动，么意思？我明白，你是等着曹大帅的意思。如今，曹大帅也来电了，我给你念念。

他喝下一大杯酒，开始念另一份电文——山东督军徐中玉中将，欣闻混成五旅痛歼抱犊崮匪一部，特电嘉许之。另，望责令混成六旅速进山围剿，早日肃清齐鲁匪患……下边是他的官帽，不念了。

徐中玉把电文扔给何旅长。何旅长双手接了。

徐中玉说，何旅长呀，你再不给曹大帅打个胜仗，曹大帅这面子可就栽了。

何旅长表态说，督军放心，何某马上进剿孙匪。

徐中玉说，好，你小子立个大功我也会高兴的。

司仪问，林主席的贺电还念不？

徐中玉用大仇得报的语气，挑着难听的话，说，一句古话怎么说来着？鸡、鸡犬……

司仪接道，鸡犬之声相闻，老死不相往来。

徐中玉心里特别受用，他说，对，他是一只鸡，怕我们这些犬咬着他。哈哈哈，跳舞，跳舞，老子脚丫都痒了。樊梨花，来，陪干爹玩玩。

一个窈窕女子款款走出，嗨嗨笑着，身子贴上了徐中玉。

光怪陆离的霓虹灯交相辉映，乐曲起，一对对男女起舞。

几位军官陪着何旅长喝酒。

军官甲说，瞧他那侉样。何兄，别理他的茬，不就是一个光杆司令吗？

军官乙说，秋后的蚂蚱还能蹦跶几天？秋天一到，大帅的总统一当，老小子就没戏了。

军官丙说，不过，齐鲁是我们直军的天下，咱们兄弟不能叫李森那龟孙子抢了风头。

意大利人华莱士、那个英国军官和荷兰军官也在这里喝酒。

荷兰军官说，中将阁下，我们刚从国内回来，组织几十人的军官顾问团没有问题，只是曹锟那里需要先给些定金，我们即刻召集他们来中国。

华莱士说，你们看到了，中国的北洋军队四分五裂，没有我们当顾问指挥他们，他们什么也干不成。中国的军界，应该成为我们的舞台。至于曹锟，他对我是十分欣赏的，他可以先给我们一大笔款子。

英国军官说，妙极了，那样我们就可以带回几件中国古玩了。

华莱士说，我们先要帮助齐鲁直军打一场胜仗。

他端起酒杯，一个人向何旅长走过去。

何旅长喝了些老酒，红头紫脸的很激动。

何旅长说，我回去就打。不教训教训孙美瑶，曹大帅那里，曾总理那里，还有林主席，都不好交差了。孙美瑶专门和他们对着干，是他们的一块大心病呀，我小何子就提着脑袋给他们打一仗。

军官甲问，哎，我问问诸位，林主席那份请愿书，你们可是都签名了？

军官乙说，我签了。

军官丙说，我签了。

何旅长说，我也签了。

军官甲说，秋天，你倒是快点来呀。

华莱士端着酒杯过来了。几位中国军官看到外国军官，一个个马上站起来，笑脸相迎。

华莱士居高临下，说，中国有句古语——春天不耕耘，秋天难收获呀。

军官甲问，请问将军大名……

华莱士自己喝下那杯酒，摘下腰间佩剑，交给何旅长。

何旅长一看短剑，马上毕恭毕敬地给华莱士敬礼，众军官随之。

何旅长说，这是大帅的心爱之物。阁下想必就是大帅的特别顾问华莱士中将了。

华莱士把手指竖在嘴巴上，嘘了一声——曹大帅叫我来帮助你。

他指指跳舞的那伙人，摆摆手。

他带头举杯，众军官一齐和他碰杯。

琥珀色的威士忌和无色的白酒碰撞在一起。

何旅长压低声音说，阁下，您何不来个电话？我去接您。

华莱士说，我知道有这个舞会后，想自己来看看。

第九章

孙美瑶、孙桂林、狗肉张、庄共和及众头领围着一个自制的大沙盘在议事。

沙盘里摆满了各式各样的泥人,插满了各式各样的旗子,垒着一座座大小不等的山头。

孙美瑶手持绢扇。他用扇子指着一座最高的山说,这是老头子山。

他又指着一座不高但是很胖的山说,这是老婆子山。

孙美瑶说,看老头子山、老婆子山中间这片开阔地,我们要在这里和何大鼻子打一个大仗,打一个硬仗,叫天下人看看,抱犊崮的孙家军不仅仅会杀富济贫,不仅仅会惩治贪官污吏,还有大本事,能和军阀正规军硬碰硬、实打实地较量,还能和洋鬼子指挥的部队拼一番高低。据我所知,何大鼻子已经聘任华莱士担任这场战斗的总指挥。这可是个魔鬼一样的人物。他为了摸清抱犊崮的地形、民风,前些日子化装成山里人,在山里待了三十四天。他扬言,抱犊崮的马子要由他来埋葬。曹锟很器重他,封他为中将,年薪十万大洋,对他言听计从。

孙桂林说,我们还是靠智谋巧打为上。

孙美瑶说,对。

他又指着沙盘上的一条红色小道,说,这条道,就是抱犊崮阴山上的"蛇道"。弯弯曲曲、灌木丛生、忽隐忽现、忽上忽下的小道。

孙美瑶的声音在议事厅里回荡——蛇道是咱们抱犊崮的一条秘

密通道，一般人是不知道的。可是，据最可靠情报，华莱士对蛇道极感兴趣。他偷偷爬过蛇道，还被毒蛇咬伤过。我想，他肯定要从这条蛇道上偷袭抱犊崮。

他突然叫道，张副司令！

狗肉张立正。

孙美瑶说，你率一团、二团全体官兵，守在蛇道的腰部和腹部，单等华莱士带着他的精兵强将进入你的罗网。

狗肉张说，是。总司令，洋鬼子很狡诈，他要是不从蛇道上来呢？我可是拿走了你的三分之一人马。

孙美瑶说，我想，华莱士肯定会这样子干的。张副司令，我等着你活捉华莱士，给你记头功。

一身军装、腰佩短剑的华莱士和何大鼻子俯在一张大地图上。

华莱士也指着地图上的一条红线。

他的右手只有拇指、食指、中指三指，其余两指没了。

华莱士说，这条线叫"蛇道"，是抱犊崮的秘密通道，没人知道的，但我知道。它咬掉了我的两个指头，毒蛇咬的，我自己用刀子把毒指断掉了。

何大鼻子赞叹说，将军阁下，您是一个真正的军人。

华莱士直言道，我很遗憾，没有参加第一次世界大战，不过，我才三十八岁，机会还是有的，我是一个喜欢战争的人。

他指着蛇道问，你说如何利用这条小路？

何大鼻子说，我亲自带一千多精兵强将，偷袭蛇道，直捣匪巢。

华莱士摇摇头说，不，这是孙美瑶的水平，他正在蛇道上张着口袋等着你何先生。

何大鼻子茫然地问，那、那放弃这条蛇道？

华莱士又摇摇头。

孙美瑶用绢扇指着高山、胖山北边的一群小山，说，这场仗的前奏是在这片丘陵地带先来一次小败，把何大鼻子引进我们的口袋里。我估计，何大鼻子除去偷袭蛇道、妄图直逼我们老营的一千名精兵，另外还有千把人会被统统装进口袋里。咱那口袋装得下。

孙桂林问，他总要留一半守兖州老巢吧？

孙美瑶说，不，我估计，他要唱一出空城计。他抢功心切，会不顾一切的。喂，谁愿意打这个败仗？打好了，也有赏的。

众团长面面相觑，无一人回答。

华莱士卷起了地图。他自信地说，我来给你守兖州，孙美瑶有鹰字团，我恭候他的马队。你给我三百人就够了。重要的是，打仗永远不要忘记后退之路。你亲率所有人马去打正面。何旅长，计划不如变化，真正的军人，战场上第一大的本事就是随机应变。

何大鼻子双腿一夹立正，真心恭维道，是，将军阁下。将军阁下的大将风度，让何某心服口服。将军阁下的智谋比起诸葛亮来，胜过百倍。

华莱士摆手，并不领情，说，NO，你们中国人最大的毛病就是爱吹，吹自己，也吹别人。吹牛在官场上可以，是法宝，在战场上是丧钟。何旅长，我这次从曹大帅那里来，曹大帅让我给你带来了两件东西。

何大鼻子说，老师总是想着小何子。

华莱士先拿出一份报纸。何大鼻子疑惑地接过来，展开看。

报纸巨幅标题——《曹大帅：齐鲁匪患束手无策，总统梦做得有滋有味》。

何大鼻子骂，娘个茄子，这几个报虫子胆子也太大了，骂起曹大帅来了，看我不一个个掐死他们。

华莱士并不把眼前的人当回事，他还是一如之前的直白，不留情面给曹大帅，说，不该骂吗？微山岛上的范司令前天又劫了德国人的油船，孙美瑶如今又摆下阵势要与你决一高低……我有一种感觉，孙美瑶他们早晚有一天会把曹大帅的总统梦捅破。

何大鼻子动情地说，大帅，我去打孙美瑶，小何子马上出征，您老人家千万别忧心。

华莱士说，曹大帅很看重六旅这次进剿抱犊崮，他说，算帮我一个忙好不好？这些贼羔子，只会给我添乱，只会等着、盼着我当上大总统，贼羔子好加官晋爵。可他们把事情搞得如此糟糕，我这梦怕也终归是黄粱一梦。

何大鼻子默默无语。

华莱士又拿出一柄金鞘指挥刀。

华莱士说，曹大帅给你的，你应该明白曹大帅的心意。

孙美瑶用绢扇指着丘陵中间的几十匹小泥马，看定了马神，不作声。

马神说，司令，你要坑我呀？

孙美瑶说，我正是要用鹰字团来打这个败仗。

马神说，司令，干脆你给我一盆猪食吃了算。

孙美瑶说，我命令，鹰字团在丘陵地带阻击六旅，每人打完二十枪即后撤，边退边打，把六旅引进口袋阵。如引进口袋，每人赏大洋一块，团长十块。引不进来，团长自动跪戒板两天。

马神扮着鬼脸说，还行，打败仗不好听，倒实惠。

孙美瑶说，后边还有你的戏，到战场上再说。

马神说，是。

孙美瑶叫道，鹞字团听令。

团长立正站起。

孙美瑶说，长短家伙都弄齐全了？

团长回，小小地劫了一回火车，齐了。

孙美瑶说，好。没有家伙，军阀给我们造，没有钱花向大户要。

团长回，我懂了。

孙美瑶说，我命令你团五十人埋伏在老头子山山腰，五十人埋伏在老婆子山山腰。六旅进了口袋，你团必须在半袋烟工夫里打掉六旅的机关枪手。打哑一挺，赏大洋五十块。

团长说，遵命。

孙美瑶说，熊字团，黑熊，待六旅机关枪变成哑巴，你即率团举大刀向敌群冲去，展开肉搏。耗子，豹字团，守护山寨等我回山，若是没有闪失，也有奖赏。

众人听令，立正齐喊遵命。

马神问，我后边的戏呢？司令。

孙桂林说，我还想说几句。这场仗只能打好，不能打坏。大家都清楚，何大鼻子的六旅是我们的死对头，是曹锟的嫡系。这个人是员战将，对曹锟忠心赤胆。他选这个时候来进犯抱犊崮，又聘洋人出任总指挥，分明是想给曹锟贿选总统打出一张好牌，为他的恩师脸上贴金。孙家军和曹锟、曾申不共戴天，孙家军要砸了他们这把好牌，要把贴金变成抹灰。诸位，孙家军没有孬种，有这个胆气吗？

众将喊，有！

孙桂林喊，弟兄们，谁英雄，谁好汉……

众将喊，血染沙场比比看。

何旅长双手捧着金鞘指挥刀，站在曹大帅巨幅画像下边，眼里汪着泪花。

华莱士站在一边。

何旅长说，老帅这把刀呀……

秋桃累累，挂满枝头。

桃花溪水汩汩流动，如鸣环佩。

孙美瑶吹箫，林室雅倚着一棵桃树。

林室雅说，让我和你一块儿去吧，我有点害怕……

孙美瑶继续吹箫。

林室雅转过身去，从胸前摘下一枚金锁。

她走到孙美瑶跟前,双腿跪下来,把金锁挂在孙美瑶的脖子上。

孙美瑶停止了吹箫,捧起金锁看着。

林室雅说,我妈给我从泰山奶奶那里求来的保命锁,挺神的,我好几次不都是逢凶化吉了?

孙美瑶放下金锁,两只手捧着林室雅的面庞。

林室雅闭上了眼睛。

孙美瑶痛苦的心声不断在追问撞击着他的灵魂,他越看重眼前这个女人,越是苦闷。孙美瑶的内心在狂喊,我能给她一个好的前程吗?我能给她人间快乐吗?我是一个马子,我是一个……我没有前程,没有明天……

孙美瑶松开了双手。

凄迷哀婉的箫声又起。

队伍顺蛇道向山下开拔。

黑旗白旗。

孙桂林、林室雅、庄共和及留守的头领都站在亭子里。

孙桂林看着面前一身军装的孙美瑶。

孙美瑶的头发里出现了一根白发。孙桂林轻轻地给他拔下。

孙桂林说,甲午,还是我去吧。

孙美瑶说,皇叔,咱爷儿俩不是说好了?你守山,我出征。

孙桂林说,看着不行,就尽早撤回来。

孙美瑶说,昨夜我梦见老父了……

车耗子走到黑熊跟前,说,黑熊,司令若是伤着一根头发,回来我就宰了你。

黑熊什么也不说。

车耗子说,我和黑熊当什么鸟团长呀,我们就是司令的保镖。

孙美瑶从怀里掏出一根金条递给车耗子,说,春兰快生了,我这个当大伯的,先给孩子备了见面礼。

大肚子春兰从人群里挤出来,说,司令,你不是说要给孩子起个名字吗?

孙美瑶拍拍后脑勺,笑了,说,我忘了……皇叔,这事你给办吧。

孙美瑶向众人告辞。

孙美瑶和林室雅对视的目光……

一千六七百名官兵沿着山沟行进。

何旅长挎着金鞘指挥刀,骑着白马,走在队伍前面。他不时地举起望远镜向前方观望。

左边小山包突然升起了黑色"鹰"字旗。

何旅长刷一下抽出了指挥刀。

前方的两边山上,有马队举着马刀吆喝着冲下来,领头的是乌龙驹和马神。

何旅长的指挥刀举起又下插,喊,开火。

六旅的官兵迅速就地趴下,寻找掩护的地形,向马队射击。

马队每人都有一支短枪,他们藏在马的肚皮底下向六旅射击。

马神一枪打折了六旅的旗杆。

何旅长趴在一个坟包后边,指挥刀前指。

几十挺机关枪朝马队扫射。

马队和六旅对射。

十几个官兵被打倒。

马神喊,撤。他率先向两座大山中间退去,有意放慢马奔跑的速度。上百的人马跟着乌龙驹撤退。

何旅长从坟包后跳上马,指挥刀直指云天,喊,马子退了,追啊!

他拍马向前追去,队伍呼啦啦赶在后边。

山洞前,孙美瑶身披紫红色斗篷,双手举着望远镜向山下观望。

六旅全部进入了两座大山中间的开阔地带。

突然,两座大山上同时敲响了十几面铜锣。铜锣声中,几百人一齐狂喊，上场子了！

两座大山顿时喷射出一串串火光，直射六旅官兵。

有人叫，旅长，我们中埋伏了。

何旅长骂道，慌你娘个头，老子是有意钻口袋的。孙美瑶，哈哈，你人心不足蛇吞象吧。

官兵们不太慌张，迅速地趴在了地上，一队人向左边山上射击，一队人向右边山上射击。

几十挺机关枪逞起凶来。

"鹞"字黑旗插在一棵树上，被机关枪打得弹孔累累。

一丛灌木后边露出团长的脸。

他努力寻找着机关枪手，找了半天才打死一个。却又有一个官兵替补上来，接着扫射。

团长着急地说，狗娘养的，咋都趴在地上不站起来呢？

六旅的机关枪没有被打哑。

山洞前，孙美瑶有点气急败坏，骂道，你不是神枪手吗？还鹞字团，鹞个屁。

团长低头挨训。

团长说，司令，你想别的招吧，打这种仗，满眼都是人，我神不起来了。

孙美瑶举着望远镜，定定地看着山下。

孙美瑶自言自语——不对头呀，何大鼻子从哪里弄来了这么多的人？哼，足足一千六七，我这口袋装不下呀。

何旅长高兴得一个劲地哇哇乱叫——打，打死一个马子，赏大洋十块。孙美瑶，狗屎，你根本不会打仗。放着高山不守，下来找死呀？

六旅的官兵打得更凶了。

三团长来了，叫，司令，冲下去吧，咱这土炮敌不过龟孙的钢家伙。

黑熊也来了，安上了钢爪，一言不发地站在孙美瑶面前。

孙美瑶咬牙说，我得认这壶酒钱，我们没打过大仗。

三团长叫，司令，可是，我们有熊字团，我们的兵会肉搏。

孙美瑶说，好，敲锣！

铜锣又响。

"熊"字黑旗领头，几百名马子从两边的山上冲下来。

马子们狂叫，杀！

肉搏的场面。

熊字团的表现异常出色。他们举着鬼头大刀，刀起头落，几乎无一扑空。

但是，六旅官兵也不弱，他们格斗、肉搏的功夫并不比熊字团差多少，双方均有伤亡。

黑熊和何旅长对打。

两人棋逢对手。黑熊的钢爪刺破了何旅长的肩头，何旅长的大刀也砍中了黑熊的肩头。

黑熊被激怒了，吼叫着步步紧逼，何旅长却防守得严丝合缝。

何旅长说，嘿，马子里还真有高手。老子十几年没遇过对手了。

孙美瑶甩下斗篷，要冲下山去，马神拖住了他。

马神说，司令，你是指挥官，你不能下去，下去就完了。

孙美瑶说，我去对付何大鼻子。

马神问，司令，我不是还有戏吗？

孙美瑶苦笑了，拍拍后脑勺。

孙美瑶向马神耳语。

鹰字团像飓风般冲进六旅官兵群，他们发挥马上的优势，刀起刀落，砍死许多敌人。

马神他们的出现鼓舞了马子的士气，他们开始凶猛拼杀。

孙美瑶举着望远镜。

镜头中出现马神挥刀奋勇无敌的战姿。

孙美瑶说，真是一员虎将。唉，你光顾杀敌，忘了走了。

马神突然一拍乌龙驹，蹿出去。

马神高喊，鹰字团弟兄们，走啊，兖州如今空了，去端何大鼻子老窝呀。

鹰字团人马随之涌动，一齐喊，打兖州，端老窝。何大鼻子哭他爹。

鹰字团狼烟滚滚向北进发。

鹰字团走远。

何旅长狂笑不止。

官兵一齐喊，你们兖州快去打，兖州有你洋达达。支好锅，门开着，专等马神跳油锅。

六旅的喊叫声持续不断。

六旅并没有一点撤退的迹象。

望远镜中的景象：官兵四五个人对付一个马子，马子渐渐招架不住了。

望远镜垂下了。

孙美瑶一手持枪，一手举扇，大叫，弟兄们，拼命的时候到了。

他冲下山去。

双方混战。

许多马子惨死，胸口如蜂巢，血流汩汩。

孙美瑶血染白衫。

他一人力敌十数人。

黑熊放下何旅长，回护孙美瑶。

孙美瑶说，黑熊，快撤回山上去，死守抱犊崮。

黑熊不走，护着孙美瑶。

马子们虽然寡不敌众，却依旧在奋力拼搏。

一个马子肚腹破了，肠子流出来。他手挽肠子，坚持着站起来，抱住一个官兵，咬断了他的喉管。

危急关头，狗肉张率领两个团八百马子跑步赶来，一个个满头大汗。

他们马上投入了战斗。

马子实力大增，转危为安。

狗肉张和孙美瑶拥抱。

狗肉张说，华莱士真刁，蛇道只来了几十个老弱病残。

孙美瑶自责道，我真笨。

狗肉张说，总司令，我自作主张放弃蛇道，前来援助，回山我去跪戒板。

孙美瑶说，不，你救了我，也救了弟兄们。

官兵支撑不住了。何旅长上马，领队向北撤退。

孙美瑶说，张副司令，还需你火速带领一团奔赴兖州，救援马神。

秋草枯萎。

石碑坊。

楹联：青山有幸埋侠骨，黄土垂泪哭义胆。横额：义士陵园。

园内坟头座座。

一百零三口棺材并排着摆放在陵园里。

一冢冢青石方垒砌的坟墓。

一冢冢坟墓前都竖立起了一块青石墓碑，碑是无字碑，上面什么汉字也没有，但是，每一块无字碑上都镌刻着阿拉伯数字：1、2、3……103。

孙美瑶涕泗横流的面庞已经由粉白变成了铁青，他披麻戴孝。他的身后站着一千多名抱犊崮的马子，也一律披麻戴孝。

他在心里发誓——弟兄们，总有一天，我会代表一个政府，把你们的名字连同封谥之军阶刻在你们的碑上。苍天如若给我作证，何不漫天飞雪若桃花，落来抱犊慰义魂？

他笔直地跪在了山坡的草地上，一千多名马子也齐刷刷跪下了。

这时候，那灰蒙蒙的天空纷纷扬扬飘落了一片一片状如桃花的雪，装扮着这座巨无霸级别的老百姓的大山。

孙美瑶披麻戴孝，挺立在碑林前。

孙桂林说，甲午，给弟兄们刻上名字吧？

孙美瑶摇摇头。

孙桂林说，他们后人来祭奠，也好找个准地儿。

孙美瑶默不作声。

孙桂林说，自古至今，只有武则天一块无字碑……

孙美瑶说，皇叔，总有一天，您会明白我的心意。

孙美瑶离开了无字碑林。

棺材前，孙美瑶披麻戴孝，他的身后是披麻戴孝的众头领。每人手里拄着一根缠满白花的哀杖。每人手里捧着一个黑瓦盆。

孙桂林充当治丧总筹。

每口白棺前有五位抬棺人，身贴棺材站立。白棺头顶，是高大的扛棺人。

白棺两边，是黑衣兵士，每人手持一把系着白绸的短枪。

孙桂林说，请总司令宣读祭文。

孙美瑶走到白棺前，三鞠躬。

他手中并无纸文，他从心底迸发出哀伤悼念之词——

兄弟音容笑貌兮，犹在身旁；哀苍天无眼兮，折君山之栋梁。侠胆义胆光照天地兮，催余生之励强；愿英灵安息于山之阳兮，容愚兄焚香。保佑折翅之鲲鹏兮，冲天而飞翔。兄弟们，美瑶送你们上路了。

孙美瑶满面泪水。

孙桂林喊,为死难弟兄摔瓦。

孙美瑶举起黑瓦盆,摔碎。众头领举起黑瓦盆,摔碎。

孙桂林喊,盖旗。

一队士兵列队走近,两人一组,扬起一面"山东建国自治军"军旗。他们把旗子覆盖在每一口白棺上。

孙桂林喊,焚钱。

上百刀黄表纸在山坡上点燃。大火冲天。

黑纸钱伴着白雪花漫天飞舞。

孙桂林大喊,起——棺。

五名壮汉一声吼,抬起了一口口白棺。

孙桂林喊,兄弟们,送你们到西天去了。

说完,他将白花丧棍指天。

随即,一百支短枪冲天而鸣,连发五响。

颤巍巍的白棺向墓地推进。

孙美瑶率众头领跟在白棺的后边。

秋天的阳光里,孙美瑶跪在戒板上。

孙桂林领着众头领来了。

孙桂林说,司令,老头子山一仗你还是打赢了,六旅死伤三百,咱们死伤一百。咱们还缴获了机关枪二十挺、长枪三百支。

孙美瑶说,不,我打输了。

孙桂林说,退一万步说,算个平手吧。

马神说,这一仗打出了咱们的威风,司令,咱们有点正规军的架势了。

三团长说,司令,何大鼻子退的时候像只兔子。

孙美瑶说,如若张副司令不随机应变,率大军急援,我孙美瑶将成为抱犊崮的罪人。

狗肉张说,司令,打仗总会有些意外的,你没有错。

孙桂林说，甲午，你起来吧。

孙美瑶痛心疾首——我怎么会想不到华莱士并不是个庸才？他是一个真正的军事家。他像钻到了我的心里头，我不如华莱士，他知己知彼，而我自以为善谋，反而被华莱士将计就计。华莱士，你欠下了我的血债，你杀死了我一百零三名弟兄，他们最小的才十八岁。

庄共和悄悄离去了。

孙桂林叹，甲午，打仗哪有不死人的？

孙美瑶说，皇叔，我作为总指挥是有大错的……你和大伙回去吧，我要自罚一天一夜。

孙桂林只好领着头领们离开。

黑熊和车耗子留了下来，分别跪在孙美瑶的两侧。

那个酷肖孙美瑶的男人也跪在了飞雪中，跪在了那块巨无霸级别的陨石上。陨石后边藏着一个小山洞，洞口前站立着一棵老桃树，如今银装素裹。他也披麻戴孝，胸膛左边插着那把"大眼撸子"。

孙美瑶跪在戒板上。

林室雅为孙美瑶提来了一瓦罐山泉水，双手捧着瓦罐让孙美瑶喝水。

她什么也不说，泪花在大眼睛里闪烁。

庄共和走来了。

他头发蓬乱，神情焦躁。

庄共和说，总司令，这件事，我是有责任的……

孙美瑶问，共和君，你有什么责任？

庄共和说，其实，我和华莱士是很熟的，他那位当传教士的父亲和我的父亲是好朋友，我应该找他、说服他，不让他帮曹锟。

孙美瑶苦笑，他了解华莱士，于是说，庄先生，你说服不了华莱士，他是一个战争狂，他的骨子里流着妄图征服中国的血。

庄共和天真但真诚,他说,那、那我就应该杀了他。

林室雅笑着说,共和君,你太幼稚了……

庄共和不服气地说,我知道,你看不起我,你……我很着急,恨自己不能出力……

孙美瑶说,庄先生,你已经出了很大的力,你教那么多弟兄们识字。

庄共和说,我比起你来,真是一抔黄土去比一座大山……你以情服众,以法治军,实在让我感动。我见过许许多多的军人,包括大官,还没有见过一位像你这样严于律己、敢于自罚的人,你是一位够格的将军。

孙美瑶说,庄先生,你过誉了。

林室雅说,他总是言过其实。

庄共和哀怨地看了林室雅一眼。

孙美瑶说,庄先生,我想求你一件事。

庄共和连忙说,你说。

孙美瑶说,我想请你做山东建国自治军的监军,监督军纪,督察官风。不知庄先生肯不肯赏脸?

庄共和说,不,我、我没有这份资格。

"轿子"颤悠悠下山。

"轿子"里坐着庄共和。

林室雅急匆匆地把一张纸交给孙美瑶。他疑惑地展开看。

庄共和心声——

室雅,我实在无法容忍你对我的无视,我下山去了,也许还有回山的希望。但愿我回来的时候,你心中的天平会向我倾斜……我先是因为你而不愿下山,继而被山上的弟兄们感动而不想下山,却又因你的小视而不愿再在山上做一个多余的人……其实,我的一切悲剧缘你而生,且会因你而发展。一个男人的心还没有死,还想为他钟爱的女人去搏一搏。

她做着各种猜测,说,他要去干什么呢?回上海?去给你们求番号?

他说,庄先生是一个很热情的年轻人……

她不放心地说,我知道的,不用你说。他不会有什么危险吧?他可是一个常常轻举妄动的人,说不定又去策反什么军阀了。

他说,你还是很关心他的。

她说,朋友嘛。

他问,他下山带钱了吗?

她回,这一点你不用担心,他出身银行世家,到哪里都有钱。

华莱士热情地接待造访的庄共和。

两杯热咖啡。

一个年轻军官进进出出伺候他们。他是何大鼻子的干儿子,人称何小鼻子,人却精明得很,又有一身武艺,所以何大鼻子派他来伺候、保护华莱士。

华莱士问,老朋友,听说你在南边挺活跃的,干什么?做情报人员?

庄共和说,不,不。我是花旗银行的高级职员,到济南出差,听说老朋友在兖州,便顺道来叙叙旧。

华莱士轻松地开着玩笑——不是来说服我投降孙中山吧?

庄共和说,绝无此心。我这个人你还不了解?风流才子而已,革命党不要我。

华莱士哈哈大笑。

庄共和从客房里蹑手蹑脚走出来,手持短枪,摸向华莱士的卧房。

他摸到了窗口,把枪口对准玻璃窗。

朦胧中,床上熟睡的华莱士。

一根绳子猛地套在庄共和的脖子上,他被无声地拖走了。

吊在梁头上的庄共和皮开肉绽,他昏死过去。

何小鼻子把一桶凉水泼在他的身上。他歪了歪头,又醒过来。

何小鼻子问,你从哪里来?

庄共和说,我、我从抱犊崮来。我说,我实在受不了了。我什么人物也不是,我真的不是孙中山的官,我只是想、想杀了华莱士。

何大鼻子进来了。

何小鼻子轻蔑地说,干爹,这条软骨虫,我看也不大像革命党人。

庄共和呜呜大哭——我算哪一门子革命党呀……

何小鼻子问,那你和华将军有仇?

庄共和说,我们是朋友,真的。我们还是世交。

何小鼻子再问,那你为什么来刺杀华将军?

庄共和说,说不清楚……我和你们说不清楚……

何大鼻子说,算了,别问了,也甭上报了,他根本不是个人物,就是疯子,一个疯子,弄死算了。

华莱士穿着睡衣进来。

华莱士说,不,他是我的朋友,一个富人朋友,他又没有杀死我,你们也不要杀死他……不过,要给他一个永久的教训,叫他记住,不要出卖朋友。

断了一条腿的庄共和在地下爬动。

他拖拉着那条断了骨头的腿。

他爬过石板,石板血迹斑斑。

他把头伸进河水里。

他爬过小河,河水里浮上血花。

庄共和爬到了抱犊崮山下。

他成了一个鬼:胡子拉碴,面色黧黑,头发乱糟糟的,全身的衣裳破烂不堪,身上伤痕累累,苍蝇飞舞,跳蚤乱爬。一张面容是土是灰是木头,只有一双眼睛幽幽闪亮。

他摇动了麻绳。

孙美瑶及众头领齐聚山头，迎接庄共和。
孙美瑶从"轿子"里抱出庄共和。
庄共和在孙美瑶的怀里大哭。
孙美瑶抱着庄共和进房。
孙桂林亲自用中草药为庄共和治疗断腿。
庄共和一脸羞惭，不敢正视孙桂林的眼睛。
孙桂林说，庄先生，你爬了三七二十一天，除去中间昏迷过去被好心的赶车人拉着你走了一百二十里，其余八十里山路，都是你爬过来的。
庄共和说，我心里只有一个念头——爬也要爬上抱犊崮，我要见见你，见见总司令，见见……弟兄们，我有一块心病呀……
孙桂林说，庄先生，说出来心里好受了，那样子对治伤有好处。
孙美瑶和狗肉张来看庄共和。
庄共和要坐起来，但伤腿打了夹板，无法动弹。
孙美瑶扶住他。
庄共和问，总司令，我很可笑是不是？
孙美瑶真心地说，不，我很佩服你的胆气。
庄共和说，我想回抱犊崮，我就是想回山上。
孙美瑶说，庄先生，你对抱犊崮的情义感动了弟兄们，大伙都要来看你……
庄共和说，我被打断腿的时候，心想，我爬也要爬回抱犊崮，那里有弟兄们真心待我，拿我当人物，可是，我……我有话要对弟兄们说……
孙美瑶说，庄先生，心里有话就说出来，要不又伤心又伤身子。
庄共和却又沉默了。

林室雅拿着一束九月菊，挎着一个小包袱，走了进来。

207

庄共和苦涩地笑了。

林室雅把野花插在一个瓶子里，放上水，搁在庄共和的床头。

她又解开包袱，抖开一件羊皮护腿。

林室雅说，共和，这是我缝的。

她把护腿套在庄共和那条好腿上。

林室雅心疼地说，这条腿千万要护好它……

庄共和在意着女人的看法，他问，室雅，我很笨是不是？

林室雅点点头说，可是，说到底你是一个好男人。

庄共和说，不，孙司令才是一个好男人。经过这场折腾，我彻底醒悟了。嫁给孙总司令吧，室雅，我是真心劝你这句话的，千万不要错过这个机会，作为女人，你的机会不太多了。

林室雅说，谢谢老朋友的真心话……

庄共和说，室雅，等伤一好，我就要回上海了，我不想在这里成为弟兄们的累赘。

林室雅问，那、那为什么还要爬回山来呢？

庄共和说，我想和大伙说句话……

林室雅突然说，共和，留下来吧，大家都舍不得你了。

银杏树下。孙美瑶及众头领正在秋天的阳光里议事，他们时而平和，时而大吵，时而大笑。

庄共和拄着双拐出来了。

他来到众人面前。

孙美瑶看着他说，庄先生，今天你的气色好多了。

孙桂林说，庄先生，该走动走动，春天里人长骨头哩。

庄共和说，总司令、老当家的，我想和大伙说几句话，说完了，我就准备下山。

孙美瑶说，庄先生你先说，至于下不下山的事，以后再说。

庄共和说，总司令、老当家的，经过这一场折腾，我一下子觉得自己成熟了，再也不是一个毛头小伙子了。一场灾难一场悟，我想，我是到该对自己负责的时候了。总司令、老当家的，我爬了八十里山路，爬回抱犊崮，为的就是来向大家发表一个声明——我庄共和根本不是什么革命党人，更不是江北招抚使的特别助理。我只是一个阔少爷，只是孙文先生一个狂热的信徒而已。我向往革命，却又吃不了革命那份苦，受不了革命那份罪，何大鼻子的绳子一吊我，我就原形毕露，我就成了软骨虫。

林涛阵阵，山风飒飒。

庄共和的声音激昂——可是，我信仰三民主义，我真心实意想为共和粉身碎骨……

庄共和的声音哀伤——我是和张之老先生很熟，他却不要我。我许以重金，人家也不给我那个头衔。我为了在山上有个地位，得到大伙的尊重、奉承，我对大伙的误会、讹传采取了默认的态度。林小姐是知道我的，她为了照顾我的面子，不揭露我。但是，我知道，她很伤心，她盼着我自己卸下伪装。

铜钟。石屋。平展展的山顶。

庄共和的声音平静——今天，我断了一条腿，我残废了，我却觉得，我的人格站立起来了……

高大的银杏树。静悄悄的人群。

庄共和坚定地说，我要揭穿自己的虚伪，我要向老当家的致歉，我没有资格完成你的委托。

他泪流满面。

孙桂林说，庄先生，你真勇士也。

孙美瑶说，兄弟，你在我心目中没有倒下去，你真的站起来了。兄弟，留在山上吧，我求你了。

庄共和说，我是残废，我不能拖累弟兄们。另外，我要残缺着身体去追求真理和光明，因为我们的这片土地还处在黑暗中。我要回到南方，却不是再去恳求南方的国民党，过去我在南方没有白待那些日子，我惊奇地发现，为这个国家寻找光明前途的还有另外一支神秘的力量，而且我也是靠近过那片赤色的，我在讲习所任教员时，时时被那赤色所感动和激昂。我，有一种预感，也许不久的某一天，我会再回来，我会真的从那支神秘力量处带回一面赤色的旗帜，和你们打出一个真正的新世界。

孙桂林说，好哇，庄先生。我相信你有这个头脑和眼光，你有这个社会资源和人脉。我们在抱犊崮上等着你的归来。

孙美瑶说，那也得养好了伤，再从长计议。

一排排山洞，里边住着马子们。

秋天的阳光温和地照着一切。

拄着双拐的庄共和在山上漫步。

一个小马子端着尿盆走出来，他的眼里汪着泪花。马神从洞里追出来，揪住了小马子的衣襟，破口大骂——娘个锤，你哭个鸟？给老子洗洗脚就矮了你不成？

小马子说，团长，我是你的传令兵……

马神骂道，传令兵就得给老子端尿端屎、洗脚搓背。要不，老子毙了你。

小马子说，山规是不许长官这样干的。

马神恶狠狠地说，你还嘴硬？反了你了。

他狠狠地打了小马子一耳光。

庄共和气急败坏地拐过来，大叫，马团长，你怎么能这样子对待自己弟兄呢？你明摆着在违犯山规呀。

马神讽刺地说，嘿嘿，你狼嘴里插根筷子，装起象牙来了。

庄共和说，马团长，你这是军阀习气不改，你应该去跪戒板。

马神轻蔑地说，凭你？你算老几？就凭你这个吹大牛的假助理？

庄共和说，你、你……

马神哈哈大笑。

孙美瑶突然从一个山洞里出来，呵斥道，马团长，你也太放肆了。

马神不服气地说，他、他有什么权力管我？

孙美瑶说，他有。庄先生，从现在起，我正式委托你做我的监军。

庄共和说，总司令，我不行，真的不够格。

孙美瑶不容分说——不，你够格。庄监军，行使你的职权吧！

庄共和说，那、那好。马团长，对不起了，根据军纪碑第七款规定，你要跪戒板一天，是你自己去呢，还是派人押着你去？

马神反抗大叫，我不去，不去！

孙美瑶喊，来人，执行庄监军的命令。

第十章

从山顶垂下的号绳荡荡悠悠。

号绳上方，崮顶，有一口古老的铜钟。

一个干瘦矮小、戴一副水晶石眼镜、头顶紫缎瓜皮小帽、手拄文明棍的老头来到山下，带着两个随从。

他拽着号绳晃荡起来。山顶传来铜钟的鸣声。

一个马子出现在崮顶。

老头喊，槐花子（土匪黑话——姓黄）求见老当家的，讨几杯火山子（黑话，指酒）来喽。

马子不见了。

老头自言自语——自古绿林出天下，成者王侯败者贼呀。

孙桂林出现在崮顶。他朝山下看，却看不清楚来者的面容。

老头喊，孙兄，我是黄管呀。

山顶传音——黄管，真是你吗？

老头摘下瓜皮帽，头上有一条小辫子抖落，又细又黄，说，我乃黄小辫，孙兄。

山顶传音——真是故人，想死我了。

山顶荡悠悠落下一乘檀木小轿，是用一根钢丝绳系着的。显然，"上山轿"由方桌变成了真正的轿子。

黄小辫一个人钻进小轿，嘿嘿笑了——好讲究的马子哟。这来自官宦的马子和来自山林的马子就是不一样呀，大帅当年当胡子的时候，可是没有这份排场。

黄小辫喊，活窑（黑话，即上人）喽！

小轿启动，慢慢升空。

随从说，黄师爷……

黄小辫说，你们稍候片刻，我上去了，轿就下来。

新安装的三角木架、铁滑轮。孙桂林指挥着几个马子拉动钢丝绳。

小轿上来了。孙桂林上前，从小轿里扶出黄小辫。

两人互相搀扶着，端详对方。

孙桂林说，孙家遭难，你我兄弟分别，转眼二十余年了。

黄小辫说，苍天还是有眼，总算给忠良留了一条活路。

孙桂林很伤感。他扶着黄小辫向巢云观走去。

议事厅北头是三间粉饰一新的房子，此乃客厅。

门楣上的对联：君山迎贤朋，共图大业；天地有北斗，安定乾坤。横额：忠孝厅。

黄小辫由孙桂林陪着在厅里喝茶，两名随从站在他的身后。

孙美瑶匆匆从外边走进来，叫道，黄伯伯，你好吗？

黄小辫从阴沉木莲花宝座上站起来，又恋恋不舍地用两条紫云缎袖管抚摸着那雕刻着莲花的扶手，心里说，甲午还是很恋旧的。我在这个宝座上坐过多少日子呀。

黄小辫上前一步扶住孙美瑶，仔细端详他。

黄小辫说，甲午，你受苦了。

老头眼里滚出老泪。

孙美瑶问，我家遭难，黄伯伯一气之下离开曾家，不知又到了哪里？

黄小辫缓缓摇头，长吁短叹了片刻，说，一言难尽。

孙桂林说，凭黄管的才干，到哪里都是人上人。

黄小辫自嘲——给当官的做一个管家也算人上人？孙兄，我不比你，主仆一家，在曾府，仆再老再累也是仆。

孙桂林亲自为老友斟茶，问道，你是品茗高手，感觉如何？

黄小辫拿出积年的手段，舒心静气，轻呷一口，回味再三，然后又呷一口，气贯丹田，说，幽香奇特，茶中一绝，却又品不出是何处名品……咦，肯定是民间奇葩，虽不及成名者高贵，然而其甘醇、其韵味让成名者汗颜。

孙美瑶说，黄伯伯，你品茗品出了人间之道。

黄小辫说，人茶一理，万物同性。

孙桂林说，你喝的是抱犊崮上的檀芽，我亲手炮制的。

黄小辫说，君山，天下一奇也。虽言君山，却被坊间戏称为百姓神山。好像有一九曲唱本，徐州"拉魂腔"《抱犊耕安》，唱的就是明末才子、前朝遗少侯方域携才妓李香君抱牛犊在崮顶耕读三十年的故事。那位才子赐名抱犊崮曰君山。今日身处其中，看到漫山白芨乳香，更有十亩黄芪，倍觉其仙风龙骨，君临天下也。

孙桂林急切地看着黄小辫，想听黄小辫的下文，黄小辫却又不说了。

孙桂林问，黄管，你是京城第一号风水先生，好多王爷府的地脉皆出自你之慧眼，你说实话，君山是成气候的所在吗？

黄小辫说，气魄庞大无比，有帝王之灵脉矣。

孙美瑶一听此话，兴奋不已。他走过去，目光灼灼地看定了老头，问，黄伯伯说的可是实话？

黄小辫意味深长地看着孙美瑶，坦诚地说，贤侄，身在高山，仍念念不忘朝堂呀……

孙美瑶说，与其让一群贪官污吏、庸才小人盘踞官场，祸国殃民，倒不如给官场来一番大换血，让忠良之人去左右，那样，于国于民都是万幸。可惜呀，官场的大门忠奸不分，尤其让世人寒心的是，这大门似乎只对奸佞敞开。

黄小辫说，那倒未必……

孙桂林说，黄管，对君山，你还没有睁开慧眼。

黄小辫叹一口气，说，当年我曾给曾府看过一回风脉，说了八个字——王侯之气，乱世之根。准不准？为这事，曾申很不高兴，几次想赶我出府，碍于我是曾府三代管家，才没有下手。

孙桂林继续说，黄管的慧眼，京城是服气的，可是，你对君山，好像还有话……

黄小辫含糊其词——惜乎哉，龙落浅滩，难以翔宇。嘿嘿，姑妄言之，姑妄听之。我如今是一个生意人。

黄小辫嘿嘿一笑，低头品茗。

林间白雪皑皑。遛鸟的、吊嗓子的、打太极拳的散布各处。

林主席虽然化了装，上唇贴了日本式的仁丹胡，穿一身高级丝绸日本和服，仍旧怕人认出来，又戴上一副墨镜。

他在打一套太极拳。

旁边，徐中玉操控下的山东国术馆的馆长也在打拳。

两个人各打各的，谁也不搭理谁，但又不时互相使个眼色。

馆长先开了口，问，先生，你打的可是北海道式的太极拳？

林主席说，看来你对东洋太极拳也有研究。

馆长回，皮毛而已。

林主席问，那边有什么动静？

馆长说，有一件事很有嚼头，他新交了一位朋友，南洋富商，叫上官云良。

林主席一激灵，问，上官？

馆长说，这位富商很神秘，有极高的武功，人却又一派斯文。他俩交往甚密，富商的一个小个子随从来这里三四回了。

林主席点点头，默然不语。

馆长说，我感觉此人是冲着你来的。前几天，那小个子又来了，我借故进去，只听到了他说的一句话——迟早我会抓住老狐狸的尾巴，叫你老板莫急。我进去，他们又什么都不说了。你、你要当心防着。

林主席又问，那位富商什么样子？

馆长说，一脸官相，眉宇中间有一颗红豆佛爷痣，一把大绢扇从不离手。

林主席笑了，说，装猫变狗，什么上官云良……你走吧，三天后，瑞蚨祥钱庄你的户头上又会增加一万元。

馆长收了架势，在林子里转悠了一圈，走了。

黄小辫和孙桂林在大雪覆盖的山谷间漫步。两名随从紧跟身后，一名随从提着一个皮包。

黄小辫说，甲午有经纬之才，乱世之时，理应顺乎天意，干一番大事业。

孙桂林说，高举义旗，惩贪安民，还不算大事业？

黄小辫干笑两声，说，再大，也不过是草民造反耳。

孙桂林的手背上落了一只小黄蜂，他把它放在手心里，托着它，直至它飞走。

孙桂林问，依黄管看，当今中国，谁干的是大事？

黄小辫说，南，孙文。

孙桂林很激动，拉住黄小辫说，黄管说得好呀，孙家军眼下还戴着一顶马子帽，却是卧薪尝胆，专等孙中山北伐军一到，即投奔麾下，为共和大业献出一腔热血。

黄小辫又说，惜乎哉，据老朽所知，孙家军此乃一厢情愿而已。至今，孙中山的江北招抚使还不愿承认你们。他对你们的暗杀行为耿耿于怀，早就把你们打入了土匪的另册。无论你们怎么做，都不会让他改变心意的。

孙桂林有点急，磕绊着说，那、那真正岂有此理！这个江北招抚使是干什么的？

黄小辫说，他奉行的是利用主义，他只相信实力。

孙桂林急切地说，抱犊崮新近接收了中兴公司五百名窑汉、黄泛区七百名饥民，实有兵力两千五百三十八名。又从德国购入新式步枪三千、机关枪二十挺、蔡司望远镜十套。这等实力，难道还不能入南边之眼?

黄小辫讪笑,摇头说,你们的实力即使比起最小的军阀,也还是小股匪民耳。

孙桂林说,如果只看有多少人马几多枪炮,那还奢谈什么三民主义,还叫什么革命党。

黄小辫步步紧逼,说,况且,南方如今的日子也不大好过,内讧、叛变,把他们搞得焦头烂额,北伐什么时候再起烽烟,还很难说。

孙桂林更加忧心忡忡,问,好一个生意人,什么国家大事你都了如指掌……黄管,你说了南,北又如何?

黄小辫说,北,张大帅也。什么吴佩孚,什么曹锟,什么曾申,比起张大帅来,简直是一群鸡。中国,将来必定是张姓天下。

孙桂林再问,黄管,张大帅比孙中山如何?

黄小辫说,孙文只是一个理想主义者,在中国,眼下需要的是铁血将军。

孙桂林说,黄管,你不是一个生意人。

黄小辫干笑。他的笑犹如脑后那条干巴巴的小辫子,毫无营养和水分。

两个管家多年后的会面是如此让人唏嘘。他们一辈子都在为着他人做嫁衣裳,在乱世的夹缝里寻摸着活路,连出路都算不得。

黄小辫无奈直说,孙兄的眼好毒。如今我是张大帅的少将参议。

孙桂林揶揄道,却还留着一条小辫。

黄小辫并不在意,说,孙兄,谈古论今我比不上你,我还是喜欢说实在的,我给你带来了一样东西。

他从包里掏出一张委任状,交与孙桂林。

宋记者从卫生间出来,浴罢的她慵懒、娇媚。

她身穿艳丽的内衣,斜躺在沙发上。

女人说,你弄疼了我……

男人笑眯眯地看着她。

女人说，看来你是胸有成竹呀。

男人说，我要为曹大帅竞选总统锦上添花，我还要打出连环牌，拔出萝卜带出泥。

女人给了男人一个媚眼。

男人说，你不要以为我只是床上功夫高人一等，嘻嘻。

女人咯咯笑了。

男人问，我送你的京城房子还满意吧？

女人噘起了小嘴巴。

男人过去搂住了她，嫌弃着女人的贪婪，说，你总不能去和几个老头子比吧？

女人胃口很大，淡淡地说，我懂，还行，我等着你去哩。

男人说，那套房子可是属于我独有的，曾申……

女人说，你一千个放心。

男人拿过一份《政府公报》。大标题——《六旅重创马子军，华莱士巧计坑孙匪》。

男人说，洋人也会吹牛，老头子山，充其量和孙美瑶打了一个平手……

女人说，这就相当不错了。听说曹大帅高兴极了。华莱士回国了，去招选军官顾问团，还要为大帅采购新式武器。华莱士夸下海口，绝不让孙美瑶吃上明年的麦子……

男人说，也许用不着华莱士的军官顾问团了……让曹大帅看我的……

黄小辫拉开了皮包，从皮包里抖出一面黄绸委任状——

兹委任孙氏桂林为东三省陆军少将参议……

东三省保安总司令　张作霖
中华民国十一年十二月十日

黄小辫把委任状交与孙桂林。

孙桂林两只手拎着委任状，面庞上是淡淡的笑容。

黄小辫试探地问，如何，愚兄够哥们儿吧？

孙桂林说，谢谢。

说着，他又把委任状还给黄小辫。

黄小辫急忙说，张大帅对众位弟兄皆有委任。

他又从皮包里掏出许多委任状，说，这一张是给甲午的，你看看。

委任状——兹委任孙氏美瑶为东三省陆军山东独立旅少将旅长……

黄小辫说，你们接受张大帅收编以后，仍旧驻扎山东，国军服一穿，曹锟、吴佩孚，谁还敢欺负你们？凭着你们的实力，又有张大帅做后台，在山东打扫出一块地盘那是毫无问题的。

孙桂林并不去接那些委任状，他说，黄管，你给张作霖出力不小呀，这步棋走好了，张作霖的腿就伸进山东了。

黄小辫说，牵线说媒，为两家好。

孙桂林不客气地说，黄管，今晚我给你饯行，明早我送你下山……

黄小辫语气有些不快，说，老朋友，我为你们可谓用心良苦呀……

孙桂林不容辩解，干脆利落地说，谢谢你的好意。所议之事恕难从命。

黄小辫说，不，我还要看看甲午的意思。我对得起贤侄，给他找到了最好的归宿。

孙桂林坚持说，这事我说了算。

黄小辫说，我知道……所以，张大帅说，收编成功，还要赏你黄金千两。

孙桂林说，张大帅出了一个好价钱。

黄小辫说，张大帅看好了，他要想进关，想打天下，就必须在关内找到人马，孙家军是最好的。张大帅很讲义气，他说，你告诉孙美瑶，我张作霖也是马子出身，他投了我，我不会亏待他。你带点见面礼去，小意思。机关枪五十挺，长枪一千支，子弹五万发。孙兄一旦同意收编，武器即刻有人送到。怎么样？孙兄，走下抱犊崮，脱下马子服，打出奉军旗，齐鲁便有孙家军的一方地盘了。

孙桂林心里澄明，他的意志力比孙美瑶更加坚定，孙美瑶的摇摆来自对官场的执念、对盛名的渴望，他性格中的冲动和刚愎自用都成了他的拦路虎。这一切孙桂林都看在眼里，他知道他拦不住孙美瑶，但是想尽可能地为孙美瑶阻挡一些诱惑。

孙桂林说，孙家军非孙文不投，非共和不靠。

黄小辫笑问，孙家军怕也不是铁板一块吧？

孙桂林说，如果只想做官，甲午和我是不会造反的。孙文纵有千般不足，但毕竟是他推翻了中国大地上的最后一个封建王朝，足矣。我孙桂林就从心里尊他为大总统，就铁了心领着两千五百名孙家儿郎投奔他麾下。张大帅虽然也是北洋政府的大帅，是国军，可是，北洋政府是挂羊头卖狗肉，是复辟皇帝袁世凯的一脉。我们宁愿继续当土匪，也决不投向北洋政府。

孙桂林感觉自己被说到了痛处，根本顾不得情谊，唯恐黄小辫会乱了孙美瑶的心和抱犊崮的军心。他说，黄管，不要怪老友不客气，你现在就必须离开抱犊崮。

两名随从拔出枪，护住了黄小辫。黄小辫拨开他们，让他们收起枪。

黄小辫嘿嘿笑了，说，怕只怕黄某答应了，甲午他们却不会答应。

孙美瑶和马神、狗肉张等头领恰好这时走来。

马神说，黄参议，总司令对你提出的条件很动心。

孙美瑶心里很乱。他想阻止马神，却只能说，马神……

孙桂林狠狠地瞪了马神一眼，说，这等大事，你也能拿主意？

狗肉张也狠狠瞪了马神一眼。

黄小辫说，马神是我的旧识，他离开冯玉祥后，投奉军干过几天……老友，得罪了。

孙美瑶说，黄伯伯，咱们回客厅去吧，有些事情还是应该认真谈一谈的。

狗肉张的嘴巴张了几张，欲言又止。

孙桂林拂袖而去。

林主席离开女人去打电话。

女人涂着红脚趾。

林主席说，中玉兄，我是……听出来了，几日没有问安，督军大人生气了……

徐中玉在接电话。

车耗子在电话旁，竖尖了耳朵。

徐中玉说，咱老徐知道主席大人忙，给曹大帅办事能不忙吗？嘛事？

林主席拿着话筒说，也没有什么大事，问候问候，以后咱们还是要多走动走动，多沟通沟通。这回，我就是想着有一个好的开始……

徐中玉在电话里问，主席大人要去黄河安抚灾民？好事呀，主席大人应该发发善心了，哈哈，别天天风流，也是一大把老骨头了，哈哈，玩笑。后天去？十九日，三、六、九出门大吉大利哟。主席大人，你准备去哪一段呀？

林主席抓着话筒，很轻松自然地说，我准备去……

女人跳过来，一把捂住了他的嘴巴。

林主席推开她，继续说，我准备到章丘段，那一段受灾最重……督军大人，以后弟兄们都别听外边瞎传，林某一介穷儒，还是要靠督军来保一方平安，以及身家性命的，哈哈。中玉兄真会玩笑。你也一块儿去吧，散散心……噢，既然中玉兄还有要务，我也就不强邀了。

林主席放下了电话。

女人急切地说，你不怕徐中玉他、他……

林主席气定神闲，安抚道，宋小姐，你就不必杞人忧天了，徐中玉毕竟还是政府官员，他再恨我，也只是一种政治斗争。政治斗争有一种规则——可以争权，却不能夺命。

女人反应过来，说，不，你肯定有鬼八卦……

炉火熊熊。

众头领都来了，人人手里都有一份委任状。

拄着双拐的庄共和把他的委任状送回了黄小辫手里。

狗肉张也把委任状送回了黄小辫手里。

马神说，总司令，投吧，天上掉的肉饼谁不吃？嘿，祖坟上冒起青烟了，闹了个官军的中校团长。

孙美瑶去看孙桂林铁青的脸。

狗肉张说，总司令，咱琢磨着这事不大对劲吧……张作霖不也是大军阀吗？咱孙家军和军阀做对头不是一年两年了，百姓叫好，弟兄们也干着舒服。怎么，一觉醒来，咱们也成了军阀？

马神不耐烦地说，狗肉张，你个杀狗卖肉的，大事不懂。

狗肉张反问，咱是杀狗卖肉的，是不如马团长明白，可是，马团长也在奉军混过，咋又不干了，当了马子？

马神毫不客气，他就是不尿狗肉张，特别是对方被提成副司令后，他看着狗肉张就来气，骂道，傻瓜，你是想叫儿子也当一辈子土匪？

狗肉张说，张作霖算什么东西，天下就是叫他们几个人搅乱的。咱狗肉张宁愿叫儿子干一辈子马子，也不叫儿子投张作霖，千人骂万人戳的。

黄小辫说，你是张副司令吧？老弟此言差矣。张大帅如今乃堂堂中华民国之东三省保安总司令、奉天省省长。

孙桂林说，甲午，你别忘了，张作霖可是北洋政府的大官儿呀。

一直在客厅里踱步的孙美瑶抖开了大绢扇，扇着风，一言不发。

他走出了客厅。

一直站在客厅外面的林室雅跟上了他。

客厅里在继续争吵。

孙美瑶走在前面,林室雅跟在后边。

林室雅说,如果知道你早晚要当一个小军阀,我何必留在山上,我还不如回京城去,去当大军阀的小老婆。

孙美瑶说,室雅,我的心很乱……

林室雅说,美瑶,到陵园去走走吧。几个月前,你才刚刚埋了一百零三个弟兄,他们可都是被军阀杀的呀。

孙美瑶说,我、我不去,不去……

林室雅径直走到前面去,孙美瑶默默地跟着她。林室雅走进了陵园,孙美瑶也跟进了陵园。

抱犊崮的雪是最美的,它一片片一粒粒,晶莹得透明,洁白得没有丝毫瑕疵。它覆盖着那些百姓的坟墓,坟墓里安葬着一个个卑微的灵魂。他们也是一片片洁白的、抱犊崮的雪花,晶莹得没有一点点瑕疵。

林室雅说,我和你都是陈独秀先生称呼的新青年了,总不能让自己再回到已经复辟了旧王朝、仍旧是一颗腐朽灵魂的政府里,去做一个臣子吧?况且,你还要率领着两千五百个新青年,和你一块儿……

孙美瑶半天不作声。

林室雅低声说,你去吧!我也回到林文山的家里。

孙美瑶从心底发出了痛苦的挣扎声,他叹息着,好像是身不由己地扑通跪下了,跪在了马子们的坟墓前。

他呻吟着——我好疼……我如果那样决定了,弟兄们的血是不是就白流了?啊……

客厅里吵成一锅粥。

马神站在了椅子上，大叫，弟兄们，听我说几句，反正咱们又不去东北，还在这里闹腾，挂个空名，打个旗号，有钱花，有官做，又摘了马子帽。老当家的，这是一笔好账呀。

几个头领齐叫，什么军阀不军阀的，总比马子名声好吧？

狗肉张大喊，弟兄们，孙中山才是正宗……

几个头领围住了狗肉张七嘴八舌——孙中山哪一辈子来？等白了头发……老当家的，你别糊涂了。

庄共和气急败坏地举起了一根拐杖，大叫，众位，军阀祸国殃民，比马子还不如。咱们宁可当马子，也不能投军阀呀。你、你这个军阀的说客，我、我打你……

他举着一根单拐，拄着一根单拐，要打黄小辫。

两名随从打飞了他的双拐。

孙桂林急忙扶住了就要扑倒的庄共和。

孙桂林怒斥随从——这里是抱犊崮，不是奉军大营。

黄小辫笑嘻嘻地叫两名随从站到身后去。

黄小辫说，庄先生，你可给诸位弟兄带来了孙中山的委任状？耍嘴皮子没有用。

庄共和说，你……不看你是孙家故交，我早就杀了你这个军阀说客。

马神说，庄先生，你别吹牛，你不是还要杀了华莱士吗？哈哈……

几个头领跟着哄笑。

庄共和的神情痛苦不堪。

孙桂林说，马宗山，下来好好议事，别太放肆了。

众头领乖乖地坐回各自的座位。马神也跳下椅子，坐下。

狗肉张说，黄先生，你走吧，我送你们下山。

黄小辫说，我不会走的，抱犊崮还轮不到你当家。

孙桂林说，抱犊崮我当家，你走吧。

黄小辫说，抱犊崮你也不当家，我听甲午的。

一冢冢新起的坟头，鲜黄的土。

一块块无字碑。

坟头上压着坟头纸，有的纸被风刮到坟下，林室雅将其重新展好，用石块压住。

孙美瑶学着她的样子，默默地整理着坟头纸。

两个人抚摸着无字碑。

她说，为了这些无字碑，你就不能去投张作霖。

他说，不，如果我去投张作霖，也许就是为了这些无字碑。

她说，军阀还能在中国的大地上存在几天呢？共和乃是历史潮流。

他说，道理我是明白的，可是……

她温柔地说，我懂你的心，它很苦，它很委屈。

孙美瑶的面庞上挂着两颗泪珠。

她说，可是，在我的心目中，孙美瑶历经人生苦难，应该成为新世界的英雄。

他说，我不配，真的，我知道我自己。

她说，不，我的眼睛没有错。

他痛苦，他想摆脱女人的倚重，他认为各色人等都在争夺他的灵魂，他被逼仄于黑暗中，无路可走。他说，我觉得前面没有路……黑洞洞，野茫茫……

她说，皇叔是一个很有信仰很有定力的人，你应该听他的。

他挣扎着问，咱们身在曹营心在汉不行吗？

她说，美瑶，军阀是曹营，马子也是曹营，我、我宁愿让你身在马子这个曹营……也许，我没有资格这样要求你，可是，你在我心中的分量真的很重……很重。

孙美瑶握住了林室雅的双手。

两道目光在对流，在纠缠。

孙美瑶感觉自己很软弱，他想拥抱林室雅，从她的身上汲取力量。

林室雅轻轻地推开了他。

她说，看到你要投军阀，我什么情绪都没有了。

孙美瑶呆呆地看着林室雅。

她说，对不起，我的心灵上插满了他们的刀子……你要真的当了小军阀，美瑶，我会……再也不想看见你。

美瑶看着女人，不明白她为什么不顺从他，他说，室雅，这应该是两码事。

她坚定地说，不，作为女人，我这辈子怕是再也不会接受一个贪官污吏，以及他们的后台。

孙美瑶苦笑着说，有朝一日孙美瑶进了官场，也绝对是一个清官。

林室雅摇头。

和孙桂林一样，直觉已经告诉了她答案，而过往的际遇更让她有着刮骨的痛。她说，我的父亲，年轻时也是一个非常正派的读书人，进了封建官场后，身不由己，一步步变成了这个样子。老百姓有句俗语——当了驴，白肚皮。

孙美瑶说，我是绝对不会的，我会身居污泥而一尘不染。

林室雅淡然一笑，说，美瑶，投不投张作霖，当然是你拿主意。不过，你投靠军阀之日，也就是我离开你之时。

孙美瑶双手扶着林室雅的肩，拼命摇晃她，问，为什么？这是为什么？

林室雅一时间泪水满腮。

孙美瑶在吹铜箫，吹出一曲哀伤——

有朝一日，我一定在官场里干出个样子让室雅看看。自古以来，再昏暗腐败的官场，也会有为民请命的海瑞、惩贪除暴的包拯。可是，室雅真的恨透了官场，在她眼里，"洪洞县里无好人"……

孙美瑶心里的痛涌动着。

狗肉张领着一个年轻人爬上山来。

父子俩站在孙美瑶的身后。

箫声呜咽。

狗肉张说，总司令，如果你打定了主意，那就投吧。

孙美瑶止住箫声，问，张副司令，你想通了？

狗肉张说，总司令的学问比我不知要大多少……总司令的主意也许没错……不过，我要领着儿子下山去。

孙美瑶问，你不想去当个上校副旅长？这可是你祖宗积的阴德。

狗肉张说，我想回家再卖狗肉去。我从小听书听唱戏，知道有一个宋江，黑了良心招了安，害了众弟兄，自个儿也没落个好下场。我从骨子里恨透了宋江，不光我，老百姓没有一个不恨宋江的。

孙美瑶不说话了。

他挥挥手，让张氏父子下山去。

孙美瑶、孙桂林、林室雅、庄共和等人宴请黄小斆。

黄小斆的随从站立其身后。

孙美瑶为黄小斆把壶，林室雅为黄小斆斟酒。

黄小斆干了那杯酒。

孙美瑶说，黄伯伯，我让您失望了。

黄小斆不和孙美瑶说话，却去和林室雅攀谈。

黄小斆说，林小姐，你对孙文可谓忠心赤胆呀。

林室雅苦笑说，不瞒您说，我并不是南边的人，我倒是真正在军阀营垒中待过……

黄小斆问，那为什么你让甲午放弃这么好的人生机遇？

林室雅说，黄老伯，我哪有什么力量让司令放弃，是他自己做出的选择。

黄小斆只好干笑，只好喝酒。

孙美瑶说，也许孙家军混不下去的时候，我还会去找黄伯伯。

黄小斆说，那时候孙家军就不值钱喽。

孙美瑶自己干了一杯酒，说，还请黄伯伯海涵。人在江湖，身不由己呀。

他招了招手，有人拿来了一方尼砚，孙美瑶亲手把它呈给黄小辫。

孙美瑶说，黄伯伯，您是老书家，这方砚台是从孔夫子诞生地尼山采来的。小侄没有别的送您，只有这方砚台。书生人情纸一张呀。

黄小辫把玩着尼砚，爱不释手，说，甲午，我懂，它是砚中珍品、极品。

孙桂林说，老兄弟，别怪我无情……

黄小辫说，还是甲午好，仁人君子也。

小轿放在绝壁边缘。

孙美瑶、孙桂林等人送黄小辫下山。

孙美瑶亲自把黄小辫扶进小轿，为其系好保险带。

孙美瑶说，黄伯伯，今日一别，不知何日再能相见。

黄小辫老泪纵横，说，甲午，你是伯伯看着长大的，我和你爹爹虽说是一仆一主、一贱一贵，却是书友、茶友。你爹爹是好人、好官，他会保佑儿子有一个好前程的。

孙美瑶说，黄伯伯，我不敢想前程……

黄小辫说，你要干腻了马子，和伯伯说一声，咱爷儿俩寻一处世外桃源去。

孙美瑶无奈地说，黄伯伯，乱世之中，世外桃源又到哪里去寻？

黄小辫说，甲午，伯伯告辞了。

小轿颤悠悠下坠。

孙桂林用古钱占卜，占的是"六爻卦"。孙美瑶坐在一旁。

孙桂林连摇三回。

孙桂林说，甲午，三次皆大凶，你不能去。

孙美瑶来回踱步。

孙桂林说，抱犊崮不能出事。咱们的上策还是守山养兵，静候王师。

孙美瑶不语。

孙桂林说，瞅机会绑了赵四爷的肉票倒是干得。他是咱们的死对头，和曾申、姓林的狼狈为奸，最近他又联络了临沂百名乡绅签名，给曹锟抬轿子。敲他一百万如何？

孙美瑶说，赵四爷这个肥票当然要搞定……不过，这一回也不能放过姓林的，机会太难得了。

孙桂林说，我是担心……

孙美瑶说，皇叔，姓林的祸国殃民，一天不除他，这块心病就一天压得我喘不过气来。我还没有本事灭了曾申，先灭了他的第一干将林文山，也可稍解心头之恨。曾申和林文山于我，都是国仇家恨，一天不报，非人也！

孙桂林说，叫黑熊和耗子还有那个甲午子去一趟如何？

孙美瑶说，"上官克星"从来都是他替我去当，这一回，我想亲自赴汤蹈火。

孙桂林说，太冒险了。

孙美瑶说，皇叔，咱们干的就是山水买卖。

孙桂林说，这事你还是要和林小姐说一声……

孙美瑶说，这是应该的。

林室雅的卧房。

林室雅正在弹奏着古筝。

孙美瑶进来了，他带着那管铜箫。

林室雅继续弹奏。

孙美瑶站着为她伴奏。

啪！古筝的一根弦突然断了。

林室雅颓然而坐。

孙美瑶双手扶着她的肩头，安慰说，弦断花谢，不过是一种自然现象，你如此达观之人，怎么突然脆弱起来了？

她的纤纤双手按住孙美瑶的双手，感受着那双手的温度，说，我也不知道为什么，最近一段日子，我会莫名其妙地伤感，会不由自主地空虚……

他欲言又止——也许……

她说，美瑶，你说呀。

他说，女人的心，男人是无法说得好的。

她问，你从来不到我的房间里来，今天来了，必有大事，是不是？

他说，今天我来，是想和你商量一件事。

她说，你、你不要说了，我知道是什么事。

他惨笑着说，也许，我太不近人情，可是，我没有办法。

她身体僵直，冷成冰块。

他说，你若是不同意，这事我就不干了。

她梨花一样惨白的面庞挂满泪珠……

他说，他毕竟是你的亲生父亲。

她问，你的机会真的来了？

他说，是的。

她说，我一直祈祷苍天，千万不要给你一个这样的机会……因为，我太难面对那种结局了。可是，我又盼着上天早一点给你机会，因为我知道你多么看重它。

孙美瑶把林室雅揽在了怀里。

他心疼地说，你是天底下最好的女人，你又是天底下命最苦的女人。

她说，我怕，我不敢表示任何态度。

他说，室雅……要不，我不去了。

她说，多行不义必自毙，让他自行消亡不好吗？

他说，那这个世道还有天理吗？

林室雅慢慢推开了孙美瑶，说，我知道，即使我反对，你也会去的。

他说，他毁了你的一生，他毁了多少人的一生，他是禽兽，他……

她凄厉地叫道，你别说了。

孙美瑶怯怯地面对着林室雅。

她说，可是，我的血管里流着他的血，我的亲娘还指望着他生活，他在官场里活得也不痛快，也许，许多事情并不是他的过错……

他语气变了，他理解她的痛苦，但是他的底线不容许他犹豫。他冷冷地说，林小姐，我还没有忘记，那次你说过，要给我带路的……

林室雅悲哭起来，边哭边说，他是该死，可是，他不应该死在你的手里。

他却问，如果我死在他的手里呢？

她说，你走……我不愿意再看到你了……你别问我，我什么事都不知道……孙美瑶，你有本事去杀曾申呀，他的官比我爹爹的大，他做的坏事比我爹爹的多，他害我比我爹爹害我惨，你去杀他，我会给你带路的。

他说，林小姐，那、那就得罪了。

孙美瑶拂袖而去。

林室雅倚在门框上悲哭。

林主席正在打一个电话，宋记者风尘仆仆地走进来，把电话按住。

她把一摞《万国时报》放在林主席的写字台上。

宋记者说，看看吧，我的主席大人，你的宝贝女儿又给你惹祸了。

林主席急忙翻起了那些报纸。

《万国时报》标题——

《曹国舅独占三处王爷府，曾申挪公款孝敬恩师》。

《曹大帅扶傀儡曾申上台揭秘》。

《曹锟扶曾申上台，曾申谢曹锟万金》。

……

林主席让报纸从手中滑落，他不相信地问，都是我女儿写的？

宋记者捡起报纸，指着作者的署名给林主席看。

林主席突然大叫，不，不是她写的。第一，她早就离开了上海，如今，她在抱犊崮上。

宋记者说，这不是理由，他们可以把稿件送到上海。

林主席说，第二，室雅是一个心肠很软的女孩子，我知道她，只要有一条路，她也不会把事情做绝。

宋记者说，这更不是理由……

林主席说，第三，这些蝇营狗苟，她根本不知道，那时候，她还没有嫁给曾申，她还在济南念书。

宋记者默然一会儿，说，也许，这是洗清你女儿的有力证据。

林主席说，我马上给曾申打电话。

宋记者又一次按住了电话。

宋记者说，没有用的。也许，是南边的人假冒林室雅的名字炮制的这些文章，也许，曾大总理也明白这一点，可是，曹锟不明白。曹锟大骂曾申——你那个小婊子要毁了我的大事，在这种时候她、她是向我捅刀子……不管用什么法子，你也要把她弄到京城来，要活的，让她在京城写文章，说她在南边说的全是放屁，是南边的人逼她干的。曾申让我把这些话捎给你，限你半月之内把林室雅弄到京城，不管用什么法子。弄不去，就叫你把自己绑了，去见曹大帅。

林主席跌坐在沙发上。

他目光呆滞，喃喃自语，语无伦次——我、我惨淡经营……如履薄冰，好不容易转危为安、时来运转，想不到，厄运又降，这一次，我是躲不过去了……我能有什么法子？剿山，不行。谈判，无用。派人去劫？笑话，我能从虎口拔出牙来？

他两只手抓住宋记者，眼巴巴地看着女人，说，救救我，给我想个法子……你有本事……我求你了。

女人显然在思索着什么。她任凭男人摇晃、哀求而一动不动。

女人突然说，你不是说已经拟好了一个绝妙的计划吗？我想，如果那个计划实现了，你也许还有路。

男人陷入了沉思。

林室雅面对黑熊而立。

林室雅说，黑熊，你……我求你了，你可要小心保护好他，他必须好好地回来。

黑熊点头。

悲风萧萧，大雪纷飞。

孙桂林独自一人，送孙美瑶、黑熊还有一名用黑布蒙面的马子下山。

林室雅满面泪水地遥望孙美瑶的身影。

车耗子匆匆赶来，问，总司令，为什么不带着耗子去？耗子没有做错事呀。

孙美瑶说，耗子……

孙桂林说，不叫你去自有不叫你去的道理。

车耗子不从，说，说啥我也要去的。

孙美瑶问，皇叔，耗子的孩子你给他起好了名字没有？

孙桂林说，起好了，叫君男。

孙美瑶说，好名字。咱抱犊崮的第一个二代呀。耗子，君男生下来了，你得守着春兰。

车耗子挣扎着说，总司令，孩子有春兰，照顾春兰有林小姐，我耗子留在山上没用，跟着你去干活才有用。

孙美瑶呵斥——这是命令。你都是团长了，还那么自由散漫。

车耗子哭了。

车耗子走近黑熊，说，司令我就交给你了，黑熊，你可要小心。

孙美瑶把车耗子拉到一边，给了他一样东西，又叮嘱了一些话。

孙美瑶等三人上马，飞奔下山。

孙美瑶、黑熊等三人骑马在蛇道上行走。

孙美瑶的马停步长嘶。

233

林室雅拼命向崮顶攀去……

一身素白的林室雅站在崮顶，望着蛇道上的人马。

她的耳畔响起铜箫声。

她泪眼模糊。

车耗子突然爬上来了。

车耗子把一张上海汇丰银行存单交给林室雅，说，总司令临下山时让我送给你的，这是他几年来应得的份银。

林室雅拿着存单落泪。

车耗子说，总司令说，不管谁杀了谁，他都让你离开抱犊崮，到上海去过一种正常人的生活。

林室雅痛苦万分地低声喊，美瑶！

林主席在写字。

大大的一个"静"字。

林主席接受二姨太的按摩。他四肢舒展成一个大字。

一双纤纤素手在男人的肉体上揉弄……

林主席发出轻微的鼾声。

梦境中，南方的小桥流水，弯弯的月亮，弯弯的小船，一个男孩坐在小船上，托腮看着水中月光……突然，小桥断裂，残垣向小船砸下。

林主席惊叫一声，坐了起来。

女人问，老爷，你怎么了？这几天，你一个劲做噩梦。

男人淡淡一笑。

男人问，我交代你的几件事都记住了？

女人回，记住了。

男人说，你给我说一遍。

女人说，十九日那天，老爷如果不回家，我即刻带上这个家里的全部存单，连夜到上海，去静安街29号找一个姓林的男人，他会帮着我逃到香港，我在那里等候老爷。

男人点点头。

女人问，老大、老三，还有别的女人，你是不是也做了这样的安排？

男人不耐烦地说，我不必事事向你交代吧？

女人说，我明白，老爷……可室雅终归是你的骨血。

男人冷笑，无情地说，也是她断送了我……

男人从床上跳下来，穿着浴衣，活动着四肢。

男人狠狠地掷出一句话——一切的一切在此一举了。

帆船上。孙美瑶一身富贵装束，站在船头。

黑熊、侯八分别是保镖和随从装束，分立两旁。

帆船向不远处的火轮驶去。

人生走到这步田地，冒点风险倒是没什么可怕的了。人在江湖，身不由己，一切都是天意……孙美瑶被快意恩仇蒙蔽了双眼，他感知不到陷阱正张着血盆大口等他。

帆船靠近火轮。

侯八说，船上的先生请传一声，我们老板想见见林主席。

火轮上，秘书模样的人说，林主席不在这里。

帆船上，侯八说，你们旗子上明明写着"主席赈灾"嘛。

火轮旗上大字：主席赈灾船。

林主席走出船舱。

孙美瑶眉弓上的佛爷痣抖动了几下。

林主席一脸平静地问，这位老板从什么地方来？找林某有什么事？

林主席也看见了那颗红豆佛爷痣，但他的表情神态没有任何变化。

孙美瑶说，主席大人，鄙人姓杨名程，祖籍黄河岸边，如今在南洋行商。看到林主席亲临故土赈灾，心中十分感动，便萌生了一个念头，想捐上几千大洋表表心意，所以打扰了。

林主席赶忙说，哎呀呀，杨老板爱土爱民，其情也感人，请到我的小船上一叙如何？

孙美瑶说，那、那实在是高攀了。

火轮上便有人把跳板搭上帆船。

孙美瑶嘱咐侯八——看好了，在船上等我。

侯八不放心，但也没有办法随从，只得说，您……自己警惕。

火轮另一侧在发放赈灾物资，灾民依次有上有下。

这侧，孙美瑶和黑熊从搭板上船。

黑熊左手提皮箱，右手直垂，两手都戴着白手套。

林主席恭立船头迎接。

林主席和何旅长宴请孙美瑶。

客套酒喝过，孙美瑶在两人面前打开了皮箱，里边全是大洋。

林主席贪婪的目光闪烁着。

孙美瑶说，一点点小意思，救不了多少灾民的。

林主席说，哎呀呀，让您破财了。杨老板，我代表黄河岸边的父老乡亲谢谢您了。

孙美瑶吩咐黑熊——你把皮箱给林主席送过去。

林主席宴请孙美瑶，用的是古人的旧制：一人一张小桌，分席而坐。

黑熊提着皮箱，向正中酒桌后边的林主席走去。

林主席指着何旅长说，何旅长，你替我去接了那大洋。

何旅长站起来，把林主席挡在身后，迎着黑熊而立。

黑熊还想绕过他，何旅长左右拦挡，而林主席身后的两名保镖也向前跨了一步。

何旅长心里说，这小子就是那个黑熊，在老头子山和老子较量过的……林主席，你走的这步棋好悬哪。

黑熊低头不去看何旅长。

孙美瑶发话——把大洋交给这位先生也行。

黑熊只好把皮箱交与何旅长。

三人又开始饮酒。

林主席说，做商人好哇，发财易如反掌。

孙美瑶说，林主席，在中国，真正的商人是发不了财的，要发财，先做官。

林主席认可，他说，有些意思。不过，如今做官风险太大。

孙美瑶说，是呀，宦海风险莫测，听说如今还有马子、杀手专门和贪官污吏作对。当然，林主席清廉如水，不必担这个心。

林主席说，林某做官讲究一个良心，讲究一介书生本分，因此政声尚佳，民心归依。

孙美瑶端着酒杯站起来，想过去给林主席敬酒。

何旅长却抢先一步，走过来给孙美瑶敬酒。

孙美瑶和何旅长共饮。

林主席说，何旅长，赵先生应该来了，他不能不敬杨老板一杯酒呀。

林主席话音还未落下，赵四爷推门而入，他的身后还跟着十几名灾民。

赵四爷大声说，哎呀呀，我来晚了，灾民们听说来了一位大善人大财主，都要进来讨一块大洋哩。

林主席说，我先介绍一下，这位就是南洋富商杨老板。赵兄，你自我介绍吧。

赵四抱拳说，鄙人赵四，临沂一介草民。

他上下打量孙美瑶，哈哈大笑。

赵四突然说，什么南洋富商，你不就是抱犊崮上的马子头孙美瑶吗？

空气瞬间凝固了。

何旅长拔出了枪，叫，来人！

马上又有十几名"灾民"拥进来，手持长枪围住了孙美瑶和黑熊。

孙美瑶的佛爷痣抖了几抖。他打开绢扇，黑熊甩下钢爪上的手套。

赵四带来的"灾民"围住了林主席，保镖和何旅长更是形成一个三角，护着林主席。

形势显然是危急。

孙美瑶用绢扇制止了黑熊，不让他出手。

孙美瑶说，林主席，你挺有心计的。

林主席眯着眼说，我知道你早就想杀我……可惜哟，你的道行浅了一点。

赵四说，孙大马子，还动手不？你在山上有百人熊字团，我也有八十八名狮字队，今天，他们一个不少，都来了。

孙美瑶大声说，今天我输了。

黑熊猛地发出一声吼叫，摆出决斗的架势。

孙美瑶很平静，他说，黑熊，今天林主席行的是善举，咱们别冲了人家的美意。

黑熊收了架势，十分痛苦的样子。

林主席说，孙先生，得罪了。

几人上来绑了孙美瑶和黑熊。赵四又亲自用铁索缚了两人。

上了船头，赵四向侯八喊话——放你回山，告诉老当家的，我赵四爷帮着林主席逮了你们大当家的，哈哈哈。

侯八从搭板上冲上来，几十支长枪指住了手持短枪的侯八。

火轮上站着身缚铁索的孙、黑二人。

侯八喊，总司令！

他要举枪自尽。

孙美瑶说，侯八，回去！跟着老当家的好好干。

侯八满面泪花。

河水滔滔，帆影渺渺。

被捆绑着的孙美瑶站在船头。

浪涛淘出一张张报纸、一行行大标题——

《抱犊崮匪首孙氏美瑶被生擒活捉》。

《林主席设巧计,不费一枪一弹,生擒匪枭孙美瑶》。

《谁是孙美瑶之内线》。

……

第十一章

漫山遍野全是持枪的马子。

"鹰""熊""猴""豹""鹞"字黑旗猎猎作响。

山风呼啸,铅块般的乌云低垂着。

狗肉张说,弟兄们,总司令待我们不薄,如今他大难临头,我们理应冲下山去,打进济南府,救出总司令。

山谷响起千人的呼喊声——打进济南府,救出总司令!

春兰怀抱婴儿,和车耗子站在一起。

车耗子涕泗横流。

车耗子揪住侯八大骂——你为什么活着回来?我、我宰了你个狗日的。

众人齐喊,宰了他,宰了他。

侯八说,耗子,你宰了我吧,我求求你。

车耗子一拳把侯八打倒在地,自己蹲在地上抱头痛哭,说,总司令,都怨耗子……是耗子的罪过。

孙桂林一脸冰霜。

车耗子跪在了孙桂林脚下。

狗肉张抱着脑袋圪蹴在一边。

车耗子叫,老当家的,你下令呀。

漫山人喊,老当家的,你下令呀。

林室雅站在银杏树下,手捧着那张存单,珠泪滚滚。

她一身素白。

手拄双拐的庄共和陪着她。

庄共和说，我知道，这几天你的日子实在难过……哪一种结局对于你都不轻松。

林室雅默然不语。

人们的呼叫和谷壑的回应声传来。

两人对视，林室雅冲出巢云观，庄共和用双拐敲打着地面。

群情悲愤。

孙桂林咬紧嘴唇，不发一词。

车耗子额头磕出了血。春兰抱着婴儿陪丈夫跪在地上。

车耗子痛苦地喊，总司令叫你皇叔呀。

狗肉张说，老当家的，总司令生死未卜……

众人又喊，打进济南府，救出总司令！

山谷回应。

林室雅跌跌撞撞爬上岗顶，说，皇叔……咱们去、去救他……不，他不会同意蛮干的……我……

她语无伦次，显示出内心的纷乱和痛苦。

马神怔怔地看着林室雅。

马神心思多疑，第一时间想到的是谁告的密，他求证——老当家的，总司令去暗杀姓林的，知道底细的没有几个人……姓林的怎么知道的？他是神仙不成？他会算？我看……八成是山上有人给他报了信。

车耗子跟着说，是谁？谁干的？

马神说，这还用问吗？亲爹就是亲爹。

车耗子跳起来，冲到林室雅面前。

车耗子说，总司令临行前可是去问过你的，你又哭又叫……是不是你坏了事？

刀枪林立，一齐对准了林室雅。

宋记者头发蓬松、面容妩媚地依偎在林主席的怀里。

林主席轻轻地抚弄着女人。

女人说，我知道你累了，干了一件惊天动地的大事，能不累吗？

男人不语。

女人讨好地说，我会给你解乏的……

男人问，这一回，曹大帅那里总可以过关了吧？

女人心里有点佩服这个男人，她说，那还用担心？曾大总理让我转达他的褒奖，他说，过几天大帅要亲自给你庆功。曾申说，想不到一个穷酸秀才还真有两下子。

男人叹了一口气，说，这件事过去后，我带你出国，咱们去过另一种日子……我实在怵了、乏了、怕了，也烦了。

女人说，他们不会放你走的……曾申还说，林室雅在外面待着是颗定时炸弹，你叫林主席设法把她给我弄到京城来。

男人问，他还不放过雅儿？他不是也派过杀手？我还能有什么法子？

女人说，他说你总会有办法捉虎归山的。

男人又问，室雅在他的眼里成了老虎？

女人说，她有永远也改变不了的身份。她一日不回到曾申的身边，曾申一日不会安宁。

男人追问，曾申要亲手杀了她？

女人回，那也未必。曾申有法子……一个女人一旦和大官沾上，她这一辈子注定就不会自由了。

男人突然把话头引到女人身上，继续问，你也一样？

女人怔了一下，旋即说，我？嘿嘿，我是从黑夜中走来，可以再悄悄地潜回到黑夜中。

刀枪林立中的林室雅痛苦万分地闭上了眼睛。

她如梨花一般苍白的面庞上挂满了泪珠。

庄共和艰难地爬上了岗顶，用身子护住林室雅。

庄共和说，别这样……她对总司令绝无三心二意……

车耗子一拳打开了他，从腿上拔出匕首，对准了林室雅的胸口。

春兰惊叫一声扑过去，用身子护住了林室雅。

车耗子把春兰拉开。

孙桂林说，耗子，不要胡来。林小姐，我也不相信你能干出那样的事，然而，林主席设下的陷阱却又让人百思不得其解……但愿你是清白的。

林室雅说，老当家的，我心里比你们更难受。不管大家如何不信任我，我还是得奉劝一句，千万不能硬来，咱们要想法子。

孙桂林问，你有什么法子呢？

林室雅说，临沂的赵四爷是我父亲的密友、财神爷，这一回又帮了大忙，咱们绑了他的票，做人质去换总司令如何？

孙桂林沉思着说，这法子怕是不妥……赵四不大好绑，绑了，恐怕也不大管用。眼下倒有一个人，可以去换总司令。

林室雅冷笑着问，老当家的是说我吧？

孙桂林回答，正是。

林室雅说，我父亲恨不能让我立刻去死……

孙桂林说，可是，我还知道，曾申三番五次向他要人，北洋政府视你为定时炸弹，你父亲最想的就是把你活着送往京城。

林室雅说，老当家的，你们这样干……

庄共和说，太残忍了。

孙桂林说，林小姐，我是被你父亲逼的。

林室雅说，我答应了。你派人下山去谈判吧。

春兰说，小姐，曾申恨死了你……

林室雅的心里在呼唤——美瑶，为了你，我是敢下地狱的。

林室雅一个人坐着发呆。

有人在门口看守。春兰给她送进来了莲子羹。

她接过碗，放到一边。

春兰说，小姐，耗子他、他……

她说，这不怪耗子，他是受指使的。

春兰说，他们也太、太绝情了。我想，总司令绝不会叫他们这样子对待小姐的。

她说，可是我愿意，怕也只有这一个法子能救他。来世我和他如果有缘，也许还能相会。

春兰说，小姐，老爷也许会顾念父女之情，不送走你。

她说，这个世道，人都变成了禽兽，我爹爹也不例外。

门外不见了看守者。

庄共和手持短枪，爬到了门前，用手中的铁条去撬门上的锁。

车耗子赶来，用脚踢飞了他手中的铁条，又踢飞了他手中的短枪……

车耗子说，干这一行，庄先生，你还嫩点。

他踢打伤腿仍未痊愈的庄共和。

庄共和呻吟。

林室雅从门内走出来，她说，耗子，你放过他好不好？我对你不薄。

车耗子依了她，不再殴打庄共和。

车耗子说，林小姐，公事归公事，你别怪耗子。

她说，共和，我对不住你……你快快下山回上海去吧。

庄共和说，室雅，我陪着你一块儿去济南。

她问，你也陪着我一块儿去见曾申？

庄共和问，你真的要为孙美瑶下地狱？

她说，女人的命运是没法子自己把握的。

庄共和无奈地说，因为女人的心太多情了。

她喃喃道，有时候却又那么无情。

庄共和说，我也是没法子把握自己的命运……我劝自己离开你，却办不到，怎么也办不到，尽管我知道你的心里已经有了别的男人。

她顾不上他的诉说，她说，生死离别夜，咱们还是不要说这些好不好？

庄共和说，好的。室雅，我、我不想让你下山……明天我就去上海，哀求就哀求，也要把张老先生搬来，老当家的也许听他的话。

她说，来不及了。

庄共和说，你不要绝望，室雅，事情也许会有转机。

她说，这是我自愿的……

高大、阴森的狱墙。

孙美瑶手铐脚镣盘腿而坐。

牢门打开，军警带孙美瑶出来。

警察局长亲自审讯孙美瑶。

烧红的烙铁，老虎凳，滚烫的油锅，钉床，竹签。手持皮鞭的打手。

一个犯人被折磨得死去活来，孙美瑶被押在一边观看。

犯人被拖出去了。

局长说，孙先生是官宦人家出身，咱对你客套一点儿，这些家伙就不使了，只要孙先生在这张纸上签上你的名字。

孙美瑶接过纸，上面写着——我受徐中玉指使、收买，与之设计了暗杀林主席的一套方案，并付诸行动……

孙美瑶哈哈大笑——徐中玉算什么东西，他能收买我、指使我？

局长问，那孙先生和他是朋友？

孙美瑶说，我和他算什么朋友，徐中玉和姓林的都是贪官污吏，我是先杀姓林的，再杀徐中玉。

他说着把纸撕碎。

林主席站在隔壁房间，把脑袋贴近墙，竖尖耳朵听着。

隔壁传来警察局长的声音——孙先生，我这里可是有滚钉床、"披麻戴孝"、"油鞭抽筋"，还有刚刚传进来的老虎凳、电椅子，你一个秀才出身的，就不怕受不了那份罪过？

孙美瑶冷笑着说，从古至今，中国最软的是读书人，最硬的，也是读书人。

林主席的眉拧成一条弓。他摔碎了手中的茶碗。

茶碗破碎声让局长打了一个愣怔。

局长说，孙先生，那就先意思意思了。

两个打手把孙美瑶拴在一个铁环上，把皮鞭放进油锅再抽出来，开始没头没脑地抽打孙美瑶。

孙美瑶以铁环为圆心转着圈子，却躲不过鞭子的抽打，很快皮开肉绽。

他不再转圈，木了一般站着任其鞭打。

一层肉被皮鞭抽起来，揭下，接着又是一层。

孙美瑶伏倒在地，昏死过去。

一桶冷水浇在了孙美瑶身上，他醒了。

局长问，滋味如何？孙先生，这还只是意思意思，下边的你更受不了。签字吧，这事容易。

一张同样内容的纸在孙美瑶的面前晃动。

他在心里说，徐中玉不是朋友，却是和我共谋一件事的伙伴，伙伴也不能出卖。

孙美瑶依然咬牙坚持。

徐中玉和李森相对而坐。

徐中玉站起来踱步。

徐中玉说，孙美瑶真他妈够朋友，我服了。

李森说，冲着他的义气劲，也得快一点救他出来，何况他在林的手里一天，对我们就是一天的威胁。姓林的就想拔出萝卜带出泥。

徐中玉说，这是曹国舅的意思。

李森说，督军明白就好……曹国舅是想借着这事拔下督军，让姓林的一统齐鲁。

徐中玉问，说吧，有什么好法子？

李森说，督军，这事由我去干。干好了，是督军的大仁大义，叫孙美瑶记住大恩。弄砸了，我李森一人承担。

一缕阳光从小窗投射进来，照到孙美瑶的身上。

孙美瑶一身伤痕，昏睡不醒。

梦境中，白雪皑皑，青松挺拔，林室雅被一根长长的绳子牵着。看不见牵绳人，却看得见一身素缟的林室雅，她赤着双脚，在山间小径上行走。

雪地上一行鲜红的脚印。

他顺着脚印在爬。他大叫林室雅的名字。她回过头来，想向他呼叫什么，却发不出声音。她的双手被绳索缚着。

前边是一处绝壁。林室雅被绳子牵着向绝壁走去。

他跌跌撞撞地爬起身，呼天抢地地扑向前……

他醒了。

胸前的长命锁镀上了一层阳光。他心里默念——室雅，你与我的危难同在。

牢门打开，侯八进来，扑到孙美瑶面前，抱着血肉模糊的孙美瑶大哭。

孙美瑶惨笑。

他问，皇叔还好吗？

侯八说，老当家的挺好。

他又问，弟兄们都好不？

侯八说，弟兄们都好，他们都要冲进济南府，来救总司令。

他一听急了，说，侯八，快、快回去，传我的命令，谁下山，就毙了谁。

侯八泪流满面，说，老当家的最终也没有下令。

他说，皇叔真好，知道我的心。

侯八说，老当家的派我给姓林的送信，用、用林小姐换你回去。

孙美瑶好像被雷击中一般，半天才咬着牙问，混账，这是谁的主意？

侯八说，林小姐她自个儿愿意的。

孙美瑶抚摸着长命锁，低声说，室雅，我知道在这个世上，只有你愿意为我下地狱。

侯八说，可是，可是，林小姐她、她出卖了你，给她亲爹报了信，咱们才中了姓林的圈套。

他大叫，谁说的？

侯八说，众人都是这么说的。

孙美瑶怔怔地看着侯八，猛地打了他一记耳光。

他激动地叫，抱犊崮这是怎么了？皇叔，你怎么也瞎了眼？这个世界怎么就容不下一个女人的清白与善良？

孙美瑶拿过那张要他签名的纸，用牙齿咬破中指，在上面写着什么。

城门，城墙，护城河。

青石板铺砌的街市，店铺的幌子。

佛殿中，大佛俯视孙桂林和乔装打扮的李森小声交谈。

案头摊开了一张地图，李森手指着地图说话。

地图名称——临沂城区及铜雀山地形图。

孙桂林说，李先生真够朋友。

李森答，因为孙司令真够朋友。

孙桂林说，此事干系不小。

李森回，为朋友两肋插刀嘛，说干就干。我认为咱们的计划还是很周细巧妙的，不愁搞不妥老贼。

孙桂林说，此为中策，我还有上策正在运行之中。如果不奏效，再行中策也不迟。

李森说，行，我听老当家的信。

孙桂林等人正在议事，侯八一身风尘从外面扑进来。

孙桂林慌忙站起，碰下了书案上的茶杯，茶杯碎了。

孙桂林那张清癯的面孔刹那间变成了冬夜西北风中肃杀的月亮。

他急切地问，事情如何？

侯八不说话。狗肉张递给侯八一个茶碗，说，喝口水润润嗓子，好生和老当家的说。

侯八也不喝水，也不说话。

孙桂林再问，姓林的不干？

侯八依旧不开口。

他又厉声追问，侯八，我的信你没送到？

侯八终于说，我亲手把信送到了姓林的手中……姓林的叫我第二天再去找他谈。可是，可是，总司令不干。

孙桂林说，我不是交代过你？不管总司令愿意与否，你都要和姓林的谈。有个初步结果后，我再派张副司令下山去和姓林的正式谈。

侯八从怀中掏出一张血书。孙桂林疑惑地接过来。

上面写着——林小姐清白，侯八谈判，美瑶即死。

孙桂林差点晕厥过去，低声痛喊，甲午……

春兰又送来莲子汤。

林室雅接过汤来，放下。

春兰悄声说，小姐，侯八回来了。

她一把抓住春兰，连珠炮般地问，我爹爹答应换人了吗？美瑶他、他好吗？他吃苦了吗？他、他……

春兰说，别的我不知道，我只知道总司令给老当家的来信了。

她问，他、他说了什么？

春兰说，是封血书，他说，林小姐清白，侯八谈判，美瑶即死。

林室雅软软地坐下，珠泪纷纷坠落——美瑶……我是自愿去换你的。

她分明听到了孙美瑶悲怆而苍沙的声音——室雅，我好想再有来世，我会一刻也不停留地和你在一起……室雅，和庄先生回上海吧，我祝福你……

春兰问，小姐，男人对女人真的好，是不是都像总司令这个样子？

她轻轻低语——美瑶……

春兰问，小姐，总司令还能回来不？

她即刻浑身哆嗦，说，春兰，我必须马上下山，总司令太危险了。春兰，我求你一件事……

车耗子夫妇送林室雅进了下山轿。

车耗子说，林小姐，总司令说你清白，我就信。

她说，耗子，好生养大孩子。

她掏出那张存单交与车耗子，说，这是总司令送我的，我用不着了，把它留给孩子，让他下山念书。

春兰哽咽着问，小姐，老爷会把你送给曾申吗？

她连犹豫都不犹豫地回，会的。

春兰害怕地说，曾申会杀了你的……

她又回，会的。

车耗子不忍地说，林小姐，我们去救总司令，你不要下山吧？

她坚定地说，耗子，送我下山。

黑夜中，下山轿载着她晃悠悠降落。

残冬的夜，寒冷、黑暗。

披头散发的林室雅跌跌撞撞地在黑夜里狂奔。她跑掉了一只鞋子，赤着一只脚。

流血的脚。

前方出现四只绿光莹莹的眼睛。她哇地惊叫一声，木住了。

她瘫软地蹲下去。

四只绿光眼睛盯着她，不靠近也不后退。

她猛地站起来，向着狼的眼睛走去。

狼后退，她靠前。

狼跑走了。

东方出现淡青色的曙光，枣庄镇的轮廓显现。

警察局长站着，林主席坐着。书案上放着一封信——孙桂林写的要求换人的亲笔信。

林主席说，我的局长，看来你是没有法子叫孙美瑶签字了。

警察局长无奈地说，主席大人，那小子牙硬，身子骨却不经折腾，再动大刑，怕是押不到京城去了。

林主席说，徐中玉给了孙美瑶什么好处，能让孙美瑶死保他？唉，就这么把孙美瑶送走，太便宜了徐中玉。

局长说，可是，把他押进京城的期限只剩三天了。

林主席站起来踱步。他又看见了那封信。

他拿起信来，挥挥手让局长退下。

林主席反复地掂量着那封信。

他在想——逮住了孙美瑶，送不回雅儿，曹大帅那里、曾申那头也不好交代。我毕竟为曹大帅的竞选献上了一份厚礼……不换也好，真换，我还真的要动动心思。雅儿毕竟是雅儿呀，她在抱犊崮还有条命，进了京城就难说了……只是，就这样子把孙美瑶押进京城，实在是有点亏，孙美瑶是个金钩子，就不能为我钩回一些什么来吗？

大牌子。办公楼。天轮。井架。

卡尔穿着工作服，戴着柳条安全帽，一脸煤灰地从矿里走出来。他显然在井下待了一夜。

羊肉汤馆一条街，店铺门口挂着扒了皮的整羊。

糁锅。

冬天的早晨，鲁南是羊肉汤和糁的天下。

窑汉们从一家家"暗门子"里走出来，伸伸懒腰，打一个满足的哈欠。女人半掩着门，头发蓬乱、敞着衣衫来送男人。这些男人从"暗门子"里走出来,走进羊肉汤馆。他们是一些纯粹的窑汉,红灯笼街上那一栋栋青砖小楼,他们是不敢奢望走进去的。

这是煤城的一大景观。

一个俊俏的老板娘笑吟吟地走出她的羊肉汤馆,拦住了卡尔,说,卡老板,新煮好的羊腰子,我给你切好了。

卡尔的黑手在女人粉腮上拧一下,笑笑说,宝贝,我累了,一架倒霉的卷扬机折腾了我一夜。今天晚上,OK？

老板娘扭动着腰肢去招揽别的客人。

卡尔向一幢造型别致的小楼走去。

林室雅拼命擂动铁门。

管家来到门口,问,老板刚刚睡下,你是谁？

她说,我、我是孙美瑶的朋友,来找卡老板,有急事,十万火急。

管家说,你别叫,先等等。

管家急匆匆回去禀报。

卡尔穿着睡衣亲自来开门。

林室雅在沙发上昏睡,卡尔示意管家为其端来一碗银耳汤。

林室雅醒了,管家喂她喝汤,被她推开。

她说,我叫林室雅,我是孙美瑶的朋友。

卡尔说,林小姐,我很熟悉你。美瑶兄他、他怎么样了？昨天我才知道他在济南被……

她说,他危在旦夕,被关在我父亲的监狱里。

卡尔问,他需要什么？他需要我为他做些什么？我非常愿意为他效力,林小姐,请你吩咐我。

她说,你马上把我送进济南府,也许我能救他。

卡尔说,马上走,我亲自送你。

她说,谢谢,要带上一些钱,卡尔老板。

卡尔说,为了美瑶兄,我卖了王者大矿的四成股权都行。

她羡慕地说，你们对他都很好。

卡尔真诚地回，那是因为他对我们都很好，他是一个好人。

车耗子跪在戒板上。孙桂林急匆匆跑来。

车耗子说，老当家的，我犯规了，我放走了林小姐。

孙桂林说，耗子，你没错。

他双手拉起了车耗子。

车耗子问，老当家的，林小姐能救得了总司令？

他说，但愿……谁知道呢，却实在是害苦了林小姐。耗子，马上去召集大小头领，咱们要同时走中策。只走一步棋，悬哪。

孙桂林几天间苍老了许多，头发也花白了，他在心里说，看来林小姐对甲午真是一往情深呀。前些日子，我只是感觉出了些苗头，却难以置信，我不相信心比天高的甲午会看上一个弃妇……此事不妥。林小姐是一个好女子，却一身污泥……实在有辱孙家门庭。如果没有这个变故，我还真的要劝劝甲午……如今，却不用担这个心了……

一尊大佛，佛目慈祥地看着世间众生。

赵四爷携三房夫人及家人在蒲团上向佛像叩头。众僧分列两旁。

赵四爷说，大慈大悲的菩萨，您保佑弟子吃五谷而长寿康泰，处乱世而身家安宁，今弟子六十贱降，特来为菩萨重塑金身。

赵四爷把一千块大洋递交知客僧。

住持僧说，阿弥陀佛。今日施主为佛祖大塑金身，贫僧要率弟子为施主诵经三天，祈佑施主阖家平安。

佛殿前的大广场上，赵四爷坐在椅上，身后并排站着八大保镖。

他接受家人的祝寿，家人磕头。

他接受亲朋好友的祝寿，亲朋好友作揖。

他接受临沂县长敬献寿桃。

县长谄媚地说，赵公，您是临沂的泰山，泰山安则临沂安。

赵四爷哈哈大笑，说，我一介草民，全仗父母官的庇佑了。

县长恭维说,在中国,无论州、城、府、县,哪一个地方都要依仗赵公这样的泰山呀。

赵四爷示意不愿意再听这样的祝词了,他挥手叫县长退下,县长悻悻而退。

他接受李森旅长敬献寿幛。

他仔细读那寿联——

沂河水流长,长不过赵公之福寿;

蒙山岩峰高,高不抵四爷其慧目。

赵四爷从椅上溜下来,拉住李森的手,很器重地看定了李森,说,字好,文妙,不愧为齐鲁军界一支笔呀。凭森弟之才干,定然前程万里。你送了老夫寿联,来而不往非礼也,老夫也送贤弟一句箴言——官场者大,有车则通;宦海也深,使风便浅。

李森说,老前辈真乃甘苦之言呀。

赵四爷哈哈大笑,突然问,我这一辈子,足不出临沂却识天下风云,人不做高官倒有命臣挚友……李旅长,听说全城戒严了?

李森说,窜进几个马子,不妨事的。

赵四爷又问,听说李旅长把赵家兵都挡在了城外?

李森反问,我的一旅人马还不能保赵四爷寿安?

赵四爷说,哈哈,没问题。我是心安理平。

在整个仪式中,众僧分坐两旁为赵四爷诵经。

住持僧代表寺院向赵四爷敬献大红袈裟。

住持僧说,本寺这是第二次向施主敬赠大殿金袈裟了,第一次,赠的是林主席。

赵四爷说,林主席是我的朋友,不分彼此的。

狂奔的马队。骑者每人左臂缠一青色布条。

马神跑在最前面。

每人两样家伙:长刀、短枪。

马队一匹匹飞越两山之间的峡谷。

马神还露了一手——飞越峡谷的一刹那，他从马背上站了起来。

东、南、西城门紧闭，北城门大开。
马队从北城门冲进城里，无人阻挡。
守门士兵甲问，你看见他们左臂上的青布了？
守门士兵乙说，看见了。
守门士兵甲说，那就没错。
守门士兵乙说，世道世道真奇妙，财主不如穷人好，官兵马子是朋友，军阀穿上大龙袍。
守门士兵甲说，当心割你的舌头。

香案上摆放着孙桂森及其夫人的牌位。
孙桂森官拜二品时的画像前，孙桂林焚香膜拜。
门外跪满了一地孙家军。
孙桂林老泪纵横，说，老爷，您的神灵可得要保佑甲午平安归来呀。
孙桂林出门而行，独立绝壁，向东方遥视。他的耳畔传来孩童的话语——皇叔，甲午伺候你一辈子。
他问，甲午要是做了大官呢？
孩童回，甲午当了皇帝，皇叔也是皇叔。
老泪两行，挂上他腮颊。
春兰、车耗子抱着孩子一齐爬上岗顶。
春兰说，君男，你说呀，总司令快回山。
君男扑闪着眼睛。
车耗子说，老当家的，你会算卦，你算算，总司令他、他能回来吗？
孙桂林一语不发。
车耗子拼命摇晃着铁铸一般的孙桂林。

255

第十二章

母女俩抱头痛哭。

母亲双手捧着女儿的脸颊,怔怔地看定了女儿。

女儿伸手为母亲拔下一根根银丝。

女儿心疼地说,妈,你才四十二三岁,怎么就有了白头发?

母亲惨笑,亲吻女儿。

女儿说,我好想妈妈……

母亲说,我好悔呀……

女儿轻轻地捂住了母亲的嘴巴。

母亲说,老天还是仁慈的,把我的女儿还了回来……雅儿,再也别离开妈妈了,妈妈的一颗心好孤独呀。

女儿苦笑,不回答母亲。

母亲轻轻推开女儿,说,雅儿,妈妈去好好做几道你喜欢吃的菜,清蒸鲩鱼、红爆海蛤,还有……

女儿说,还有辣炒土豆丝。妈妈的刀工在济南府都是一流的,父亲说的。

母亲小心地去看女儿。

女儿说,他……还是我的爹爹。

母亲苦涩地笑了。

林主席把一面背影竖在林室雅的面前。

林室雅说,爹爹,您又老了许多。

林主席一语不发。

林室雅说，爹爹，女儿回来孝敬您了。

林主席仍旧一言不发。

林室雅说，真的，爹爹，女儿打算后半生永远伺候爹爹，哪里也不去了。

林主席猛地车转身，咬牙切齿地说，你根本不配做我的女儿，你回抱犊崮当土匪去！不，我要把你送到曾申手里，曾申恨不能千刀万剐了你，你丢尽了他的脸面，你给政府捅了天大的娄子，你给了我莫大的耻辱。你帮助了南边的革命党，你和土匪沆瀣一气，你是政府的头号敌人，连曹大帅都恨透了你……

林室雅说，咱们到底谁配做父亲，谁配做女儿，世人自有公论。至于我和北洋政府、和曾申的恩恩怨怨，那是一个弱女子、一个人与一群衣冠禽兽的抗争，我不想说什么。今天我自己回来，是想给您提个醒……毕竟是您把我带到这个世界上来的。

林主席说，你回来，是想求我放了孙美瑶，或者为你的土匪头子相好牺牲自己，换回他的自由。

林室雅说，不是求您，而是提醒您。

林主席冷笑。

林室雅问，徐中玉能和孙美瑶连成一气杀您，您为什么不能放出孙美瑶，让他去杀徐中玉？您不是很喜欢借刀杀人吗？

林主席耳畔响起了孙美瑶的声音——徐中玉和我算什么朋友，徐中玉和姓林的都是贪官污吏，我是先杀姓林的，再杀徐中玉。

林室雅说，爹爹，在官场上，徐中玉对您的威胁才是第一位的。比起孙美瑶来，您更想杀死徐中玉，就像徐中玉更想杀死您一样，我知道。

林主席缓缓坐进沙发，点上一支雪茄，让烟雾把自己吞没。

林室雅坐在孙美瑶的床上，珠泪滚滚。

她用手绢为孙美瑶擦抚伤口。

257

她问，疼吗？

他苦笑摇头。

他说，你、你为什么要回来？你不知道这里是虎口，已经不是你的家了？

林室雅用手掌捂住他的嘴巴，用另一只手指指隔壁。

她说，我爹爹被你痛恨，可是，我知道，徐中玉也被你痛恨，他们都是贪官污吏。我回来是想求爹爹放了你，让你出去杀了徐中玉。

林室雅的一双泪眼无声地哀求着孙美瑶。

他说，如果姓林的放我出去，我当然会去杀徐中玉。

她请求他说，你说话可是要算数的。我让爹爹同意扣下我做人质，你拿徐中玉的头来换我。如果你杀不了徐中玉，他就把我送到曾申那里。就这样定了，好吗？

孙美瑶拨开林室雅的手，她却又用亲吻封住孙美瑶的嘴巴。

她的泪脸贴在他的脸上。她的小手死命地攥住他的手。

两个苦命的人儿……

孙美瑶猛力躲开林室雅的亲吻。

他大声喊，我可以去杀徐中玉，可是，你必须和我一块儿回山。

她说，傻瓜，我父亲会放我走吗？

林室雅放下一张纸条，走了。

他看纸条——君山不能无君。君出狱，杀徐若不成，还可设法救我。

孙美瑶分明听到了林室雅的声音，那声音是凄厉的，撞击着他的心扉。

他心里念着，室雅……

林主席抽着雪茄站在隔壁。

墙壁只是一层薄板。林主席的嘴角拧出一缕冷笑。

局长小声问，放人？

林主席说，没那么容易。

女儿和爹爹分坐两边，俨然一副谈判的架势。

墙上挂着郎世宁的一幅仕女图。

林室雅问，爹爹，扣下我做人质还不够的话，再让抱犊崮拿出一千两黄金给您行不行？

林主席无耻地说，这当然应该是一项附加条件。你别认为爹爹贪财，不是的，只是……真的放孙美瑶，也是要花大笔钱的。京城要他，马上要把他押送京城。这事要摆平，必须有大把的金钱，没钱不行。

林室雅鄙夷地冷笑，她看着陌生的父亲，说，我懂。

林主席冷冰冰地说，这还远远不够。

林室雅问，那么爹爹您还想要什么？

林主席说，你要让孙美瑶在那张纸上签字……

他的如意算盘在拨着——只要孙美瑶一签字，我就会想出一个万全之策，什么都可以拿到，赎金、借刀杀人……一切的一切，而我又可以什么责任都不承担。那样还是比单纯押孙美瑶进京获利更多……

林室雅问，让孙美瑶把徐中玉杀掉不是更好吗？

林主席说，那不一样。那样徐中玉就成了英雄，这样，徐中玉就成了叛贼。

林室雅说，可是，我了解孙美瑶，他宁可杀了徐中玉，也不会和官场沆瀣一气来坑徐中玉，他恨透了你们这个官场。

林主席问，他的祖上不也是官场中人吗？

林室雅回，官场的叛逆者最恨的就是官场。

林主席冷笑，他心里在嘲笑着孙美瑶的愚蠢。他说，那是因为他们捞不着官做，或者升不上更大的官……我几乎敢肯定，孙美瑶迟早还会归顺这个官场的，只要我不杀他。

林室雅说，爹爹，您看错了人。

林主席说，就是爹爹动了心，有意放他，怕也不那么容易放了，京城……

259

林室雅说，只要爹爹有心放他，总会有法子的。

林主席说，孙美瑶还要更值钱一些。

他都有点佩服自己了，他觉着自己时常会有神来之笔，他不禁思考怎么得到更大的好处。他在想——我都有点想答应雅儿的条件了……可是，自从逮住了孙美瑶，我又不着急了，感觉又柳暗花明了。天不灭林，上天总是在我危难之际帮助我，让我转危为安，让我因祸得福。这一回，我又感觉巨大的幸运在向我招手。雅儿自己把自己送上门来了，我还可以用孙氏换来许多东西，包括徐中玉的脑瓜。我这个人最大的本事，就是能把一棵树变成一座林子……

马神率领他的马队冲进寺院。

众人和众僧乱作一团。

赵四爷喊，李旅长，李旅长！

县长说，四爷，李旅长刚才说有公务，先走了。

赵四爷恍然大悟，骂道，李森，我日你姐姐，我饶不了你。

八大保镖护卫着赵四爷且战且走。

马队开枪，血洗铜雀山寺院。

保镖和马子们格斗。

赵四爷脱去长袍，和马神格斗。

马神在马上显示绝技，用马刀和赵四爷格斗。

赵四爷武艺超群，赤手空拳纹丝不乱。

八名保镖被马队击毙六人，剩下两人被马刀削去脑袋，尸体立而不倒，血柱冲天。

马神说，不要开枪，让我和赵四爷比试比试。

一个马子说，团长，老当家的有令，不可恋战。赵四武艺高强，可打腿。

马子用短枪击中赵四爷左腿。

赵四爷大叫，人称君山马子仁义，狗屁。

马神回敬说，你才是狗屁。

马神挟了赵四爷,把他横在马上。

一把匕首插着一张纸条,飞到赵大夫人脚下,筛糠似的赵大夫人展开纸条,只见上边写着——赵四害我元首,要想活命,黄金万两。君山孙桂林。

赵四爷被铁索锁在铁环上,铁环镶进山岩。

一个财主也是肉票,却能自由走动。

财主问,这不是临沂赵四爷吗?

赵四爷问,你也被绑了肉票?

财主说,他们缺钱了,借我几文。

赵四爷大叫,都是肉票,为何待遇悬殊?

车耗子走来给了他一拳,说,你不是肉票,你是仇家。

孙桂林拿着纸砚走来,说,赵四爷,烦你给林主席修书一封,就说拿你换我们总司令。三天后,枣庄中兴煤矿公司换人。

赵四爷说,我写,我写。林主席是我的朋友。

孙桂林说,今天是你上山的第二天,明天你的家人会送来赎金万两吗?

赵四爷说,我给你们换回孙……总、总司令还不行?难道还要我倾家荡产?

孙桂林说,你的金子我们不要,我们是防备着林主席附加条件,向我们索要黄金。

赵四爷说,有我赵某一人足够了,林主席不会那样做的。

孙桂林说,但愿如此。只要姓林的不开价,我保证完璧归赵,一两也不会少你的。

林主席坐在太师椅上,似乎是在闭目养神。

很奇怪,他的眼前又幻化出江南的小桥、流水、雨巷,打着黄油纸伞的长衫少年……

他想,搞定这件事,我该归隐了……不,曹大帅离不了我,我有一种预感，曹大帅登上大总统宝座之日，就是我一统齐鲁之时。小桥流水算得了什么，权倾一方、美女如云、金玉满堂，才是人生至高之境界。

他的案头放着赵四爷的书信。

他点上一支雪茄，烟雾袅袅。

他内心深处在谋划、思虑、决策，表现出来的却是面部的冷漠、全身肢体的放松。

自由垂落的两臂。

头颅无力地歪向一边。

两只脚平放在书案上。

这样过了很久，他才懒洋洋地按了一下电铃。

秘书带着卡尔进来了。

他请卡尔落座，品尝上等龙井。

卡尔递给他一支雪茄，他把自己的雪茄推给卡尔，卡尔有点狼狈地扔下先前的雪茄，去抽林主席的。

林主席说，卡尔先生是德国人，却似乎有很多中国朋友。

卡尔说，对。

林主席问，卡尔先生似乎很擅长和中国人打交道……我是说，你认识华莱士先生吗？我们曹大帅的中将顾问。

卡尔说，他是我的朋友。

林主席说，他跟中国人打交道的方式和你不一样。

卡尔说，对，太对了。他用枪炮和中国人打交道，他帮助中国的当权者维持统治，他有征服欲。我不喜欢那样子，我是一个工程师，我喜欢用心灵和中国人来往，以心换心，我以平和之心对待中国人。

林主席又问，卡尔先生也是孙美瑶的朋友吧？

卡尔说，是的，主席阁下。

林主席好奇地再问，你就不怕受牵连？

卡尔摊摊双手，说，我至今闹不明白中国人的株连是什么意思。

林主席停顿了下，说，你代表抱犊崮来求我？

卡尔说，你们中国人应该学会用谈判来解决问题。中国人总是要么格斗、决一死战，要么就搞地下交易。只要谈判，就得有谈判代表的。

林主席说，你总是代表着某一方吧？

卡尔说，是的，我是受抱犊崮老当家的委托来和主席谈判的。你的朋友赵四爷也托了我，他很可怜，正被铁链子锁在抱犊崮上，他给你写来了书信。

林主席说，赵四爷是我的朋友……他吃苦了。不过，孙美瑶非同小可，京城要他，我一个主席不敢放呀。

卡尔灰蓝色的眸子闪烁着狡黠，说，林主席有法子的。

林主席说，这要花钱，要封住京城的口，挡住京城的眼，让京城不了了之。

卡尔直白地说，中国官场的事，我才开始懂一点儿。钱能通天，钱能开路，钱能放人亦能杀人。主席你开个价好不好？

林主席胃口很大，在他的字典里没有适可而止，只有贪，再贪。他根本连赵四爷一块儿坑，说，万儿八千的黄金是少不了的呀……

卡尔佯装讨价还价——不能再少了？

林主席说，一两也不能再少了。

卡尔说，好，由我担保，孙美瑶上山，我送黄金到省里。

林主席很高兴地说，你担保，我放心，天井矿值这个数。

卡尔说，抱犊崮还有一个条件——请主席必须同时放走林小姐。

林主席哪里会同意，女儿在他手里，他就有制约孙美瑶的条件了。他心里跟明镜似的，知道自己的女儿是孙美瑶的女人，他说，什么话，她是我的女儿。

林室雅小姐从内室走出，说，爹爹，咱们的交易还是算数的，条件不变。我不走，什么时候办成那件事了，您再放我。

卡尔说，林小姐，美瑶兄说，你不走他也不走。

林室雅说，卡尔先生，那样我们两个人谁也走不成。

卡尔看着林主席。

林主席说，是这样的，卡尔先生。

卡尔问，主席阁下，一万两黄金、一个赵四爷，还换不回一个孙美瑶？

林主席说，孙美瑶值的价钱比这些还要高。

卡尔说，赵四爷可是帮过你大忙的……

林主席说，我没有忘记呀。

林室雅说，卡尔先生，这样做，我想老当家的会同意的。

卡尔说，那……好吧，明天中午十二时，在中兴换人如何？

林主席说，不，那样不行。

小花园中有著名的黑虎泉，泉水从一个虎头中喷涌而出。

宋记者把一双纤纤小脚伸进泉池中，欢快地洗濯。

一身便装的林主席歪着脑袋，饶有兴致地观赏着这幅泉水美人图。

她问，你把我十万火急地从京城召来，就是为了赏泉？

他说，叫你暂时离开那污浊不堪的官场、做作虚伪的情场，来小园一游，不是一件好事？

她说，在我当然是好事……不过，你不会让我清静的。

林主席说，这是一件大事，在我付诸行动之前，就想听听你这位高参的意见。我发现，从生理到心理，到官场，我是愈来愈离不开你这个集色、权、谋、胆、心为一体的女人了。

女人咯咯大笑，一双小脚在泉池中踢起一簇簇浪花。

他问女人——孙美瑶这篇文章做得差不多了吧？我是说对于曹大帅来说。

她说，报纸连篇累牍，已经为曹大帅的竞选献上了一份厚礼。

他说，我问你，孙美瑶还有多少利用价值？我是说对于官场来说。

她说，没有多少了，国人已经认为曹大帅剿匪有力。

他说，我再问你，对于曹大帅来说，是金子重要，还是绑一个孙美瑶送去重要？

她说，那还用问吗？曾申说，曹大帅眼下最缺的就是黄金。收买官员，要用黄金；贿赂外国使节，要用黄金；打击对头，要用黄金。

林主席两眼灼灼，看定了女人，说，你真是一个女妖。你帮我拿定了一个主意，或者说做出了一个重大决策。

宋记者向林主席嫣然一笑，问，什么事呀？

他说，你很快就会知道的。不过，我还要问你，曾申眼下最想要的是什么？

她说，我知道，他自己或者是让你派出那么多杀手去杀他的三姨太，都没有成功。我还知道，你的女儿手里握着他的许多丑事，要命的丑事。对于他，你的女儿确实是一颗定时炸弹。他已经知道你的女儿回到了你身边，所以让我捎来命令——五天之内，他要你亲自把林室雅送到京城去。

男人很生气。

女人很乖地从泉池中抽出双脚，赤脚跑过去，双手吊在男人的脖子上。

女人轻声细语地说，我和他只是政治上……人家为你守身如玉嘛。

男人叹了一口气，说，室雅在我手上又跑不了，我只是想等等。我在干着一件对曾申也有好处的事，你回去告诉他，如果那件事干不成，我会把女儿给他送去的……雅儿毕竟是我的女儿，他就不能放她一马？

女人说，就怕你女儿不放过他。

男人说，我是她的父亲，我可以让她放下对曾申的仇恨。

女人说，这是官场，官场不相信亲情。

男人问，这么说，曾申对雅儿的兴趣绝对超过孙美瑶？

女人挽起男人的胳膊，在花园中漫步。

蓝钢皮列车奔驰而来。

车耗子率领十名豹字团成员从麦地里飞上列车。

孙桂林率领马队在等候。

篝火熊熊，火光照亮孙桂林坚韧、冷峻的面孔。

孙桂林念叨着——老爷神灵保佑，老爷神灵保佑……

车耗子等人开枪击毙数名军警，打开包厢。

包厢内四名军警亦被击毙。车耗子打开孙美瑶手上的铐子，另一名马子打开黑熊手上的铐子。

孙美瑶问，林小姐回山了吗？

车耗子摇摇头。孙美瑶默默无语。

他们跳下飞驰的列车。

孙桂林与孙美瑶拥抱在一起。

众马子簇拥着孙美瑶离开小树林。

宋记者与林主席共同看一份报纸，头条标题——《匪首孙美瑶被击毙于京沪特快列车》。

报纸上有一张模糊的尸体照片。

宋记者笑说，你原来是玩的这一招呀。

林主席说，你可是导演。

宋记者说，我不怕担干系，可是我不能白干。

林主席说，那是当然，黄金五百两，可以了吧？

宋记者抱住林主席的脑袋就是一阵狂吻。

宋记者说，时髦的女人喜欢大方的男人，厌恶庄户刁，而曾申就是后者。

林主席亲自为赵四爷斟茶，很动情地看着赵四爷说，赵兄受苦了，你的脸色好难看，人也瘦了一匝。呀，白发也陡添三成，伍子胥过昭关呀……今晚，我在燕禧堂为赵兄压惊。

赵四爷连连摆手说，不行，那里不安全。要喝酒，也得在你的秘密府邸……那些个马子无孔不入、无处不在，防不胜防。

林主席淡淡一笑，说，赵兄是叫马子吓破胆了，也好，咱们兄弟在我家里叙谈。

赵四爷好像这样才安下心来,说,他们还、还敲去了我一万两黄金,孙桂林说、说是主席要的。

林主席做出一种苦涩的笑,摇摇头说,狡猾的马子……纯粹是挑拨离间,我要黄金干什么?我真要黄金,不会直接向兄长要?你说是不是。

赵四爷说,我和抱犊崮有血海深仇。

林主席说,赵兄也太大意了,酿成这等横祸。

赵四爷说,这都是李森和马子内外勾结,置赵某于绝境。

林主席说,赵兄有证据否?这可是非同小可的事……如果真是那样,你不除掉李森,就坐不稳临沂的天下。

赵四爷冷笑。

林主席几处绝密府邸中的一处,如今又加强了防备。

花池里的铁树枝叶苍青。

林室雅在弹奏着古筝。母亲在为女儿缝制一件衣衫。

母亲说,雅儿,妈妈感觉自己衰老了。

林室雅不吱声,琴韵叮咚。

母亲问,他好吗?

林室雅说,你问的是孙美瑶?

母亲说,妈妈知道你的心。

林室雅说,他是一个极好的男人,却注定了不为这个世道所容。

母亲问,你要嫁给他?

林室雅叹了一口气,说,女儿还有资格谈论婚嫁?

母亲问,曾申难道还不放过你?

林室雅说,妈妈,你的女儿陷入了可怕的官场……

母亲说,妈妈不大明白……

林室雅说,他害怕我向世人说出他更多的丑事。我知道的事情太多了,就凭这一点,我已经为北洋官场所不容。

母亲害怕极了,她问,曾申要干什么?他要杀人灭口?

林室雅说,政客不用杀人,他们的法子多得很。

母亲说,他是你的亲爹,他不会把你送走的。

林室雅问,他还有人性吗?

母亲说,那、那我帮你逃出去……

林室雅拿眼睛去看院子,两名便衣正在院中走动。

林室雅说,一只苍蝇也休想逃出这个家,不用说我了。不过,三两天内爹爹还不会送我走,他还想用我钓鱼。

母亲垂泪。

林室雅说,妈妈,这就是官场。当年,你是那样喜欢当官的男人,当小也愿意……

母亲抱住女儿抽泣,说,都是妈妈害了你。

林室雅说,妈妈,孙美瑶上了山,女儿就没有了心病,一切听从爹爹的安排就是了……咱娘儿俩前世欠这个男人的,今世要来还他。

母亲说,雅儿,我对你爹爹已经绝望了,他不会再拿我当人的。当年,妈妈自私,为了……逼你进京,妈妈好后悔呀。

林室雅说,女儿应该为妈妈牺牲一切的。

母亲说,你不要管我了……你去走自己的路吧。

林室雅惨笑。

车耗子走进来,徐中玉愣了一愣。

徐中玉说,林小姐眼下还在济南。

车耗子说,督爷,济南府比大海还大,她在哪一个地界?

徐中玉没好气地说,她在嘛地方,你干吗不去问姓林的?

车耗子说,督爷,实话告诉你,林主席放了我们总司令,是叫他出来杀您老人家的。

徐中玉说,好嘛,让他来杀咱看看。

车耗子说,督爷,你可是不大够朋友,是不?

徐中玉心虚地说,我这也在着急上火……你家老板进济南府救人的招不灵光，姓林的不会让咱们知道他闺女藏在嘛地方。

车耗子说，那、那林小姐可就惨了。

徐中玉说，唉，有嘛法子，要不，把咱老徐这吃饭的家伙拿了去换你家老板的相好？

车耗子说，什么时候了，督爷还拿我开涮。

徐中玉问，咱们是朋友了，和你家老板一样，你说吧，叫咱干吗？

车耗子说，拜托督爷，抱犊崮几千名弟兄给督爷磕头了，林小姐一有动静，千万说一声。

徐中玉说，我撒出去了五十名探子，专门干这事。

虚弱不堪的孙美瑶拄着拐杖在山上转悠。

初春的抱犊崮。

他的眼前幻化出如下情景——

他躺在林室雅的怀中，一枚钢针在缝着他的肚皮。

他大汗淋漓的面庞。他攥得死紧的手中，是林室雅的手。

颠簸前行的牛车，他昏迷不醒地躺在林室雅的怀中。

众头领设宴为孙美瑶压惊。

孙桂林敬孙美瑶一杯，说，甲午，大难不死，必有后福。老叔祝你早日率领孙家军水流东海，归顺南方。

孙美瑶把酒洒在地上，说，孙家军如有明天，谁也不许忘了林小姐的大仁大义。

拄单拐的庄共和起身敬孙美瑶一杯。

孙美瑶十分亲热地扳住庄的肩头，说，好兄弟，我恨你……

庄共和不解、惊诧。

孙美瑶说，在上海你不该让林小姐失望，要不，她哪有今日的劫难。

庄共和狠狠灌下一大杯酒，眼泪汪汪地说，美瑶兄，咱们两个人如若救不出林室雅，还算什么鸟男人。

两人同病相怜，各自干了一大杯。

车耗子和黑熊碰杯，车耗子说，林小姐是个好人呀。

黑熊的黑脸上挂着泪珠。

狗肉张埋头喝酒，自己喝得眼泪汪汪，说，我算裂熊了……我是狗眼看人低，罪怪了人家林小姐……嘿嘿，我凭什么说人家出卖了总司令……我要、要去跪戒板，我要向林小姐请罪去……

国务院外围聚了几百人。人群中间，摆放着十八口大棺材，每口棺材上放着一个死者的牌位。

长长的白布横幅，上面写着一行黑字——徐中玉、李森通匪，马子血洗铜雀山。

赵四爷手捧状纸喊叫，草民赵匡正，冤深似海，恳求曾大总理接见。

秘书从大门内走出，惊奇地说，告状告到国务院来了，千古奇闻。

赵四爷说，我告山东督军徐中玉、五旅旅长李森，不到国务院，难道到山东省政府不成？

秘书说，真是民国了、民主了，一介草民也敢状告徐大督军了。

赵四爷说，王子犯法与庶民同罪嘛。

《申报》的宋记者挤在人群中，举起照相机给赵四爷和横幅、棺材照了一张相。

秘书说，总理国务繁忙，你把状子交给我好了。

赵四爷说，曾大总理若不见，草民宁愿等死在此处。

秘书说，嘿，你就不怕治你扰乱治安之罪？

赵四爷说，我想，总理会对这个案子感兴趣的。

秘书乜斜了赵四爷一眼。

宋记者走到秘书面前。秘书说，宋记者，刚才没看见您，失敬了。

宋记者说，不用客气。

秘书问，怎么，您对这事有兴趣？

宋记者说，我想，曾总理对这事也会有兴趣的。

秘书说，我听您的，您说咋办？

宋记者说，你把这位赵先生领进去。

秘书问，总理要是嫌烦呢？

宋记者说，他……他怎么会嫌烦呢。

秘书问，这些棺材怎么办？

赵四爷说，抬、抬进一口让总理看看如何？

宋记者目光幽深地看着秘书。秘书说，棺材抬进国务院？不行，绝对不行。

宋记者说，你就依了赵先生，他说抬进哪一口就抬进哪一口，这是罪证，哪能不抬进去呢？赵先生，来，我带路。

宋记者头前领路，赵四爷紧跟，四名杠夫抬着一口棺材，一行人进了国务院大门。秘书只好怯怯地跟随其后。

宋记者、赵四爷和秘书走进总理办公室，棺材就放在门口。

曾申本欲发作，看见了宋记者，又压下了心头之火。

宋记者说，总理大人，我给你招来了一桩官司。

曾申说，我的记者小姐，外面有法院，也有警察署，你真会给我惹事。

宋记者把状纸从赵四爷手中拿过来，塞给曾申。曾申不接。宋记者扭动几下腰肢，眼神脉脉传情。

她说，赵四爷不是总理的朋友吗？

曾申冷淡地说，认识而已。

宋记者说，朋友的事，哪能不问呢？

曾申只好接过状纸，不料愈看愈放不下了。

宋记者问，总理先生，我给你招来的这桩官司还有点意思吧？

曾申说，徐中玉也太无法无天了，我要把它交到曹大帅手里，让大帅用它去扇吴佩孚的肥脸。

宋记者又问，我没有多管闲事吧？

曾申说，这样的闲事你管得愈多愈好。

曾申打量着赵四爷。赵四爷低声下气地说，曾大总理，我是临沂的赵四呀，您不认得我了？

曾申说，啊，有过一面之缘……

赵四爷欲言，曾申打断了他的叙旧，问，你有过前清的功名？

赵四爷说，总理大人，赵某是光绪年间的举人。

曾申说，我是进士出身，也是光绪爷批的。

赵四爷谄媚地说，总理那篇文章曾作为范文，在天下广为流传，赵某还能背诵一二——天下凡治人者必先治己，治己必先治心，心者，德养之根也。

曾申高兴得直搓手，说，那是几十年前的文章了，想不到涂鸦之作竟能流传于世。

宋记者说，曾大总理文章真好。可惜呀，文章毕竟是文章。

曾申又恢复了表面的威严，板起面孔说，赵匡正，你告的可是国府高官，稍有诬讹，罪过不小呀。

赵四爷说，我是人证物证俱全。我十分清楚，没有绝对的把握是告不倒徐中玉和李森的。

曾申问，你的人证物证在哪里？

赵四爷站起来走到门口，打开门，那口棺材赫然入目。

曾申拍案而起——成何体统？堂堂国府，怎么抬进了棺材？

宋记者优雅地点起了雪茄。

秘书脸上冒出冷汗。

赵四爷一点儿也不害怕，他说，总理大人，有些证据是只能给您一人看的。那徐、李都是拥兵之人，草民不用棺材伪装，叫他们搜了去那还了得。

曾申似乎心有灵犀一点通，说，打开看看里边都有什么证据。

赵四爷说，有些证据是只能给总理大人一人看的。

宋记者说，我们对那些证据不感兴趣。总理先生，让他们把棺材抬进你的书房，你一个人去仔细查验吧。

曾申似乎明白了什么，说，也好。

曾申一人关在书房里。棺盖上的铁钉已经拔出，他拼了吃奶的力气才掀开棺盖。

他的两只眼睛像电灯泡一样闪亮,一眨不眨地盯着棺材里边。

棺材里有金银首饰,有猫眼石,有金砖,还有一方方砚中极品——铜雀绿。当然,也有一些证人证书,比如山东武术馆馆长书证徐中玉暗中勾结孙美瑶刺杀林主席,临沂十多名乡绅联合书证李森暗中交好抱犊崮马子。

材料上一个个鲜红的手印。

曾申拿起那粒硕大无比的猫眼石放在眼前观赏。

卧房的铜架罗汉床,曾申和宋记者躺在一起。

月光如绢如水。

男人问,这桩官司如何办好,我的高参?

女人说,如今百姓谣传——衙门里,戴官帽,吃了原告吃被告。

男人问,什么意思?

女人嗔道,真笨。

男人立即领会了,说,明白了,真妙。

男人把女人拥进怀里。女人推开男人。

女人问,这桩官司可是我给你拉来的,按现代法则,你分我几成?

男人说,你们这些现代女郎,比古典女人又漂亮又会玩,只是什么都赤裸裸的,性、钱……一切。

女人坦然地说,我们是中国人中的叛逆。

男人说,我的高参,我的宝贝,我能不奖赏你吗?

说着,男人拿出了一个锦盒,放在女人眼前。

一枚宝石在黑夜里闪光。

女人惊叫一声,一把抢过来摩挲。

女人的眸子和宝石一样闪光。

男人又一次拥住了女人,这一次女人没有反抗。

男人趁势问,嫁给我好不好?我这是第八次向你求婚了。

女人笑回，可以，做你的第一夫人。

男人无奈地说，那又何必呢，当四姨太，我会更宠你。

女人清醒地说，我知道，你要的是我的身份、品位、名气、学问。你要向世人宣告——瞧，我曾申多么厉害，这样一个了不起的女人当了我的四姨太。我不干。

男人问，你不是很喜欢和我睡吗？

女人说，睡，可以，当姨太太，不干。

男人问，为什么？

女人说，我还可以和别的男人睡，为了我自己高兴。

男人说，那我会杀了你。

女人很聪明，笑吟吟地说，你在假装，其实你并不嫉妒。

帆船，纤夫，渔网，鱼鹰。

一个渔姑驾着一叶扁舟，一条长长的大辫子搭在背上悠悠荡荡。她任凭扁舟在运河中漂流，自己在船上补网。

一个运煤的小伙子自己摇橹，驾着一艘半大不小的船，逆水而上。

一艘巨大的帆船向京城方向漂流而下，白帆灌饱了风力。

船头船尾摆满了货箱，一副商船送货的样子。

一个京城富商独立船头。他戴着墨镜，礼帽压住了额头，身后站着两名伙计。

船舱内，坐着一身素白的林室雅。

她从皮箱里取出古琴，却发现琴上没有弦。

她用忧郁的大眼睛从舷窗里眺望运河，心声如泣如诉——美瑶，你在哪里呀？

离大帆船不远处，一条小帆船跟随其后。

微子墓。

孙美瑶和范司令站在微子碑前。

孙美瑶说，姓林的不敢走铁路，也不敢走旱路，倒走起水路来了。

范司令说，他是欺负老兄的人马不擅水性呀，却想不到老兄有着极擅水性的朋友。

孙美瑶说，借我十艘帆船就行了，每艘船上配六名水手。

范司令笑而不答。

火轮的长鸣传来。

一艘火轮在湖上游弋，"山东建国军"的旗帜迎风飘扬。

范司令指着湖上的火轮说，帆船可追不上林主席，我借你火轮一用。

孙美瑶说，范兄，小弟多谢了。

范司令说，无须客气，以后有用得着范某之处，美瑶兄说一声便是。

徐中玉神态傲慢地坐在太师椅上。曾申的秘书夹着皮包站在他面前。

秘书不快地说，我专程从京城赶来，徐督军连个座都不赏吗？

徐中玉说，嘛事？说吧！

秘书自己坐到沙发上，说，徐督军是天津人……

徐中玉说，我是天津的丘八，枪林弹雨里钻出来的，不如一些政客，会玩。

秘书不再和他磨牙，打开皮包拿出一份文书摇晃着，说，徐督军，总理让我给你带来了一样东西。

徐中玉好奇地问，嘛玩意儿？曾左撇子——哈哈，你家总理干啥都是左撇子，听说，他睡女人也用左手给人家解裤腰——会送我嘛玩意儿？

秘书双手托着文书递给徐中玉，说，徐督军，你看看这玩意儿是不是有点意思？

徐中玉接过文书，首先看到的是山东国术馆馆长的签名与手印。

徐中玉说，贼羔子……告我？来人！

一名马弁应声而至。徐中玉说，你带些弟兄，去把国术馆馆长给我提来,我日他姐,喂不熟的狼羔子。

秘书说,徐督军,你的馆长三天前就作为证人到京城了。

徐中玉挥手叫马弁下去,嘿嘿干笑着说,您老贵姓?有失远迎,我是一个粗人,别见怪。

秘书说,徐督军,总理大人说,你的处境不大妙哇。

徐中玉脸上挂着难看的干笑,那笑把皮肉牵扯得很是丑陋。他说,曾大总理是青天大老爷,明镜高悬,他能信那个狼羔子?吃里扒外,嘛东西。

秘书说,能不信吗?证言确凿,总理准备把一些证据让曹大帅面交吴大帅哩。

徐中玉的脸上冒出冷汗。

秘书一把抓过文书,塞进皮包。

徐中玉走过来,弯腰捉住坐着不动的秘书的一双手,左右摇晃。他说,大秘书,总理是嘛意思?你说呀。

秘书说,总理让你看着办。

他昂首而去。徐中玉呆若木鸡。

沮丧的徐中玉来回踱步,面容铁青。

李森笔直地站着不动,嘴里说,督军,曾申这是吃了原告吃被告呀。赵四进京告状的事我知道了,听说他用棺材装着金银送礼。

徐中玉问,还有法子没有?

李森说,人家抓住了咱们的小辫子,要吃咱,咱不给行吗?

徐中玉说,我又不是土财主,哪里有金银财宝,我不送。要不,咱们也去当马子?

李森苦笑了。

徐中玉说,唉,再疼也得割肉了。

李森说,督军,这事还是我来办吧,当初言定,弄砸了我担着。

徐中玉说,咱们俩的事,哪能让你一个人顶着,我出三块金砖。

李森说,金银财宝咱们不送。

徐中玉没好气地说，小森子，涮我吗？那送我的眼珠子？

李森说，督军，如今官场上送礼要投其所好。玩字画者，送唐伯虎、郎世宁；爱财者，送金砖；有小妾者，送首饰；爱色者，送女人。

徐中玉说，曾左撇子爱色。嘿，咱们林主席就是把亲闺女送上去，才弄到主席这顶乌纱帽的。高，李森，你这招实在是高，花几百块大洋就能买个妓子，咱们送他十个。

李森说，督军，曾申可不是要妓子的角色。

徐中玉问，那、那送他嘛女人？

李森说，这事交给我办吧。督军放心。

帆船上，林室雅钻出舱房，欲上船头。

两名伙计把她拦住了。

伙计甲说，小姐，老爷昐咐，你是不能出舱的。

林室雅问，我出来透透风不行吗？

伙计乙说，小姐，请回舱吧。

林室雅痛苦万分，叫道，爹爹！

林主席背影不动。

林室雅只好回到舱内。

乔装的林主席思考了一会儿，也回到舱内。

父女终于隔桌而坐。女儿为父亲斟茶。

父亲说，雅儿，你不要怪我。

女儿说，爹爹，我不怪您。

父亲说，我已经求了曾申……可是，他非要你回到京城。他是一个不讲信用的小人，他是得了金子又要你……也许，他对你还有旧情。

女儿凄惨地苦笑，说，其实，我在上海写那些文章的时候，还不是太恨他，有些事情我还是保持了沉默。

父亲说，我信，他恨你，又怕你。

女儿说，是的，爹爹。

父亲问，他有要命的把柄抓在你的手里吗？

女儿说，爹爹，在官场上，即使是最亲的人也要防一手……

父亲说，雅儿，你和我说说……曾申他、他欺人太甚了。

女儿说，我早就想和爹爹说说他的罪行，我有一种感觉，他迟早要把您踢开的。

父亲说，雅儿，你说，你说，爹爹听着哩。

女儿说，在国人眼里，他是曹锟的心腹、嫡系，曹国舅也对他深信不疑。实际上，他脚踩三只船，和吴佩孚、张作霖都有一手。民国十年夏天，曹锟被吴佩孚抄了后路，损失兵马一万八，曹锟的进军路线、兵力部署就是曾申密报吴佩孚的。那时候，他是曹锟的高级参议。还有民国十年秋天，他化装进奉天，和我一起见了张作霖，又把曹锟和日本人暗中勾结的事卖给了张大胡子。他就是凭着这一手，才坐稳了国务总理的位子。

父亲兴奋异常地说，好一个两面三刀的政客，好一个阴阴阳阳的三面人，哈哈，我再也不怕你了。你再拿我老头子当牛做马，我就拉你去见曹大帅。

女儿说，爹爹，女儿求您了。

父亲说，雅儿，你说吧，爹爹能办到的一定办。

女儿说，爹爹很清楚，女儿到了曾申那里是一个什么样的结果……爹爹，您就放女儿走吧，女儿下一辈子还孝敬您。

父亲站起来，一脸冰霜。

女儿惨笑着说，对不起，爹爹，女儿让您为难了。

父亲说，雅儿，爹爹是很为难……除了曾申非要你不可，曹大帅也、也叫我把你送回京城。

女儿泪眼婆娑，心底的凉意流淌出来，她说，爹爹，女儿依您。

河水幽幽。帆船乘风破浪。

远处传来火轮的马达声。

第十三章

　　李森领着一个身姿优雅、丰腴艳丽的少妇，按响了铁门上的电铃。
　　铁门上的方孔打开了，露出一双老人的眼睛。
　　李森说，老人家，请您通传一下，山东督军徐中玉给总理送礼来了。
　　老人问，谁的举荐？
　　李森说，袁大人的乘龙快婿杨青山。
　　老人问，条子呢？
　　李森把一封书信从方孔中递了进去。
　　方孔嗒一声又关上了。
　　片刻之后，铁门打开，一条通道两旁是厢房，一排是勤杂人员的宿舍，一排是警卫室，墙上有高低两行枪眼。
　　通道尽头又是一道铁门。门口两名士兵搜查李森的全身。
　　宋记者从门里走出，乜了少妇一眼，开始搜查少妇的全身。
　　她搜得很轻佻。
　　宋记者说，徐中玉乃天下第一善送礼者。
　　宋记者把李森与少妇引进了第二道铁门，领着他们进了客厅。
　　曾申正在用电剃须刀刮胡子，赞叹道，洋人花样真多，刮胡子也电器化了。
　　宋记者说，有一点洋人不如中国人。
　　曾申看着她。

她说，官场上的送礼。

曾申有点尴尬，但很快就哈哈大笑起来。

曾申说，我有胃寒，人家徐中玉只不过是给我请了一个奶妈而已。

他示意李森和少妇落座。

宋记者穿上外衣，看了曾申一眼，扭动腰肢走了。

曾申自我解嘲地摊了摊双手。

李森说，总理大人，徐督军听说您的胃病总不好，专门去请教了齐鲁名医张景琛。张先生开出一个处方，是人奶。徐督军就命我在济南府买得一名出身书香门第的妇人，给总理送来了。

曾申问，你叫李森吧？

李森立正，行了一个军礼，回道，是。

曾森说，都说你挺能干的，还写得一手好字。

李森说，总理抬举我了。

曾申转而去打量少妇。少妇羞涩地低了头，面庞浮上了红云。

曾申问，多大年纪了？

少妇回，二十一。

曾申又问，念过书吗？

少妇回，家父是秀才，祖父是举人。

曾申继续问，他们怎么把你卖了？

少妇回，是抽大烟的丈夫卖了我。

她的眼圈红了。

曾申又问，孩子生多久了？

少妇回，三十三天了。

曾申又和李森说话——李旅长，回去告诉你们徐督军，就说我曾申对他没有什么看法，阴沟里翻不了船的。

李森说，谢谢总理大人，我告辞了。

李森走了。

曾申掀开了少妇的衣衫，说，先让我尝尝味道如何。

林主席和赵四爷相对无语。

沉默半天，林主席才开了口——事情到了这步田地，只有再送。要不，会前功尽弃的。

赵四爷一脸沮丧。

林主席说，肯定是李森的点子，徐中玉没有这等本事。

赵四爷说，最不该的是，曾大总理吃了原告再吃被告……他和赵某还算是朋友，呸，这种黑心的小人竟爬上高位，国将不国了。

林主席说，官场皆然，不足为怪。

赵四爷说，然而我已经是山穷水尽，拿不出多少钱来了。

林主席并不理会，他说，鲁南首富，又何必哭穷呢？

赵四爷说，悔之晚矣。我好好做一方财主，多么快乐，却鬼使神差，掺和进你们狗屁官场。

林主席说，人进江湖，身不由己了。

赵四爷说，我回家卖地去，把一千顷良田卖了，不信就扳不倒一个丘八。

赵四爷离开，林主席看着他的背影，脸上浮现出幸灾乐祸的神情。此刻他觉得把人玩弄于股掌之间是世上最有趣的事，而权力又保证了这种玩弄的成功性。权力大有大的玩法，权力小有小的玩法。

客厅内，秘书专程从京城赶来，徐中玉亲自为秘书斟茶点烟。

秘书把一张《申报》递给徐中玉，头条标题——《曹锟抓住了吴佩孚的小辫子》。

秘书念文章——据消息灵通人士称，吴佩孚之干将、山东督军徐中玉涉嫌通匪，曹锟已就此事质询吴佩孚，据说，吴佩孚羞恼至极。

徐中玉骂道，鸟东西。谁、谁和咱老徐过不去？奶奶个屁……

秘书说，这件事弄得几个老帅都很恼火，政府一片哗然。中玉兄，总理大人怕是替你顶不住了。

徐中玉说，总理他有法子，给咱老徐日鬼日鬼。渡过这个难关，叫老徐当驴当马都中。

秘书沉吟片刻说，法子倒是有一个。

徐中玉问，嘛？

秘书说，丢卒保车。

徐中玉再问，嘛意思？

秘书说，你是车，李森是卒。

徐中玉有点急，他说，你是叫咱老徐出卖朋友？出事了，把祸水一股脑推给下属，老徐不干，掉脑袋也不干。咱老徐是出了名地护驹子。

秘书说，中玉兄，丢了卒还能保住车，否则，卒不保，车亦不保。

徐中玉又问，老师的意思要把咱老徐如何处置？

秘书说，中玉兄，你忘了？去年河南督军田峰山仅有通匪之嫌就被砍了脑壳，你、你老兄可是人证物证俱全呀。

徐中玉语气有些萎靡，他问，总理要把李森怎么样？

秘书说，交山东省警察局查办。

徐中玉像是自言自语——旅长怕也做不成了。

秘书大笑说，哈哈，旅长？去坐几年大狱吧。

徐中玉沮丧地坐在太师椅上，双手抱住了大脑袋。

秘书说，这件事就这么定了。中玉兄这里，总理叫你放心，他在老师面前一定尽力大事化小，小事化了。他保你官照做、兵照带、财照发。

徐中玉说，唉，只是苦了小森子了。人家还有老娘，我得给人家养着。

秘书说，那是应该的。总理大人还有一件事交办——他有一个堂弟曾地，在曹大帅手下干过团长，如今赋闲在家，请督军给他一碗饭吃。

徐中玉不快——哪里有空缺呀？

秘书说，李森的位子不是空出来了吗？

徐中玉叹了口气，说，咱老徐混到了这步田地，还说什么呢。

戴着手铐脚镣的李森从床上站起来。

徐中玉来看他,双手捧着他的脚镣,大骂,卸,卸,他是旅长。

警察局长说,督军,在这里,他是关押待判的通匪犯人。

李森说,督军,这没什么。

徐中玉说,兄弟,我对不住你。

李森说,督军,李森毫无怨气。

徐中玉说,明天我就把你老娘接了来,我孝敬她老人家。

李森说,谢谢督军了。老娘已经让朋友接走了。

徐中玉问,他?

李森点点头。

徐中玉由衷地说,真朋友也。

帆船在运河上航行。化了装的林主席独立船头。

马达声传来。他摘了墨镜,向南方眺望。

火轮的舱内,孙美瑶、车耗子、黑熊及七八名马子临窗眺望。

孙美瑶问,徐中玉的消息准不准?

车耗子说,应该是很准的。

孙美瑶说,这一回,徐中玉叫曾申害惨了,尤其是李森兄弟。

车耗子说,李森的老娘和春兰住在一起,我按总司令的意思,又给老人家买了个丫头。

孙美瑶说,山高地险,不是老人久居之地呀。耗子,下一步棋,你要设法弄到李森关押的地点。

车耗子说,我已经开始行动了。

孙美瑶说,徐中玉那条线怕是断了。

车耗子哈哈了两声,说,一点不假。总司令,徐中玉都不敢见我了。

火轮后边,遥遥跟着一叶扁舟。一个披着蓑衣、头戴苇笠的渔夫用长篙驶船,小舟飞快地在微山湖上滑行。船头搁着一个鱼篓,一只鱼鹰单腿站立。竹篷船舱里坐着一个年轻人,酷肖孙美瑶,也有一张粉白的面庞，眉宇间长着一颗红豆佛爷痣。

火轮追上了那艘大帆船。换了水上警察制服的车耗子等人钻出舱。

火轮上飘扬着"水上稽查"的旗子。

车耗子喊，停船！

帆船上一个伙计吆喝——我们是商船，进京送货的。

车耗子喊，停船，检查的就是商船。

帆船不停，车耗子鸣枪示警。

火轮截住了帆船的去路。林主席戴着墨镜站上船头观望。

林主席低声说，亮出身份！

伙计说，你们查个屁，这是林主席的船。

车耗子却说，林主席会坐这号破船？你骗鬼去吧。

林主席忍不住摘了墨镜，说，放肆。

车耗子问，你真的是林主席？

林主席说，我难道是假的不成？

车耗子说，我却是不认得你呀。

林主席说，你一个百姓，怎么会认得我？

这时候，孙美瑶从舱内钻了出来，说，你倒真的是林主席。

林主席惊讶大叫，你是孙美瑶！

孙美瑶说，林主席还算有眼力。

林主席和水手、伙计全部掏出了枪。火轮上的马子们也亮出了枪。孙美瑶一挥手，车耗子、黑熊和十名擅长格斗的熊字团马子纷纷跳上帆船。

黑熊独臂力斗两名伙计，伙计被他打下水去。

浑身发抖的林主席叫，雅儿，你出来呀。

林小姐从舱内出来了，叫道，美瑶。

孙美瑶在火轮上应声——室雅。

林主席说，孙美瑶，你把她劫走吧，快放我走。

孙美瑶亮出那把勃朗宁。

林主席说，我毕竟是雅儿的亲生父亲。

284

孙美瑶说，可是，你给她带来了无穷的痛苦，你给无数百姓带来了无穷的苦难。

林主席问，你、你要怎么样？

孙美瑶说，你猜得很对，我就是让你们官场发抖的"上官克星"。

孙美瑶举起了短枪。

林主席叫，雅儿。

林室雅叫，父亲。

枪响的时候，林室雅下意识扑上来护住了父亲。孙美瑶的子弹打中了她的腿部。

孙美瑶纵身跳过来，抱起了血泊中的林室雅。

林主席趁机跳入运河中，但是此刻那叶扁舟已经追来，那个酷肖孙美瑶的年轻人双手举着"大眼撸子"，丝毫没有犹豫地连发五颗子弹，射穿了已经泅入水底的林主席的胸膛。弹孔形成五点梅花状，被击中者彻底没救了。

年轻人高声叫道，我是"上官克星"。林文山，你死有余辜！

尾音还未落尽，那叶扁舟连同年轻人已经远去。

水面并不平静，一圈涟漪泛起，林主席的身体从水下仰浮在了水面上，五朵血花灿烂地开放在水上。

他声若游丝地说，雅儿，爹爹……实在对不住你。

林室雅被孙美瑶的双臂紧紧圈住，她从心底叫出了痛彻心肺的"爹爹"……

山花烂漫。

孙美瑶扶着一瘸一拐的林室雅在豹子谷漫步。

一条小河挡住了他们的去路。

河对岸，有一只雪白的野狐，向他们摇首摆尾，并不跑开去。

林室雅欢快地大笑，挽起了裤脚要过河，却看到腿上绑着绷带的伤口。

她沮丧地坐到了一块石头上。

孙美瑶像个大孩子，顽皮地在她面前蹲马步。

林室雅张开双臂，娇娇地叫，背背。

男人背女人过河。

白狐在对岸向他们走近，然而待他们涉水到河边，白狐却又一溜烟地跑进了林子里。

养蜂人看见了过河的男女。他摘下蜂帽，是孙桂林。

他的眼前幻化出孙桂森威严的画像……

他呆呆地站着——

老爷，我知道你和夫人的心思，我要好生劝住甲午……可是……

女人坐在一块石头上。男人给她采来了一抱鲜花。

她把野花揽在怀中，把面孔藏在花丛里。

男人观赏着野花与人面并娇。

他突然问，庄监军走了多久了？

女人说，我怎么知道呢。

男人说，他也该回来了，不知道能不能请来张之老先生？

女人说，共和君变了，整个人都变了……

男人说，是呀，伤腿还未康复，拄着拐就为咱们请命去了。

孙桂林、孙美瑶等人陪同江北招抚使张之在山上视察。

庄共和丢了拐，但走路仍旧一拐一拐的。他在前面引路。

刚刚康复的林室雅也在其中。

狗肉张跑前跑后，一会儿给张之递上一块热毛巾，一会儿扶着张老先生上下山路。

他们来到军纪碑前。张之很仔细地阅读碑文，抚摸罚桩、戒板、断头台。

他说，共和君多次给我写信，和我恳谈，说贵军是一支纪律严明的农民武装，已经摆脱了马子习气。今日看了惩戒园，老朽有一点信了。

庄共和说，招抚使，孙总司令还自罚过跪戒板哩。

张之惊奇地问，真有此事？

林室雅说，他跪了一天一夜。

各种字样的黑旗依次插在山岩上。

马房里，一排骏马正在吃草。

营房内，颜色一致的被褥折叠齐整，排成一溜，大炕上是崭新的草席。洗脚、洗脸的大小瓦盆、铜盆也排成一溜，摆放在自制的木架上。一条条土布巾则搭在营房的长绳上。

几名臂佩值日袖标的马子正在打扫卫生。

当然，这营房只是一排排开凿成上下两层的山洞。

张之兴致很高，六十余岁的他竟不让狗肉张搀扶，自己跳上跳下。

他说，共和君把孙总司令说成军事专家，看来有点意思。

林室雅向庄共和投去赞许的目光。

庄共和说，孙桂林先生则是军队管理专家，诸头领也都是虎将。

张之说，共和君与贵军建立了深厚的友情。

孙美瑶说，庄先生早就是我的监军了。

张之一行人来到银杏树下。张之双臂环展去抱银杏树干，竟然只能抱住古树圈围的三分之一。他拈须赞叹。

他们到了禁闭室前。一排禁闭室有七八间之多，俱为山洞，洞口安铁门。

狗肉张打开一扇铁门，众人走进去。

洞内有小床，有小桌、小椅，桌上有笔砚和纸张。每张纸上都写着"悔过书"三个大字。

洞里有一个中年马子。张之问，你知道自己犯了什么过错吗？

马子说，我、我在集市上拿了百姓的一斤杏子，没、没给钱。

张之问，禁闭几天？

马子说，三天。

张之说，桂林先生、诸位，中山大总统最恨的就是革命军队糟蹋百姓，你们要加入革命序列，这一条尤为重要。

孙桂林说，我等一定努力去做。

庄共和马上说，他们已经做得很好了。

张之说，是吗？哈哈哈……

票房和禁闭室一样装有铁门，俱是山洞。内有大椅子、大桌子，有大床。床上有干净的被褥，床下有铜盆等洗漱用具。

张之问，可有脚镣、铁索？

孙桂林说，招抚使，那一套两年前我就予以杜绝了。

张之又问，没有女票房？

孙桂林说，抱犊崮从来不绑女票、娃娃票。总司令说，绑女票无异于绑亲娘，绑娃娃票无异于绑自己儿女。

张之却问，那么，林小姐是如何上山的呢？

孙美瑶一时语塞，半天才说，美瑶最恨的乃北洋官场，官场中的太太、小姐不在赦免之列。

林室雅却说，张老先生，我可是多亏了他们绑我上山呀。

张之哈哈大笑，说，孙总司令，如果你们真的想加入北伐序列，从即刻起，必须严格执行我的两点意见。其一，明日关掉票房，从此不得再绑肉票。其二……稍后再说。

狗肉张说，招抚使，这、这不叫我们绑肉票，岂不是不让庄户人种地吗？我们两千五百号人，吃什么？喝什么？

张之的脸色变得阴沉起来。他说，焉有此理，就是军阀，那也是断断不敢做此勾当的。

庄共和说，招抚使，他们一旦接受收编，即为国军，国家是会发饷的，他们还用得着绑票吗？北边的军阀，大约用不着绑肉票，他们可以明抢明讹。

孙桂林小心翼翼地看着张之，嘴里嘀咕——招抚使大人，苏鲁豫皖四省百姓都叫抱犊崮"仁义马子"。土匪自古有之，皆为官逼民抢，我们已经是做得最仁义的了。

张之说，仁义马子也是社会毒瘤。况且，世人皆曰——孙美瑶者,即为"上官克星"也。我们革命党人,最厌恶的就是暗杀行动,这是封建官场文化的毒瘤。孙总司令,你必须戒了这个毒瘾。你应该不是"上官克星"吧?

孙美瑶低沉地说,不,吾即"上官克星"也。面对贪官污吏,我的这个瘾是万万不会戒的。

庄共和实在忍不住了,低声说,贵党领袖之一汪精卫,还不是因为刺杀摄政王而一举成名?

演武场上,"山东建国自治军"军旗及各团旗插在十几根旗杆上,猎猎作响。

主席台上,张之、范司令、孙美瑶、孙桂林及众头领依次落座。
总值日官车耗子把杏黄旗一摆,演武开始。
一百匹良马组成的马队,一律无鞍,马上不见一个骑者,他们都藏在马肚子下面。

马队跑出各种阵势。车耗子敲响一面铜锣,骑者翻身上马,一个个站到马背上。

领头的大白马上却不见骑者。

只听一声呼哨,马神从"鹰"字黑旗的旗杆上飞落,恰好站到了马背上。

这时候,天空中升起一只只茄子大小的气球。
马背上的骑者亮出短枪,枪响,一百个气球纷纷在空中炸碎。
范司令说,美瑶兄,你的鹰字团比我的厉害。
孙美瑶总算谦虚了一回,说,你是师父,我是徒弟。
马队下场,熊字团斗士上场,展示精彩的格斗。
独臂黑熊一人力斗四士。他竟能把一个斗士单臂举过头顶。
张之赞赏说,共和君把这个人物完全神化了,今日看来,也不为过。

孙美瑶说,他是我的好弟兄。
张之说,共和君说,他最早是你父亲的保镖。

孙美瑶说，是的，他其实是日本孤儿，是家父把他养大，又让他学了本事。他那只钢爪杀过不少贪官污吏。

众头领俱在听张之训示。

张之说，张某这一次亲临君山，实乃共和君力荐。视察数日，受益匪浅。张某可以负责地说，山东建国自治军是一支心系南方，与北洋军阀初步决裂，但仍然没有摆脱土匪习气的部队。张某将伺机向中山大总统如实禀报，力荐贵军。另外，张某也是爱才心切，故而直抒胸中之感触，两条训诫还望总司令、老当家的和众头领思之戒之。

众人热烈鼓掌。孙桂林热泪盈眶，站起来向张之连鞠三躬。

林室雅向庄共和说，共和君，谢谢你。

庄共和说，室雅，你谢我干什么，你应该向美瑶兄祝贺呀。

孙美瑶向庄共和走过来，说，庄先生，你对孙家军恩德匪浅，谢谢你。

孙桂林示意众人坐好，安静下来。

孙桂林说，还请招抚使指明今后之方向。

张之说，两条训诫，吾早已提示总司令及诸位，望借镜思过，早日缩短与孙大总统思想之差距，脱胎换骨，方可成为北伐洪流中一朵浪花。

桃花盛开，蜜蜂飞舞。孙美瑶与林室雅在林中漫步。

他退后，观察她的步履姿态。

她说，你那一枪还是手下留情的。

他说，也许，我不该打那一枪……

她说，已经好了，全好了。

孙美瑶默默地跟着林室雅。

她问，听了张老先生一席话，感受如何？

他说，茅塞顿开……

她说，你好像言不由衷，是否对那两条训诫不以为然？

他说，没有啊。

她说，可肉票你还在绑，你还派出了你的"上官克星"，你有了目标？

他说，北洋政府已经腐败透顶，我叫他去了京城，不着急，盯紧了曾申……

她说，眼前麻烦事很多，是呀，你还顾不上长远的目标。

他说，今年以来，各个军阀一个跟着一个学，竞相聘用外国军事顾问团，纷纷购置洋枪洋炮。张作霖聘日本人，吴佩孚聘德国人，曹锟胃口更大，重用那个战争狂人华莱士，要他招聘多国军事顾问团，听说华莱士马上就要率领三十八人的顾问团来中国了，这家伙还为曹锟购置了大批军火……中国，即将再掀军阀混战的风暴了。

她问，咱们能做什么呢？

他说，我已经让耗子去传达密令，蓝钢皮列车上的内线务必关注洋人动静。如有军事人物出现，火速密告。

她再问，劫持洋人军事要员，制造国际事端，破坏曹锟竞选，逼迫曾申下台，是不是总司令近期的战略计划？

他回，知我者，室雅也。

两人相视而笑。

香烟袅袅。

孙桂林和孙美瑶亲手仔细地打扫房间，擦拭牌位、香案、画像……

孙桂林说，甲午，林小姐与庄先生是很好的一对，旧情新谊，又历经磨难……两个人都有恩于君山，咱们可要促成他们的好事。

孙美瑶默默地用衣袖擦拭着父亲的画像，并不表态。

孙桂林说，唉，你也不小了，皇叔心中有数，我已托了京城的老旧识，让他们为你物色一位书、貌、品皆佳的女子。

孙美瑶笑了，说，皇叔，您不用说了，我知道您想说什么……

孙桂林说,昨天夜里老爷和夫人托梦于我。甲午,这事你可要依着皇叔。

孙美瑶问,皇叔,林、林小姐她有什么不好?您不是很喜欢她吗?

孙桂林说,她是一个极好的女子,却就是不大适合做孙家的儿媳……

孙美瑶说,皇叔,人家还不一定看得起我这个马子头哩。

林室雅帮着孙桂林收拾蜂箱。两人都戴了蜂帽。

一团蜂子围着林室雅的脑袋飞舞。她惊叫。

孙桂林说,别怕,它们是喜欢你。

她笑了。

孙桂林突然说,林小姐,庄先生是个有本事、有身份的男人,对你又是一往情深,老夫为你们做个媒,好不好?

她侍弄着蜂箱,摇头说,皇叔,您不用操心我和共和君,我们的缘分早就断了,如今只是好朋友……皇叔,您倒是该为总司令操操心了。

孙桂林说,我已经为他选好了一个女子,品貌俱佳,学问、身世又好。

她无意识地抽开了一个蜂箱,一团蜜蜂拥出蜂房……

秫秸箔扎成的大棚,棚上缀着一串串白花。

吹鼓手吹奏着哀乐。四五个和尚在诵经。

大棚乃灵堂,吊丧的人络绎不绝。区长率几个孝子披麻戴孝地跪在灵棚里,不时向吊唁者磕头。

丧幛挂满了灵棚,上面注明吊唁者的姓名。丧幛大半是青国呢布,有的还是土布。

不远处,木匠正在赶制一口棺材。

区长跪在地上哭得很惨,他是一个孝子。

治丧总管进来了，说，区长，又来了一位吊唁者。

区长问，哪一门子亲戚？

总管说，不是亲戚，他说是朋友。

区长说，快请。

总管说，礼太重，区长怕是要亲自出迎才好。

区长起身出迎。只见一位先生长袍马褂，领着一队人马而来。

高头大马，铁轮大车。车上放着一口桐油七寸帮寿材，材顶摆放着"聚宝盆""摇钱树"，都是金箔银箔扎成。

区长迎上去，扑地便拜。那位先生也不答话，大踏步进了灵棚，跪地磕头。

先生说，伯母早逝，世侄不胜哀悼，呜呼哀哉。

区长率众孝子一片恸哭。

先生连磕三个响头。起身又焚香三躬，说，区长，区区哀悼之物，略表心意，请查收。

治丧总管过来一一清点，高唱——特等桐材一口。

账房回，记了。

总管唱——大洋一千块。

账房回，记了。

总管唱——丧幛国呢十匹。

账房回，记了。

总管唱——口含珍珠一颗。

账房回，记了。

区长从地上爬起来，拉住那位先生的手，激动地说，先生，礼重千金，我实在不敢领受，敢问先生……

先生说，区长，我是送给逝者的，活人不挡亡人财。

区长唤了一声——先生……

先生问，能否坐下一叙？

区长问，敢问先生大名？

先生眼神示意，区长让众人退下。

先生说，区长，我是孙美瑶。

区长并不太吃惊，他说，总司令，方才我已注意到了您眉弓上的红豆佛爷痣。

孙美瑶说，区长，伯母大丧，美瑶来得唐突。

区长说，总司令的为人四乡传颂，今日眼见为实，实在感激总司令的厚爱。

孙美瑶说，咱们交个朋友如何？

区长说，那我就高攀了。

孙美瑶问，丧礼如何处置？

区长说，恭收不辞。

孙美瑶又问，桐材呢？

区长说，母亲托总司令庇佑，西天路上也会高兴的。

区长领着孙美瑶楼下楼上地转，说，楼上是家人的憩息之处，楼下是我接待公家来人的客厅。

孙美瑶说，大哥，这楼虽好，却无小弟容身之处。

区长开启了一扇门，走下台阶，眼前是一大间地下室，布置高雅舒适。

区长笑问，这里如何？

孙美瑶说，谢谢大哥的周到。

区长说，小弟，不管换了哪朝哪代，不管外面风云如何，八区的地盘都是你的家，八区的每一条道路任凭你通行。

孙美瑶再问，你不怕受到牵连？

区长说，冲着你的人品，大哥不怕。大哥知道，小弟不是马子，是成就大业者。

孙美瑶热泪盈眶，情不自禁地抱住了区长。

区长问，你不是说还要我办一件事吗？什么事？

孙美瑶说，原五旅旅长李森也是我的好弟兄，如今为了我在大狱里吃苦。他的老娘我接到了山上，大哥，你知道，山上不大适合老人居留……

区长说，我明白了，你把老人家给我送来吧，我正好没有了亲娘，会把老人当亲娘来侍奉的。

孙美瑶说，我不会长久麻烦大哥的，我安排好了，等救出李森兄弟，就送他们母子去上海，我已经在上海给他买好了房子。

区长说，你的好心会有好报的。

区长和孙美瑶宴请七八位客人。

区长端起了一杯酒，说，我敬各位区长一杯。如今一区、二区、三区……一直到十区的区长都来了，我话说到头里，孙美瑶是我的生死弟兄，诸位谁难为我弟兄，不愿意帮忙，我可不让。

一区长说，八区长，你是老大，你的弟兄就是我们的弟兄。没说的，干。

众人都喝下一大杯酒。

孙美瑶站起来叫，来人。

随即进来一位随从，拎着一个大皮包。孙美瑶说，给各位区长表示一点心意。

随从拉开皮包，在每人面前放下一个大红包，包的全是大洋。

区长说，每人五百块大洋，收了。

大部分区长都收了，只有一个区长不收。

孙美瑶说，十区长，您不用担心，我一不来要粮，二不来要钱，三不来拉夫，只是想和各位交个朋友。

那个区长干笑着，也收下了红包。

一区长问，孙总司令，俗话说无功不受禄，你叫我们做什么事呢？

孙美瑶说，真的不烦诸位为我做什么事。

一区长说，君山马子，真仁义也。

最后一个收礼的十区长不阴不阳地笑着。

下人进来说，县上来人了。

众人有点惊慌。十区长站起身，要把大洋还给孙美瑶。

区长说，诸位放心，尽管在这里陪我弟兄喝酒，上面由我去应付。

区长推门进来，县警察局长从椅子上站起来。
区长热情寒暄——哎哟，局长驾到，有失远迎，得罪。
局长说，区长，都是老兄弟了，不见外。
区长亲自为局长上茶上毛巾。
局长说，我来也没有什么大事，县长前日把我叫去，说他听到了一句民谣——峄县十八区，区区都通匪。县长叫我各区走走。
区长问，你信这一套吗？
局长说，我走一走转一转，回去就和县长说，没有那回子事。其实，如今这世道什么叫匪，什么叫官，连鬼也摆不清了。
区长说，兄弟，你是个明白人。

凌晨，徐庄。这里是通往抱犊崮的咽喉之地。
一队队马子悄悄地向徐庄前进。
车耗子先后干掉了三个岗哨，一个在村东头的小岭上，一个在村口，一个在驻军的营房门口。
这里是六旅八营的驻地。营房设在一处地主院落里。
巡逻队走来，一共十人。十名马子扑上去，一个人卡住了一个士兵的脖子。十个士兵瘫软在地上。
庄东头的一棵老槐树下，马神、孙桂林以及几个随从正在等候。
一个马子从庄子里跑来，说，老当家的，钉子都拔掉了。
孙桂林说，告诉你们团长，一个也不能让他跑掉，特别是那个何小鼻子，务必活捉，总司令要用他祭奠烈士。
马子应是，跑回庄子里去了。
马神说，弟兄们恨死了何小鼻子，老头子山一仗，有许多弟兄死在他的手上。
孙桂林说，他是何大鼻子的干儿子，这个钉子早该拔掉了。

庄子里响起一片枪声，未几火光冲天——营房起火了。

孙桂林问，马神，你和五旅的王麻子还有来往吗？

马神说，总司令叫我去找过他几回。李旅长一坏事，五旅的弟兄们惨了。那个曾地一口气撤掉了五个营长、两个团长，王麻子被逮起来了。

孙桂林说，抽出手来要去教训教训他。

枪声渐渐平息，东方天光大亮。马子们押着一大队官兵从庄子里走出来，官兵们大多只穿着一条裤衩。

车耗子头顶一个大盖帽，兴冲冲跑来说，老当家的，整窝端了，一个弟兄也没伤着。八营二百八十四人，打死七十人，俘虏二百一十四人。

俘虏兵走过来了。

一个早上起来拾粪的老汉，背着粪筐站在一旁看热闹。

孙桂林问，耗子，那个何小鼻子呢？

车耗子说，老头子山一仗后，他升官了，成了团长。如今是另一个龟孙来当营长。

车耗子把一个穿着白衬衣的青年人推到孙桂林面前——就是他。

孙桂林示意让俘虏兵止步，问那个营长，你叫什么名字？

营长回，陈文兵。

孙桂林问，你是临沂人？

他回，是的。

孙桂林上下打量着他，说，你好像是一个读书人。

陈文兵说，我从保定武校毕业才一年。

孙桂林从队列里拉出了一名俘虏，问，他打骂你们不？

俘虏说，陈营长是个好长官，他不打骂士兵。

孙桂林问，他比起何小鼻子怎么样？

拾粪的老汉走过来，说，我应该说句公道话。何小鼻子是阎王，欺压百姓，打骂士兵；人家陈营长知书达礼，百姓也说他的好话。老当家的，你放了他吧。

孙桂林说，陈营长，我放你回去。

陈文兵说，我丢了整个营，回去也得枪毙。

孙桂林说，我把你的兵、你的枪全部还给你如何？

陈文兵扑通跪下磕头。

孙桂林说，孙家军和六旅的下级官兵无仇无恨，我们要打的是何大鼻子、何小鼻子。

陈文兵说，老、老当家的，今后有用得着我的地方，你尽管说。

孙桂林说，这一方百姓就拜托陈营长了。

陈文兵说，当兵的天职就是保国安民。

孙桂林说，你们回去吧。

陈文兵给孙桂林行了军礼，迅速站到俘虏兵队列前面，昂首挺胸地喊，立正，向右看齐，向前看，敬礼！

半裸的俘虏兵向孙桂林和马子们敬礼。马子们哄笑。

马神说，笑个屁，看看人家这纪律、这军风。

马子们的笑声戛然而止。

陈文兵喊，向左转，齐步走。

俘虏兵队列向庄子里行进。

赶集的乡民三五成群，走向一个大庄子。汉子用独轮车推着肥猪，老头用扁担挑着花生，妇女用篮子挎着鸡蛋，大闺女用包袱背着自家织的土布。

田野里有在耕种的农民。

一个顽童牵着老黄牛，慢悠悠地走。

推车的汉子说，大锅（哥），听说半湖集挺红火的。

老头说，听口音，老弟不是此地人。

汉子说，我是滕县的。

老头笑了，说，半湖集是叫红火。马子集嘛。

汉子小声问，集上有马子？

老头看他一眼，笑着说，半湖集就是马子集，马子管的，哪能没马子。

汉子调转车子要往回走,老头拦住了他。

看到汉子很害怕的样子,老头拍着他的肩膀说,我告诉你,君山马子是仁义马子,他们管集,比官兵管集好上千倍。他们不抢不要不欺不诈,还不许别人不公不平。管集的叫狗肉张,是个副司令,也是个买卖人出身,台儿庄卖狗肉的,他可是个公平人。

汉子随着老头又向前走。

庄子口有个池塘,岸上柳树成荫,塘里鹅鸭成群。

背枪的狗肉张站在街头。他看见老头,急忙叫一个年轻的马子替老头挑了花生。

汉子怯怯地看狗肉张背着的盒子枪……

老头寒暄——张副司令,来守集呀。

狗肉张说,老兄弟,你不是要杀了那条狗吗?啥时杀言语一声,我就去。

老头说,我又有点下不了狠,一条老狗了,跟了我十好几年。

狗肉张有点尴尬,说,狗是好牲灵呀……我这一辈子算裂熊了,杀了成千上万的狗,到了阴曹地府,它们不撕碎我才怪。

老头说,司令如今行好积善哩。

狗肉张说,是要学着一点儿。

汉子问,您是副司令?

狗肉张淡然地说,嗯,咱就是一个卖狗肉的。

他们说笑着进了集市。集市周围三步一岗,五步一哨,有不少马子站岗。

狗肉张在集市转悠,来到一个卖狗肉的摊子前。

他操起刀来,给买主剔肉。

买主说,来一斤八两。

他用荷叶包一包肉,扔进买主的篮子里。

买主问,这就是一斤八两?

摊主说,错不了的。

买主不大放心的样子。

摊主拿出荷叶包去称。一斤八两,不多不少。

买主服了,憨笑着。

摊主由衷地赞叹——张哥这双手、这两只眼睛,是神秤哩。

狗肉张说,不瞒你说,我卖过二十八年狗肉,祖上三代都是干这一行的。

卖花生的老头说,刘邦的大将军樊哙就是卖狗肉出身。

狗肉张憨厚地说,老兄弟,咱姓张,不姓樊。

众人大笑。

集市在前街,后街上是一溜青砖大瓦房,还有三两座中式小楼鹤立鸡群。

一座高大的门楼前,有一棵千年古槐,虬曲的树干上生出条条青翠嫩枝。

古槐旁是一块形状奇特的上马石,一匹高头大马拴在上马石上。

石榴树种在窗下的花池里,旁边的夹竹桃开得正艳。

窗内传出女人咏咏的笑声,还有男人粗重的喘气声。渐渐地,一切归于平静。

一只大鹅悠闲地在院子里漫步。

女人嗔道,馋狗,才三天就熬不住了。

男人嬉笑道,外出公干,路过。

女人笑问,呀,大白天里,又逢大集,你就不怕叫人看见?不怕犯了你们的山规?

男人色胆包天,说,嘻嘻,凡事都是撑死胆大的,饿死胆小的。再者,我们山规是说不许强行奸淫民女,你是和咱相好,不犯规。

女人说,抱犊崮上少找你这样的骚狗子。

男人说,天底下也少找你这样的浪千金。

女人甜腻地说,这正好是一对哩。

男人问,你爹爹可是清清楚楚,咋也睁一只眼闭一只眼?

女人回，嗜，还不是为的这一大宗家业。兵荒马乱的年头，有闺女就得找个带枪的。

男人说，咱可是一个马子……

女人回，如今这世道，官兵和马子又有啥分别，你不是也干过官兵吗？

男人问，你真是这么想的？

女人回，我喜欢你呗，离不开你呗，总得找个理儿自哄自呗。

门口传来马的长嘶，披着一件白褂的马神提着枪从屋里跑出来。

他竖起耳朵听着周围的动静。

一个丰满的、满脸都是雀斑的年轻女人，一手穿着一条袖筒，一手捋着散乱的头发，从屋里跟出来。

她乜了马神一眼，说，我的大英雄，没事，看把你吓的。

马神问，六旅的官兵时常来抢集吗？

女人说，隔三岔五来过，都叫你们那位狗肉张打跑了。

马神说，我出去看看。

女人扯住了他，贴上他的身子，说，最近没一个官兵，街上倒尽是些马子。

马神拥着她又进了屋子……

第十四章

狗肉张继续在集市上转悠。

集市热闹火爆。一个女人和一个汉子吵了起来，汉子就是那个从滕县来卖猪的。

女人尖厉的声音——你卖的是猪肉，不是猪食和水。

汉子无奈地说，大嫂，开天辟地以来，卖猪的也没有自个儿减去十斤的，世上没有这个说法。

女人撒泼说，咱们这地儿就有这个说法。

汉子气恼地说，这、这是你的钱，我退你，你让那位大哥把猪退我，我不卖了，不卖了不中？

女人不接那钱。旁边一个年轻人把猪装上了车，推起来就要走。汉子跑过去拦住年轻人，女人大叫着让汉子放开年轻人。

女人和汉子拉扯起来。女人俊俏的脸上拧出一朵笑，继而扯开了喉咙大叫，好你个不要脸不要腚的，抓我奶子，想吃是不是？来，吃呀……

汉子急扯白脸地说，你、你……我没、没碰你那儿……

女人不依不饶，故意拿身子去蹭汉子，却是微妙地似碰非碰。她好看的嘴唇里吐出无赖的言语——抓了，就是抓了。

汉子急了，口不择言——抓了我是你养的。

女人呸了一声，表情怪异地说，我才不养你这种龟儿子，不要脸……

旁边围了一圈人，狗肉张也挤了进来。

女人马上媚笑着贴过来，说，哎哟哟，我的张大司令，你也不管管这个外乡人，他占我便宜又不认账。

汉子急得要哭，红涨着脸膛发誓——我、我要是碰了她那儿，天打五雷轰……她耍赖，硬是要扣下十斤肉钱，说是猪食和水。

女人几乎贴上了狗肉张，小声说，晚个儿你来……

狗肉张推开女人，铁青了脸说，把你的大襟掩好了，别自己往下拉扯。

众人哄笑。

狗肉张说，给人家补上十斤肉钱。

女人不大情愿。

狗肉张说，再欺负人家外乡人，谁还敢来做买卖？

女人开始示弱，可怜兮兮地说，张大司令，你、你可不能偏心外乡人……

狗肉张问，不补钱？那好，退还人家的猪。嫂子，你是集油子，不会不知道我立下的集规——欺买欺卖者，罚大洋五十。

女人说，我给……我给还不行吗？

狗肉张监督着女人给汉子补钱。他把汉子交给了一个小马子，吩咐说，你把他送到路口。

汉子眼泪汪汪地跟着小马子走了。

集市北边有一个小沙丘，柳树环抱，沙粒闪光。

中午时分，狗肉张带了一名小马子来到沙丘上。他躺下来，看看中天的太阳，取下一个葫芦晃了晃，自言自语——酒还有，肉没了。

他扔几块大洋给小马子，说，去给我割五斤熟狗肉，你留下二斤。

小马子接了大洋走了。

他折下一根柳枝，拧出一只柳哨，吹了吹，还挺脆挺响。

他用柳哨吹起一支小曲，音调婉转流畅，吹出了台儿庄的大运河，鲁南与江北的村庄和大集……

303

小马子用两片大荷叶包着狗肉回来了，说，副司令，你吹得真好听呀，鸟叫一样。

狗肉张说，好久不吹，都生了。年轻时候，春天在运河边上，我这只柳哨引人着哩……

他接了大包的狗肉，把小包的留给小马子——到集市转悠去吧，有事再来找我。

小马子拿着狗肉乐颠颠地走了。

他把荷叶摊在沙丘上，拧下了葫芦塞子，仰脸灌了一大口烧酒，又捏了一块狗肉塞进口中。

他骂道，呸！这也叫狗肉？唉，凑合着吧……谁叫咱杀了人当了马子。他娘的也没有蒜瓣子……

他一口一口地喝酒，每吃一块狗肉，都要骂一声。

那个女人竟然媚笑着找来了。女人腰是腰，胯是胯，胸是胸，脸盘子也生得俊俏，只是眉眼间流露出一丝凄苦。

女人嘴上却尽是挑逗，说，大司令哟，你让我找得好苦。

他问，找咱做什么？

女人偎过来坐——你想想，一个女人颠颠地找一个男人，能做什么？

他又喝下一大口酒，说，嫂子，你是想要我去跪戒板呀。

女人问，什么意思？

他叹一口气说，我们有山规，强行奸淫女人者……

女人心里好笑，但又觉着眼前的男人靠谱，说，呸，死心眼子，这种事谁会知道？强行奸淫，那不是说硬逼着女人和男人搞吗？你可没有硬逼我，是我自愿的，这叫相好。

他说，那、那也不大好……

女人继续挑战着男人的底线，说，世上没有不馋女人的男人，是不是？

他直白地说，你这话对，当兵三年，老母猪赛貂蝉。

女人定定地看着他，身子向他挪近。

他伸出手来想拉女人,却又倏地缩了回去。

女人说,甭怕,马子没有不偷女人的。

他说,你休要胡说八道,老当家的、大当家的……都是规矩人。

女人说,你们那位马团长,就和周财主的千金相好,他那大马在周家门口一拴就是一夜……

他问,你这话当真?

女人说,当真又怎么样?你能伤天害理地去告人家?

他摇摇头,女人趁势偎进了他的怀里。他欲言又止——我没、没钱。

女人很了解马子的情况似的,说,你的份银呢?一个月少说也有几百大洋吧。

他老老实实地回答,我都送回老家了,让哥哥给我收着、藏着,攒多了,买几顷好地……

女人抱住了他。他铁塔般的身子直挺挺的不敢乱动,任凭女人抱着。他感受到女人肉体传递过来的温暖。

女人说,好哥哥,咱不图你钱。

他还是推开了女人。

女人脸上是受伤的神情,说,你看不上我?我外面风骚,里头却是干净的。我男人死这几年,我……

他苦笑着说,嫂子俊人哩……我们快成革命党了,想干点大事,革命党可是不敢胡来。

白马驮着青衣骑者狂奔。

采花的蜜蜂,蜂箱,旁边有一匹枣红马在悠闲地吃草。

白马驮着青衣人飞奔而至。马身上汗水淋漓,青衣人滚鞍下马。

另一个青衣人从山间小屋走出来。

两个青衣人一声不出,骑马而来的甲拿出一套锁和钥匙,从山间小屋出来的乙拿出一把钥匙。

乙的钥匙捅开了甲的锁。

乙收齐锁和两把钥匙,以及甲交给他的一封信。信封上印着一颗人头形状的火漆印。

甲说,丢了脑袋也不能丢了信件。

乙说,丢了脑袋也不能丢了信件。

乙掀起衣襟,露出赤裸的胸膛,胸膛上斜挎着一个小小的皮包,他把信件及锁和钥匙装好,说,小屋里有酒有肉、有草有料,你尽管用吧。

他牵过枣红马,枣红马长嘶一声。

他翩然上马,拱拱手,飞奔而去。

留下的甲把白马拴好,伸展腰腿,走进山间小屋。

狂奔的枣红马驮着乙到了另一个山头,同样是小屋、蜂箱和蜜蜂。

青衣人丙迎来了青衣人乙,同样用一把钥匙打开了那把锁。

乙把"人头信"及锁和钥匙都交给了丙,说,丢了脑袋也不能丢了信件。

丙说,丢了脑袋也不能丢了信件。

他把东西都装进了胸前的皮包里,跃上大青马,说,小屋里有肉有酒、有草有料,你歇歇吧。

大青马飞奔下山。留下的乙在山头上撒了一泡很长的尿,伸伸双臂,向小屋走去。

守夜的马子从哨房里钻出来。

大青马身上大汗淋漓。青衣人丙向马子亮出一块铜牌,上面铸着一个"差"字,还有孙桂林的印章。

马子说,差爷到了,辛苦了。

马子摇动一根专用的皮绳,崮顶响起铜锣声,上山轿摇摇晃晃地下来了。

马子伺候丙上山。

孙桂林、孙美瑶和庄共和一起见他。

丙将一把锁及三把钥匙一起交给了孙桂林。孙桂林从内衣口袋里掏出了第四把钥匙，用它打开了那把锁，然后又用那三把钥匙一一开锁。

丙把"人头信"递给孙桂林。孙桂林交给丙三根竹签，说，到库房去领三十块大洋，一人十块。歇一天就回去吧，怕又有急函。

等丙退下后，孙桂林说，招抚使来信了。

他展开信笺——

诸位当家，甚念。曹锟特聘顾问华莱士从西洋为曹选购军事物资大宗，近日从沪赴津，装载于两节货车内，能否劫之？若成功，一可大增贵军之装备，二可予曹锟重创。张之字。

孙桂林把信函交给孙美瑶，孙美瑶看后又交与庄共和。

庄共和说，的确是招抚使亲笔所书，可见期望之殷。

孙桂林和庄共和注视孙美瑶。孙美瑶说，马上让耗子去找内线，探明货车之车次、时间。

孙桂林和庄共和一齐点头。

马子们三五一群，分布于山顶。

银杏树下，马神和四五个马子正神吹胡侃，车耗子从他们身边急匆匆走过。

马神叫嚷道，耗子，看这行头又进大上海了，洋娘儿们玩了几个？

几个马子抓住车耗子，和他嬉闹。

马神继续胡扯——上海市长的金货都叫你神偷牵来了吧？

一个马子说，搜他的身，看看牵来了多少不花钱的洋玩意儿。

车耗子挣脱开众人，说，弟兄们，有急活儿。

众马子马上停止了打闹，放车耗子走了。

百无聊赖的马神唱起了小调——

杏花花三月开不败，好女人专把马子爱。
　　亲哥哥山上显威风，小妹子夜夜解腰带……

　　他唱得如醉如痴，众马子听得津津有味。
　　庄共和在旁边听得直皱眉头，说，马团长，我宣布，罚你跪戒板半日。
　　马神火气上蹿——你咋就老是和咱们过不去？
　　庄共和说，谁叫老兄老是犯规呢。本人是监军，不监不督，是失职行为。
　　马神一副浑不吝的样子——给你一棵大葱，你就装起象牙来了。我问问庄监……啊监什么军，我犯了哪一条山规？
　　孙美瑶和林室雅也走过来了，但众人都没发现。
　　庄共和说，马团长，你用淫腔荡调扰乱军心、败坏军风，这罪过不小呀。
　　马神骂，屁，老子在西北军时，不用说唱小调，就是真干了，谁管得了咱？
　　庄共和说，那是军阀的队伍，我们是革命党人的队伍。
　　马神笑了，他实在搞不明白庄共和，说，谁承认你是革命党了？你是……马子。
　　众马子哄笑。
　　马子甲说，屁监军，老子不晓得是什么鸟官。
　　马子乙说，唱唱娘儿们有什么不对？拿鸡毛当令箭。
　　马子丙说，嘻嘻，老二不叫动，动动嘴巴子也不行？
　　庄共和郑重地问，马团长，你跪不跪？
　　马神说，这座山上，还没有人敢叫我马神去跪他娘的戒板。
　　孙美瑶抖开绢扇，突然出声——马团长，听从庄监军的罚令！
　　马神一惊之后，仍是不服气，说，总司令……我马神可是凭本事吃饭的。

孙美瑶说，难道还要叫我动手？

……

马神跪在戒板上，一言不发，只有腮帮子在蠕动，表明他在咬牙切齿。

孙美瑶冷眼旁观一会儿，调头下山、越溪，一句话也不说，满面伤心和气恼。

林室雅气喘吁吁地跟在后边，喊道，美瑶，你等等我呀，你说话呀……

林室雅挡住了孙美瑶的去路。

飞瀑，银杏，山花。景虽美，两人的心情却都不美。

她说，我懂得你的心……你很孤独……

他说，他们都是我的好弟兄……他们对我忠心耿耿……

她说，可是，你也知道，想依靠这群弟兄和你成就一番大事业，根本不可能……

他说，不，根本是我无能。

她说，你有一种鹤立鸡群的孤独……没有人真正懂得你，没有人能够与你沟通……包括皇叔，包括耗子、黑熊，包括张副司令……

他说，你别说了。

她说，原本你对马团长期望很高，你觉得他有奇才，又来自正规军队，想和他交心，和他交流，可是，他又让你失望了……

他说，不，他除了有些军阀习气，还是很不错的……我不孤独，我还有你，有庄监军……

她说，可惜，庄监军和我只是你的朋友，却不是弟兄……

春兰抱着君男来迎车耗子。

车耗子从春兰手里接过儿子，又是亲又是举，把婴孩逗得咯咯直笑。他拍拍后脑勺，从包里掏出一顶西式婴儿帽，戴在儿子的头上，左看看右瞧瞧，满心欢喜。

春兰在一旁噘嘴巴了。车耗子会意,笑着说,夫人别气,也有你的。

他把包给了春兰,说,法国香水、日本洋胰子、美国口红,要什么有什么。

春兰说,哎哟哟,意思意思就行了,你那点份银还攒不攒了?不是说好的嘛,攒起来在老家买上几亩地养老。

车耗子嘻嘻笑了,说,没花钱,咱是神偷嘛。

春兰把包扔到了地上,又要去扔儿子的小帽。

车耗子捡起包,说,儿子的东西可真是买的,咱不能叫儿子不干净。

他又把包塞给春兰,鞠了一个躬,哄自己的媳妇,笑脸直贴到春兰的脸前,说,夫人,下次我再不敢了,好不好?

春兰哭着说,狗改不了吃屎。

车耗子用左手去打右手,说,都是你痒痒犯的错,咱老耗可是不叫你伸的,是你贱,看着一个上海女人打扮得漂亮,你就眼馋了,就伸出去了。你给姑奶奶认错呀,你这只贼手,你说呀——姑奶奶,我的心还是好的,想把姑奶奶打扮得又俊又俏又勾人,我不敢了,再也不敢了……

春兰被逗得扑哧笑了,嗔道,别耍贫嘴了,你看看,老当家的在议事厅门口等着你哩。

车耗子伸伸舌头,向议事厅跑去,又回过头来说,别忘了,把那些玩意儿分一半给林小姐。

春兰应了。

孙美瑶和孙桂林在等一个人。

上山轿载着车耗子和一个戴鸭舌帽的男人上来了。

孙桂林、孙美瑶和那人握手。

车耗子说,他姓王,十二岁上就在铁路学徒,如今五十二了,人称王老路。他是暗桩的本家兄弟。

孙美瑶问，你当过华工？

王老路说，欧战时我跑遍了整个欧洲。修铁路、修工事、开火车，什么都会，就是不会打枪杀人。

孙美瑶说，如今你却要上山当马子，不打枪不行，不杀人也不行了。

王老路说，他们……把人逼到绝路上了。

孙桂林说，王师傅，虽说是当马子，可我还是不会让你打枪、杀人。

王老路说，那、那我来落草干什么？白拿份银白吃大肉？不干。

孙桂林问，你会修工事不？

王老路说，真不是吹牛，在法兰西，我负责过一个师的防御工事，洋大鼻子叫咱工程师。

孙桂林和孙美瑶领着王老路在山上转悠，四处查看。

孙桂林说，抱犊崮不能光指望天然屏障，不搞防御工事不行，军阀迟早要来打咱们的。

王老路说，天然屏障只能抵挡小攻、枪攻，防御工事才能抵挡大攻、炮攻。

孙桂林点头。

走到蓄水池边，王老路问，山上就这一个大水池子？

孙桂林回，对。

王老路再问，山上人能喝十天？

孙美瑶回，半月绝无问题。

王老路不无担心地说，如果人家围山围一年呢？如果老天不下雨呢？总司令、老当家的，山上无水路，山下无水源，到时候不攻自破呀。

孙桂林说，王师傅，从今天起，你就是山东建国自治军的防御总管，拿正团的份银。

王老路说，应该从南边的沂河引一条水道到山下，常年有一营的人马防守水道。

311

孙美瑶问，如何引水上山？

王老路说，我自有办法。

孙桂林说，一切由你全权调遣。

孙美瑶问，你会扒铁路吗？不是胡扒乱拆，要叫火车头跑到跟前也看不出来才行。

王老路说，那是小菜一碟。在法兰西，飞鹰二师让我们干过，在马赛城外一百公里处颠翻了德国人的一趟兵车……

孙美瑶惊喜地说，王师傅，你真是我的天兵天将。

蜿蜒的铁路线。铁路两侧俱是山坡、树林，马神率领鹰字团五十余骑隐伏其中，每匹马都戴了笼头，不能长嘶。

几十辆马车也在林中。

马神说，车耗子他们劫下枪支、弹药和军事物资，都装上马车押送回山，谁也不许碰一碰，不许私藏，否则小心吃饭的家伙搬家。

马子甲说，团长跪怕了是不是？

马神说，跪归跪，正事归正事。

马子乙问，都有啥宝贝呀？

马神说，花机关，重的、轻的，要多少有多少，弹药我估摸着也得有个七八十箱。这下抱犊崮牛大了，鸟枪换炮了。

马子甲问，还有别的不？

马神说，装了两节票车，当然还有别的。我估摸着有望远镜，有各种军械，有药品……海了。

马子乙说，这些咱们都不稀罕，咱稀罕的是……

马神敲马子乙的头，说，你稀罕的是女人，可是不准你日。

马子丙说，只准团长日。

众马子拼命捂住嘴巴，不敢笑出声来。马神很干脆地给了马子丙一皮鞭。

黑熊等熊字团的人解决了巡警。王老路领着五个马子，把路基上的石子全部掏空。

王老路从他的铁路员工帆布口袋里掏出几把大小不一的扳手，把铁轨接口处的几个螺丝拧下来。

孙美瑶站在一边。

王老路站起来，用棉纱擦擦手上的油污。

孙美瑶问，这就行了？

王老路说，够了，保险来一个车头下轨啃地，却又不会车翻人亡。

孙美瑶问，后边的车厢翻不了吧？

王老路说，绝对翻不了。

孙美瑶还是有点担心，说，车上装的可是弹药。

王老路笃定地说，总司令，翻了你枪毙我。

孙美瑶点点头，问，几点了？

王老路掏出怀表看了看，说，五点四十分三十二秒，再过四分三十八秒，军车就到了。

孙美瑶离开他们，向一处山坡走去。

四周都是他的人马。

草丛里，巨石后边，埋伏着车耗子的豹字团，随时准备飞身上车，一个个两样家伙——短枪、大刀。

还有一拨埋伏，是狗肉张和鹞字团五十人。狗肉张低声传令——传下去，瞄准了再放枪，一枪一个。押车的官兵，每个人包两个，完不成的不发赏钱。

孙美瑶走进一间放牛人躲避风雨的石屋。墙、门、窗，一律用青石板垒砌，屋顶亦用青石板悬拱而成。

东天淡青色的曙光洒在山坡上，石屋渐渐由铁黑色变成了铅灰色。

孙美瑶从石窗里向外瞭望。

火车的铿锵声响传来，由远而近，由弱变强，大地也被传染得哆嗦起来。

一股浓烟在远处冉冉升空，渐渐弥散。

孙美瑶灼亮的眸子也由幽黑而渐次火黄。

一列载满木材的货车从南边驶来，列车中段是两节票车，车窗上挂着窗帘。

火车头突然抖了一下。

铁轨猛地崩开。

车头冲下轨道，栽在路基上。

司机跳下车头。王老路和几个马子围上来，用短枪顶住了司机的胸口。

王老路说，伙计，别怕，没你的事。

司机问，你也是干铁路的？

王老路说，原来干铁路，如今扒铁路。

司机说，谢谢你，扒得好，不然我就没命了。

王老路并不理解司机的话，只是说，看看谁干的活儿嘛。

车耗子的豹字团一个个从山坡上飞下，扑向两节票车，用铁锤砸开了车窗。

玻璃破碎，他们一手举刀一手提枪飞身而入……

狗肉张觉着不对劲，骂道，妈妈的，押车的在哪里呀？咋就一个也找不见呢？

马子甲说，副司令，没有押车的。

马子乙说，没有，一个也没有。

空荡荡的木材货车，不见一名押车官兵。

两节票车车门大开，车耗子站在车门处拼命挥手。

几个马子从车窗里探出身子，叫道，是空车。

孙美瑶从石屋里跑出来，上了车。

他和车耗子从货车这头走到那头，又从那头走到这头。车内空空，连个押车的人也看不见。

王老路他们押着守车尾的车长过来了。

孙美瑶眉头紧蹙，说，耗子，带上你的人马，一节车厢一节车厢地搜查。

车耗子率领他的人马下了车。

车长很迷惑地看着空车。

孙美瑶问，怎么一回事？

车长也莫名其妙——我接到了命令，车上有特别军事物资一宗，到站天津……别的我全然不知。

一个马子把大刀架在了车长脖子上。

车长吓成了一摊泥，说，别杀我……我家里还有八十岁老娘……

孙美瑶说，不杀你。你说说，还有什么动向？

车长说，洋人一直不相信中国的铁路安全……货主叫华莱士，他的代办我见过。他们肯定临时更换了车次……

孙美瑶叫马子收了刀。

车耗子跑来了，叫，总司令，全是木材，什么武器也没有。

孙美瑶喊，撤。

太阳完全升起来了。

一切恢复了平静，只有一列火车如死蛇般趴在路基上。

银杏树下，孙美瑶背手而立。

林室雅悄悄走来，安慰说，只当是进行了一次军事演习，又何必如此沮丧呢？

孙美瑶的背影丝毫不动。林室雅注视着他的背影。两人一前一后站立。

她说，这件事你没有过错，谁也没有过错。

他说，我知道……招抚使又来了急函，说曹锟临时急电，变了车次。三百万的军事物资白白丢了……唉，我真无能。

她说，你的对手不仅仅是中国一流的政客，也是一流的军事专家，他们打了一辈子仗。

他说，比起他们来，我显得很幼稚、很滑稽……

她说，我担心，劫车未成，怕要引来一场围剿了。你戳痛了曹锟，击中了他的要害，他不会放过你的。

他从心底佩服她的判断，她的聪明时时让他这个大男人自愧不如，也让他更加爱惜这个被命运折磨的女人。他说，室雅，你的预感很准确。曹锟剿我之心从未放下，这一次，我拉响了导火索。也好，迟早他要来的，早来比晚来好。据可靠消息，曹锟破格擢升何大鼻子为齐鲁剿匪中将总司令，令他率驻鲁四旅、五旅、六旅、八旅一万八千名官兵进剿抱犊崮。这一次，是要把我剿灭干净的架势呀。

林室雅嘲讽地笑了——何大鼻子也当上了总司令？

他说，他对曹锟忠心耿耿，仅此一点就够了。

林室雅说，北洋官场历来如此，只讲忠诚，从来不管是草包还是干才。

孙美瑶说，何大鼻子还是有一点本事的。

她说，嗯，重视敌人倒是制胜的第一要义。

孙美瑶说，敌强我弱，这也是事实。

她说，竞选在即，曹锟剿山志在必得，他一定会拼死打好这一仗的。这一仗是政治仗呀，你可要当心。

他说，曹锟围剿，是要为他的竞选胜利奠基。我孙美瑶反围剿，也是只能胜不能败，必须击碎他的总统梦。况且，此次反围剿，胜则生，败则亡，乃吾生死存亡之战也。

林室雅说，我想，抱犊崮反围剿，必须出奇制胜……

孙美瑶眉间的红豆佛爷痣开始抖动。

曾申恭立着打电话。

他说，大帅，我当然是应该出马的，义不容辞……只是，大帅，近来我这烂身子骨不争气……

少妇端进一杯人奶，曾申喝了。

他继续说，大帅，我也是五十八岁的人了……不如，我推荐一个人去，就是江苏的陈调元，此人……

曹锟在电话里说，小申子，你少和本帅玩哩哏儿愣。你在家里吃人奶吧，我用不起你，我叫何大鼻子一个人去干。我特封他为齐鲁剿总，就是说他中……他不中？我说他中就中。中国的事，孙大炮说了不算，张胡子和吴秀才说了也不行。天苍苍，野茫茫，曹锟一人当太阳。

曾申在电话那边喊，曹大总统万岁！万万岁！

宋记者对何大鼻子说，学学你的恩师曹大帅，也聘用外国军事顾问。

何大鼻子说，这几天，我也想到了这一招……不过，我一个丘八从来不和洋人打交道，一时半会儿还真的想不起能聘用什么人。

宋记者说，我向你推荐一个人。

他问，谁？

她说，曹大帅的中将顾问华莱士。

他问，那个意大利人？

宋记者表现出对华莱士的欣赏，由衷地赞许道，他可是墨索里尼的忠实信徒，铁血主义的实践者。为了消灭孙美瑶，他不辞千辛万苦，化装成当地农夫，在抱犊崮山区待了几十天，勘查地形、民情，绘制作战地图。他还实际指挥了老头子山一仗，给了孙美瑶一记重创。我很佩服他的敬业尽责。

何大鼻子说，这个洋鬼子我当然知道，也听说过他的许多故事。可是，他如今不在中国……

宋记者显然很了解华莱士的行踪。她通天的情报网络有很大一部分是靠她的清醒和智慧编织而成的。如果只把金钱作为目标，而不掺杂任何感情的成分，女人就会离财富越来越近，但是能做到这一点的女人偏偏少之又少，恰好，宋记者就是这凤毛麟角。

她说，是的，他正在西方为曹大帅购置军火，招聘军官顾问团。

他问，仅仅是为了消灭孙美瑶？

她说，当然不是，曹大帅还指望靠他打败张大胡子和吴佩孚哩。

他问，华莱士能帮我的忙？

她说，我和他是好朋友……我立刻给他打电报，让他赶回来。

何大鼻子上下左右地打量宋记者，她被看得有点不好意思，说，你的目光真叫人受不了。

男人吃醋地问，你几乎和所有男人都有点关系……你肯定和那个洋鬼子不干不净，是不是？

女人哧哧笑了，说，你个丘八也会吃醋？

男人说，我在你身上可是花了十几万也不止了。

女人说，只有十几万吗？我没算过。

男人说，可你就是不能只对我一个人好……

女人不屑地说，大战在即，你还有心思争这风头。华莱士你请还是不请？

男人说，请，当然请。

女人说，先给我十万元佣金。

男人说，可以，但我要拿些回佣，今晚……

女人火了——滚一边去！你把我当婊子了？

沂河水滚滚流淌。一条正在挖建的水道从沂河分支出来，向抱犊崮延伸。

由王老路监工，一群马子边挖土，边用石头和石灰砌水道。

水道一步步延长，沂河水顺着水道向抱犊崮流去。

水道两边的村庄里，驻扎了一个营的马子。

小分队沿着水道巡逻。

抱犊崮山下修好了一个水池，池面很开阔，沙石帮，青石板底，石缝一律勾了石灰和麻的混合泥，不会漏。

水池清波荡漾。

一只牛皮大罐从山顶垂落进池里，自动灌饱了水。

崮顶平川新架起一个南洋铁木巨无霸天棚，呈正方体，高十五丈，长宽俱为五丈。天棚顶端架着巨无霸天轮，中间竖立着直径一尺的铁立柱，贯穿了两个直径俱为五尺的铁木轮，辐射着十根辐条，形成一个圆桶状的转车。转车上嵌了十二根杠杆，还缠绕着一上一下两根德国产钢丝绳。它们都是卡尔先生所赠，一共两套，一套安装在天棚上，一套安装在抱犊崮千仞绝壁的顶端。这样的天轮总成与中兴公司王者大矿所用的提升系统一模一样。不过，王者大矿牵引提升的动力来自电能，而抱犊崮只能用人力。

十几个马子吱嘎嘎推着转车，铁绳一匝匝缠在转车上。

马子们唱起劳动号子——

（领唱）我说曹国舅哟。
（合应）你可不要脸哟。
（领唱）做梦都想当总统哟。
（合应）哎嗨，呀得咿哟。
（领唱）三月里桃花开不败哟。
（合应）曹国舅贿选人正忙……

牛皮罐被吊上了崮顶，两个马子用铁钩把它钩过来，把水倒进崮顶新修的大水池里。

孙桂林和孙美瑶站在池子边上看水。

王老路胳膊上缠着红袖章，趴在池沿上查看水池的情况。

孙桂林问，王总管，你好生计算一下，山上这两个大池子能供咱们喝多长时间？

王老路说，我早就算好了，两个大池子共蓄水八千立方，能供两千人喝一个月零三天，不包括洗漱用水。

孙桂林说，好。我们有半年的存粮，有用不完的弹药，再加上源源不断提上山来的沂河水，守他半年六个月应该没有什么问题。

孙美瑶说，皇叔，官兵不会围多久的，充其量两个月，顶天了。

王老路突然问，总司令，如果官兵截断水道呢？那可就坏了，只能撑二三十天，还不包括那么多牲口喝水，太阳还会把水晒干……

孙美瑶说，咱们不是有一个营的兵力守着水道吗？

王老路不无担忧——官兵要是来了一个团的人马怎么办？

孙美瑶说，官兵都是一群笨蛋，他们没有你的脑瓜。

王老路又问，他们要是有个把能人呢？

孙美瑶被问得不耐烦了，说，你咋那么多担心？

孙桂林却说，王总管问得好哇……

他把王老路拉到一边悄悄说话，王老路听得一个劲地点头……

沂河岸边有一片小树林子，王老路在这里指挥木工把枣木板钉成四方的长管子。

孙桂林一块木板一块木板地查看。他俯下身子，从木管子的一头钻进去，又从另一头钻出来。

王老路指挥着马子，在沂河畔埋上了三条又粗又方的木管子。

孙桂林亲自往木管子上盖土，铺好原来的石方。

王老路领着孙桂林走进小树林，林子深处，木管子露出来，接通一条水渠。

两人沿水渠而行，看着它延伸进通往抱犊崓的大水道里。

孙桂林轻吐一口气，说，如此一明一暗，我就放心了。

王老路说，还是老当家的想得周到。

第十五章

　　一身军装的剿匪中将总司令何大鼻子由山东督军徐中玉陪同，来六旅视察。因为何总司令还兼着六旅旅长，新升的副旅长何小鼻子率六旅全部迎接衣锦还乡的何总司令。

　　何大鼻子的感觉别提有多爽了。他筋管里的血液呼呼生风，向旁边提着相机的宋记者送上一个得意的眼神后，才拍起两个肥厚的巴掌。

　　徐中玉则像是吃了苍蝇，心口窝浊浪翻滚。幸好吴大帅的话在耳畔轰响，他才稍稍得以平静——我和张胡子都撺掇着曹锟，让他顶住孙大炮的北伐，再使出吃奶的力气剿灭孙美瑶。让二百五先拼了他的老本，鹬蚌相争，我们才有机会得利。这就是全局呀，中玉，你得配合才行。

　　全旅官兵齐整列队，齐声欢呼。

　　何大鼻子把一面敢死队的旗子授给何小鼻子，又赏下一传盘大洋给敢死队员，每个队员一百块。

　　他神态威严地站在队列前训示——曹大帅有令，半年内活捉孙美瑶者，不论官、兵，晋升两级，赏千元。打死孙美瑶，减半。

　　何小鼻子领头喊，炸平抱犊崮，活捉孙美瑶。

　　官兵们跟着喊。

　　军车轰隆隆地开来，每辆军车拉着一门大炮，共十门。

　　何大鼻子说，何副旅长，这大炮是曹大帅从德国给咱们买来的，你可要用好。

何小鼻子表态道，总司令放心，孙活我死，孙死我活。

徐中玉面无表情。

何大鼻子问，徐督军还有什么训示？

徐中玉自嘲道，我还能说嘛？

五旅全体官兵排列齐整，由徐中玉陪着何大鼻子视察。

何大鼻子亲自给每个官兵颁赏一百大洋。

曾地领头喊，炸平抱犊崮，活捉孙美瑶。

官兵一齐跟着呐喊。

何大鼻子问，六旅何副旅长组织了敢死队，你们呢？

即刻有个团长出列，曾地把一面写着"捉孙团"的大旗交与那团长。

曾地表态——总司令，孙美瑶自个儿死都不中，要的是活捉。

何大鼻子说，好，我带来了曹大帅的命令——半年内活捉孙美瑶者，晋升两级，赏千元。打死减半。

曾地说，欢迎徐督军训话。

徐中玉说，我能有嘛话，李森……小子不是东西，判了十年大狱，活该，大伙甭学他，学曾旅长，完了。

十辆军车拉着十门大炮开进军营。

何大鼻子说，曾旅长，这可是德国大炮，曹大帅花钱给你买的。

曾地说，总司令，五旅官兵听从您的调遣，赴汤蹈火不带怕的。

赵四爷拉着整猪整羊犒劳官兵来了，还有十坛老酒。

他亲自斟满一碗白酒，颤抖着双手举过头顶——曾旅长，临沂安危全系将军此次出征了，老朽敬将军一碗。

赵四爷老泪纵横，待曾地接过酒洒地，竟扑通给官兵们跪下了……

他说，孙美瑶害得我倾家荡产，报这国恨家仇全靠诸位了。

何大鼻子亲手把他扶了起来。

曾地说，众位长官请留步，我还有一个小小的节目。

他喝道，拉上来！

两名执法官押着五花大绑的王麻子过来。王麻子的脖颈上插着一块亡命牌。

曾地问，你和长官说说，你犯了什么军法？

王麻子说，我、我私通孙、孙匪。

曾地把一支手枪交给徐中玉，说，徐督军，他给你当过兵，由你处置吧！

王麻子给徐中玉跪下，说，老旅长，我给你干了十年的班长呀，老旅长，我可、可是伺候过你哪……

徐中玉不吭声，当当两枪打死了王麻子。

何大鼻子看向徐中玉，笑面虎一样地说，谁若是再和孙美瑶勾搭，不论他官做得多大，一律照此处置。对不对，徐督军？

徐中玉回，是。

厅中座无虚席，俱是旅长以上军官。除了徐中玉和曾地，还有七八人。

何大鼻子跨进门，巡视一周，逐一与众人握手。

副官宣布——诸位，现在开会。

会场立刻鸦雀无声。

何大鼻子说，昨天，我视察五旅和六旅，唱了红脸，今天本司令要唱黑脸了。不是本司令要唱，是曹大帅让我唱的。现下宣布大帅手谕——何、曾两旅长，半年内不能消灭孙美瑶，格杀勿论。

何小鼻子和曾地恭立。何大鼻子把手谕扔给干儿子。

他说，当然，曹大帅尚有专门赏赐。徐督军，老师让我给你捎话，他说，徐中玉是员大将、虎将，吴大哥喜欢他，我也喜欢他，听说他雅了起来，爱鼓捣个字画了，好，我托人买了一幅郎世宁的《良马图》，你给他捎去。

何大鼻子把一卷画交给徐中玉。徐中玉立正接画，神情感动异常。

徐中玉说，四旅旅长陈小手听令！

323

座席中一人站起。

徐中玉说，你也甭在泰山上听鸟叫了，把四旅给我拉上去，围剿孙美瑶。你打头阵，灭不了孙美瑶，你就甭带个脑袋回来。

陈小手说，吴大帅没有命令呀……

徐中玉说，大帅那头由我去说，没有你的嘛事。

陈小手说，是。

副官用传盘端上五百块大洋，说，陈旅长，这是总司令从自己的薪俸里分出来赏你的。

何大鼻子说，拿着吧，听说你夫人要给你添丁了，就算一点贺礼吧。

陈小手接过大洋，给他行军礼。

何大鼻子意气风发地说，太好了，大家兵不分派系，将不分你我，精诚团结，何愁灭不了小小的孙美瑶。

三路官军向抱犊崮进发。

六旅副旅长何小鼻子骑在马上，走在敢死队后边。

他身后，一辆马车上拉着一口棺材。

副官跑来向他报告——四名团长三名家眷，只有三团长没带夫人。

何小鼻子立即问三团长——你想溜号是不是？

三团长连忙说，不、不是，旅长，我老婆有病……

何小鼻子说，你没看见我把棺材都带来了？可惜我没有老婆，不然有几个带几个。

三团长说，我这就回去，抬也把她抬来。

军车拉着大炮跟在步兵后边。

五旅。曾地走在队伍的中间。副官凑近他说，夫人从济南接来了。

曾地吩咐——让她和几位团长的太太住在一块儿好了。

副官回，按旅长的吩咐，这些位夫人、公子和小姐都一一安排妥当了，专门有一个连的人马警卫。

曾地说，这件事由你负责，如果战事失利，你马上带着他们去济南，那边的房子都买好了？

副官说，买好了。

他又问，去济南的车子备好了？

副官回，备好了。

他说，你回去吧。

副官说，几位团长都很感激您，他们说，自己没有了后顾之忧，拼死沙场也不怕了。

"捉孙团"团长过来，曾地与他并马而行。

他问，老兄，你知道肩上的担子有多重吗？

团长说，请旅长训示。

他说，我要你说说。

团长说，攻山是捉不到孙美瑶的。要捉到活的孙美瑶，必须在水上做文章，围而不攻，孙氏自破。然而，孙美瑶也不是吃素的，他已经在水道上布下一个营的兵力。咱们只管坚持围山，老天倘不作美，他必定会拼死下山抢水。捉孙美瑶的地方应该在水道，而不是山上。面临断水之灾的马子难免疯狂，我们要准备打恶仗。

他说，好，你是明白人。

团长说，不，是旅长点拨、教诲得好。

他问，你说的打恶仗就是死拼？

团长说，不，旅长，我所说的打恶仗是斗心、斗狠。

曾地点头赞许，说，知道不？我也没有多大本事，倒是有一位高人指点了咱们总司令。当时总司令向还在国外的华莱士请教围剿良策，华莱士来了密电——当然，这密电是拍给曹大帅的——旱季攻剿，水为要害。水乃孤山命脉，必做大文章。围而不攻，孙氏自乱。华莱士说，月内顾问团启程，他将亲临抱犊崮督战。

宋记者把一纸电文交给何大鼻子。

她说，华莱士来电了，曹大帅让我给你送来。

他回，你的面子好大哟。

他接过电文细读后，随手扔到了案头，说，你的华莱士将军是事后诸葛亮，我已经按这样的战略方针部署了。

她鄙夷地撇着嘴，说，我的事前诸葛亮，看你这次能不能擒到孟获。

抱犊崮西边烟尘滚滚，剿山的官兵像一片蝗虫充斥于天地间。

抱犊崮东边也是如此。

抱犊崮北边，四旅的队伍慢腾腾地行进。

四旅由一团长率队，不见陈小手的踪影。

一团长喊，停止前进，休息。

副官说，团长，晌午没到，都歇五回了。

一团长说，旅长让一天只走二十里地，你想想，咋个走法才能只走二十里？

副官嘿嘿笑，也不多说。

部队原地不动了，官兵纷纷坐地，有的三五成群掷起了骰子，有的下起了"四顶"石子棋，有的歪倒在石头上扯起了鼾声。

陈小手在和徐中玉生气。

陈小手说，督军，你害怕了？有吴大帅撑着，你怕他个屁？

徐中玉观赏着刚刚挂好的《良马图》。

陈小手说，大不了咱回河南去，曹国舅能把咱吃了不成？

徐中玉依旧不吱声。

陈小手说，反正我半个月后才能赶到抱犊崮，打他十天半个月就撤回来。我不能舍着吴大帅的孩子去给曹国舅打狼，姓何的小恩小惠买不住我。

徐中玉转过身来，说，你知道个屁，这回是玩真的。

陈小手问，为啥？

徐中玉说，嘛也不为，就玩真的。

陈小手说，我不玩。

徐中玉把吴佩孚的手令捧给陈小手——

徐、陈，着力剿孙，不得有误。吴。

陈小手问，难、难道吴大帅也怕了曹国舅不成？

徐中玉说，他们几个大人物之间狗撕猫咬的事，你能理清？我理不清。

陈小手问，那、那这戏咋个唱法？

徐中玉没好气地说，玩命地唱。

陈小手回，是。

他走到门口又退回来，怯怯地说，督军……

徐中玉心里憋着火，不耐烦地问，唉，又有嘛事？

陈小手说，李森他、他的事还得您操心。

徐中玉叹了口气，说，李森的事，我操不了心了，不知道孙美瑶能不能救这个朋友？也难说喽，这一回，孙美瑶怕也玩完了。

陈小手只好怏怏而出。

原地休息的四旅官兵，惊讶地看见了策马飞奔而至的陈小手。

马身上的汗水流淌不止。陈小手跳下马，用马鞭子抽打地上昏睡的士兵。

一团长过来迎他，问道，旅长还要亲征？

陈小手说，这回我和何小鼻子、曾地成了一根麻绳上的蚂蚱，不亲征就要吃枪子。

一团长问，怎么个征法？

陈小手说，火速前进，打响第一枪。

一团长应，是。

官兵起立集合，跑步前进。

一群马子在修筑防御工事。

王老路臂箍红袖章，担任总管。他来到马神负责的一处掩体，钻进去看了看，又站到掩体上跺跺脚。

王老路说，马团长，你也是当过大兵的，这掩体不用说挡大炮了，连枪子也抵挡不住呀，返工。

马神吊儿郎当地说，我的王总管，你当何小鼻子和曾小叔子真的要来和咱们拼命吗？他们不过是装装样子罢了。

王老路说，真拼命假拼命我不管，我只管修工事。

马神说，弟兄们骑马骑惯了，这活儿都干不了。

王老路说，必须返工。

马神说，我不返工。

孙桂林走过来，对王老路说，谁敢违抗你的命令，那边有戒板、罚桩，还有断头台，你尽管用。

马神无奈地回，我返，我返工还不行？

王老路又来到一团的工地。看到修得歪歪扭扭的工事，他气坏了，把狗肉张拉到一边说，张副司令，我、我都不好意思说……这不是修工事，这是垒鸡窝呀……

狗肉张哭丧着脸说，王总管，你就别难为我一个卖狗肉的了，你画的啥图纸像天书，咱们一窍不通，咱们一辈子就只会垒鸡窝。

王老路哭笑不得，问道，副司令愿意学不？

狗肉张说，你教咱们？王总管，我愿意当你的徒弟。

王老路拿过图纸，耐心地给狗肉张等人讲解。

……

工事修筑濒临尾声，掩体、暗堡、瞭望塔等基本成形。

王老路领着诸位头领一一视察。

众人钻进一个暗堡。暗堡里悬着一口大钟，一个马子拿着长筒望远镜站在瞭望窗口，可以一直看到山下。

王老路说，山上没有电，又没有磨电机，安不了报警器，我只好安上这口大钟来报警。官兵一放炮，或者攻山，警卫就撞响这口大钟。

孙美瑶亲自撞钟试验。

钟声响彻山谷。

漫山遍野都是马子，各色旗帜插遍全山。

孙美瑶将酒碗举起。

鲜红的酒碗。

他仰头灌下一大碗血酒。

众头领学着他的模样，纷纷割腕、滴血、喝酒。

漫山遍野的马子有样学样，一个个割腕、滴血、喝酒。

孙美瑶把酒碗摔碎在山岩上。

漫山遍野一片摔碗的声音。碎碗片遍山。

一个年代有一个年代的仪式。很可能这是中国农民队伍最后的"誓师"了。

孙美瑶朗声说，生为君山人，死为君山鬼，谁也别想着投降。眼下哪一位弟兄不愿意和我一块儿与官兵决一雌雄，不愿意和我一块儿战死在抱犊崮上，我和老当家的商量好了，绝不勉强，请你到库房领十块大洋做盘缠，即刻下山，家里有老婆、儿女的加倍。

车耗子和春兰抱着君男，站在一块大岩石上。

车耗子叫，总司令，我生是你的兵，死是你的小鬼。

遍山马子齐喊，我们生是你的兵，死是你的小鬼。

孙美瑶站在崮顶，向大山各个方向拱手作揖。

庄共和坐在林室雅的房间里。

孙美瑶走进来，满怀留恋地环顾这个充满了女性温馨的房间。

他说，室雅，你给荒凉的抱犊崮带来了春天。

林室雅笑了，说，总司令，外面都叫你铁血马子，其实你挺文艺的。

他说，说到底，我还是一个文化人。

庄共和说，你们聊，我先走了，还有一点儿事。

孙美瑶说，庄先生，我有事找你们，你别走。

庄共和与林室雅对视。

孙美瑶说，这一回形势严峻，抱犊崮是一座孤山，凶多吉少……庄先生，你带着林小姐回上海吧。

庄共和说，总司令，别忘了我是监军，怎么能在危难关头离开部队呢？

孙美瑶说，等我闯过眼前的难关，再去接你们回来。

庄共和说，山东建国自治军是我独立修改的第一篇大文章，我不会半途而废的。

孙美瑶说，摆在我面前的有两种可能，一种是粉碎围剿，青山不倒，另一种是与青山俱焚。后一种可能性更大，因为军阀是汪洋大海，而我们只是一座孤山。庄先生，这里太危险了。

庄共和说，我和马子们都成了好弟兄……好弟兄是不会分开的，特别是在危险时刻。

孙美瑶说，庄先生，你留在抱犊崮是为了林小姐吧。

庄共和说，总司令，那是起初的事，后来就不是这样了……反正我不走，我还有事，你们自己谈吧。

庄共和气哼哼地走了，小屋里只剩下了他和她。

两人一时无话可说。他随手摆弄着她的一枚发卡。

半晌，他才问，伤完全好了？

她反问，是你……给我采的中药？

他自嘲道，一个秀才，半个郎中。

她说，等到不打仗了，你去隐姓埋名开个诊所，我给你当护士。

他笑说，看看，又说外行话了不是？中医是不需要护士的。

她天真地问，那……我做什么呢？

他认真地回，做我的一味甘草好了，中医离不开甘草的。

她坚定地说，做什么都行，只要……不赶我走。

他说，你到上海去等我……

她说，你在这里，我不放心。

他说，室雅，这里太危险了。

她说，几次都是你从地狱里把我夺回来，这次换我陪你下地狱……

他说，不，我要你好好地活下来，替我、替山上成千的弟兄们活着——我们都想好好地生活，却没有了这个权利。

她说，那，我和你们一起，去争取这个权利。

他说，恐怕我们只能得到……死亡。

她说，那我就和你们一块儿死。

男人和女人的眼神交织在一起，谁也离不开谁。

抱犊崮上有夏天也化不了的白雪，十亩灿烂金星花开的黄芪，一树树盘根错节、流脂飘香的乳香，绿叶青藤漫山遍野的白芨。更有诗和远方，以及婴儿喇叭般的啼哭，和永远洗不完的尿布。

一间向阳的山洞，有门有窗，窗户上贴着用红纸剪的一对燕子。

洞口栽着棵石榴树，榴花盛开，枝干上却晾着小孩的尿布。

春兰坐在山洞里的炕上垂泪。车耗子抱着君男呆立一旁。

炕上散乱地放着女人和婴儿的衣物、一堆大洋，还有一些小孩用的东西。

一个马子走进来，把一个木头刻成的娃娃放在炕上，过去亲了亲君男，默默地出去了。

春兰说，我不走。

狗肉张走进来，春兰赶紧下炕，说，副司令，你坐，你坐。

狗肉张坐到一个树墩子上，把一块洋布放到炕上，说，给孩子做个棉袄吧。

春兰说，大哥，又让你破费了。

狗肉张说，妹子，和我就别外道了……

他欲言又止。

春兰问，大哥，你有事要说？

狗肉张支支吾吾，终于说出了口——妹子，哥求、求你一件事，你得、得答应我……

春兰说，啥事？你说嘛。

狗肉张看看车耗子，半天才说，哥做了件错事，不，也没犯山规……妹子，你下山后，拐个弯给哥找个人，把这一百块大洋交给她。

他把一百块大洋放到炕上。

春兰问，大哥，送给谁呀？

狗肉张说，就是半湖的……张寡妇，人家不图钱财，要和咱好。妹子，大哥只和她……说话，没干别的。她说要等咱，咱也说过早晚会娶她……妹子，你和她说，我下一辈子再娶她，这一辈子怕是……不能了……

他说完就低着脑瓜走了。

春兰愣了半天，突然说，我不下山，我君男命大……林小姐也不下山。

车耗子说，这、这是总司令的命令，他说，抱犊崮的后人要到山下好生念书，长大了不再当马子，要当好官，总司令说……

孙美瑶走进来，把一张济南府钱庄的银票放到床上。

他说，春兰，这是我的一点份银，我给君男在济南府存好了，你到了济南，用它买处房子，供君男上学……我们弟兄如果命大，再去和你团圆，如果命薄，孩子就托付给你了。

春兰哭了。车耗子也哭了。

孙美瑶说，孩子长大了，要让他走正道。如果本事大，人品又端正，就叫他去当个好官、清官，替老百姓办事。你告诉他，他有个伯伯，一辈子壮志未酬，被坏人、小人、奸佞逼上了末路，不然，他的伯伯会做一世清官，流芳千古。

孙美瑶一个人走进陵园，逐个拔掉坟头上的狗蒺藜。

他掏出一沓黄表纸，一个坟头一个坟头地压上。

林室雅悄悄地跟来，帮着他整理。

孙美瑶抚摸着一块块无字碑，低声对它们诉说着——

好兄弟，你们等着我，我总要为你们讨个说法的……或者是来和你们做伴……碑上无字，但你们每一个人的名字都装在我的心里……

无人回答，万山静寂。

突然，一发炮弹炸响在山上。

大钟当当地响起来。

一发发炮弹落在山上，马子们纷纷钻进掩体。

东边和西边都有炮弹飞来。弹坑腾尘，残树倾倒，碎石纷落。

炮声停止了，马子们从山洞或掩体内探出头。

马子甲说，乖乖，这就是大炮呀。

马子乙说，要是炸上人，那不就裂熊了？

马子丙说，呸，不过是小菜一碟，连老子一根汗毛也没炸着。

传令兵跑来——传，团长有令，各就各位，准备敌人攻山。

马子们纷纷跳进战壕或钻入暗堡。

战壕边沿伸出了一排排长枪，暗堡里探出机关枪枪口。

空气仿佛都凝固了，只有那两只秃鹫落到巨无霸陨石上，凄厉地叫起来——呱哇哇哇，喳喳哇哇……

六旅旅部设在一座中式二层小楼里。

一个团长跑来，见何小鼻子正有滋有味地抽着黄铜水烟袋，烟袋里的水嗞噜噜响。

团长问，何旅长，攻山不？

何小鼻子说，和你太太睡觉去吧。围而不攻，懂不懂？

团长摸着头说，这仗打得倒省劲。

何小鼻子说，我可告诉你，要是从你的防线上放走一个马子，我割你吃饭的家伙。

抱犊崮东部有通往山里的唯一一条路。

两边是山，中间是路。

曾地命人在两边山脚修筑地堡，又把路拦腰切断，挖了三条深几丈、宽十几丈的大沟。沟这边，是用麻袋装着沙土筑好的掩体，几挺机关枪架在掩体上。

"捉孙团"团长飞马而至，在曾地面前滚鞍下马，恭维说，旅长，您实在高明。先断大道，再夺水道，孙美瑶只有投降一条路了。

曾地挥手说，说正事，你打算怎么办？

团长说，我想先引而不发，让那些马子过几天安生日子，麻痹他们。同时，悄悄完成对守水道马子的包围圈。旅长，如果实在截不住水道，我还有一招……

他在曾地耳边低声说了一句话。

曾地问，东西准备好了没有？

团长说，备了十斤，够了。

曾地说，好，你去干吧！

一队马子在水道上巡逻。

马子营房的东、西侧各有一座小山，两队官兵分别悄悄爬上小山，在山上挖工事……

渠水潺潺向北流去。

王老路沿着水道视察，守卫水道的营长陪着他，说，王总管，一点动静也没有。

王老路问，没有官兵来攻打？

营长说，没有，一个也没有。

王老路有种隐忧，担心地说，难道官兵真的是一群笨蛋？

他继续向前走，来到水道尽头的大池子。

一个牛皮大罐从池子里拎上水，慢悠悠往上升去。

山顶传来马子们推转车的号子声。

王老路嘟囔道，愿老天保佑，官兵没一个开窍的。

孙美瑶和马神站在岗顶上。马神举着望远镜向西边看，说，乖乖，少说也有七八千人安营扎寨，看样子要围上半年六个月了……

他转过身子向东南方张望，自言自语——乖乖，又是四五千人，也安营扎寨了，还有大炮……

他又向北边看，说，围得铁桶一般，看样子这一回是凶多吉少呀。

孙美瑶接过望远镜环顾。

马神点着了一支洋烟，浓重的烟雾笼罩住他的面孔。

孙美瑶轻声问，马神，你经过大场面，估计下他们打算围困多久？

马神并不正面回答，只说，大哥，看样子曹锟、曾申要和咱们玩真格的了。我看出来了，他们采取的是围而不攻的战术，歹毒呀，一座孤山能守多久？

孙美瑶说，马神，我约你出来，就是想听听你的高见。你知道，我最看重你的军事才干……

马神心里的刺没除，逮着机会就冒出来——大哥，你更看重张团长呀。

孙美瑶明白他的心思，说，等渡过这一关，我会给你个说法的。

马神心里舒服了，说，有大哥这一句话，小弟就心平了。你放心，咱马神一定忠心护主，绝无二意。

孙美瑶说，眼下生死攸关，恶战在即，兄弟，还望你充分发挥才干，担起更大的担子。

马神说，大哥，别人都可以只顾一头，守山、反围剿，你可是要有几步棋、几条道、几手准备。当年吴佩孚和曹锟大战，一边打得血肉横飞，一边又偷偷派人和谈……

孙美瑶陷入了沉思。

一只秃鹫在他头顶盘旋，他打了一个寒颤。

马神甩手就是一枪，秃鹫却并不飞走。孙美瑶说，随它去吧。

马神静下心来，说，我有个本家兄弟，混得很滋润，眼下在曹锟手下做少将军需官，给曹大帅当耙子搂钱……大哥，到了万不得已的时候，这条线不是不可一用。

孙美瑶看着他，明知故问——兄弟，你这是什么意思？

马神说，大哥，到那时，你说不定用得上我……

孙美瑶说，我用的是你打官兵的本事。

马神回，那本事咱哥们儿也不小。

庄共和向孙美瑶和孙桂林汇报说，张老先生来了信，他已把抱犊崮的情况写成长函寄到南边，说了我们好多好话，也是因为他招抚军阀的大计毫无斩获吧。反正我觉得这事并无多大把握，因为南边心心念念的还是争取军阀……可是，张之既然来过君山，总得给我们还有大总统一个交代吧。张老先生的意思是，为了争取比较渺茫的成功，尽快得到南边的承认和番号，最好请老当家的亲自跑一趟上海，他争取让您见大总统一面。

孙桂林听罢十分兴奋，说，太好了，张老先生真是守信义，说到做到。

狗肉张也说，老当家的你就去吧。我们在这里和官兵决一死战，你在孙大总统面前也好说话。

孙桂林说，机会千载难逢，我是应该去为孙家军争取最好的归宿。

几个头领也纷纷赞同。

然而，总有些人会为个人的私利反对一个从大局出发的决策，马神的小算盘决定了他的人生选择和走向。

他说，总司令，在这种时候，老当家的万万不可去呀。那事八字还没一撇，怎么敢让抱犊崮的定海神针下山呢？

狗肉张说，为什么不能去？你倒是说出个一二三来。

庄共和的心情很矛盾，他对张之和南方政府的了解毕竟比这些人深。

马神说，第一，是老当家的安全。这个时候下山，完全保证不了。第二，这种时候，南边就是把番号给咱们送来，咱们也不能打出来。

狗肉张说,马团长,你胡扯什么呀,咱们盼着南边的番号可不是一天两天了。

马神不屑地说,你懂什么呀,这叫战术,兵不厌诈。这种时候,咱们可不能傻不拉叽地戴上革命党的帽子,招来北方更凶狠的围剿。对一群蜂子,要避,要抱头躲藏,哪有抬着脑袋去迎的?总司令你说呢?

孙美瑶踱着步。

孙桂林叫,甲午……

孙美瑶似乎拿定了主意,说,皇叔,战事吃紧,我离不开你,抱犊崮更离不开你,还是请庄先生亲自回上海,当抱犊崮的说客吧!庄先生,请代我向张之老先生说,大恩不言谢,容我后报。并请张之先生火速求助孙大总统,授予山东建国自治军番号,同时火速电令范司令出兵,施以援手,把围山的北洋军阀撕开一道口子。届时张副司令和马团长将率两个团冲下山去,里应外合,歼灭围山的五旅和六旅,那时抱犊崮安矣,天下安矣。

庄共和心里的天平倾向了侃侃而谈的孙美瑶一边。

他说,总司令,我马上下山。只是……张之先生能否说服南方政府,我实在没有把握。张之先生怕是心里也没底,才力争老当家的去上海助攻。

林室雅担忧地说,共和君,你似乎有难言之隐?

庄共和说,南边似乎只对收买、拉拢军阀感兴趣,他们从骨子里瞧不上农民武装。

孙桂林说,庄先生,我信任你的才华和对抱犊崮弟兄的情谊。这,也许是拯救抱犊崮两千五百名弟兄的唯一光明大路……

庄共和说,我即刻下山去上海。可是,山下已经围成了铁桶……

孙美瑶说,张副司令,你带上黑熊和耗子,还有熊字团五十名高手,护送庄先生下山,走能走的那条路。还请庄先生随时通过蓝钢皮快车的眼线向我传递信息。

庄共和说，我会的。

他回头看了林室雅一眼，那是内涵异常复杂的一瞥。

王老路气喘吁吁地跑进来，对孙桂林和孙美瑶报告——那条水道，断、断水、水了。

孙桂林倏地站起来。

孙美瑶问，不是派了一个营的人马守卫水道吗？

王老路说，人家出了一个团，最精锐的团。咱们一个营的人马只跑出来三四十人，营长也阵亡了，水道叫人家夺了去。

孙美瑶和孙桂林对视，急匆匆地走出议事大厅。

新建的大水池里只有半池水。

转车不转了，牛皮罐在半空中荡悠。

孙美瑶和孙桂林跟着王老路爬上岗顶，站在新水池边上。

孙美瑶说，这个水池子封起来，先用老水池子的水吧。

王老路说，山上的泉水早就干了，老池子里也只有半池水。

孙美瑶说，先用完再说，新池子的水不准动，以防万一。

孙桂林低声说，甲午，你不用担心，咱们还预埋了一条暗水道。

孙美瑶惊喜地说，皇叔，你真成诸葛孔明了。

孙桂林对王老路说，暗水道白天不准开用，只许夜里偷偷开，免得被五旅发现。

万里无云，蓝天一碧如洗。

一棵大树下面，乱石中间有一个嶙峋的泉眼。

泉眼已经干了。

几只青蛙张大了嘴巴，趴在干涸的泉池里，左右两个腮帮子一鼓一瘪的，两粒圆豆眼睛都呆滞了。

山下的水池边，马子在巡逻守卫。

转车悄悄转动，推转车的马子不再唱号子。

牛皮罐又提着水升上来了……

水道被截断了，沂河水无法再分流去抱犊崮。

"捉孙团"团长得意洋洋地看着这番景象。

曾地骑马到来，团长凑上前，高兴地报告——旅长，等老天再帮帮忙，半月不下大雨，孙美瑶肯定完蛋。他山上的老池子存水有限。

曾地凝眉沉思，举着望远镜向山上瞭望，喃喃道，事情有点不大对头呀……

团长问，您还忧虑什么？围剿第一功，咱们五旅一定拿到手了。

曾地瞪了他一眼，问，水道截断，就是断了孙美瑶的命脉，他为什么不派人马下山来夺水道？此其一。抱犊崮山下，尚有不少人马驻扎在提水处，如果没有水可提了，他们还留在那里干什么？此其二。

团长琢磨着是不对劲，说，旅长，马子到底在搞什么鬼？

曾地说，孙美瑶是个秀才，他难道不会明修栈道，暗度陈仓？

团长一拍后脑勺，说，我真是个猪脑子。

曾地和团长骑着马，带兵沿沂河岸巡查，终于发现了埋在岸堤里的暗道。

团长说，好贼的马子呀。

曾地说，孙美瑶绝非等闲之辈。

团长说，来人，给我把这条暗道堵死。

曾地却摇摇头，向团长低语。

未几，一行人马迅速离开岸堤……

孙桂林说，传我的命令，从今日起，每人一天只发五斤水，我和总司令也一样。

王老路说，是。

他用一个小桶给排队的马子们发水，每人一桶。领水的长队排满了山顶。

王老路又去找孙桂林。孙桂林一个人坐着，在卜卦。

王老路问，老当家的，老池子的水很少了，饮马怎么办？

孙桂林说，开用新水池的水饮马吧。

王老路领着五个饲马员来到新水池边，对守卫的马子说，老当家的发令了，用这水饮马。

饲马员用木桶提水，向马厩走去。

趁周围无人，他们把头伸进木桶，拼命喝水。喝饱了，挑起木桶继续走。

没一会儿，他们一个个扔了木桶，躺在地上打滚，肚子疼得叫苦连天，一张张黄脸上冒出豆大的汗珠子。

孙桂林和孙美瑶等人闻讯赶来，见五个饲马员已经气绝身亡。

孙桂林说，好毒的曾地，他在暗水道里投了毒。

王老路说，新水池的水不能用了。

马神骂，曾地，我日你姐姐。

老池子里的水只有很薄的一层了。众头领就站在池边议事。

孙桂林说，诸位看见了，山上的好水只能维持七八天。据我观看天象，近期天罡星贼亮，无雨。山上的泉眼也干了，暗道又叫曾地投了毒，新水池的存水不能用了，这一手好毒。水断，则命断，怎么办？请诸位各抒高见。

孙美瑶眸子灼灼，血丝网布，深蕴着痛苦。他显然彻夜未眠，一头黑发竟然隐隐现出了银丝。

林室雅怔怔地看着他，一颗心忐忑不安。她想说什么，却终于没有说出口。

孙美瑶沙哑的嗓音终于响起——我想了一夜，只有在津浦线上闹个大事，闹个让曹锟肉疼了的大事才能让他撤兵。天蒙蒙亮时，我蒙眬中竟然做了个梦，梦见与我不共戴天的仇人华莱士正冲我狞笑……我就想，如果他替曹锟招聘的西洋军事顾问团坐着蓝钢皮快车路过津浦线，我们的机会就有了，就劫他娘的，把北洋的天捅个大窟窿，不怕曹国舅不追着我谈判，不怕他不撤兵。耗子凌晨时已被我派下山去探听动静了。

孙桂林说，西洋军事顾问团来不来、什么时候来很难说，你又有死命令，绝对不能殃及无辜，也不能随便劫几个别的洋人充数当筹码。

马神说，现在就派人和官兵谈判吧，说不定还能封个官干干。

狗肉张说，狗屁主意。

马神说，先假装投降，到时候可以反戈嘛。

孙桂林冷冰冰地看了马神一眼，问，马宗山，你说的是心里话？

马神连忙说，啊，开个玩笑……

林室雅问，去找范司令如何？与他联手，东西夹攻，打退何六旅。

孙桂林说，哎，这倒是个法子。

孙美瑶说，还没有到求人家的时候……再想想，三个臭皮匠，顶个诸葛亮嘛。

众人沉默下来。

半晌，孙美瑶说，我有条计策……

他招手让众头领围过来。

马神带着马队，悄悄从蛇道下山。每匹马都戴了嚼子，蹄子上绑着棉布。

一匹马的前蹄踩上一条蛇。马竖起前身，蛇被踢出很远。

狗吠起来，一群被惊醒的乌鸦扑棱棱飞上天空。

镇外坟地间，磷火明灭闪烁。

马队进了镇子……

八区长牙齿打着颤给马神倒茶，马神摆手阻止他，说，我奉命过路，马上就走。

八区长说，你回去和总司令说，实在对不起，这条路轻易不要再走了……

马神问，八区长，你害怕了是不是？

八区长说，我、我不怕，为朋友担点风险是应该的。只是，只是……虽说我这里是五旅和六旅的混防处,可是那个曾地盯上了我。

马神说,养兵千日,用兵一时。交朋友三年,危难时一日。大区长,我们总司令可是月月进贡,你这比县长都阔的日子,我敢说,有一大半是托总司令的福。

八区长回,是……总司令是朋友,没说的……

马团长说,我走了。

八区长送马队出镇,看着他们消失在黑夜里。

一个黑影闪了一下。八区长掏出枪,厉声问,谁?

黑影跑得很快,一眨眼就不见了……

第十六章

正北方向火光冲天,枪声一片。

六旅旅部的瞭望哨设在楼顶。哨兵跑下楼,没一会儿,何小鼻子披着衣衫和他一块儿爬上楼顶。

何小鼻子架起望远镜,边看边自言自语——是兖州那边出事了,居然偷袭我们的大本营……

他把望远镜交给哨兵,说,有动向随时向我报告。

他回到自己房间,把灯火拨得很亮,从酒葫芦里一口一口地喝酒,就着花生米。这一套是他跟何大鼻子学的。

哨兵下来报告——好、好像整个兖州都着火了。

电话铃急促地响起来。他不慌不乱地抓起电话,说,孙美瑶叫五旅掐住脖子,狗急跳墙了,好事哇……有孙美瑶没有?没有……那就好。你们撤,把营房让出来,让他们烧好了。

他又喝下一口酒。

三个团长一齐进来了。一团长问,旅长,是不是马子骚扰咱老营去了?

何小鼻子说,不假。

一团长又问,撤兵不?

何小鼻子骂,糊涂。咱们老命都不要了,还要老窝有嘛用?不过孙美瑶的马队是从哪儿冲出去的?一团长,你们那里没有漏水吧?

一团长说,连个苍蝇也飞不出去……我这就派人去探听。

何小鼻子说,你们听着,我老何这一次可是玩真的了,谁放跑一个马子，我就割谁一颗脑袋。你们不要怪我，曹大帅说要割总司令的脑袋，总司令不得割我的脑袋？没办法，我只好割你们的脑袋。

一团长问，围而不攻，要围到猴年马月？

何小鼻子说，华莱士将军马上就带着军官顾问团来了。等他来了，咱们听他的。

一团长又问，旅长，华莱士难道是天兵天将？

何小鼻子说，人家在曹大帅面前都说一是一、说二是二，你说是什么兵什么将？

头领们沉默着，谁都不说话。

半晌，马神才小声说，我们在兖州城里可着劲折腾，又放火又放鞭，还搞了几百斤炸药，把何大鼻子的鳖窝端上了天……可何大鼻子死活不动窝，几个守营的倒是撤走了。

孙桂林说，马团长，这次你干得挺好，不怪你……

孙美瑶看着打蔫的众头领，说，大队人马下山吧，冲出去没问题。

孙桂林问，外面是人家的天下，咱们下了山，又到哪里去呢？

林室雅说，往南边走，去投孙中山。

孙桂林说，这里距离广东千山万水，长江以北还是北洋的天下，没等到广东咱们就被人吃掉了。孙大总统不北伐，咱们不能下山呀。

林室雅又说，撤到微山岛上不行吗？投奔范司令是不是一条好路？

狗肉张说，对，投范司令去，反正大家都是孙中山的人。

一个团长说，这是一条好路呀。总司令，大家一条心，走的是一条路，跟着范司令又有何妨？我看行。

马神反驳道，你们好糊涂呀。你们谁去投都行，都可以弄个团长、旅长的干干，总司令不能去，难道让总司令去给姓范的当副手？老当家的也不能去，去给他当军需长吗？

狗肉张直肠子地说，反正选准了路，迟早要投孙中山，官大官小有什么可计较的？

马神说，张副总，咱们不能站着说话不害腰疼，你的副总司令可是总司令封的……

狗肉张急了，问，你这话是什么意思？

马神戗道，什么意思你应该明白。

狗肉张说，我看你是哪一根筋疼了，怎么事事都和我顶牛？

马神说，我就是看不惯有恩不报的小人。

狗肉张气得紫头涨脑，他是老实人，一发急一生气，说话就不连贯了，就不过脑子了。他磕磕巴巴地说，马、马宗山，我是……小人？我没去睡人家的千金，我、我……嗐，我管你这些王八犊子干什么？

马神也急了，破口大骂，你一个卖狗肉的，有屁本事，你凭什么当副总？呸！

两人愈吵愈烈，眼看就要动起手来。

孙美瑶霍地站起来大喝，成何体统？你们都给我跪戒板去。

两个人不说话了，互瞪了一眼。

孙美瑶说，没有半点大将的风度，天还没有塌下来，何大鼻子还没有攻到山上，自个儿就乱了营。官场好窝里斗，咱们也跟着学？

鸦雀无声，直到王老路冲进议事厅，大声说，老当家的，弟兄们为了水干起来了……

孙桂林急忙跑出去，众头领紧随其后。

池里的水只剩很薄的一层了。

几个马子跳进水池，趴在池里喝水。

负责守卫水池的马子纷纷叫道，快上来，真不像话……山上弟兄们都像你们几个，那不天下大乱了……几只臭老鼠，坏了一锅汤。

池子里的马子不管别人怎么叫怎么骂，只管喝水。

万里无云的静谧蓝天，明如镜面的平和池水，人群却乱成了马蜂窝。

马子甲喊，快上来，不然我们开枪了。

马子乙叫，老当家的有令，抢水者，杀。

几条枪对准了池里的马子。

345

池里的一个马子说，开枪吧，打死裂熊，比渴死的滋味强多了。

池里的三四个马子一齐叫，开枪好了，谁不开不是人尿出来的。

拉枪栓的声音。

孙美瑶和众头领赶来了。他冲到水池边，挡在枪口前，喊道，放下枪。

枪口都垂下来了。

孙美瑶向池里的马子拱手，声音嘶哑——上来吧，弟兄们，我求求你们了。

他的嘴唇上起了一串燎泡。

孙桂林说，弟兄们都知道，总司令和大伙一个样——先是五斤，后来两斤。他还要说话，还要操心。

池里的马子爬上来了。

王老路说，老当家的，剩下的票客不发水吧？省一口给弟兄们。

孙桂林说，不行，照发。

孙美瑶，王总管，你找几个弟兄从蛇道下山，溜到庄里，让百姓往山上送水，一担水一块大洋。

王老路说，我马上去办。

孙桂林说，我下山去找范铭新。林小姐上次提出的联范打围，是个好法子。

孙美瑶说，试试吧，不过皇叔你不能去，找个弟兄去。

狗肉张说，总司令，我去吧。

孙桂林说，还是我去的好，范司令不是那么好说话的。

林室雅说，我陪皇叔去一趟。

孙美瑶思考了半天，说，还是走八区那条路吧。皇叔，你们可千万小心，如果老范不答应，咱们也不强求。

孙桂林回，事情不成，我们就立马回山。

孙美瑶说，不，皇叔，你们先在临城躲一躲。

林室雅说，不行，我们必须回来。

孙桂林说，事情十万火急，林小姐，咱们先走再商量。

八区长在一楼客厅接待曾地，说，旅长大人光临鄙处，晌午就别走了，我这里有一道名菜，叫"驴羔上山"，用八个月的驴羔子……

曾地环视着客厅，说，区长好阔气呀，肯定财来有方，不然就是有财大气粗的朋友。

八区长说，惭愧惭愧……祖上有点底儿。

曾地的语气透着兴师问罪的味道，问，老百姓都传，峄县十八区，区区都通匪。可有此事？

八区长脸上冒出了汗珠，他弯着腰，小心翼翼地回，旅长大人，那、那都是瞎传。哪个区长生了八个脑袋，有天胆？

曾地突然说，孙美瑶有钱呀，他会买人买路。

八区长脸上的汗往下流，只能用斟茶来掩饰内心的惶恐。

他说，旅长大人，说实话，我至今都不认得孙美瑶，听说此人长得像李逵。

两个官兵押着一个人进来，是那次宴席上的十区长。

曾地说，你别怕，说说那天夜里你看见了什么。

十区长回，我亲眼看见八区长他、他送孙美瑶的马队出镇。

八区长强装镇静，说，旅长，他不是八区的人，他是峄县十区区长，他来我这里做什么？

十区长说，八区长，近日我一直待在你的镇里……你在一楼接待官员，在地下室接待孙美瑶，你和孙美瑶磕头拜了把子……

曾地猛地拔出指挥刀来，架在八区长脖子上。八区长面如土色，两腿乱抖。

曾地却突然一个急转身，把刀子扎进十区长的胸口，鲜血喷了八区长一头一脸。

曾地说，区长是个明白人，知道通匪是要灭九族的。

八区长已瘫倒在地上，曾地亲手扶起他，又向厅外招了招手。

马弁端着一个传盘进来，传盘里有大洋，有金条。

曾地说，八区长，我也和你交个朋友，送点薄礼，当然比不上

347

孙美瑶的重呀。

八区长趴下磕头，说，只要旅长留我一条小命，留我家人一条活路，叫我干什么都行。

曾地说，那好，你先收下这份薄礼。

区长说，我收，我收。

他接过传盘，双手抖颤着。

曾地说，其次，你继续好好当你的区长。

区长哆嗦着回，我当，我当，我懂了……懂了。

他从地上爬起来。

曾地笑着说，我就说你是个明白人嘛。

八区长想了想，放低声音说，旅长，如今就有情况。

曾地马上拔出了枪，他的手下也一齐拔枪。

八区长说，李森的老娘就在我手里，是孙美瑶逼着我养的。

曾地把枪插回去，说，那你就好生养着，这一点，孙美瑶没有错。

两匹马载着一男一女进了八区长的家。

八区长把孙桂林和林室雅迎进了地下室，热情地为他们斟茶。

孙桂林说，八区长，我和林小姐有要事路过贵地，给你添风险了。

八区长很殷勤的样子，说，哪里哪里，这条路永远为总司令而开，他要怎么走就怎么走，他要什么时候走就什么时候走。老当家的、林小姐，你们先歇着，我去招呼饭菜。

孙桂林说，不麻烦了，我们马上就走。

八区长坚持说，马跑了半夜，也乏了，先让马吃几把料？

孙桂林想想说，也好。

八区长出门吩咐。

他亲自送孙桂林和林室雅出镇。

人生最大的凶险总是把自己装扮得风也轻轻浪也静静，它的狰狞嘴脸总会在人最无防备之时突然显露。

孙桂林和林室雅骑马飞奔，突然撞上一根绳索，两匹马被绊倒，两个人栽下马来。

曾地被众多官兵簇拥，从黑暗中现身。

孙桂林和林室雅茫然无助。

乌云低垂，阴风呼啸。

孙美瑶手里握着长长的铜箫，吹奏着幽怨的曲子。

黑熊和车耗子跪在他面前，车耗子说，总司令，拼了吧，去救皇叔，去救林小姐。

孙美瑶依旧吹着箫，不停口。

车耗子说，拼上两千个弟兄的性命，也要救出皇叔和林小姐。弟兄们没人不愿意，总司令，你下令呀。

箫声呜咽。

车耗子无计可施，拉着黑熊爬起来走了。

狗肉张站在一旁，说，总司令，不能再等了，老当家的和林小姐……他们等不及呀。

孙美瑶不说话。

狗肉张急了，说，孙美瑶，你怕了是不是？孙桂林可是你的皇叔，林小姐……下令呀总司令，算我求你了，好不好？

孙美瑶不为所动。

几十个头领都来了，崮顶齐刷刷跪了一大片人。

狗肉张吼叫起来——总司令，要死我们也要和老当家的、林小姐死在一起。总司令，你下令吧，我们拼了命冲下山救人。

众头领齐叫，总司令，你下令吧，我们下山救人。

箫声凄怆。

暮色降临。

三四个山民，每人挑着一担水，沿着小径上山。

一排枪弹射来，山民纷纷中弹，水桶滚下山去。

另一条小径上，同样的惨剧在上演。

一辆马车拉着炭进山，来到截断了路的大沟前。

大沟上盖着两块木板。

五旅的官兵盘查，问，拉炭干什么去？

车夫说，我们是中兴公司王者大矿的运炭车，给山里人家送炭的。

官兵问，车上有水吗？

车夫说，老总没看见？这是一车炭嘛。

官兵检查马车，发现了藏在炭底下的大水罐，向水罐开枪，水流不止。

官兵的枪对准了车夫，车夫恐慌地说，老总，我是王者大矿的卡尔老板花钱雇的。

枪响了，车夫倒在血泊中。

孙美瑶盘腿而坐，箫声不断。

车耗子气喘吁吁地跑上岗顶，说，总司令，内线来信了。

箫声戛然而止。

车耗子说，5月6日凌晨，第二次特快国际联运蓝钢皮车路过临城，车上有、有华莱士带来的顾问团，一共三十八个西洋军官，他们在兖州下车。

孙美瑶腾地跳起来，叫，抱犊崮有救了，皇叔有救了，室雅有救了！曾申老贼、曹国舅，我要打你们的七寸。耗子，传我的命令，众头领在议事厅集合。

他大步下山。

何大鼻子召见曾地，宋记者也在场。

宋记者交给何大鼻子一份电文，他看后说，曹大帅训示，华莱士将军一到，围剿抱犊崮之战即由其全权指挥。

宋记者说，围而不攻的持久战可以结束了。将军带来了三十八人的军官顾问团，还有攻破抱犊崮的作战计划。人家才是军人，才是将军。

何大鼻子问，三十八人的军官顾问团，就为一个孙美瑶而来，是不是有点大炮打蚊子呀？

宋记者像是老师训学生一般，教育着何大鼻子——当然不只是为了一个孙美瑶，孙美瑶只是曹大帅的军官顾问团踩死的第一只蚂蚁，他们还要为曹大帅助威发力，为曹大帅登上至尊位置奠定军事基础，为曹大帅统一全中国出谋划策。

她是越发看不上这个丘八了，曾当面嗤笑他——你这个总司令能干什么？连我都攻不下，还能攻下抱犊崮？

何大鼻子赶紧说，这就对了。区区一个孙美瑶，本司令也能对付得了，杀鸡焉用牛刀。

宋记者说，我的司令阁下，不要吹牛皮了。你围而不攻，不是人家的决策？断其水源，不是人家的高招？贪天之功，据为己有，不是将军的风度。

何大鼻子不服气地说，宋小姐，照你的说法，本司令就是白吃干饭的了？

曾地说，宋小姐是开玩笑，总司令的功劳最大。

何大鼻子说，依我看，攻山的时机已到，孙美瑶已经溃不成军了。也许，华莱士将军未到，咱们就把山攻下来了。

曾地说，总司令，孙美瑶他们只是干渴了几天，既没有溃不成军，也没有损失战斗力。如今攻山，他反倒可以凭借天险，给我们制造伤亡。

何大鼻子说，曾旅长，你不是活捉了孙桂林和林室雅吗？

曾地说，他们两人根本不是抱犊崮的军事人员。

何大鼻子问，那、那只有等着华莱士的军官顾问团了？

孙美瑶好像片刻间就恢复了元气。众头领也是一扫低迷，个个摩拳擦掌，蓄势待发。

马神兴奋地说，好哇。要劫，劫皇纲；要日，日娘娘。皇纲、娘娘都稀松平常，洋人顾问团才是曹国舅的太上皇、亲爹。劫了他的亲爹，咱们要曹国舅干什么，他就得干什么。

狗肉张说，眼下尤其是他做总统梦的节骨眼上，这一手厉害，南边不知道会多么高兴。

车耗子说，劫，美国大总统来了也劫。

马神说，总司令，真有那一天，别忘了要几个官过过瘾。

狗肉张嫌弃地说，别光盯着几个官帽子，咱们要干大事。

孙美瑶说，弟兄们，劫洋人是不得已而为之，不如此，曹锟就不会下令退兵，抱犊崮如何解围？不如此，他们就不会放出皇叔和林小姐。然而劫洋人于我们却又是刻意而为，如此一来，既可以逼迫曾申下台，又可以打碎曹锟的总统梦。再说，我们劫的不是普通洋人，而是要来剿杀我们的军事顾问团，是与我们有着血海深仇的战争狂人华莱士。他们除了围剿我们，还要帮助中国军阀混战，蹂躏百姓。山穷水尽处，要觅柳暗花明，我决定，劫！

一阵隆隆的雷声突然响起。孙美瑶与众头领一愣，对视后急忙跑出议事厅。

大雨倾盆，雷鸣电闪，巍峨的抱犊崮发出了怒吼，那分明是向一个旧世界提出的挑战。豪雨狂风正是大山的血泪控诉，代表着万千农夫、千万窑汉。那将黑暗苍穹撕裂成一块块瓦片的闪电，可是天下百姓沉郁于心底的千年冤仇铸成的利刃？

一山的马子在雨中狂欢，高举双手大叫"天助我等"，只有孙美瑶在沉思，任凭狂风暴雨的洗礼。

他的心在低诉——室雅，等我。

雨过天晴，山水成溪，肆意流淌。

山水哗哗地向水池中流去，池水在不停上涨。

众头领都站在议事厅外，孙美瑶挨个儿叫他们进去听令……

狗肉张截住了从王总管房里出来的孙美瑶，说，总司令，我这阵没犯规呀。

孙美瑶说，就算犯规也能戴罪上战场嘛。

狗肉张问，那、那总司令这次为什么不用我？人人都有重任，个个都能上阵。

孙美瑶说，张副司令，我一直有一块心病，等着你来给我治哩。

狗肉张说，我又不是郎中。

孙美瑶说，我的心病是，李森有恩于我，如今却一直被关在监狱里，他的老娘又让我送进了虎口……我对不住朋友呀……

狗肉张问，总司令让我去救李森？

孙美瑶说，一旦我的计划成功，军阀必然乱成一锅粥，无暇旁顾，救人的时机就成熟了。你有心计，能节制，人又好，此重任非你莫属。

狗肉张说，感谢总司令信得过我，我就算掉了脑袋，也要救出李旅长。

孙美瑶说，带着你的鹞字团去，我还给你备好了五万块大洋。

狗肉张说，总司令，我不要赏钱……

孙美瑶说，不是赏你的，是让你铺路的。

他又从怀里掏出一张上海的房契交与狗肉张，说，救人救到底。李森出来后，你再到八区救出他的老娘，把娘儿俩一块儿送到上海，这是我在上海给他们买的房子。

狗肉张问，那个八区长如何处置？

孙美瑶说，给他留条命吧。

狗肉张说，总司令，你这次干的可是惊天动地的大事，皇叔又不在你的身边，千万要小心……万一失手了，你就直接带着队伍投南边去吧。

孙美瑶说，开弓没有回头箭，成败在此一举。成，前途光明；败，只有和军阀决一死战了。

狗肉张说，总司令，让我儿子跟着你去吧。

孙美瑶说，你不怕有闪失？这可是地狱里的买卖呀。

狗肉张说，总司令，我们爷儿俩的命早就交给你了。

蓝钢皮列车在奔驰，车灯犹如长蛇的眼睛。这双眼睛注定定格在历史的长河中。

一身白制服的餐车师傅在给每个包厢送夜宵。他谦恭地向那些外国人微笑。

送完夜宵后,他回到餐车,打开窗子,把一顶洗好的软八角工作帽挂出去……

华莱士在与袁世凯的女婿杨青山喝酒。他问,杨先生,比起你那位泰山袁大总统,曹大帅的本事如何?

杨青山说,他是我岳父的嫡传弟子。

他又问,那是不是说,曹大帅即使当上大总统也治理不了中国?

杨青山说,中国有句古话——青出于蓝而胜于蓝。

他怔了一下,随即大笑。

杨青山掏出鼻烟壶放到鼻孔下闻着。

华莱士自己喝威士忌,继续问,杨先生,听说孙美瑶的父亲外号"白面包公",也是你泰山的学生,你泰山很赏识他的文章。可是,为什么后来他又被你泰山杀了头,还要诛灭满门?

杨青山说,因为他背叛了自己的恩师。

华莱士好像没有听懂一样,说,不,据我所知,他是想告发恩师贪污治黄巨款,因而倒了霉。

杨青山尴尬地说,华将军……已经十二点了。

华莱士说,我的神经才刚开始兴奋。

杨青山问,华将军,曹大帅把你们聘来,究竟想做什么?

华莱士说,我首先要做的,是完成你泰山想干而没有干成的事——杀掉孙美瑶。

杨青山说,怕没有那么容易吧,孙美瑶已经由文弱书生变成了一个巨匪头目。

华莱士自信地说,你们干不成的事,我能干成。

杨青山又问,那么接下来呢?

华莱士说,第二件事,帮助曹大帅在军事上战胜一些老对手……

杨青山问,将军说的是吴佩孚、张作霖等几位老帅吧?

华莱士说,还包括孙中山,他才是曹大帅的心腹大患……第三件事,帮曹大帅完成他的民主共和大业。

杨青山哈哈大笑,说,军事顾问团也管这事?

华莱士说,军事实力决定一切,全世界都是如此。

杨青山打起了哈欠,华莱士见状告辞——杨先生,认识你很高兴,谢谢你的酒。

他回到自己的包厢。英国军官和荷兰军官正在等着他,两人都是一身军装。

荷兰军官说,将军阁下,离兖州还有四个小时的路程。

华莱士说,不睡了。军人的精神是最强悍的,墨索里尼元帅说,真正的军人可以永远不睡觉。

荷兰军官佩服地问,下了车就投入战场吗?

华莱士说,我要集中所有火力,万炮齐轰抱犊崮,同时组织一支偷袭队,由我亲自带领,从蛇道直逼抱犊崮。

英国军官说,你的断水战术应该已经奏效,马子八成都渴死了。

华莱士说,不要那么乐观,我听说昨天山东普降大雨,天不灭孙呀。

英国军官问,华莱士,你也相信中国人说的天命?

华莱士说,我不是迷信,那是一门很艰深的学问,包罗万象……

他摊开了一张地图,俯在上面思考。

火光熊熊,枪声大作。马神带领马队且战且走。

何小鼻子狂叫,弟兄们,不能放马子走呀。

他只穿着一条裤衩,抱着机关枪拼命向马队扫射。他的"敢死队"也都衣冠不整,举刀与马队肉搏。

马神从马上撒下大把票子,喊,弟兄们,散钱喽。

票子纷纷飘落在地,"敢死队"都放下突围的马子,争先恐后地抢钱。

何小鼻子气得哇哇乱叫,却又无可奈何。

马神举刀劈死一个官兵,又向何小鼻子杀来。何小鼻子用机关枪做刀与马神格斗。

何小鼻子说,哟,你这个马子还真会几手刀法。

马神说,老子肩上也扛过一杠三花。

两人过了几十招,不分胜负。

马神大叫,弟兄们,走哇,人家不让咱们占山为王,咱们就闯天下去。

他拍马而逃,马队跟着他冲出了包围圈。

电话里传来了宋记者的娇喘,随即是何大鼻子的斥问——娘希匹,嘛事?

何小鼻子说,马子熬不住了,要突围,我攻上山吧?

何大鼻子说,抱犊崮一夫当关,万夫莫开。进攻是个笨法子,好好给我包围着,不能让一个马子跑出去。

何小鼻子问,总司令,如今天降大雨,马子渴不死了,再围而不攻,围到猴年马月呀?

何大鼻子说,你急个奶奶锤……别闹,本司令在干正事……过一两天华莱士将军就来了,他有好法子收拾孙美瑶。

何小鼻子说,华将军要来了?太好了。

何大鼻子说,你别忘了,老头子山一仗,就是人家帮助咱们狠狠揍了孙美瑶。

何小鼻子说,华将军一到,不光孙美瑶倒霉,吴小辫、张大胡子也要胆战心惊,再不敢与老帅争天下了。

何大鼻子说,老帅英明,用德式武器武装军队,又聘请外国军官顾问团,谁还敢不乖乖举手拥护老帅当大总统?谁敢乱起哄,揍他个小舅子。

远处枪声骤然激烈,何小鼻子放下电话,爬上楼顶。

炒豆子一般的枪声从东边传来。东天上,条条火舌飞舞。

何小鼻子又爬下楼,抓起了电话——五旅那边也有马子突围了。

总司令，万一五旅攻上山活捉孙美瑶，抢去了头功，我怎么办？

何大鼻子说，曾地不比你笨。我还有事，别乱我。

官兵们在吃夜餐，营长陈文兵端着酒杯挨桌敬酒。

他说，难得今夜有好酒，弟兄们都尽情喝，王者大矿的卡尔老板送来了十几坛子哩。

一些官兵已经烂醉……

大队马子悄悄地从村头小路穿行。

陈文兵给孙美瑶敬礼。

孙美瑶说，兄弟，大哥欠了你一大笔人情。

陈文兵说，总司令，别说这么见外的话，多多保重。

卡尔看着马上的孙美瑶，说，兄弟，天下还是他们的，你到哪里去呀？

孙美瑶不正面回答，只说，兄弟，患难见人心，谢谢了。

他在马上抱拳作揖，随即拍马而去。

卡尔和陈文兵目送队伍渐渐被夜色吞没。卡尔感叹道，中国少之又少的好人呀……

麦地里埋伏着大批的马子。

黑熊给自己安上钢爪。

车耗子用石子打灭一个马子点燃的烟头。

孙美瑶走进扳道房。

扳道工被捆在墙角，嘴巴里塞进了一只袜子。

马神向孙美瑶报告——总司令，韩庄至滕县的警备队全部报销，一个也没剩。遵照你的命令，铁路上的电话线也剪断了。

孙美瑶说，好，兄弟你立了头功。

马神紧跟着说，总司令可得有赏呀。

孙美瑶回，大功告成后，我不会亏待兄弟的。

一个马子飞奔而至——二团长向总司令报告，我团大部突围，已抵达邹坞、临城之间，时刻准备堵截六旅西进之兵。

孙美瑶说，好，回去告诉你们团长，明晨八点之前，就算打光所有人马，也不准放过一个官兵。八点之后，原地不动，等我去会合。

马子应是，急匆匆跑出了扳道房。

又有一个马子跑进来——三团长向总司令急报，我团大部突围后，兵分两路，一路跑步到达韩庄，时刻防备江苏官兵支援临城；一路跑步到达滕县北，阻截陈小手四旅前来捣乱。

孙美瑶说，好，你告诉你们团长，即使拼光最后一个人，也不能让一个官兵跑到我这里来。

马子举手敬礼，转身离开。

马神说，总司令愈来愈有主帅的风度了，等劫了洋人，就弄个大官当当吧。

孙美瑶说，马团长，你原来是个官迷呀。

马神说，总司令，孙中山猴年马月也北伐不了，天下还是人家曹国舅的。咱弟兄总不能当一辈子马子呀，尤其是总司令，文武双全，不弄个大官当当太亏了。

孙美瑶说，早先你也是他们的官呀。

马神说，那个芝麻粒大的官算什么，比不了总司令，世代都是大官。

孙美瑶问，那你为什么跑来当马子呢？

马神说，都说官逼民反，反了以后又如何？宋江不说了，南边几支马子头，最近不是也招了安，弄个旅长、团长干吗？

孙美瑶摇头说，我们和他们不一样……

马神问，怎么个不一样法？

孙美瑶说，咱们有革命目标，是孙文的追随者。

马神说，嘻嘻，那都是虚的。

孙美瑶无语，命令说，马团长，先别做黄粱梦吧，眼下劫洋人要紧。劫不了洋人，恐怕连命也保不住。

马神知趣地说，我懂，总司令。

王老路指挥着两个马子弄走石子，拧松螺丝，卸下接板。他又亲自做伪装工作，把特制的木片箱子塞到枕木下边，在木片箱子上放上石子，根本看不出有什么危险。

　　孙美瑶走来，说，王总管，绝对要万无一失才行。

　　王老路说，总司令，有一点差池，你砍我的头。

　　静悄悄的夜，黑沉沉的铁轨。

　　远处传来火车车轮转动的声音，由小而大……

　　此刻是公元1923年5月6日凌晨，东方呈现出一片鱼肚白。孙美瑶感觉到，脚下这一片沉睡了千百年的大地突然哆嗦起来。

　　他问自己，难道是我把大地跺醒了吗？

　　他回答自己，不，我区区一介书生，焉能有如此功力。

　　他说，此刻它也应该醒了。

　　他又说，不，如果不是时也命也运也，它会一直沉睡的。

第十七章

王老路掏出怀表——两点四十八分。
孙美瑶掏出怀表——两点四十八分。
怀表指针的铮铮声。
远处车轮的铿锵声。
孙美瑶闭上眼睛,看到一身素白的林室雅与他对视。
她问,美瑶,你要干什么?
他在心里狂喊,我要救你,室雅!
她说,你会捅出大娄子来的,你打算如何收场?
他说,我不怕……
一个马子急慌慌地跑进来报告——总司令,餐车窗口有白帽。
孙美瑶说,那就好!
他拔出枪,率先冲出扳道房。
扳道房附近的小树林里飞出一匹雪青西凉马,骑者一身青绸短打,胸膛上斜挎着一个牛皮枪套,插着那把"大眼撸子"。他戴着黑色头套,只露出一双精光四射的大眼睛。
他在铁道南侧百米开外的玉米地里卧下了他的马。

火车巨大的光柱喷泻而至。
轨道、麦田、小树林、丘岗……一切骤然明亮起来。
一顶白帽在车窗外飘动。
火车头猛地一震,巨大的刹车声响起,车头冲下铁轨,栽倒不动。

车耗子和他的豹字团从麦垄间跃起，飞身扒上软卧车厢，锤起锤落，车门和车窗上的玻璃纷纷破碎。

马子们掏出短枪，爬进车厢。

黑熊和他的熊字团则进了挂在软卧车厢后边的二等车厢，和押车的官兵格斗。

黑熊飞舞钢爪，所向披靡。

一个车厢全是护送军官顾问团的北洋兵，人数与跳上车的马子差不多，却根本不是马子们的对手，一会儿工夫就都被解决了。

黑熊他们又迎战跑过来的车警。

全车乘客无人敢下车，也没有人敢伸出头来观望。

华莱士举着枪，用身子顶住门。

门被撞开，车耗子和两个马子冲进来。

华莱士大叫，你们要干什么？我、我是华莱士。

车耗子用枪顶住了他的胸口。

华莱士猛地挥拳，打飞了车耗子的手枪，两人格斗。包厢狭小，另外两个马子根本插不上手，也无法开枪。

顾问团的军官们有的拼命反抗，有的举手投降。

只有杨青山从包里掏出大把的大洋，说，钱都给你们，还有这块金表，你们放我走吧。

三个马子围着他，其中一个马子说，这一回老子劫的是人，不是钱。

另一个马子说，收起你的臭钱，乖乖跟我们走。

杨青山高举双手，皮包挂在脖子上，由三个马子押下了车。

华莱士从窗户里飞身跳出，车耗子等人紧随其后。

荷兰军官举枪射击，打死一个马子。七八个马子一齐向他射击，他被打得千疮百孔。

英国军官整整衣领，举起双手，由马子押着下了车。

华莱士一人力斗三个马子，愈战愈勇，竟然把车耗子打倒了。

车耗子拔枪要打，孙美瑶一脚踹飞了他的手枪，叫，谁也不准开枪。

他抖开大绢扇，与华莱士对峙。

孙美瑶说，恕我迎之不恭。

华莱士说，孙先生，半路劫车，没有绅士风度。

孙美瑶说，对付豺狼，最好的欢迎仪式就是猎枪。

华莱士扔掉外衣，摆开与孙美瑶对打的架势。

孙美瑶拱手说，华先生，讨教了！

两人激烈开打。

火把熊熊，马子们举着枪把三十六名军官围在中间。

另一个火把的包围圈中，对打的孙、华两人战成平手。

黑熊分开人群走进来，孙美瑶跳出圈子。

黑熊与华莱士格斗，把华莱士打趴下了……

马神问，总司令，我先带洋人回山？

孙美瑶说，一块儿上山，洋人打头阵。

马神又问，立刻就走？

孙美瑶说，不，等到天亮。

马神说，那六旅……

孙美瑶说，怕什么？有洋人。

马神哈哈大笑，说，总司令，我们又有本钱喽。

车耗子把杨青山带过来，说，总司令，这里还有一个中国人，不知道他混在洋人堆里干什么。

杨青山说，我不是洋、洋人，我是真正的中国人，我叫杨青山……我为了保险，买了洋人包厢的票。

孙美瑶问，你就是杨青山？袁大头的乘龙快婿？

杨青山回，我、我……小人正是。

孙美瑶的腮帮子横起了肉疙瘩，一个声音冲荡着他的胸腔——仇人的家人终于落到了我的手上，父亲，儿子可以给您献上一份祭礼了……

黑熊一步步逼近杨青山，钢爪时刻准备捅出去。

孙美瑶终于恢复了理智，喝止黑熊——不，不能动手！

车耗子说，总司令，他可是袁大头的女婿，袁大头杀了总司令的全家呀。

马神说，总司令，我替你宰了他。

孙美瑶说，放他走——走。

车耗子喊，总司令！

孙美瑶咬着牙说，我下过令，这次劫车，一个中国人不劫，一个洋人不杀，除非举枪反抗者。

可是，那匹雪青马飞奔而至，骑者举起了"大眼撸子"，枪口对准坐在地上举着双手的华莱士的胸膛，连发五枪，打出了五个血洞。

华莱士的蓝色眸子狰狞地凸起，身子缓缓倒下了。

骑者说，我是老头子山一百零三名阵亡马子的兄弟，我是那五个被毒死的饲马员的亲人，他们托我索命来了。华莱士，你是这一切的元凶，你必须死！

杨青山扑通一下跪倒尘埃，捣蒜般地向骑者磕头。

骑者飞马而去。

这是一支奇特的队伍。穿着各式军装——美式、德式、荷式、意式、英式——的洋人，每人手中都举着一面白布旗子，上面写着——我是美国军官，别开枪；我是意大利军官，让开；我是荷兰军官，让我上山；我是英国军官，六旅让路……

他们身后，跟着步行的马子们，人手一枪，对准他们的后心。

再后边是马队，举着大刀断后。

队伍走到邹坞西，又有几百名马子加入进来，这是打援的二团。

一个少将军阶的英国军官大叫，我要见孙美瑶，我要见孙司令。

孙美瑶拍马近前，英国军官说，孙先生，按照《日内瓦公约》，要优待放下武器的军人。我是一名将军，你们要抬着我走。

孙美瑶问，先生，你的将军是谁封的？

英国军官说，你们中华民国的曹大帅封的。

孙美瑶说，我们不承认曹锟是什么大帅，在我的眼里，他是中国第一号大贪官、第一号祸国的大军阀。你接着用脚走吧。

英国军官一屁股坐在了地上。

马神纵马过来，用皮鞭打飞了英国军官的军帽。那军官一个鲤鱼打挺跳起来，钻进了洋人的队伍，悻悻地向同伴摊开了双手。

他们逼近了六旅的防线。

前面是沙袋掩体和密密麻麻的铁丝网，一挺挺机关枪架在掩体上，打开了机头。官兵们伏在掩体里，枪口瞄准了马子们。

一面写着"敢死队"的旗子插在树上。

何小鼻子亲自抱着一挺重机关枪。

他叫道，让马子靠近点再打，听我枪响再打，老子要和他们拼命。

一支马队裹着烟尘从后方奔来。何大鼻子与宋记者跳下马，冲到何小鼻子跟前。

何大鼻子一脚踹飞了何小鼻子的机关枪，气急败坏地叫，统统给我退子弹关上保险。所有官兵，起立！

何小鼻子说，咋的，给马子做靶子吗？

何大鼻子大声骂，你瞎眼了，没看见前面全是洋人？是华莱士的军事顾问团！

何小鼻子细看了几眼，惊讶地说，真他妈的是洋人哩，还一个个举着白旗。孙美瑶搞什么鬼名堂呀？

马子的队伍离他们愈来愈近。

何小鼻子说，司令，不打不行啊，孙美瑶怕是用计来诓骗咱们。

对面的洋人队伍里，那个英国军官喊话了——我们是华莱士聘请的顾问团，你们千万不要开枪。我们被孙、孙美瑶劫了火车，华莱士已经完蛋了。

何大鼻子说，曹大帅命令，所有围剿抱犊崮之官兵一律撤离阵地待命，不许开枪攻打孙美瑶所部、其阵地和抱犊崮，防止事态恶化，伤害西洋军事顾问团人员。

何大鼻子高叫，孙美瑶，你好毒哇！

英国军官继续喊话——何旅长，快放他们过路，不然他们就要杀我们了，你担待不起呀。

何小鼻子说，放，让路，放行。

官兵们搬开了路障，提枪在路两侧列队，眼睁睁看着大摇大摆的马子和洋人走过。

黑熊等人抓着洋人挡在身前，枪口抵住洋人的后脑勺。

孙美瑶骑马来到何大鼻子面前，说，何总司令，谢谢了。

何大鼻子恨恨地说，孙美瑶，你赢了。

孙美瑶说，何总司令，还要麻烦你一件事，请你马上给曾地打个电话，提两条要求——第一，立即修好抱犊崮的水道，向水道放水，不准放毒；第二，三天内，释放孙桂林和林室雅。哪条做不到，我先杀十个洋人。

何大鼻子说，我马上打电话。

孙美瑶在马上抱拳作揖，策马而去。

何小鼻子在后边大骂，孙美瑶，我日你姥姥。

曾地看着工兵修复水道，沂河水又向抱犊崮涌流。

赵四爷问，旅长，孙马子的话就如此管用？

曾地说，别说我一个小小的旅长了，就是曾大总理和曹大帅，如今最怕的也是孙马子撕洋票，北洋政府这一次怕是真要毁在孙美瑶手里了。

赵四爷恨意十足地说，苍天还长眼吗？堂堂民国政府怎么就斗不过孙马子？

曾地说，赵四爷，这两天你可是不能把孙桂林和林室雅给弄死了。

赵四爷说，大不了我掉脑袋呗。

曾地警告他说，我也会跟着你掉脑袋的。

赵四爷说，孙美瑶厉害呀。

曾地说，这就是政治，孙美瑶是政治马子。

赵四爷说，这一套咱可弄不懂。

孙桂林和林室雅被铁链锁在牢房的铁环上。

孙桂林显然受了酷刑，遍体鳞伤。

林室雅没受刑，她安慰孙桂林——皇叔，等出去后，我和甲午上山给您采药治伤。

孙桂林苦笑着。

林室雅说，残了也不怕，我当您女儿伺候您。

孙桂林说，林小姐，我们孙家欠了你的情分……如果这辈子还不上，下一辈子叫甲午还你。

林室雅说，皇叔，没有你们，恐怕我至今还是贪官手中的玩物。

孙桂林说，你求求赵四爷吧，他和你父亲毕竟是朋友。

林室雅说，您就别提这事了。

孙桂林说，你这么好的女人，应该活着出去……

林室雅说，您还是给我讲讲甲午小时候的故事吧……我都听入迷了。

孙桂林笑了，他沉浸在回忆中，慢慢地说，甲午小时候十分可爱，连那些铁石心肠的大官都疼他。袁世凯是官场的枭雄吧？他害了不知道多少人，可是，他每次见了甲午，都要抱起他亲他的脸蛋。有一次，甲午骑在袁世凯的肩头，尿了他一身，我很害怕，袁世凯却说，没事，没事，童子尿，不臊。后来，袁世凯却杀了甲午的父亲，还要灭孙家的满门。这个官场，实在是能让人变成禽兽。

牢门打开，赵四爷手持长剑和几个保镖进来了。

他把长剑对准孙桂林的胸口，咬牙切齿地说，孙大马子，今天我要挖出你的心肝，以解我的心头之恨。我把你们从曾旅长手里要过来，本来是想慢慢折磨你们到死……如今没有时间了，我必须马上杀掉你们。

孙桂林说，你杀了我可以，却不能杀了林小姐，她父亲毕竟是你的朋友。

赵四爷哈哈大笑,说,朋友?都是狗屁。

林室雅说,皇叔,别求这条老疯狗,我愿意陪您上路。

赵四爷说,我让你们做个明白鬼——孙美瑶劫了一火车洋人,曾地不敢不放你们,不过我没乌纱可丢,更不怕掉脑袋。

孙桂林大笑着说,甲午有种,不愧是孙家的人。

林室雅说,那么我死也放心了。

赵四爷说,拿酒来。

家丁端上了一坛子老酒。

赵四爷问,孙桂林,你来一碗不?

孙桂林说,给我一碗。

家丁端给孙桂林一大碗酒,孙桂林一口气喝下,把碗摔在地上。

赵四爷喝下一大碗烧酒,举起了长剑。

总理卧室。曾申赤着脚,仅穿内衣,头发蓬乱地趴在地上,盯着一地的报纸。

几十种报纸的头版头条都是关于临城大劫案的报道。

他从案头拿下一摞文件,把它们拼成扇形。

是各国外交部拍来的抗议电函。

他的脑袋顶着地板,嘴里不停地呻吟。

他猛地把这些报纸电函揉成纸团,向门外掷去。

案头的电话机已经被他摔碎了。

宋记者蹑手蹑脚地走进来,看了半天大发神经的曾申,才说,刚才曹大帅来电……

曾申说,我不听,不听。

他用两只手捂住了耳朵。

他说,剿灭孙美瑶是他下的令,催命一般。如今剿出毛病来了,他又要枪毙我,又要我自己去死。嘿嘿,我为什么要死?我有这么多金条这么多房产这么多女人还没享用够呢……

宋记者猛力拉开他的双手,说,曹大帅来电话叫你辞职,向洋人与国人谢罪。

他说,哈哈,他这是丢卒保车。我不辞职,我为什么要辞职?自从盘古开天地,三皇五帝到如今,有哪个大官辞过职?中国只有被赶下台的官,没有自己走下台的官。

宋记者觉得曾申的样子可笑极了,说,大帅还有话……

曾申眼泪汪汪地盯着宋记者。

宋记者说,大帅说,曾左撇子如果不想辞职,就跑去山东和孙美瑶谈判,不管用啥法子,反正不能让孙美瑶撕了洋票。

曾申腾地站起来,叫道,让何大鼻子去谈判,他是剿匪总司令,就应该是谈判首席代表。我不能去……孙美瑶恨不能撕了我……

宋记者冷冷地看着他。

赵四爷举起长剑,对准了孙桂林的胸口,却突然呜呜地哭起来——孙美瑶,我日你八辈子祖宗……

孙桂林说,赵四爷,拿出点风度来。

他昂起了头,微笑。

曾地一脚踹开牢门,举枪击中赵四爷的手腕,长剑掉在了地上。

他气急败坏地说,你、你这个庄户佬,差点要了我的命。

孙桂林和林室雅被解了铁链,送到客厅中。

他俩坐在椅子上,曾地在他们面前来回踱步。

曾地说,孙先生,如果没有我,你和林小姐此刻怕是已经在黄泉路上了。

孙桂林说,这倒是实情,可并不是你发了善心,施了恩德。

曾地说,不管怎么说,我救了二位的命,老当家的总要给我一点面子吧。

孙桂林说,有什么事你直说吧。

曾地说,事情经过你也知道了,我以身家性命担保,一定送老当家的和林小姐安然上山。不过,要请老先生先写一份手书,督促孙美瑶放洋人下山。此举于你二人和国家都有益无害。中国本来就是一个弱国，如果再引发国际联军的征讨，后果不堪设想……老当家的是个明白人，我就不多说了。

孙桂林呷了一口茶，说，关于这件事，恐怕你我说了都不算。

曾地说，算数的，曾申总理已来急电，说只要洋人下山，他担保你们上山。

孙桂林嘿嘿冷笑。

曾地说，我说的是真的，这是曾总理的电报。

他扬了扬手中的一份电文。

孙桂林说，要了结这么大的事，你出的价也太低了。

曾地说，可……我也能杀了你们。

孙桂林说，我很怀疑你能办到，因为你不是疯子，不是赵四。

一个军官走进来，附在曾地耳边说了几句话。曾地急匆匆地出去了。

孙美瑶带着车耗子、黑熊来到五旅的阵地。三人赤手空拳，什么武器也没带。

几十个枪口对准了他们。

曾地赶来，说，孙大当家的，你的胆子真不小，这里可是我的地盘。

孙美瑶说，我来接我的皇叔和林小姐上山。

曾地说，如今三天的期限还没到，等到第三天下午，我会放他们上山的。

孙美瑶说，我改变主意了，今天就要接他们走。

曾地说，你不怕我连你一块儿留下？

孙美瑶说，你不敢。

曾地结巴着说，我、我为什么不敢？我敢。

孙美瑶说，你不敢。今天太阳落山时分，我的皇叔和林小姐要是不能跟着我安全回山，三十六名洋人中就会有二十八人被杀掉。

那时候，你的小官、你哥哥的大官都要完蛋，还有你的命、你哥哥的命，恐怕也要玩完。

曾地气得扑过去，抓住了孙美瑶的衣襟。

黑熊给了他一拳，打得他四脚朝天。

几十支枪刷的一下对准了黑熊。

曾地举手欲挥，又慢慢放下了。

他惨笑着说，孙美瑶，你赢了……不，你还不敢说赢，我们也不全是草包。

他示意官兵放下枪，说，孙大当家的，我放人。不过，山上的洋人你也不能动他们一根手指头。

孙美瑶说，优待肉票是抱犊崮的山规。你让曾申和曹锟快点来谈判，我可是个急性子。

孙美瑶背着孙桂林走在山路上。车耗子扶着林室雅。黑熊断后。

孙美瑶说，皇叔，您受罪了。

孙桂林说，我没什么，林小姐可没吃过这种苦头。

孙美瑶柔情脉脉地看着林室雅。

孙桂林问，这个谈判你打算如何谈法？

孙美瑶说，大伙都等着您上山拿定盘星哩。

孙桂林说，要马上派人到上海请教张招抚使，听听他的高见。

孙美瑶说，我想庄监军应该快从上海回来了。

孙桂林说，这回甲午你可成了世界名人。

林室雅突然问，美瑶，说不定曾申会拿一顶大乌纱帽和你谈判，你要吗？

孙美瑶反问，你说呢？

林小姐竟然有些迟疑，说，除非是让你当大总统……

孙桂林说，给个大总统更不能当，中国只有一个合法大总统，就是孙中山。

"剿匪司令部"的牌子被摘下。

《申报》头版头条标题——《齐鲁剿匪总司令何正堂引咎辞职，谢罪国人》。

许多报纸都有类似的标题。

沿街卖报的报童叫，看报，看报，孙美瑶劫洋人，震惊世界。

另一个报童叫，看报，看报，何总司令引咎辞职。

又有一个报童叫，看报，看报，曾大总理连夜召开内阁会议……

意大利王国首相墨索里尼照会中华民国政府曾申内阁——

  1923年5月6日在贵国山东临城车站以南所发生土匪劫持外宾之案，其中共有五名意国军官，他们均系曹锟巡阅使诚聘，为贵国剿匪戡乱之栋才……贵政府务必确保他们之安全，并尽早解救他们脱离匪窟。否则，我将采取军事行动。

在华美国驻军致电总统哈定——

  临城大劫案中有六人为美军校级军官，他们接受曹锟之聘任，至北洋军中指挥、训练中国军队抵抗南方革命军之北伐，不意遭孙匪美瑶劫掳……请阁下迅速营救落难之美国军官，并批准我们于适当时机采取军事行动。美利坚合众国呼吁世界诸强，对于土匪遍地的中国给予严重通牒；曹锟、吴佩孚之流，请中国政府考虑是否褫夺他们之职务；蓝钢皮特快列车大劫案发生后，中国路警须接受外国军官的管制；中国政府所属之军队一律接受外籍军事人员的训练、统辖。

大不列颠及爱尔兰联合王国向中华民国政府黎元洪大总统提出严重抗议……

各种洋报如《密勒氏评论报》《华盛顿邮报》《法兰西评论》等，

头版头条都印着"中国临城大劫案,外国军官遭匪绑票"的字样。

但是,也有中国南方的一些报纸是这样的标题——

《曹锟请洋犬阻北伐,打内战,剿民乱》《孙美瑶劫掳军官团,北洋政府一团慌乱》……

何大鼻子、徐中玉还有四五个旅长都规规矩矩地坐在沙发上。宋记者也在场,只有她一个女人比较淡定。

曾申把一份电文从皮包里抽出来,放在案头。

曾申说,何中将、徐督军,临城大劫案已经轰动世界,德、意、法、美、荷都对政府提出了严重抗议,这些电文就是抗议函电。内阁决定,马上和马子谈判。还是何中将你唱主角,解铃还须系铃人嘛。另请宋大记者当仁不让、临危受命,作为总理谈判密使充当幕后总指挥,你们这些丘八必须唯宋密使马首是瞻。

几个人齐刷刷立正喊:是!

曾申又说,宋记者乃本总理之密使这件事,各位务必保守秘密。宋记者也请委屈一二,隐身幕后,不能走上前台。

宋记者照旧稳坐沙发,一边用德国产指甲锉修整她涂成五彩的长指甲,一边慵懒地说,谈判成败之关键,就是看曹大帅肯不肯填饱孙美瑶的胃口。另外,还要看看孙美瑶的胃口有多大。

曾申长吁短叹了半天才说,这两点,曾某说了都不算,所以,一切之一切,全是走一步看一步。

何大鼻子的大红蒜头鼻子莫名其妙地有一点白兮兮,他哭丧着脸说,孙美瑶恨透了我,我哪还有命谈判。

曾申说,孙美瑶还是很讲道理的,怎么会杀死一个首席谈判代表呢?

何大鼻子说,我怕、怕不能胜任……还是总理亲自出马的好,事关政府安危呀。

曾申讽刺地说,你是被这位未来的某某厅长抑或旅长吓破了胆子吧。我有一种预感,我的这位世侄会欣然接受我们的安排,甚至迫不及待地与政府合作。

徐中玉幸灾乐祸地说，何中将怕嘛？救不下洋爷爷来，那才真够老兄喝一壶的。

曾申说，徐督军真是个明白人。诸位陪着何中将一起去爬抱犊崮，谁不去都不行。曹大帅有令，不去谈判者，军法处置。

何大鼻子说，徐兄，大难临头时，你我还是一家人。

曾申说，很好，二位携手，抱犊崮的事定能办好。

何大鼻子问，总理大人，你给我和徐督军交个底，能给孙美瑶多大一个价？

曾申说，我想，凭何中将和徐督军的才干，对付个把孙美瑶还是绰绰有余的。当然，本总理说的是玩政治，不是清剿。

何大鼻子问，如果他要我们撤围呢？

曾申说，答应他。

何大鼻子又问，他要官呢？

曾申说，给他。

何大鼻子再问，多大的？

曾申说，师长、旅长都行……什么都先答应他，让他放了洋人再说。

何大鼻子继续问，他要是、要是提出更苛刻的条件呢？

曾申回，曹大帅发话了——只要他不逼着我放弃大总统竞选，都先答应他再说；只要他不逼着我下台，什么都先应着他。

何大鼻子脑袋都晕了。

曾申低声对何大鼻子说，你到了山上，可以秘密找一个叫马宗山的团长，他是孙美瑶的干将，他的一个本家兄弟是曹大帅的少将军需官。军需官说，他堂兄是个官迷、色迷。其他马子头怕也没有几个不是官迷的。马子爷是人不是？哈哈……

他把一封信交给何大鼻子。

意气风发的马神飞马跨越峡谷。他是贴在马身上展示这手绝活的。

众马子欢呼鼓掌,被劫的洋人也看得呆了。

下了马的马神提着枪走来,身后的十个马子人人都持枪。

他命令三十六名洋人站成一排,用中国话报数。

然后,他让不会说中国话的洋人出列,共有十七人。

他命令十七名洋人走到一面峭壁前,面壁而立,双手抄后抱头。

他大喊,举枪,预备——

十名马子站成一排,朝峭壁前的洋人举起了枪。

十七名洋人浑身发抖,哇哇乱叫,有几个甚至跪地求饶。

其他洋人在胸前画着十字。

马神哈哈大笑,叫道,狗屁洋军人,狗屁校级军官,原来比军阀还怕死。

林室雅跑过来叫,马团长,快放了他们,你又犯山规了。

马神笑嘻嘻地说,我在耍哩,好玩。

洋人们被安排在巢云观里居住。

车耗子阴沉着脸,给每个房间发放新毛巾、新脸盆、新胰子。

他嘟哝着——洋人倒成了爷爷,咱还得伺候着。唉,司令叫干,不干不中呀。

车耗子给英国人送东西时,见他正在本本上记录着什么。

英国人友好地笑笑,从皮箱里拿出一件西装送给车耗子,哇啦哇啦地说着英语。

车耗子不要。

英国人友好地笑着,坚持给车耗子穿在身上,说,好!顶好。

车耗子挺快活,跑出去给别人看,一会儿又跑回来,送给英国人一个鼻烟壶。

英国人高兴极了,拥抱了车耗子,拿着鼻烟壶爱不释手。

一个戴眼镜的马子进来,英国人向"眼镜"哇啦哇啦说了很多话。

"眼镜"翻译说,他叫威尔逊,想和你交个朋友。他说,他认为中国的马子不比官兵坏多少。他说,他本来不愿意到中国来打仗,是为了钱才来的。

车耗子说，你告诉他，他是一个老实人。

"眼镜"给英国人翻译。英国人大笑，给车耗子行了一个军礼。

一个小马子送来了大米饭和猪肉炖粉条。英国人不会使筷子，车耗子教他用。

这是一间贵宾房。一名英国少将由他的少校随从伺候着，津津有味地吃着大米饭和猪肉炖粉条。

少校却难以下咽。

少将说，你要征服中国人，首先要了解中国人的生活方式。

少校说，将军阁下，咱们生死尚且不知，你还有心思说这些话。

少将说，我很佩服华莱士。他说，一些人在海上行船，遇上了大风浪，多数人惊慌失措，只有一个人若无其事。别人问他为什么如此平静，他说，该生的时候自然会生，该死的时候自然会死，贪生是多余的，怕死也是没有用的。我最喜欢这则故事，这也是中国人的精神。

孙美瑶与林室雅在豹子谷为孙桂林采草药。

豹子谷里一片葱茏，小青桃挂满了枝头，石榴花含苞待放。

孙美瑶轻盈地爬上绝壁，单手吊在一棵枣树上，身体腾空，另一只手去采摘一枝经冬的枸杞。

站在绝壁下的林室雅担心地叫，美瑶，你可要小心呀。

孙美瑶采撷到那枝干枯了尚鲜红的枸杞，故意放开了手，身子向下跌落。

林室雅大惊失色，张开双臂去接跌落的孙美瑶，结果孙美瑶恰好落进了她的怀里。

林室雅紧紧地抱住了孙美瑶，孙美瑶趁机亲吻她。

两个人靠在了绝壁上。

林室雅猛地推开了孙美瑶，说，你、你别动我。

孙美瑶无辜地看着她,问,室雅,你的脸色好难看,你怎么了?

林室雅说,皇叔已经为你选好了夫人,我、我算什么?难道你也要让我当你的二房、三房?

孙美瑶没想到林室雅在吃醋,心里甜丝丝的,说,皇叔他不过随便说说而已,你怎么当起真来了?

林室雅说,皇叔不是随便说话的人,你说实话,他是不是一直反对你、你和我好?

孙美瑶诚实地点点头,说,皇叔是会有些莫名其妙的想法……

林室雅追问,你会听皇叔的,是不是?

孙美瑶坚决地摇摇头,搂过了林小姐,把她平放在一块大青石板上,周围是披拂的绿柳和高大的银杏。

她说,你、你不嫌我……

他说,我还是一个马子呢。

她说,我恨那些披着人皮的官。

他说,说不定我也会做一个官。

她说,我知道,你早晚会成为南边的一个官,我喜欢。

他动情地发誓——等到功成之日,室雅,我就娶你。

她不信,说,你在哄我,你肯定也嫌我是一个弃妇,会辱没了你家的门庭。

他说,室雅,你说什么呀……我哪里还有什么门庭,我只是一个马子头。

她真心地说,那我愿意当你的压寨夫人。

他压上去,动手解她的衣衫。她用手势制止了他,自己动手解……

孙桂林跪在香案前的尘埃中,头磕出了血污。

他说,老爷、夫人,我对不住你们,没有照顾好甲午……他什么都好,林小姐也是好女人,只是,他们不该走到一起。可是我管不住他们,他们都不听我的……我劝过好多次,甲午为这事几乎和我翻脸。老爷、夫人，为了拦住他们走到一起，我甚至对他们说、说了谎话……事到如今，我的一切努力都成了枉然。

　　一场春雨后的山谷，万物清新。
　　孙美瑶和林室雅互相依偎着，坐在那块青石板上。林室雅婀娜无力地靠着孙美瑶。
　　孙美瑶轻声说，家母如果在世，看到她的儿子有了归宿，一定非常高兴。室雅，过一会儿，我陪你去拜拜祖宗。
　　林室雅低语，不，我不敢去面对二老的灵位……
　　孙美瑶说，室雅，别怕，无论什么人都不会分开我们了。
　　她又抱住了他。
　　他说，我求你一件事……
　　她定定地看着他。
　　他说，从今以后，你不要再骂曾申，不要再提他一个字。
　　她点点头。
　　他又说，庄先生那里，咱们和他做好朋友如何？
　　她说，依你。
　　马神突然出现在他们面前，一眼就看明白了状况，说，总司令、林小姐，我向你们道喜了。
　　林室雅嗔了他一眼。
　　孙美瑶问，什么事？
　　马神说，庄先生来信了。
　　孙美瑶说，好哇，走，看看去。
　　马神却不动，说，总司令，老当家的正在大骂，南边……拒绝了我们的要求，还是把土匪帽子扣在我们脑袋上。
　　林室雅腾地站起来，说，马团长，这话可不是闹着玩的。
　　孙美瑶像块木头般，直挺挺地站着，刚才容光焕发的面庞如今已冻成了冰块，那双灵动的眸子刹那间成了死鱼的眼珠子。林室雅拉着他的手臂拼命摇晃，生怕他突然晕倒。

孙美瑶惨笑着，像一朵秋末的苦菜花。

他说，室雅，南边真的……不要我们？我真傻……人家其实一直都把我当成匪首。

林室雅说，不，一定是共和君搞错了，误解了孙大总统的意思。美瑶，我们马上去南方，你亲自向孙大总统表白，我们一定会成功的。

孙桂林拿着一个大信封，和狗肉张大踏步走来。

孙桂林说，这事赖不着庄先生，他和张之老先生已经尽力了。大人物都是固执己见的，南边从骨子里头就从来没接受过甲午，接受过我们这支队伍。这种思想已经根深蒂固。

孙美瑶怔怔地看着孙桂林，问，他们如何看我？

孙桂林说，他们认为你是从封建营垒中走出来的孝子贤孙，只可能是他们革命的对象。

孙美瑶又问，他们如何看待我的队伍？

孙桂林说，他们把我们这支队伍看成是农民的乌合之众，而农民起义、农民造反，在他们那里从来都是和土匪打家劫舍画等号的。张之上次来视察时就和我深谈过这个问题，担心无法说服南边，如今不幸被他言中。

孙美瑶渐渐恢复了平静，主动拿过信，抽出信纸展开。

他说，庄先生的钢笔字写得真漂亮，唉，我总是写不好……

美瑶兄、老当家的、室雅、张副司令并君山两千五百名弟兄：

见字如面。我在山外，每每思之念之，一个个弟兄的音容笑貌，抱犊崮上的一草一木、一块石头、一棵乳香树，尤其是我们的小君男，他的小手、粉嫩的笑靥，怎能不让我泪珠滚滚；思念如泉喷涌……

正是肩负着这一切命运的重托，我来了上海，又到了广州。我一直和张之老先生在一起，天天在一起，天天谈话、切磋、争吵，却枯等了二十三天又十个钟头，还是没有见到大总统。但是，庄共和与张之联署的《关于山东建国自治军叩请加入孙文大元帅麾下北伐军序列并求赐番号之报告》批复却下来了，只有冷酷不讲理、犹如四颗子弹般的四个汉字——不予受理。

四颗子弹射穿了我的胸膛。我号啕大哭。张之先生破口大骂。

我问，为什么？他们的表现还不够好吗？他们对革命的追求还不够情真意切吗？

张之先生骂娘了，骂南方政府的冷漠和顽固的偏见，拒绝了两千五百颗火热的心。他说，国民党人真的分裂了，南方政府真的分裂了。共和，你难道没有发现？眼下中国已经诞生了一支崭新的力量、神勇的力量。我给你写一封介绍信，你去找那支神勇力量的代表人物，介绍孙美瑶的队伍加入吧。那支神勇的力量正在召集全中国的主体，让数以亿万计的农民、工人、无产者联合起来，去打拼一个新世界，一个真正的工农政府。

在张之老先生的举荐之下，我拜识了那个代表人物。他和我彻夜长谈，他博大的胸襟、他超人的智慧、他农民的本色、他对新中国的描画，加上他人性的光芒、人格的魅力，深深地吸引了我，征服了我。我一刻也没有犹豫，就加入了他们的党。

他热切地说，希望你回到抱犊崮后，说服你的那些农民弟兄了解我们，拥护我们。我们正在谋划一次伟大的行动，要建立一个全新的政权，和北洋政府及南方政府有天壤之别的政权，真正为农民和工人谋福祉的政权……

今日欣闻美瑶兄虏获曹锟的西洋军事顾问团，打破了曹锟对抱犊崮之围剿，两千五百名弟兄安然无恙。我为之再三欢呼。

兴奋之余，窃生忧虑。美瑶兄，万望慎重斟酌，切切勿入北洋之瓮，切切勿蹈宋江之覆辙。浩浩天地，朗朗乾坤，愿兄有鹰隼之双翼，无蜗螺之负巢。

小弟不日即回抱犊崮。

即颂

大安

庄共和于长沙岳麓山
公元1923年5月7日

孙美瑶、孙桂林以及众头领都聚在议事厅内。

林室雅拎来一篮子中草药，默默地择着。

孙桂林说，总司令，谈判的条件你要拿出一个主旨才好。

孙美瑶说，他们如果要改编建国自治军，必须编成三个师，建制一万人，并委任总司令一名。

孙桂林不解地问，总司令，我们要北洋政府的建制何用？纵然南边不要我们，山上这些弟兄也绝对不能投降北洋。北洋、袁世凯、曾申，可是与孙家有不共戴天之仇。

孙美瑶说，皇叔，我们爷儿俩得学着玩政治才行。汉军不要我了，我总得找一个暂且栖身的曹营吧？

林室雅说，共和君为我们找的那条路，我觉得也不失为一种选择。我十八九岁的时候读过《新青年》，读过陈独秀和李大钊的文章，很是喜欢，他们描绘出了一个崭新的世界。

孙美瑶说，那个世界我一点也不了解，一点也感受不到。就算未来选择了庄先生推荐的路，那也是未来的事。眼下迫在眉睫的是，我们必须马上与北洋政府谈判，彻底打破抱犊崮的困局，为两千五百名弟兄——当然也包括我们——找到一条能体体面面吃饭的路。

议事厅里安静下来。

孙美瑶说，皇叔，南边就像天上的云彩，也许有雨，也许无雨。

再说，北洋政府也可以彻底改组嘛，我们可以要求曹锟和曾申下台，换上新人，那么政府也许会逐渐好起来。

孙桂林说，不错，要求曹、曾下台，这是谈判的主要条件。

孙美瑶说，皇叔、室雅，选择新世界当然是一条路，咱们也不放弃，不过先搁置而已。和北洋政府谈判，也许会谈出另一条路来……到底要走哪条路，皇叔，咱们要好好参详呀。

孙桂林说，只要曾申下台，曹锟当不上大总统，中国就会大变样。

车耗子说，对，把姓曹的、姓曾的都赶下台，老当家的去当大总统，总司令去当大总理。

马神说，错了，应该是总司令去当大总统，老当家的去当大总理，我们弟兄都弄个部长什么的干干。

众马子的喧哗声中，林室雅拎起了草药篮子，默默地走出巢云观……

她一个人站在崮顶，耳畔响起了那呜咽的铜箫声……

第十八章

几束干柴烧得火焰熊熊。炉子上坐着一个四鼻子砂锅，草药在锅里沸腾。

火苗映红了林室雅的面容。

庄共和悄悄地走过来蹲下，和林室雅靠得很近。

林室雅挪了一步，离他远了点。

庄共和伤心地问，就这么讨厌我？

林室雅说，你是我们的好朋友，我怎么会讨厌你呢？

庄共和的心都碎了，说，一下子就把我降格了。咱们之间毕竟什么事情都发生过。

林室雅说，小肚鸡肠的男人才会觉得，只要发生过事情，这个女人就应该永远归他所有……共和君，你在南方待了那么久，还来信说加入了一个崭新的政党，你说这个党是属于新世界的、真正的革命党，可是，你回到我们中间时，我发现，你和那种男人一个德性。

庄共和苦笑说，你骂得对……不过，恕我直言，总司令的根子，我看还扎在旧时代的营垒里。我怕你刚刚挣脱开一个封建大官僚，又要归属于一个封建小官僚。

林室雅说，你说得不对。总司令和他们是势不两立的。

庄共和说，但愿我说错了。

林室雅说，当务之急，是在和北洋政府的谈判中占据优势，争取借助世界压力逼迫曹、曾政权垮台。

庄共和说，我只怕总司令把这支队伍带进封建阵营。

林室雅说，不会的，那样我也不答应。

庄共和说，好极了。我急切地赶回抱犊崮，就是想和你站在一起，保住这支队伍不会被北洋政府收编，阻止总司令当宋江。

林室雅说，怎么可能呢？总司令绝对不是封建遗少。

庄共和说，怎么会不可能呢？帝王思想可以征服袁世凯、北洋所有丘八，甚至腐蚀某些南方革命党人的大脑，一个小小的孙美瑶更不在话下了。我很悲观，所以我改换门庭，与国民党人切割所有的藕断丝连。

林室雅定定地看着庄共和，说，你这个资本家阔少真的脱胎换骨了。

大酒店门前的广场上停满了各式洋汽车、中式小轿、人力三轮车，人群熙熙攘攘。

酒店门口的军警三步一岗，五步一哨。

有多少军警站岗放哨巡逻，就有多少马子在暗中干着同样的事情。

何大鼻子、徐中玉、宋记者和几个旅长走下小汽车。

从中式小轿里走出四五个士绅。

四个马子抬着一乘太师椅改造的小轿从大街上走来，太师椅上坐着孙桂林——他的伤至今未全好。

两队马子护卫着他。

街上的百姓围着看，还指指点点。

老汉说，这是抱犊崮老当家的，他是卧龙先生再世，会呼风唤雨、卜吉凶。

青年说，那是黑熊，使一把钢爪，出爪必见血。那是车耗子，爬火车像闹着玩，神偷。那位洋先生没见过，想不到马子也洋派起来了……

"洋先生"是庄共和。林室雅坐在小轿里。马神骑着高头大马走在最后边。

酒店门口，曾地见其他人都进去了，截住了马神。

他打招呼说，马团长，你好，我是曾地。

马神说，我认得你，你枪毙了我的朋友。

曾地不在意地说，我捎来了你堂兄的信。

马神吃了一惊，说，啊……你明天到半湖镇周家去找我。

酒店的大会议室里，长条谈判桌左侧是官方代表——何大鼻子、徐中玉、何小鼻子、曾地等。右侧是马子代表——孙桂林、庄共和、林室雅、马神等。黑熊站在孙桂林身后。

打横还有一张桌子，坐着中间人——几位士绅和卡尔。

宋记者不停地拍照。她更感兴趣的是几个马子代表，尤其是黑熊，她给他拍了好几张照片。马神盯着她丰腴的大腿出神。

何大鼻子说，孙先生，其实您也是官场中人，您在"白面包公"家管事有多久了？

孙桂林说，何将军，官场中有黑有白，有人有鬼，有清有浊，道不同不相为谋。

何大鼻子说，孙先生说的极是，你家主人就是大清有名的忠良……惜乎哉。

孙桂林不和他纠结旧事，直接问，何将军，我想问你一句话，抱犊崮之围何时能解？官兵何时全部撤离？

何大鼻子说，这事好说，三天内即可实现，但我有一个条件——撤兵与释放洋票必须同时进行。我方撤回一个旅，贵方须释放十二名洋票。

孙桂林说，我不能答应这件事，因为我们还有其他的条件。

何大鼻子看一眼曾地，曾地说，孙先生，你不妨全说出来让诸位听听。

孙桂林说，我方条件如下——第一，全部官兵撤回原防地；第二，政府收回胶济路权；第三，政府惩办贪官污吏；第四，将鲁南、苏北一带划归山东建国自治军即孙美瑶部管辖；第五，将山东建国自治军编成三个师，建制一万人，孙美瑶为总司令，完全自治，与北洋脱离关系。

几名旅长交头接耳，面露讥笑。

何大鼻子说不出话来了，还是曾地说，五个条件我方统统答应，立刻签字如何？

孙桂林说，我还没说完呢。政府做到这五条，我方只能释放洋票二十七名。

何大鼻子问，剩下的洋人你们留作何用？

孙桂林说，还有两条——第六，曹锟、曾申下台；第七，全体洋票答应作保。

曾地拍案而起，大声说，你们几个马子太不自量力了，嘛屁也别放了，剿！

黑熊霍地逼近一步。

孙桂林说，曾旅长，你剿呀。你说一个"剿"字，我就杀死一个洋人。

曾地恶狠狠地坐下了。

何大鼻子吞了口唾沫，说，孙先生，你的谈判条件和南边的革命党人一个口气呀。

庄共和说，不，全国百姓都是一个口气，南方革命党人倒不一定。

宋记者似乎对庄共和产生了浓厚的兴趣，两个漂亮的眸子灼亮。她从各个角度给庄共和拍照。

曾地恢复了平静，说，孙先生，你也是有爱国之情的人。这次抱犊崮闹下了塌天大祸，给政府捅了大娄子。意、美、英、法、德、荷等八国已向我国政府提出了严重抗议，声言要马上出兵救人。你想想，再来一次"八国联军"，中国还有活路吗？到了那天，你们就成了民族罪人，将落得一个全国共讨之、全民共诛之的下场，岂不悲乎？

林室雅站起身，那女性柔美的声音却说出了铿锵的话语，这是她有生以来第一次对国事发表演讲——曾旅长，谢谢你一改丘八的鲁莽，使用了读书人的语言。害怕洋人讹诈的只有北洋政府，曹锟、曾申者流，还有你。我们不怕，老百姓也不怕。我们干的事一点儿都不输理，我们劫的不是和平洋人，而是拿着枪来打我们的洋军人，他们是帮你们来剿我们的，来践踏中国老百姓的。双手沾满了抱犊崮弟兄鲜血的战争狂人华莱士，因为负隅顽抗，已经被当场击毙了。其余那些来到抱犊崮的洋人，如果愿意放弃暴力与武器，就是我们的好朋友。所以，世界的公理、正义与我们同在，这一切与贵方恰恰背道而驰。

宋记者对林室雅格外青睐，除了拍照，还很洋派地对她做着OK手势，表示赞赏。

卡尔站了起来，说，我说句公道话。孙先生，我是你们的朋友，我很同情理解你们，可是，弓绷得太紧就会断掉……何将军痛快地答应了五个条件，第六条是否太、太苛刻了……

孙桂林说，卡尔先生，你太善良了，你还不太懂中国的官场、中国的军阀，他们的许诺从来都是一句空话、一场骗局。

卡尔说，谈判应该是很认真严肃的。我认为……中国人没有权利要求他们的总理、他们未来的大总统下台，在美国可以，不过也相当困难。老当家的，你要适可而止。

庄共和站起来说，中国难道不是共和国家？北洋政府祸国殃民，我们弹劾他们下台，合理合法。

何大鼻子问，你就是庄共和？

庄共和回，不错。

何大鼻子说，好一个革命党，在郑州吴大帅没抓住你，怎么又跑到山东来攻击政府？

庄共和说，你们的政府本来就是非法的。

何大鼻子说，在山东总不能让革命党自由自在吧？徐督军你下令，我抓人。

何大鼻子掏枪，黑熊的钢爪已抢先一步顶住了他的胸口。

徐中玉赶紧打圆场说，诸位不要动手好不好？这是在谈判，不是打仗。

何大鼻子强忍着怒火坐下。

黑熊站到了庄共和的身后。

何大鼻子说，这样吧，前五条和第七条生效，孙先生你们释放三十名洋票。第六条和余下的洋票，咱们慢慢谈好不好？

孙桂林说，何先生，第六条才是关键。你否了第六条，这个谈判就继续不下去了。

何大鼻子威胁地说，孙先生，那后果对抱犊崮来说将是非常可怕的，断水、束手就擒……

孙桂林哈哈大笑，说，杀了洋人，曹锟的大总统美梦破灭，曾申下台，你何将军第一个掉脑袋。说实话，我巴不得谈判破裂呀。

何大鼻子呆若木鸡。半晌，他才勉强恢复了剿匪总司令的架势，色厉内荏地发令——传我命令，再炸抱犊崮，缩小包围圈。

何小鼻子大声应是。

何大鼻子又说，五旅长，断水。

曾地说，你已经不是总司令了，下达个鸟命令？这事要向国务院请示，请总理定夺才行。

何大鼻子气哼哼地离开了会场。

孙桂林说，黑熊，叫山上拿洋人祭刀，先杀十名。

卡尔急得大叫，中国人不会谈判，太没有风度了。

上马石上拴着两匹马。

周小姐给曾地和马神斟茶。

两人皆是便服。

曾地说，马团长，凭老兄的本事，不该离开军队，不然早当上旅长了。

马神说，别捧我了，王麻子知道……我不离开，怕是吃饭的家伙也没了。不过话又说回来，我堂兄都混上了少将军需官，从前他

387

也不比我强多少。

曾地说，你堂兄很推崇你。他让我忠告你，一定不要错过这次的机会。做龙做虫在此一举，干好了，能一步登天。

马神拆信看了后，交给周小姐，说，去烧了。

他问，兄弟，给咱透个底，政府到底能给多大的官？

曾地说，那要看你们司令会不会玩了。

马神叹口气说，我看，悬。

曾地说，这事有马团长看着，错不了的。

马神说，我只是一个小卒子。

曾地狡黠地说，我知道你在孙美瑶心中的分量……

曾申把一柄短剑递给徐中玉。

徐中玉郑重地把短剑佩在了腰间，向曾申行军礼。

曾申说，曹大帅夸你识时务，很赏识你的忠心，他说，患难见人心。他把这把短剑赐给你，同意重开剿匪战局，国务院还要派飞机给你助战。

徐中玉气昂昂地出门。

曾申和曾地密谈，把一张委任状交给曾地。那是盖着国防部大印的烫金证书，委任孙美瑶为师长。

曾地说，孙美瑶要的可是总司令。

曾申说，我有法子对付他，让他高高兴兴地接了这份委任状。

曾地点着头。

曾申说，我是同时备了几手，又打又拉，明剿暗抚，马子也不是铁板一块。

徐中玉视察六旅阵地，何大鼻子与何小鼻子陪同。

徐中玉说，何中将、何旅长，你们的前沿可以再向前挺进十里，戳到抱犊崮脚下。

何小鼻子说，是。

徐中玉说，不要光死守，攻他姥姥的。

何小鼻子说，是。

徐中玉说，明晨六时，飞机一到，你的大炮就要开火，有多少发炮弹？

何小鼻子回，一千发。

徐中玉说，先来上五百发，够孙美瑶喝一壶的。

何小鼻子说，是。

徐中玉视察五旅阵地，曾地陪同。

徐中玉问，老弟，那把短剑如何？

曾地说，曹大帅佩了半辈子的短剑，实在是很高的奖赏。

徐中玉说，大帅蛮有义气的。

他们来到沂河边，看到修复好的水道以及"捉孙团"的旗子。

徐中玉说，曾旅长，马上给抱犊崮断水。

曾地回，是。

徐中玉说，你这"捉孙团"不能光守株待兔，要攻上山去捉孙美瑶。

曾地回，是。

徐中玉说，你的前沿也要戳到孙美瑶的鼻子底下。

曾地回，是。

两架飞机掠过天空，盘旋在抱犊崮上方，扔下几颗炸弹。

几十门大炮一齐轰山，炮火连成一片。

马子们有的钻进山洞，有的躲在掩体里。

马神和十几个马子挤在一个山洞里。

马子甲问，团长，这就是飞机？

马神说，厉害呀。人家还是客气了，要是真绝了情，一座山都能炸平。

马子乙说，团长，你和总司令是哥们儿，和他说说，见好就收吧，弄个官当当比啥都强。

孙美瑶在山洞里盘腿而坐。

外面枪声隆隆，炮声隆隆。

马神钻进来，说，总司令，还是你英明，如若……曹锟、吴佩孚、张作霖会拧成一股绳来剿咱们，那时候，抱犊崮整座山都会被炸平的。

孙美瑶平心静气，一声不出。

马神说，放弃那个第六条吧，总司令，老当家的要把尿泡撑破了。

孙美瑶说，不，第六条是我提出来的。

马神不甘心地继续劝说——总司令，我思谋着，老太爷当年所在的朝廷不也是一团漆黑？昏君、奸臣当道，老太爷不是照样成就了"白面包公"的美名？没有黑，咋能显出白？

孙美瑶紧闭双唇，半天才开口说，曹锟再来硬的，我就要开杀戒了。

何小鼻子要带领"敢死队"攻山，何大鼻子赶来，喊，回窝打麻将去！

何小鼻子烦躁地说，我都快憋死了，徐督军不是也叫攻山吗？

何大鼻子说，他说了不算。

何小鼻子问，那、那阵地还往前移不？

何大鼻子说，原地不动。

何小鼻子再问，这是打的哪门子仗？

何大鼻子说，政治仗，懂不？儿子，学着点。

"捉孙团"组织了人马准备向山上进攻。

曾地从一个队员手中拿过旗子，插在了原来的地方。

曾地说，回去睡一觉，动动脑筋。

队长回，是。

曾地说，保证向山上供水，不许放毒。

队长回，是。

古槐浓荫匝地，掩映着高大的门楼。

上马石上拴着两匹马，互相嬉闹。

周小姐的闺房里，珠光宝气的周小姐陪着马神和曾地喝酒。

马神把周小姐搂在自己腿上，笑着对曾地说，兄弟，别怪我放肆，当了几年马子，实在憋坏了。

曾地调侃说，哪里的话，憋坏了皇帝老子也憋不着马兄。

马神哈哈大笑，说，多亏了她。

周小姐娇嗔。

曾地拿出了委任状，马神接过去，看后不快地说，才弄了一个旅长，唉，没劲。

曾地隐忍地说，你们总司令才是师长。

马神说，总司令怕不稀罕这个师长，要说让他和徐中玉平起平坐，也许他才能上钩。

曾地呷了一口酒，说，马兄，不是小弟泼冷水，你们也太过人心不足了。我，曾大总理的堂弟；何大鼻子，曹大帅的老马弁，我们可都是给曹大帅打了近二十年的仗，才弄了个旅长。你们和大帅作对，一步闹上了天，还不稀罕？

马神默默地喝酒。

周小姐抢过委任状，用嘴巴一个劲地亲。

马神高兴了，给曾地敬酒。

曾地说，马兄，这出戏你可是要好生唱。

马神自信地说，兄弟，就算拉不过来孙美瑶，我起码也给你们拉来一半人马。

孙美瑶在山上宴请卡尔。

山上风平浪静，没有了炮火。

孙美瑶向卡尔敬酒，饱含感情地说，兄弟，抱犊崮危难之际，你最够朋友，我很感激你。

卡尔说，我在努力向中国人学习，为朋友两肋插刀。

孙美瑶说，我也从兄弟身上看到了和平的希望。外国人中大部分都是好人，华莱士之流毕竟是少数。

卡尔说，华莱士毕竟是我的好朋友，你们真的杀了他？

孙美瑶说，他害死了我一百多个弟兄，我们在铁道上报了仇。朋友，请理解我。

卡尔默然，灰蓝色的眸子黯淡无光。

孙美瑶言归正传，问，是曹锟他们让你来的？

卡尔开始结巴，说，那、那第六条确实苛刻了些，我今天上山就是来劝你的，中国有句名言，见好就收。

孙美瑶说，那一条是我提出来的，我完全是从国家利益出发，不怕冒天下之大不韪。

卡尔不无担忧地看着孙美瑶，他在中国这么多年，深刻体会到现下的中国政治就是泥沼，深陷其中就有没顶的危险。

他说，你的爱国热忱我是明白的，然而，北洋政府已经坏到了骨头里，曹、曾下台，别人上台，未必就好……眼下十万火急的，是抱犊崮今后的出路，如果谈僵了，你作何打算呢？

孙美瑶闷闷地喝酒。

卡尔直率地说，我从来实话实说，我知道，中国人大都不喜欢听实话，不知道你是不是一个例外？

孙美瑶说，你说吧。

卡尔说，马子不能再当下去了，再当下去，何日是个尽头？再仁义的马子也是马子。抱犊崮也不能再守下去了，它毕竟是一座孤山，军阀随时都可以来围剿。

孙美瑶一连喝了几杯酒，喝得眼泪汪汪。

他问，兄弟，是、是他们叫你上山的吧？

卡尔说，我可以对上帝发誓，我不愿意和中国的军阀政客合作，我只是觉得，不和你说这些话，对不起朋友一场。

孙美瑶气喘吁吁地爬上崮顶。

上山轿载着两个人缓缓上升。

孙美瑶一把抱住了从上山轿里出来的李森，李森热泪盈眶。

陪着李森上山的是狗肉张。

孙美瑶问，张副司令，我不是让你送李旅长和老太太去上海吗？

狗肉张说，李旅长听说了劫洋人的事，说什么也不去上海了。

孙美瑶扶着李森的肩膀说，兄弟，安心去吧，到上海好好给老娘养老，远离这污浊的世界。

李森说，大哥，我不走，我要跟着你干。

孙美瑶仰天大笑，笑声里透出万般无奈和挣扎，说，跟着我当马子？上是马子爹马子娘，下是马子儿马子女。

李森说，不，你很快就是官兵的将领了，我给你牵马坠镫，跟你冲锋陷阵。

狗肉张大惊失色，问，总司令，你要当宋江？

孙美瑶又是一阵大笑，笑出了泪花花。

李森说，大哥，不管怎么说，这才是人生之正途，上可以面对列祖列宗，下可以面对妻子儿女。最关键的是，不管南边委任还是北边委任，你直接面对的都是老百姓，你这个官对老百姓好还是坏，由你自己来决定。

孙美瑶拥抱着李森，一双漂亮的大眼睛里泪花晶莹。

孙美瑶跪在香案前的尘埃里，泪流满面。

马神悄悄地走进来，在他身边跪下。二团长和三团长也是如此。

马神说，总司令，咱们一心一意，苦苦等着南边，南边是如何抛弃咱们的？咱们现在干的是贼事，上是贼父贼母，下是贼子贼女，几辈子都成了贼。

孙美瑶拼命给祖宗磕头。

马神说，总司令，我们几个团长都想快一点招安，别再折腾了。

两个团长喊，总司令……

孙美瑶说，你们出去，让我安静一会儿。

月牙儿挂在西天。

男人孤独地吹着箫。

女人轻轻地偎上来，依着男人。

男人问，我该怎么办？为了你……我该怎么办？

女人回，不要为了我。为你自己，为弟兄们，你要走好这步棋。

男人说，我心中很乱。

女人问，要是没有我的出现呢？

男人回，我是个一头撞南墙的男人……有了你，我却变得思前想后……

女人说，那、那我就离开。

男人扔了铜箫，一把把女人抱在怀里。

女人挣脱他说，我明白，我们没有办法僵持下去，曹锟和曾申知道我们的软肋。这些洋人，你不敢也不想杀死任何一个，除了那个华莱士，他已经死了。你是个好人，一个善良的人。而他们，曹锟、曾申……都是些泯灭人性、毫无底线的兽类，三十六个洋人的生死与他们何干，他们绝对不会为了保全几十个洋人而放弃他们的权位。美瑶，为了保护两千五百名弟兄，为了保存这支战斗力旺盛的农民队伍，为了你的人生愿景，找一个曹营暂时栖身好了，我理解你。但是你必须答应我和共和君一个条件——当那个新世界向我们招手的时候，你可是必须率领你的队伍归来，做中国大地上第一支工农武装，我们一起去打拼出一个属于工农的新世界、新政权。

孙美瑶说，室雅，你好厉害，是你给我拨开了云雾，让我重见了开朗天日。我答应你们，决不食言。

月牙儿挂在西天。狗肉张和儿子坐在崮顶的大石头上。

儿子说,爹,清明节我给爷爷奶奶上坟去了。

狗肉张没有吱声。

儿子说,爹,这几天你很不开心。马叔叔说,你要当大官了……

狗肉张说,狗屁。唉,总司令,你咋看不透那个龟孙哩?

儿子说,爹,马叔叔是比你得人心。

狗肉张叹气。

儿子说,爹,你甭操恁多的心,跟着总司令,咋样都行。

狗肉张说,爹一辈子没念几天书,不识几个字,不比人家总司令,秀才,大学问……爹只是不懂,这人呀,有时候学问愈大愈糊涂。儿子,听说过宋江没?那个有学问的人,后来糊涂了,迷上了朝廷的官衔,害了自个儿,也害了弟兄们……

孙桂林和孙美瑶以及众头领在议事,林室雅走进来。

她说,老当家的,我母亲从济南来了中兴大酒店,传信来要见我一面……我可以去吗?

孙桂林说,那有什么问题,去吧,代我向你母亲问好,把咱山上的稀罕物件给她带上几样。

孙美瑶说,皇叔,非常时刻……就怕万一。

孙桂林说,他们不敢的,我们手上有洋人。

林室雅犹豫地说,我想,我还是不去了,免得给你们添乱子。

孙桂林说,黑熊、耗子,你们陪林小姐下山,要绝对保证她的安全。

车耗子说,林小姐,有我和黑熊陪你,你就放心地去吧。

孙美瑶送林室雅三人下山,把一大匹绸缎交给车耗子,说,这是我给夫人的一点心意。

林室雅说,只怕她不是因为想念我才来的……

孙美瑶说,我在山上等着你。

他目送她下山,直到看不见她的影子。

中兴大酒店高级客房里,母女俩抱头痛哭。

黑熊与车耗子站在房门外。

女儿把绸缎送给母亲,说,这是美瑶送给您的,上好的苏州货。

母亲说,他倒是一个懂礼节的人。曾申那里传来了话,答应放你一马,不再纠缠了。

女儿说,他是天底下最大的骗子,我不会再相信他任何的话。

母亲问,你连亲娘也不信了?

女儿冷冷地说,母亲多心了。还有事吗?没事我就回山了。

母亲的眼神飘忽不定,小声说,其实曾申乔装改扮,悄悄陪着我来了。他、他想最后和你吃一顿饭,好不好?

女儿沉吟片刻,说,好。

饭是西餐,就摆在客房里。

黑熊和车耗子用起刀叉来居然很熟练,母亲吃惊地问,你们在山上也吃西餐?

女儿笑了,说,他们两人是美瑶的左膀右臂,时常陪着他出入宴会。

曾申呷了口法国白兰地,漫不经心地问,雅,人家孙美瑶看重你吗?你可别单相思呀。

车耗子插话——曾大总理,不瞒你说,我们总司令对林小姐那份情意简直是……感天动地。

曾申借故出了客房,留下母女俩在房内。

黑熊和车耗子仍旧守在门口。

母亲轻声说,我的意思,这一次就办个订婚仪式,向世人公开宣布,免得省主席的千金让人说三道四。

女儿说,妈妈,现在官方正与我们谈判,美瑶他们前途未卜,哪有心思搞这种热闹。

母亲说,我只有你一个女儿,前些年委屈了你,我想想就伤心,这次想补偿一下。

女儿问，美瑶现在的身份还是马子头，你能接受得了吗？

母亲说，你和他说说，让他早一天接受招安，别再难为曾申了，岂不是皆大欢喜？

女儿苦涩地笑了，很怜惜地拥抱着母亲，说，妈妈，我明白了……

母亲说，这一次我可是真心实意为你好。

女儿说，妈妈，我走了，天黑前我一定要回山上，不然美瑶他不放心。

母亲问，那、那你劝不劝他？

女儿说，那种话我是不会对他说的。就算说了，美瑶也不会同意的。

曾申跨进房门，说，雅，你们别犯糊涂了，再执迷不悟，只有死路一条。

她说，曾申，我也最后劝你一句话，你老了，退出那个乌七八糟的官场吧，那是一艘破烂不堪的古船，迟早要沉下去的。

他说，可悲的是，不但我退不下去，孙美瑶恐怕也要上来。

她说，他……他和你们不一样。

他说，雅，你还年轻，一个人对自己的命运往往是做不了主的。

林室雅冷笑起来，是啊，母亲、父亲和曾申都是她命运的推手，把她推到了孙美瑶的世界里。

她带着黑熊和车耗子扬长而去。

孙美瑶一个人待在崮顶，上山轿颤悠悠地上来。

黑熊和车耗子一下轿就走了。

林室雅扑进孙美瑶的怀里，委屈地哭了，说，人家本来不想去的，你们偏要人家去……呜呜，原来不是什么思女心切……是曾申想让我当说客，劝你快一点接受招安。

孙美瑶说，我们不是说好了吗？你假意应承又有何不可？

林室雅说，我死也不会在他们面前说那种话，死也不会让他们称心如意。

孙美瑶不作声，只是把她搂得更紧。

半湖镇周家门前，许多马匹拴在上马石上、树上，还停着一辆小轿车。

马神陪着孙美瑶走进客厅，徐中玉显然已经恭候多时了。

孙美瑶并不开口，也不主动和他握手。

徐中玉有点尴尬，但很快又堆上亲切热情的微笑，伸手去握孙美瑶的手。

他哈哈笑着，自我解嘲说，孙总司令，世事历来如此，合久必分，分久必合。昔日仇，今日友。昨天总理还来电话，让我代他向你问好。他说，曾、孙两家世交几十年，中间出了一点小波折，如今又要携手共事，他已为孙老先生选了上好的阴宅宝地，要亲自为老友迁葬。

孙美瑶说，谢了，孙家托曾总理的福，还未断子绝孙。

马神说，总司令，你和徐督军先谈，我出去一下。

他出了门，转进另一个院落。

这院落也有客厅，曾地等几个旅长都在。

曾地说，暂时委屈一下诸位，总理说了，以后都会有说法的。

何小鼻子说，总理一句话，叫咱干吗就干吗，当牛做马都中。

陈小手没有说话。

马神带着抱犊崮的二团长和三团长进来，曾地客气地和他们一一握手。

马神说，以后还请诸位多多关照。

何小鼻子说，好说，不打不成交嘛。

曾地说，自家兄弟不必见外。

二团长问，马团长，总司令真会同意吗？

马神说，总司令整个人都瘦了一匝，他拿不定主意，也不会来呀。

这边客厅里，何大鼻子把烫金的委任状捧给孙美瑶。

孙美瑶漫不经心地瞟一眼，把委任状扔到茶几上，说，何中将、徐督军，看来孙美瑶才识浅薄，不配担当你们的重任呀。

何大鼻子说，可以了，大半个山东的军权都交给你了，差一点点就和徐督军平起平坐了。

孙美瑶问，我那些团长当旅长不够格？

徐中玉说，除了马宗山，他们还当团长。

孙美瑶说，四、五、六、七旅那几个旅长能听我的？什么师长，岂不是一个光杆司令？

何大鼻子哈哈大笑，派副官去叫人。

几个旅长走进来，依次向孙美瑶举手敬礼。

曾地说，师长，您多虑了，委任状不是都下来了吗？我们几个绝对忠心耿耿，任凭差遣。

何小鼻子说，师长，您叫咱干吗，咱就干吗。

陈小手说，师长，以后我听您的。

孙美瑶示意众人落座，几个旅长都规规矩矩地坐下了。

孙美瑶说，孙某不懂军法，以后……还望诸位兄弟多多提点。

几个旅长齐刷刷站起来，举手敬礼，喊道，长官只管吩咐。

何大鼻子示意他们向后转，出门。

他问，怎么样，孙师长，这下放心了吧？

孙美瑶大摇大摆地在客厅里踱步，又问，你们如何安置我的皇叔？

何大鼻子又取出一张委任状，说，他是一个文人，管家出身，请他做省政府参议如何？市长待遇。

孙美瑶接过了委任状，说，还有庄共和、李森……他们都是我的好兄弟。

何大鼻子说，你放心，俱有安排。庄先生被委任为师部秘书长；李森官复原职，调往别旅；张副司令任副师长。

孙美瑶点点头。

何大鼻子又拿出了谈判协议书。

孙美瑶认真阅读，缓缓地说，那么，曾申还当总理？曹锟还要竞选大总统？

何大鼻子笑而不答。

孙美瑶说，他们是中国天字号的贪官污吏。

何大鼻子说，他们都与你的父亲是多年至交……

孙美瑶说，不，曾申卖友求荣，用我父亲的鲜血染红了顶子。这样的协议书我不能签字，就算签了，皇叔也不会盖印，反而会骂死我。

他把协议书扔到了地上。

马神领着团长们走进来，一齐跪下。

孙美瑶后退一步，问，你们、你们想让我签字？

马神说，总司令，不走这条路，咱们还有别的路吗？

团长们齐声哀求——总司令，签字吧。

门外，传来大炮的轰炸声，以及飞机的轰鸣声。

炮弹接二连三在山上爆炸。

两架飞机盘旋着扔下炸弹。

孙美瑶脑海中浮现父亲画像上那两道威严的目光。

父亲的声音——难道你要让我们永远做贼父贼母不成？

他的心中沸腾着愤怒，无处发泄的愤怒——父亲，政府黑暗，是他们把您逼上了绝路……

父亲的声音——黑暗的政府，也毕竟是政府。马子仁义，终归是马子。

他心中在狂喊，惶惑无助地狂喊——父亲，我接受了招安，即是与腐败、黑暗同流合污，恐怕要落下一个千古骂名……

父亲的声音——你糊涂，不知道什么叫身居污泥而一尘不染吗？为父虽处浊世，不也能博得"白面包公"之清名吗？政府腐败，你更应做中流砥柱，替苍天行道，为百姓做主。这才是大忠大孝。乱世出忠臣，古今皆然。

　　林室雅出现在他眼前，她苦笑着说，美瑶，我伴你一起出淤泥而不染，只要我们心中有光明，新世界终究会来临。

　　孙美瑶泪流满面，大叫，天意如此，天意啊！

　　他抓过早已备好的毛笔，饱蘸浓墨。

　　何大鼻子的蒜头鼻子兴奋得通红，灼灼闪亮，他展平了那份协议书。

　　马神和团长们跪在尘埃，眼巴巴地看着孙美瑶。

　　孙美瑶闭了闭眼，在协议书的空白处签上了自己的名字。

　　何大鼻子也抓过笔，并排签上了自己的名字。

　　狗肉张、黑熊、车耗子和林室雅等人骑马飞奔。

　　马队穿过街道，冲到周家的门楼前。

　　众人滚鞍下马，扑进宅院，冲进客厅。

　　狗肉张看到了孙美瑶，看到了协议书上的签字，满心愤恨无处发泄，一把掐住了马神的脖子。

　　他愤怒至极，大声说，姓马的，都怪你，一块臭肉惹得一锅腥。

　　马神挣扎着叫，总司令……

　　黑熊逼到了何大鼻子面前。

　　车耗子说，不光明正大地坐谈判桌，偷偷摸摸在这里逼迫总司令，算个屁？

　　狗肉张大叫，这签字不算数！

　　跟着狗肉张来的马子们齐喊，不算数！

　　孙美瑶说，放肆！黑熊，退下。张副司令，放开马神。

　　林室雅面色苍白，自始至终没有说一句话。

第十九章

孙桂林在登记账簿。

他登记得十分仔细认真。庄共和轻轻地走进来,他竟然没有发觉。

庄共和说,老当家的,你真是个一流的管家,抱犊崮多亏你当家理财,才能有今日。

孙桂林摘下花镜,说,这些财物来之不易,都是弟兄们用血汗换来的,我不敢有一丝一毫的差错。

庄共和拿过一本布皮账簿信手翻阅,心不在焉的样子。

孙桂林问,庄先生找我有事?

狗肉张放开马神。黑熊退回孙美瑶身边。

车耗子说,总司令,你自个儿来这里,也不带黑熊和我,太危险了。还有林小姐,你连她也没说。

马神说,有我护驾,你们有什么不放心的。

狗肉张看向孙美瑶,问,总司令,你来这儿签字,老当家的知道不?

马神说,张副司令,抱犊崮的第一把交椅是总司令,你别搞错了。

孙美瑶摇头说,马神⋯⋯

狗肉张的脸憋得通红,实在不明白孙美瑶的心思,直通通地问道,总司令,你怎么就⋯⋯签字了呢?

何大鼻子说,孙师长,我先走了。这协议书留下,还望孙师长尽快请老当家的盖印。

狗肉张喊，你死了这个心吧。

何大鼻子说，孙师长，你看这位弟兄……

孙美瑶不理他，何大鼻子摸摸鼻子，夹起皮包带着人走了。

客厅里只剩下抱犊崮众人。

狗肉张嘶哑着声音说，总司令，你真的要去给军阀当那个狗屁师长？

孙美瑶看一眼林室雅，又看向狗肉张，底气不足地说，你是副师长……我只是暂时给抱犊崮的弟兄们找了个曹营而已。室雅，你说是不是？

林室雅弯弯的细眉拧成了麻花，说，我有一点后悔那天和你的谈话。唉，我有种感觉，这个曹营弄不好会毁了你，毁了抱犊崮。今天这种情景，更让我不寒而栗，好像你原本就是这个曹营的一分子，原本就与何大鼻子他们是同根生。我好怕，怕你上了这条贼船后，会不知不觉地把它当成你的大汉。

孙美瑶说，不会的，室雅，你和张副师长要对我有信心。我只是暂时栖身曹营，一旦形势有变，我会立刻扒掉这身北洋皮，撕碎这张委任状，带领弟兄们去我们应该去的地方。

马神说，让弟兄们过几天安逸日子有什么不好，难道非得整天提心吊胆才叫英雄好汉？

孙美瑶说，张副师长……有了这个官衔，你可以扬眉吐气地面对祖宗，面对妻子儿女。你的儿子，我会给他一个连长做。还有，陵园里的一百零三个弟兄，以及历年来为抱犊崮捐躯的三百八十名弟兄，每一块无字碑上，如今都可以镌刻上他们的名字和上尉连长的军衔了。

马神说，男子汉大丈夫在世，所求的不就是封妻荫子？张副师长，你可别得了便宜又卖乖了。

狗肉张说，总司令，你说的也许对头，可、可我就怕再也没脸去见那些穷弟兄了，他们会说我什么呢？狗肉张熊了，给贼羔子军阀当干儿子了，会帮着他们糟践老百姓了……狗肉张，呸，忘了他老婆是叫当官的给糟蹋的了，忘了当初咬着牙发誓，要用宰狗刀杀尽天下贪官污吏了……

孙美瑶怔怔地看着狗肉张。

马神说，你懂个屁？咱们吃的饭还不如总司令念的书多，总司令还用你来教导？

狗肉张说，是着哩，马团长，我一个杀狗卖肉的，不敢教导总司令，我从心里头宾服总司令呀……可、可总司令忘了看过的《水浒》，忘了说书人说的宋江，那个宋江，替天行道的时候是英雄好汉，天下人都服他，等他招了安，就成了狗熊，害了自个儿又害了弟兄。总司令，我怕曹国舅像那个高俅一样黑心眼，叫你当官是假，算计你是真。

孙美瑶的心被狗肉张的话震撼了，他失魂落魄地走出客厅。

林室雅站在客厅里，与孙美瑶似近非近，一种无法言说的悲凉充斥在她的心头。

庄共和欲言又止。

孙桂林说，庄先生，有什么话尽管说。

庄共和说，老当家的，这几天……总司令和几个团长瞒着你，去和姓何的谈判……

孙桂林心里一咯噔，有失重的感觉，但是面上仍旧平静地说，甲午能干出那等事？他不会的。

庄共和说，我怕……军阀政客惯用的手段就是收买、分化、瓦解。

孙桂林摇头，仿佛要把心里的疑惑都甩出去，他又充满了自信，说，谁都能够被收买，唯独甲午不会。即使曾申把总理职位给他，他也不会要，他嫌北洋的官脏。

庄共和坚持说，古人云，食色性也。依我说，还要加一个"权"字，权欲对人性的诱惑力更大。再说，总司令家的根子本就在官场。

孙桂林安慰他，更是安慰自己地说，甲午做什么事都不会背着我的，他是我带大的，我相信他。

庄共和说，老当家的，最近马神可是一个劲围着总司令打转，他是个官迷加色迷。

他们正说着话，狗肉张进来了。他看了看庄共和，不说话。

孙桂林问，张副司令，你找我有事？

狗肉张说，啊……没什么事。老当家的，近些日子马神总往山下半湖镇跑，你得问问他，他……有点不大地道。

孙桂林问，他又去钻"半掩门子"了？

狗肉张说，光钻钻"半掩门子"还没什么，就怕……

狗肉张到底没把话说完就走了。

孙桂林看着他的背影说，狗肉张话里有话呀。

庄共和若有所思地说，老当家的，劫了洋人后，孙家军就不平静了……

林室雅在山下就病了，被孙美瑶一路抱回了山上。

她发高烧，做噩梦……在她的梦里，孙美瑶一会儿幻化成曾申，一会儿又变成了她父亲，狞笑着追赶她。她拼命奔逃，跳下山崖，跑上岗顶，却还是被曾申或者父亲抓住了……

她大汗淋漓地醒了。

孙桂林端来一碗中药，像个父亲一样照料她喝药，又给她一匙白糖，说，孩子，觉得苦就用糖冲冲。

她哭着说，皇叔，你要是我的父亲该多好。

孙桂林说，我哪有那么大的福分，我是个孤儿，这辈子只有甲午一个亲人。

她说，皇叔，你要是不嫌弃，我当你的女儿，给你养老送终。

孙桂林笑了，说，你和甲午说的一样，好好好，我晚年就靠你们两个了。

她又落泪了，说，可是，我病了，他连个人影都不见……

孙桂林说，他忙嘛，他是总司令呀。

她说，皇叔，我和他说好了，庄共和联系的那支神秘力量一旦发动农民起义，美瑶就会率领弟兄们举旗响应，在江北打响第一枪。等到他与南方的起义队伍会合，打拼出一个工农新政权，他就和我成亲……

孙桂林伤心地说，南边嫌弃我们，北洋军阀又与我们不共戴天。也许，我们只能跟着庄先生走了。

林室雅见孙桂林完全不知情的样子，不禁叹了口气，怔怔地看他。

她问，皇叔，你真的为美瑶选好了妻子？你真的不同意我嫁给他？

孙桂林慌乱地干笑着，过了半晌才语无伦次地说，室雅，你和甲午都是好人，你是我的女、女儿，你们不适合的……

榴花似火，百鸟鸣唱。

孙桂林从林室雅的房里出来，满怀愁绪地倚着银杏树出神。

马神领着几个团长走来，干站了半天也不敢惊动他。

终于，马神忍不住了，轻声唤他——老当家的，老当家的……

孙桂林回过神来，问，马团长，有事吗？

马神说，我们兄弟几个有点小事想和您老说。

孙桂林说，有什么好吞吞吐吐的，赶紧说。

马神说，皇叔，这么干到哪日才算一个完，还是快一点招安的好。

孙桂林说，马团长，北洋政府是绝对不能相信的……

马神说，皇叔，您让我把话说完。您说您要革命，要投南边，可是，咱们眼巴巴盼了好几年，却被南边一口回绝了，咱们成了剃刀挑子一头热。眼看现在咱们都成了贼，上是贼父贼母，下是贼子贼女，几辈子都成了贼。如果能招安，不管哪个鸟人当总统，反正咱们都成了官，父母成了官太爷，儿子也成了官少爷。何苦有福不去享、有威风不去抖呢？

孙桂林的眼神难以置信，仿佛刚刚认识了马神。

马神嘿嘿干笑，说，皇叔，您毕竟进过大官家的门槛，咱却一辈子都是下九流。您就让咱过过官瘾吧，行不？

团长们说，老当家的，求您了。

马神说得两个嘴角冒出了白泡泡——皇叔，我领头去和政府谈，保证人人都得个官当。

二团长说，老当家的，您答应我们吧，哪怕过完官瘾再上山当二茬马子也成呀。

孙桂林问，你如今不也是团长吗？

二团长说，嘿嘿，皇叔，这叫什么团长呀，这叫马子头。

孙桂林说，总司令待各位不薄……

马神说，老当家的，我们几个都领情。可是，总司令不能一直当土匪头子呀。劫了洋人，总司令一下子成了全世界都闻名的"巨匪首领"，这几个字就像子弹，射穿了我的胸口。我心想，总司令的胸口、老当家的胸口，肯定也疼出血来了是不是？

二团长说，是呀。

三团长说，皇叔，您就不心疼您的甲午？

孙桂林连连跺脚，说，你们……你们说的什么话呀，这才是让我的一颗心疼死了……

马神继续说，老当家的，山上可是有大半弟兄都急着招安呢。

孙桂林说，那还不都是你们几个鼓动的？总司令要是知道了，非得铡你们的头不可。

马神说，总司令……嘿嘿，他在议事厅哩，您去问他是个什么意思。

议事厅空无一人。

案上赫然放着孙美瑶的委任状，还有孙、何签了字的协议书。

孙桂林走进来，身后跟着马神他们。

孙桂林喊，甲午，甲午。

他没看到孙美瑶，却看见了案上的两份文书。

他拿起一份看，双手不禁轻轻颤抖，冷笑不已。

他拿起另一份看……

一阵大风吹进厅里，把两份文书从他手中吹落。

他木头一样，颓然跌坐在地上，过了好久才喃喃自语——甲午，你怎么能这样做？甲午，你怎么会这样做？

马神他们互相使着眼色，悄悄退出议事厅。

狗肉张、车耗子和一些小头目在门口等着他们。

马神视若无睹，昂着头从他们身边走过。

狗肉张一把抓住了马神，说，姓马的，你要毁了总司令和弟兄们呀。

车耗子说，马神，你真是个无耻的官迷。

马神说，狗肉张，你一个卖狗肉的懂个屁，你就知道狗下水、狗皮、狗鞭……嘻嘻。

狗肉张气急，给了马神一拳，马神亦还手，两个人扭打在一起。

马神挣扎着掏枪，二团长和三团长也掏出枪。

狗肉张这边的人也纷纷掏枪。

狗肉张说，姓马的，要给军阀当儿子，你自个儿去，不要带坏弟兄们。

马神说，狗肉张，你要去当砍头的革命党，也自个儿去，不要连累弟兄们。

狗肉张叫，我毙了你。

马神喊，我宰了你。

双方剑拔弩张。

孙桂林从议事厅里走出来，一步跨到两队人中间，说，你们要么放下枪，要么就先打死我……

孙桂林木呆呆地站在孙桂森的牌位前。

他低诉着——老爷，怎么办？我应该怎么办？家仇国恨怎么能够不报？怎么能与仇人为伍、与奸佞同污呢？可是，老爷，我也知道，你和夫人都盼着甲午有个好归宿，孙家早一日重振门风……

他摇摇头，哭声低而怪异。

他摇摇晃晃地在山上游走，脑袋耷拉着，越发苍老和无助。几个马子向他打招呼，他浑然不觉。

他走进陵园，在一个个坟头和一块块无字碑间穿行。

他身影孤寂，面上老泪纵横。

他游走回议事厅，弯腰捡起地上的两份文书，把它们铺展在案头。

他哆嗦着双手掀起大襟，从裤腰带上解下一串钥匙，打开了柜上的锁，拿出一方大印。

他把大印举起，猛地按在那份协议书上，随即大笑，继而大哭。

哭过后，他又在那份委任状上盖印。

马神等人一直在窥视他的行踪，这时也跟着进来了。看到盖好大印的协议书，马神一把抢在手里。

孙桂林冷笑着说，你们这些没出息的东西，官迷了心窍，没有一点血气，我倒要看看你们能得意多久。

马神说，皇叔，您过去常说人各有志，不可强求嘛。

孙桂林说，滚，到军阀那里讨封领赏吧。

马神他们溜走了。

如马神这类人，一生只图眼前的利益、当下的快活。他们被社会坏的那一面污染了，反过来再去污染社会。

他们与畸形的社会，如鱼得水。

孙桂林孤单单地站在绝顶，手里拿着那份盖了红印的委任状。

他把委任状一撕两半。

孙美瑶跟上来了，扑通跪在山崖上。

孙桂林把委任状撕成无数碎片，纸片被风吹入山谷，在空中飞舞。

孙美瑶说，皇叔，甲午该死。

孙桂林老泪纵横。

孙美瑶说，皇叔，您去当……参议……

孙桂林冷笑不止。

孙美瑶说，皇叔，甲午绝不会忘记家仇，曾申永远是我不共戴天的仇人，我绝不会与他们同流合污。招安只是权宜之计，我和室雅，还有庄先生已经规划好了一条崭新的道路。招安，即是接受一个曹营，我们必须有这个曹营，保存我们爷儿俩，保存两千五百名弟兄，让他们不被围剿，不用绑票就有饭吃。只要保下这支队伍，一旦那个崭新的世界向我们召唤，我们就可以立即响应，共举赤帜，向曹锟、曾申的旧世界宣战，继而打出一个赤色的世界。这些天，室雅给我讲解陈独秀在《新青年》上写的文章，庄先生则向我详细阐述那支新生的力量，我的混沌心智得到了他们的启蒙，真有一种新生的感觉。皇叔，您和我，还有车耗子、黑熊，还有狗肉张和他的儿子，我们可以找机会一起去农民运动讲习所听课，成为真正的革命党人。不过，仅看眼前，我们真的只有招安一条路可以走了。不招安，洋人也得放，不能杀。放了洋人，军阀定然又来围山。与其当马子等着军阀打我们，不如当个假军阀等待赤色革命的到来。皇叔，您想想，甲午说得有没有道理？

孙桂林仰天长叹，甲午，你与马宗山一个腔调，你糊涂呀。那宋江今日招安，明天就大祸临头。我怕狼心狗肺的军阀哄着你上了钩，再收拾你。

孙美瑶说，皇叔，甲午已经备好了三十六个心眼防着他们，不会中了他们的奸计。

孙桂林心灰意冷地挥了挥手。

孙美瑶说，皇叔，甲午不能没有您。

孙桂林拂袖走下岗顶，扔下跪在山崖的孙美瑶。

洋人们排着队等候下山。

马神站在下山轿旁，一个个为他们系好保险带。

英国少将和荷兰军官站在一起，少将说，中国的马子毕竟斗不过中国的官僚呀。

荷兰军官说，只要马子心底里还是羡慕官僚，还想做官僚，就斗不过。

少将感慨道，这是人性，全世界都是如此。

孙美瑶走过来了，少将调侃道，孙先生，你来给我们送行吗？

孙美瑶说，你们来山上做客，临走的时候，我这个主人当然要来相送，这是中国人的礼节。

官兵在撤退。

何小鼻子从树上拔下"敢死队"的旗子，把它交给一个军官，说，给你夫人裁裁，当小孩尿布吧。

军官说，这回的"敢死队"当得值，白领了大洋，枪都没打几发。

何小鼻子说，孙美瑶扯旗放炮，折腾了这些年，却原来是个官迷，一个空壳师长就把自个儿卖了。

……

曾地和"捉孙团"团长从山冈上走下，上马而行。

曾地说，孙美瑶原本算个人物，却也难过权力关呀。

团长说，从前世人把孙美瑶传成了神，什么"铁血英雄"，什么"上官克星"，什么"神出鬼没"，如今看来不过如此。

曾地说，不，在我看来，这种结局才能成就孙美瑶，你等着瞧好了。

团长说，我不如旅长看得长远。

孙美瑶抚摸着旗杆叹气。他伸手把旗子降下，又升起，反反复复。

狗肉张来到他身旁。

孙美瑶说，张副司令，让你儿子跟着我走吧，我会给他一个好

411

前程的。

狗肉张摇头说，他一个乡下孩子，还是跟在我身边吧，起码能保全性命。

孙美瑶烦躁地说，你又来了，你就知道宋江，我不是宋江，我是孙美瑶。

狗肉张跪下，垂泪说，总司令，我说不服您，我、我只求您，别听军阀的，他们不是人。

孙美瑶去拉狗肉张。

狗肉张说，总司令，您会后悔的……

孙美瑶说，你懂什么。

狗肉张从地上爬起来，悲愤万分，用头撞旗杆。

他坚持，他悲痛，他无助。

他哭着说，总司令，不能招安呀。

他撞得头破血流。

孙美瑶拂袖而去。

长袍马褂的孙桂林、头缠绷带的狗肉张、西装革履的庄共和，还有车耗子和抱着小君男的春兰，他们都聚集在高高的旗杆下。

孙桂林说，耗子，爬杆。

车耗子敏捷地爬上了旗杆的顶端。

孙桂林说，降旗。

车耗子把旧旗子解下来，任它缓缓飘落。

孙桂林把自己缝制的"山东第二建国自治军"的旗子交给了车耗子。

鲜艳的新旗帜升起来了。

孙桂林喊，放炮！

三个马子依次点燃三枚土制大礼炮，炮声久久回荡在山谷。

巢云观里挤满了马子。

孙桂林叫，张副司令！

狗肉张走到孙桂林面前。

孙桂林双手捧着一枚大印以及文书。

他说，因本人年迈力衰，无法胜任总司令一职，特请你出任山东第二建国自治军总司令。

狗肉张郑重地接过新制的大印和文书。

他叫道，弟兄们，不愿意下山当军阀走卒的，站到我这边。

许多马子簇拥着他，车耗子一家三口也在其中。

庄共和说，我会马上再次上报，请南方政府重新考虑，接收这支山东第二建国自治军。

外面响起了一阵锣声，夹杂着马神的叫嚷——弟兄们，愿意下山享福的，到送君亭集合了……

亭子内外站满了马子，马神在整队。

二团长说，狗肉张都当总司令了，嘻嘻。

马神很是不屑，鄙夷地说，早晚有那小子的好戏看。

二团长说，想不到还有那么多死心眼子，这样一来，咱们这山东新编独立师第一旅兵马也不够呀。

马神说，有了官，兵还不好办？要多少有多少。

二团长说，咱们也要抓壮丁吗？

马神说，不抓壮丁哪儿来的兵呀。

二团长说，娘哎，当年我就是为了躲抓壮丁，才上山当了马子，如今我居然要抓别人的壮丁了……

孙美瑶来向孙桂林告别，把一件狐皮大袄交给他，说，刚从上海买来的，冬天山上冷。

孙桂林的老泪流了一脸，说，甲午，官场不比山上，事事都要小心。害人之心不可有，防人之心不可无啊。

孙美瑶问，皇叔，您真的要扔下我吗？

孙桂林唏嘘道，甲午……等到你无路可走了，再来找我。

孙美瑶叫过车耗子，说，耗子，皇叔就交给你了……他有老寒腿，你常给他捶打捶打。冬天，给皇叔灌好汤婆子放到被窝里。耗子，其实你不跟我走，我心里挺高兴，有你在皇叔身边，我能放心。

车耗子哭得呜呜的。

春兰说，总司令，皇叔不走，林小姐不走，庄先生也不走，您怎么能走呢？

孙美瑶心情复杂地笑笑，抱过君男，动情地亲着他的小脸蛋。

他的眼睛搜寻着四周。

庄共和走过来说，孙先生，室雅病得很厉害，你不去看看她再走？

孙美瑶放下君男，双手握住庄共和的手，摇摇头说，我走了。

他大步离开巢云观。

林室雅站在那块她曾和孙美瑶互相依偎的青石板上，昔日的缠绵情景又浮现在眼前……

她失声叫道，美瑶。

孙美瑶真的站在了她的面前，她扑进了他的怀里。

他双手捧着她的脸蛋，心疼地说，室雅……你烧得好烫，你的眼睛都哭肿了。

她喃喃地说，抱紧我，别松开我，我好冷。

他把她完完全全地揽在怀里。

他说，室雅，等着我，我要满足你的心愿，到上海去结婚，在教堂里举行婚礼……我会一辈子好好待你。

她闭着眼睛，完全陶醉了。

他说，室雅，你吃了很多苦，今后我会好好爱惜你。我是你的港湾，你的心灵停泊在我的港湾里，一定会安宁、幸福、满足。

她热烈地吻上他的唇。

军乐队列队完毕，端正地把乐器举在手中，只等吹奏的指令。

台阶上站着一身军装的曾申，他腰佩短剑，双手戴着雪白的手套。何大鼻子、徐中玉和几个旅长分列他两边，都穿着军礼服。

何大鼻子说，总算风平浪静了。总理大人运筹帷幄，化险为夷，真是令人敬佩。

曾申说，应该说孙师长识时务。

徐中玉说，一群马子改编而已，还要总理大人亲临……叫他们换好军装，一人发一杆枪不就行了。

曾申说，中玉兄，这可是轰动世界的大事。你看，来了那么多中外记者。

记者们叽叽喳喳，交头接耳，宋记者也在其中。

何小鼻子和曾地窃窃私语。

何小鼻子说，一会儿还真要给他敬礼吗？

曾地说，人家是师长嘛。

何小鼻子说，姥姥，马子一步登天，爬到老子头上了。

曾地说，何兄，戏还没完，你耐住性子往下看好了……

宋记者和一名美国记者在交谈。

宋记者问，听说，你们好像并不想就此罢休？

美国记者说，十六国外交使团马上就要向曾申内阁提出临城大劫案的索赔金额，一个天文数字——一亿八千万元。

宋记者咋舌，说，这简直是讹诈呀。

美国记者说，还有呢，德、意吵着要来中国共同管理铁路，美、英要求派出军事顾问团来指挥中国的军队。你们政府的曹锟和曾申真是一对软骨头。

宋记者说，我看了南边孙中山列举的北洋政府十大腐败罪状，一条条都货真价实。曾申混不了几天了，三位老帅都烦了他。

美国记者说，他不是宋小姐的朋友吗？

宋记者说，朋友不是永恒不变的。

美国记者说，我知道，你又有了新的目标。

一对陶醉在情爱里的年轻男女，已经忘记了世间的一切。

一阵锣声传来。

孙美瑶瞬间清醒，说，室雅，我不会让你失望的，无论如何，我比曾申强……

这句话刺痛了林室雅，她推开了孙美瑶。

他说，室雅，你还是跟我下山吧。

她说，我们不是说好了吗？我和共和君协助老当家的、张司令，保护好你的队伍。何时那个新世界发来召唤，你就何时回山和我们会合，率领队伍向南方开拔。

他说，很遗憾，看来我没有办法与你们一道去农民运动讲习所了。

她说，我可以详细向你转述嘛。重要的是，你身处狼窝，务必时刻小心周旋。

他说，放心吧，我身边有黑熊，有……他们都十分厉害。再说，那也不是什么狼窝，那毕竟是国民政府。

她恶心地说，呸！我不知道什么样的政府才配叫国民政府，我只知道，那里面尽是一些人面兽心的家伙……我的父亲，为了在那样的政府里捞一个主席职位，不惜把亲生女儿送去当人家的姨太太。曾申，国务总理，官够大的了，可他一面在国务院会议上为黄河灾民流泪，一面又把治黄专款塞进个人腰包……

他说，即使我是那里面唯一的好官、清官，我也要尝试改变它。我在政府里待一天，就努力一天。

她试图说服他——我不相信那样的政府会让你做一个干干净净的官。

他迟疑却坚决地摇头。

她不理解，为什么他忽而迷恋未来新世界的曙光，忽而又那样迫不及待地去当北洋政府的少将师长？

她说，你难道忘了国仇家恨？你们孙家可和曾申他们势不两立呀。

他说，正是想到孙家的祖宗，我才决定尽快脱下马子的皮，换上官家的衣。

她说，我却宁愿你当个马子，也不愿意你进那个官场。

他说,我要走了。

她问,再待一会儿不行吗?

他无奈地说,他们在中兴大酒店里等着给我颁发委任状,林小姐,别任性好不好?

……

林室雅爬上了崗顶,眺望下山的马子队伍,队伍中间那个熟悉的身影离她越来越远,她的大眼睛里噙满了泪花。

庄共和来找她,小心翼翼地问,你、你没事吧?

林室雅说,共和君,你来得正好,我想求你一件事。

庄共和心疼地扶着她,说,你知道,我不会拒绝你的任何要求……

林室雅说,他走了,去了那个鬼地方,我不放心,我怕他出事……共和君,你也随他去吧,你去帮帮他,好不好?

庄共和说,我就是来向你辞行的,老当家的……向我提出了同样的请求。我也想去,我不甘心军阀从我这儿夺走了那支队伍……

卡尔做东,宴请孙美瑶和徐中玉、何大鼻子,还有几个旅长,包括马神。

黑熊依然站在孙美瑶的身后。

孙美瑶已经换上了军装,春风满面。他举杯敬曾申酒——总理大人,蒙你关爱,美瑶得以弃邪归正,特敬你一杯。

曾申接过酒杯,笑容可掬,问,孙师长,你的乳名叫甲午是不是?

孙美瑶回,是的。

曾申说,你娘生你那年正逢甲午海战,我和你父亲同为袁大人手下的将官……所以,你应该叫我曾叔才是。

孙美瑶面色微红,叫道,曾叔。

曾申大笑,喝了他敬的酒,说,贤侄,曾、孙两家交好了几十年,中间出了一点误会,如今重修旧好。曾叔祝你官运亨通,一步一重天。

孙美瑶心里五味杂陈，说，谢总理大人吉言。

曾申继续套近乎，说，哈哈，当年你很讨人喜欢，袁大人几次要收你为义子，你父亲都婉拒了。那次你尿了袁大人一脖子，他也一点儿没恼，还哈哈大笑。

孙美瑶的表情异常复杂。

卡尔打圆场，拉着几人敬酒。

曾地打头，何小鼻子、陈小手、马神几个旅长每人敬孙美瑶三大杯。

孙美瑶喝得满面通红，搂着曾地的脖子说，兄弟，如果官兵里多几个你这样的，我早就完了。你那截流断水、放毒，厉害呀厉害。

曾地说，师长，小弟过去多有得罪。

孙美瑶说，哪里话，没有你的小毒，就没有我的大毒。

马神说，师长，你今天高兴，喝多了，你先歇歇，让我这老部下代你敬各位长官。

曾地乘机端着一杯酒过来敬黑熊，黑熊接了，把酒倒在地上，向曾地单拳拱手。

孙美瑶向徐中玉敬酒，这次倒是真心地说，徐督军，我们一直是朋友吧？

徐中玉冷冷地说，不，我们刚刚才成朋友。

卡尔喝多了，口不择言——中国的军人真有意思，更喜欢打嘴仗。

孙美瑶说，希望卡尔先生能为我聘请一位真正的军人，来训练我的队伍。

卡尔说，对不起，我仅有的一个军人朋友已经被你杀死了。

孙美瑶有点尴尬。

卡尔意识到自己的话伤了孙美瑶，双手扶住他的肩头，说，中国和外国都有句老话，说真话的才是朋友。

二人感慨碰杯。

宋记者端着酒杯过来了，落落大方却又妩媚动人。她说，孙师长，我姓宋，《申报》的记者。我们是老相识了——在我的新闻报道中。

孙美瑶有点拘谨，说，宋小姐，久闻你大名，新闻界的女中豪杰。

宋记者说，孙师长，林夫人就坐在那边，你不去打个招呼吗？

林室雅的母亲一直孤零零地坐在角落，神情憔悴，眼下两个大大的黑眼圈。

孙美瑶走过去说，伯母，室雅一切都好，过些日子我就把她接下山，我俩一块儿去看你。

林夫人疼惜地看着孙美瑶，说，你……好好当心自个儿。

马神来敬宋记者，一脸色眯眯地说，宋小姐，你真是个美人呀。

宋记者对他不屑一顾。

马神咽下一大口酒，不死心地说，咱、咱马神的风流名头也响亮过，当年，师、师长的三姨太和咱相好，钻麦垄幽会……你信不信？

宋记者撇下他，走过去挽住了卡尔的胳膊。

何大鼻子和曾地被宋记者约在一起。

她把一封密信交给何大鼻子，何大鼻子拆阅后又交给曾地。

曾地阅毕，划一根火柴将信烧掉。

宋记者说，何中将，你可别不敢下手呀……

何大鼻子说，什么话……

曾地说，这事还得从长计议……把老虎弄到笼子里并不难，再想任意摆布笼子里的老虎，可就不太容易了。

第二十章

荒草野坡，几座孤坟。秋风凌厉，蒲公英的种子随风飘扬，挂在一蓬蓬野酸枣的黑针刺上，瑟瑟发抖。

枯树，衰草，昏鸦。

马队，汽车，官兵。

马缰上穿着白花，汽车上缀着白花，官兵则一律北洋军服外罩着白衣白帽。

一杆大旗插在收割完庄稼的山冈薄地里，旗上的字是"山东新编独立师"。

披麻戴孝的孙美瑶跪在高大的黄土坟前。

一个马弁烧纸，另一个马弁种金银箔扎成的巨大的摇钱树。

黑熊跪在孙美瑶身后。

孙美瑶说，爷爷、父亲、母亲，不肖子终于能给你们上坟来了……我当上了民国的师长，想必不会玷污列祖列宗了，爷爷、父亲、母亲，你们再等等，但愿我很快就能给你们重造阴宅，再竖高碑，为你们迁葬……

他磕下头去。

孙美瑶说，父亲，您放心，您的儿子绝不会和曾申之流同流合污。儿子清楚得很，北洋政府只是袁世凯复辟帝制的一个变种，但儿子只要身在北洋政府一天，就会勤勤恳恳为百姓做一天事，要像您一样，处污泥而一身洁白……

荒郊里跪下了一地官兵，领头的是马神和庄共和。

孙美瑶恋恋不舍，一步三回头地离开坟地……

一股巨大的旋风刮来，刮倒了旗子。

马群长声嘶鸣。

孙美瑶又折回来，重新跪在了坟前，说，父亲，您还是不放心儿子……儿子不会忘记国恨家仇的，这次不得已而进北洋官场，是为了彻底地复仇——要么完全改造它，要么完全摧毁它。

孙美瑶和庄共和领着七八名工匠回到抱犊崮。孙桂林闻讯赶来，百感交集。叔侄两人相对，默默无言。

众人进了陵园。

孙美瑶焚香跪拜，磕了三个头——兄弟们，我还愿来了。

他抚摸过每一块无字碑。

他手执毛笔，在一块无字碑上写下——山东新编独立师一旅一团一营营长少校陈柱子之墓。

另一块无字碑——山东新编独立师一旅一团二营营长少校张文彬之墓。

他逐块石碑写下去，七八名工匠开始镌刻。

他写完了所有的无字碑，垂手而立，泪流满面。

他又跪下来磕头。

陵园里回荡着石匠们镌刻石碑的叮叮当当声音。

崮顶，十亩黄芪已经成熟，漫山的乳香树也香脂四溢，金黄而透明。

孙桂林和林室雅陪着孙美瑶站在黄芪地里。

孙美瑶说，皇叔，割黄芪和收乳香之事就劳烦你了，将来必有大用。

孙桂林说，你放心，我已经把抱犊崮的药房都储存满了。

孙美瑶来到那块巨无霸级别的陨石阴处，抱犊崮的白雪在那处积累了一层又一层，永远也不消融，结成了厚厚的雪冰，晶莹润洁。这是抱犊崮独有的风景。

孙桂林说，每年抱犊崮的第一场雪降临时，我都会把上一年未化的老雪收进那个雪池子里，现在雪池已经扩大了十倍，是抱犊崮的一景呀。

他们来到雪池，那是抱犊崮北麓一个人工凿成的偌大石湾。石湾呈八角形，足有五亩地大小，深五尺，是硬生生在巨无霸山岩上凿出来的，所以滴水不漏。又因为地处山阴，雪常年不化。

林室雅惊叫，皇叔，老雪都满了。

孙美瑶说，皇叔，何大鼻子攻山的时候，您怎么不提这个雪池子？

孙桂林说，这是最后的储备，不到万不得已时，绝不能动用。

孙美瑶说，皇叔、室雅，这些天庄先生天天晚上给我上课，我读了好些振聋发聩的文章，真是有拨开云雾见太阳的感觉呀……

孙桂林说，林小姐也经常开导我。甲午，我现在好像能理解你了……

孙美瑶在师部办公室里批阅公文。

传令兵捧来一份请柬，说，师长，何旅长请您去曲阜游玩。

孙美瑶把它丢在案头一摞请柬上，头也不抬地说，请庄秘书长替我回绝了吧，就说我军务繁忙，以后再聚，谢谢他的美意。

传令兵又说，峄县县长要来拜访。

孙美瑶说，不见，这个不干正事的家伙，老百姓对他怨声载道……

传令兵问，我照您说的回他？

孙美瑶苦笑道，哪能呢，就说我不在，到部队视察去了。

传令兵出去了，一会儿又回来。

孙美瑶说，我谁也不见，你随便编个理由。

传令兵低声说，师长，微山岛上的范司令来了。

孙美瑶腾地站起来，问，他、他在哪里？

传令兵回，就在师部。

孙美瑶又问，他带了多少人马？

传令兵回，他化了装来的，只带了一个随从。

孙美瑶说，那就好，有人认出他了吗？尤其是曾申派来的那些督导员。

传令兵回，他改头换面得很彻底，要不是他自报家门，我也认不出。

孙美瑶沉吟片刻，吩咐道，先请庄秘书长替我接待，做事机密点。

传令兵回，庄秘书长已经把范司令请到他屋里去了。

孙美瑶叹了口气，说，这个庄共和，真是乱弹琴，他觉得自己还在抱犊崮吗？连遮掩也不会。人家本来就防着咱们，再不谨言慎行，那不是授人以柄吗？还能干成什么大事。

传令兵问，您去见吗？

孙美瑶来回踱步，说，就说、说我有急事出去了。

传令兵走了，孙美瑶关好房门，从里边锁上。

公文是怎么也看不下去了，他抖开手中的绢扇，轻轻地摇。

外面有人轻轻敲门。

他盯着门，身体却纹丝不动。

恍惚中，他看到自己和范司令站在火轮上，范司令拍着他的肩膀，说，兄弟，有用得着我的，尽管说话……

他轻声地自语——我这是怎么了？我在干什么？我还是不是孙美瑶？

官兵——过去的马子——正在空场上操练，教官教授他们最基本的队列知识。

太阳很毒，他们一个个汗流浃背。

教官骂，笨蛋，立正，立正，懂不懂？

他们的动作七零八落，就是做不好。

教官骂，你们除了打家劫舍还会干什么？

甲回，长官，我会马上倒立。

乙回，我会镫底藏身。

丙回，马上的绝活我都会。

教官喊，可是你们就是不会当兵。练！

孙美瑶、庄共和和黑熊飞马而至。

值日官跑来向孙美瑶报告，孙美瑶点点头，全神贯注地观看操练。

他脱下军装，站到队列中，随着每个口令动作。

他做得很笨拙，却格外认真。

庄共和走来说，师长，到处都找不到马旅长。

孙美瑶喊，值日官！

值日官跑过来，孙美瑶问，你们马旅长呢？

值日官说，报告师长，马旅长早上发布完操练命令就走了。

孙美瑶问，到现在还没有回来？

值日官沉默不语。

孙美瑶又问，他骑马走的？带了多少人？

值日官回，骑了马，只带了两名马弁。

孙美瑶挥挥手，示意值日官离开。他穿好军装，飞身上马，拍马而去。

庄共和和黑熊紧随其后。

庄共和问，师长，去哪里？

孙美瑶不答话，只管催马飞奔。

四五十名乡绅和村民拦住了他们的去路，齐刷刷地跪了一地。

三匹马立身仰头长嘶。

领头的乡绅手举一纸诉状，说，师长大人，请给草民们做主。

众人齐呼——请给草民做主。

孙美瑶滚鞍下马。

乡绅叫道，峄县县长孙士德乱收赋税，霸占良田民女，贪污治河专款，请师长大人明鉴。

孙美瑶接过诉状，一条条过目，说，这种事本来不归我管，可是众位乡亲殷殷期待，我不能不管。诸位放心，我一定追查到底，揪出所有蛀虫，送官府查办。

乡绅说，师长，此人与兖州军政界来往密切……

孙美瑶说，捅到总统府我也不怕，只要是贪官污吏，我一个也不饶。

古槐遮掩门楼。马神的马拴在上马石上，一条大青狗很友善地和它玩耍……

那匹马见了孙美瑶他们的马，欢快地长嘶。

孙美瑶把马交给庄共和，看黑熊要跟着进去，他顿了顿，说，你也在外面等着。

马神正和周小姐在床上调笑，孙美瑶气冲冲地直闯进来。

马神放开周小姐，跳下床，一副满不在乎的模样，说，师长，有啥急事叫小兵来找我不就结了，大热天的，还劳你的大驾。

孙美瑶说，马旅长，这里没有山上的罚桩、戒板，禁闭室还是有的。

马神说，何小鼻子、曾地和陈小手他们喝花酒，进暗门子，找相好的，什么不干？你光盯着我……

孙美瑶说，因为你是我的兄弟。人家拿咱当后娘养的，咱更应该争口气，做出个正规军队的样来。

马神说，师长，不管是亲娘养的还是后娘养的，真不看这档子事……我一向给你搭桥修路，决不拆台，给你惹是生非的倒是另有其人。

孙美瑶问，谁？

马神说，前几天曾地来找过我，说庄先生是革命党的奸细，还问我，师长很信任他是不是？

孙美瑶的眉头皱起来，说，你怎么回答的？

马神说，我知道该怎么回答，没让他抓住小辫子。

孙美瑶欲言又止，半晌才说，我先走了，你赶快归队。

孙美瑶在挑灯夜读,电话响起。

电话那端是徐中玉,语气含笑——这几个月你干得真是有板有眼……勤军政,护民生,让人无话可说。也是,毕竟龙生龙、凤生凤,家学渊源嘛。十天之后曾总理要亲自来给你颁发国防部的嘉奖,到时候你就知道了,大奖呀。

电话这端,孙美瑶停顿了片刻,回话道,好,我一定按时抵达……记住了,济南燕禧堂。

孙美瑶放下电话,庄共和敲门进来,说,峄县县长前来拜访。

孙美瑶说,深更半夜的,他来干什么?

庄共和说,那还用说嘛。

孙美瑶不胜其烦,说,轰出去,关系疏通到我的头上来了。

庄共和狡黠一笑,说,师长,你不是正愁着如何追究这位县长吗?他来得及时呀。

孙美瑶立刻会意,笑着说,请。

县长被庄共和带进来,献媚地谄笑着,说,孙师长,早就想来拜访您了,又怕您公务繁忙,犹豫几次都不敢叨扰。

孙美瑶客气地让座,又让传令兵上茶,说,我军借贵县一方宝地驻扎,还请你这位父母官多多关照。

县长赶忙说,哪里的话,我这个县长就是为贵军服务的。在下最喜欢交军中朋友,兖州的大何小何两位旅长,与我都是至交。

孙美瑶说,既然如此,县长,咱们以后也是朋友了。

县长说,在下高攀了……孙师长,峄县是老县,穷山恶水、泼妇刁民,难治呀。

孙美瑶笑吟吟地说,县长不妨有话直说,有什么事我替你撑着。

县长一脸的感动,说,师长能体会到在下的苦衷,就好,就好。

孙美瑶回,我心中有数,请县长放心。

县长大概终于放了心,欢天喜地地说,在下知道孙师长一身正气,实乃军人之楷模。这点薄礼不成敬意,只是略表在下之心意,还望师长笑纳。

他奉上一个小小的盒子，打开后里面是两根金条。

孙美瑶假装推托——啊呀呀，仁兄好重的礼呀，我实在是无功受禄，愧不敢当……

孙美瑶在开会，意气风发地讲着话。黑熊依旧站在他身后。

几个旅长都在，庄共和做着记录。

山东省警察局长率领一队警察，撞开会议室的门冲进来。

他皮笑肉不笑地说，孙师长，执行公务之前，先向你道一声喜，听说曾总理要亲临山东来褒奖你。

孙美瑶不快地说，不必多礼，请问局长有何公干？

局长说，我奉上面的特令，来抓革命党。

孙美瑶面色平静，说，哦，这里有革命党？我怎么不知道？

局长回，上边点的名。

孙美瑶问，是谁？

一队警察围住了庄共和。庄共和强作镇静，看向孙美瑶求救。

黑熊蹿过去，一把将庄共和拉出包围圈，拉到自己身后。孙美瑶的警卫们也冲了进来，枪口对准了局长和一众警察。

局长说，孙师长，我执行的可是特令，希望你不要因小失大。

孙美瑶问，你们有什么证据？

局长说，没有证据的话，我敢随便抓孙师长的人吗？

孙美瑶说，庄秘书长可是国防部委任的。

局长回，这一次清查北洋诸镇中的革命党，是曾总理下的命令，警察总署统一行动。

孙美瑶不想硬顶，说，局长，这事……我自己严加追查不行？

局长说，怕不好通融。

孙美瑶来回踱步，终于下了决心，说，黑熊……你让开，警察局在执行公务。

黑熊护卫着庄共和不动，孙美瑶厉声喝道，黑熊，让开。

黑熊不情不愿地退开，警卫们也放下了枪。

庄共和被两个警察押到门口，不禁回望孙美瑶，眼神里透出极度的担忧。他突然叫道，师长，你一定要多加小心呀！他们……他们要动手了。

孙美瑶面无表情。

卡尔陪着孙美瑶、马神喝酒，二团长和三团长也在。

孙美瑶一杯接一杯地喝，不说话。

马神说，师长，我打听清楚了，上头对师长还是很信任的，很快就要来嘉奖你了。尤其是这次你没护着庄共和，上头很满意，说你和政府终于一心一意了。

二团长说，反正我有点害怕。师长，咱们还是小心为妙。

马神说，师长，路遥知马力，日久见人心，政府总会明白的……

孙美瑶说，我不在乎他们明不明白。我来做官，是想为百姓办事。

卡尔说，庄先生那件事，你那天的做法还是明智的……慢慢想办法救他吧。

孙美瑶说，卡尔先生，我拜托你了，你可一定要上心，尽快救出我这位兄弟。

马神说，庄共和在你身边太扎眼，早犯事比晚犯事好。省得给你惹麻烦、闯大祸。

孙美瑶说，卡尔先生，你帮忙活动，不管花多少钱，我都认。我和庄先生是一起经历过生死的兄弟呀。

马神说，官场里哪能讲什么兄弟情义。

一队人马向峄县进发。孙美瑶打头，马神、黑熊等人随后。
……

孙美瑶神态威严地端坐，黑熊和马神分立两边。他们身后是一排官兵。

县长低头而坐。

孙美瑶喝道，孙县长，看来你是不肯认账了？

县长争辩道，师长，他们全都是诬告，你细查就知道了。这地界就是泼妇刁民多……我私加赋税？他们根本就不想缴税，还抗税。个个不缴税，我如何养兵？如何施政？告我霸占良田民女、贪污治河巨款，更是无中生有，简直是欲加之罪，何患无辞。

孙美瑶把一个盒子扔给他，里面的金条掉出来。

孙美瑶说，这是你亲手送给我的。你每月的薪水有多少，攒得下这金条吗？

县长瘫软在地。

……

峄县乡绅率村民敲锣打鼓，抬着一块金字匾送到师部，上面四个大字——青天瑶玉。

孙美瑶迎出师部，手抚金匾，神情异常激动。他很是喜欢这种感觉。

他说，诸位乡亲，孙某虽不是政府官员，惩治贪官污吏却是我的毕生夙愿。这才是个开头，我当一鼓作气，不信贪官不能铲尽，污吏无法根除。

他接过乡绅敬上的一大碗酒，咬破中指，让一滴滴鲜血落进酒里。

他把血酒举过头顶，一饮而尽。

又有十几名老弱妇孺跪倒在师部前，个个高举诉状哭诉。

他扔了酒碗，躬身将他们一一扶起……

车耗子越脊蹿瓦，潜入孙美瑶的卧室外间。

黑熊把车耗子摔倒在地，还踩上了一只脚。

车耗子连喊，我是耗子，耗子。

黑熊像提小鸡一样把车耗子提了起来。

里间的门开了，孙美瑶穿着睡衣站在门口。车耗子叫，总司令。

孙美瑶惊喜地唤他——耗子。

车耗子扑进孙美瑶的怀里，被他紧紧抱住。

孙美瑶急切地问，耗子，皇叔他好吗？林小姐好吗？山上的弟兄们还好吗？

车耗子回，皇叔身体很好，林小姐忙着教人识字，山上的弟兄们个个活蹦乱跳……他们都很想你，怕你在山下吃亏。

孙美瑶苦笑着说，哪能呢，我又不是小孩子。

车耗子从怀里拿出一包东西交给孙美瑶，孙美瑶打开来，是一件内衣。

车耗子说，林小姐让我给你捎来的……其实她也想来，但皇叔不答应。林小姐说，这是她裁了自己的衣裳亲手为你缝制的。

孙美瑶抖开内衣反复摩挲。

车耗子说，我这次来，是有十万火急的消息。

孙美瑶说，你快说快走，这里不能久留。

车耗子说，这里是你的师部呀。

孙美瑶不解释，只是说，这里不比山上，你快说吧。

车耗子说，皇叔昨日算了一卦，说你有大凶，不料真的准了。今天林小姐的母亲只带了一个丫头上山，却不是来看林小姐的，是来给你报警的。总司令，曾申真的要害你。

孙美瑶急切地问，两个女人没人护着，从济南跑到抱犊崮，山高路险，没出什么事吧？

车耗子说，老天保佑，伯母安然无事，你才有救。

车耗子说着，撕开了林小姐缝制的内衣，原来领子里缝进了一条细绢，上面写着一行娟秀的毛笔小楷：瑶兄，曾申颁勋章，实为要你命。宝木女上。

孙美瑶的眼前浮现出宋记者妩媚的面庞，她的眼波倏地向他流转……

孙美瑶心里说，宋记者真乃捉摸不定的女人啊，她身处黑暗，抑或说已然和黑暗融为一体，竟然也间或散发出令人眼前一亮的光芒。

车耗子把手指插进嘴里，学了几声鸟叫，一个蒙了黑头罩的黑衣人悄无声息地跳进屋，漂亮的大眼睛熠熠闪光。

车耗子说，老当家的把小甲午给你派来了，让他替你赴宴领奖。

孙美瑶说，不行，小甲午才二十五，不能替我冒这个险。

小甲午终于开口了，他的声音竟然听不出与孙美瑶有什么区别。

他用那把"大眼撸子"对准了自己的脑袋，说，总司令，抱犊崮的两千五百名弟兄离开您就没有活路了。您不走，我现在就死在这儿。耗子、黑熊，把总司令拖回山！

黑熊翻出一件便服给孙美瑶裹上，和车耗子强架着他冲进了黑夜里。

宋记者把一份文件交给曾申。

她说，朋友从洋人大使馆里搞到的，十六国外交使团除了索赔一亿八千万元，还提出了许多天方夜谭的条件。

曾申细读后，把文件揉成一团，扔进了纸篓。

宋记者说，我的总理大人，事情暂时被你摆平了，可是天下一片哗然。外国人吵着要来共同管护你的铁路，吴佩孚、张作霖大叫曹国舅瞎了眼还骑着一匹瘸驴，南边更是幸灾乐祸，列举了北洋政府十条腐败无能的罪状昭告天下，马列分子陈独秀也把你们骂得狗血喷头……你还能安然吗？

曾申叹着气说，身上虱子多了，就不怕咬了。

宋记者说，孙美瑶倒是逍遥自在地坐稳了师长的宝座，又是大宴又是祭祖，国人都说，生个儿子一定让他学孙美瑶，捅大乱子，做大官。

曾申说，他没有几天好日子了，让他最后快活快活吧。

徐中玉宴请曾申，孙美瑶、何大鼻子、曾地等人尽皆出席。

黑熊寸步不离跟着孙美瑶。他已经佩上了钢爪，但戴着手套。

曾申说，徐督军，入席畅饮之前，我先把公事办了，过会儿喝得才痛快。

徐中玉问，公事？莫不是曾总理又要下令，围剿抱犊崮的残匪？

曾申意味深长地看了一眼孙美瑶,说,徐督军猜错了,我要宣布的可是个极大的喜讯……

他突然正色说,孙师长,请起立。

孙美瑶站起,立正。

曾申拖长声调说,我代表国防部,授予孙师长一枚金质勋章,以嘉勉孙师长对政府的忠心。

他亲手为孙美瑶戴上勋章。众人鼓掌。

孙美瑶似乎因意外的惊喜而满面红光,连声向曾申表示感激。他眉宇间那颗佛爷痣红光灼灼,好像南红一样美丽夺目。

宋记者眉头紧蹙,心里想,他为什么还来赴宴呢?难道是没收到警示?不可能啊。孙美瑶啊孙美瑶,军阀和官僚能像毒蝎般麻痹人,心性正直的人和他们打交道,是绝对讨不到好处的。而你的刚愎自用又如同砒霜,毒上加毒。无论是自愿还是被迫,你选择入北洋政府,就是败给了曾申们,或者说败给了自己。你以为自己在北洋站稳了脚跟,以为自己是一股清流可以改变北洋,殊不知反把自己搭进去了。如此的奇男子,好可惜呀……

徐中玉说,哈,来世咱老徐也要先当马子,再当官兵……孙师长,玩笑,纯粹是玩笑。这酒如今成了喜酒,这喜宴得孙师长你请客了。

孙美瑶说,我请,当然是我请。

徐中玉哈哈大笑,说,这也是玩笑,还是我恭贺孙师长吧。

孙美瑶说,不敢,不敢。

徐中玉招呼众人入席。

众人纷纷向孙美瑶敬酒,然而无论是谁敬的第一杯酒,都由黑熊喝下,第二杯才是孙美瑶喝。

徐中玉不悦地说,孙师长,你这是什么意思?难道怕我们给你下毒吗?

孙美瑶说,孙某多年来习惯如此,还望诸位大人海涵。

曾申说,这没什么不好的。地位越高,行动就越谨慎,曹大帅也是这等讲究。

孙美瑶说,总理大人如此体谅下属,孙某感动不已,敬大人一杯。

曾申说,这杯酒想让我喝得高兴,得有个说头。

孙美瑶一笑,说,曾、曾叔,你还记得否?我十六岁中秀才那年,你来喝喜酒,我敬你,你却不喝,而是说,甲午,何时你鲤鱼跳了龙门,再来敬我,那时我才喝。今天,小侄算不算鲤鱼跃过了龙门?

曾申接了酒杯,说,好说法,曾叔今天喝了这杯酒,祝贺贤侄跳过了龙门。

他一饮而尽。

曾地斟了满满一大杯酒,端起来举过头顶,说,师长,轮到我了,我敬师长官运亨通,直上青云。不过,我官太小,只能敬一杯,还望师长赏脸喝下。

孙美瑶接过欲饮,不料黑熊一把抢过来,仰头喝尽。

不过片刻,黑熊踉跄了几步,喊道,有毒!

他将一根手指捅进自己的喉咙,哇的一声,喷吐了曾地一身。

门外迅速冲进一队官兵,枪口对准了孙美瑶和黑熊二人。

曾地从衣袋里抓出一包石灰粉,猛力撒向孙美瑶面部。孙美瑶大叫一声,双手捂住了眼睛。

黑熊口吐黑血,踉跄着扑向曾申,曾地挡在曾申身前,钢爪捅进了他的肋下。

黑熊拼尽最后的力气,大叫一声——总司令,掏枪啊!

他摇摇晃晃地倒下了。

孙美瑶却不从枪套里拔出那把"大眼撸子",只是徒手和官兵格斗。

徐中玉让官兵走开,自己和孙美瑶对阵。最终,双目不能视物的孙美瑶被打倒在地。

凄风苦雨中，手铐脚镣齐全的孙美瑶被押着游街。他的胸膛上挂着一块大铁板，上面用白油漆写着大字——匪首孙美瑶。

他身后的庄共和也是手铐脚镣，还有二团长、三团长和另外几十个马子，一律绑缚，被一根长长的铁丝穿了肩胛骨。

缓缓而行的军车上是举着鬼头大刀的官兵。

何大鼻子坐在轿车里，戴着雪白的手套。

两台火车头方向相反，中间隔着十几米的距离。

一条铁索捆着孙美瑶的胸口，挂在一台车头上。

一条铁索缠住孙美瑶的脚踝，挂在另一台车头上。

铁路两边，官兵密密麻麻，戒备森严。

曾申披着黑色长披风，徐中玉全身军装，站在两台车头前。

徐中玉说，曾总理，你这法子好，过瘾。

曾申说，不一定用得上哩。

宋记者用相机摄下孙美瑶最后的模样，心里暗自唏嘘。

曾申走到孙美瑶面前。孙美瑶面孔朝天，闭目不语。

曾申说，我最后问一句，你答应带队进剿抱犊崮残匪吗？

孙美瑶把一口黏痰吐到了曾申的脸上，骂道，天下人不会放过你这个小人的。

曾申擦去脸上的痰，面对已经踏进鬼门关一只脚的孙美瑶，越发得意，说，孙美瑶，你们父子俩恨不能吃了我，没想到，却被我一个个给吃掉了，哈哈。

孙美瑶目眦欲裂，眼球布满红丝。他的痛苦是那样真实，他已经完全忘却了自己，他和他已经融为一体。

他凄厉地叫道，苍天无眼，正不压邪！

曾申向徐中玉示意，徐中玉随即做了个手势。

何大鼻子朝天打出一梭子弹。

两台车头启动了，向着相反的方向缓缓移动。

铁索一点点绷紧，孙美瑶的身子被拽平了，悬在空中。

他的两颗眸子越发灼亮，在心里呼喊——皇叔、总司令，小甲午走了，你们保重。

车头猛地加快速度，孙美瑶被撕裂。

戴着手铐脚镣的黑熊被押在路旁，他们强迫他亲眼目睹这一幕。

他的眼睛瞪得滴出血来，大吼了一个字——天！

他奋力挣脱了压制他的官兵，一头向车头撞去。

孙美瑶的人头被悬挂在城头上示众，那双痛苦的眸子睁得大大的，一颗红豆佛爷痣像南红一般红艳艳、亮灼灼。

青马驮着一个女人向这边飞奔。

她一身缟素。

她到城头下那一刻，一个小个子男人飞身蹿上城墙，飞刀割断了绳子，人头准准地落入了他的怀中。他把人头抛给马上的女人，女人怀抱着人头飞马而去。

……

一身缟素的女人将纸钱抛扬进空中。

许多人跟着她，把黄纸压在地上。

黄纸钱的路。撒满了白纸花的路。

队列的最后，是四个男人抬着一口金丝楠的大棺材。

棺材被放在铁路上，棺盖打开。女人跪在地上，双手捧起黑色的泥土和黑色的石子，撒进棺材里。

她手上不停，棺材渐渐填满了。

她解开包袱，捧出那颗人头，小心翼翼地放进棺材。

哀伤的铜箫声始终在她耳畔萦绕。她在心里低语——你走好，小甲午兄弟……

几队官兵走来，边走边脱下那身灰色的军装。一会儿工夫，军装堆成了一座小山。

李森飞马而至，滚鞍下马，跪爬到铁路上的棺材旁，号啕大哭。

众人都跪下了。

女人划着火柴，点燃了军装的小山，火焰冲天。

李森也脱下了军装，扔进火堆。

身披青色长衫的卡尔走来。一辆马车拉着钢铁制的大十字架跟在他身后。

他嘴里喃喃地祈祷着，对女人说，对不起，我害了自己的朋友。

他指挥着工人们将十字架竖起。

女人说，他不是一个教徒。

卡尔说，他是个好人，他会上天堂的。

马神照旧和周小姐厮混。

何小鼻子领着一队人冲进来，不由分说捆住了马神。

马神喊，你们这是干什么？

何小鼻子说，这还不明白？执行公务。

马神说，谁叫你这么干的？我是立了功的……我……

何小鼻子说，真是个傻瓜，孙美瑶都死了，还留着你有什么用？

……

天色阴沉，风萧萧，水渺渺。

何小鼻子指挥着官兵们挖好了一个大坑。

庄共和和马神被五花大绑地押过来。

马神挺胸昂头，但口中勒着一条绳子，说不出话。

他乘人不备踢起一块石子，石子击中何小鼻子的额头，鲜血立刻流下来。

何小鼻子捂着头，一脚踹倒了马神。

见马神又站起来，何小鼻子拿过一个官兵的长枪，用枪托打折了马神的两条小腿。

马神倒地不起。

官兵将两个人拖进大坑，开始填土。

……

烟波浩渺。

大地上，露出两颗人头。

何小鼻子说，我开开恩，让你们说话。

庄共和的眸子灼亮，说，马、马神，是、是你害了……

马神的眸子凶狠，说，狗、狗屁。老子是官、官迷，可讲、讲义气……

庄共和说，想、想不到和你、你做伴……死。

马神说，命。

庄共和问，你、你后悔、悔不？

马神说，不悔。

庄共和说，为、为新世界……奠基……值。

马神说，痛、痛快。

从东边临城方向卷来了一股狂飙，那是千名马子组成的马队。领头一匹雪青西凉高头大马上，骑者一身青衣，戴着黑色头套，只露出了灼灼的眸子。他一手紧挽马缰，一手攥着一把"大眼撸子"，在五十米开外向何小鼻子的脑袋接连打出了五颗子弹，颗颗命中。

马子们随着他向刑场的近百名官兵开枪，一阵枪弹的暴风雨过后，官兵尽皆倒地。

青衣人滚鞍下马，拼命地扒着庄共和和马神脑袋周围的黄土。车耗子和另外七八个马子上来帮手。

昏迷的庄共和被青衣人抱出了大坑。他醒了，惊叫出声。

狗肉张拖出了马神。

马神很清醒，恢复了一贯的嬉皮笑脸，说，这下老子栽了，竟然欠了你狗肉张一条命。

狗肉张说，你以为老子想救你吗？服从总司令的命令而已。

他把马神抱上马，自己坐在他身后扶着。

马神问，我们这是奔向哪儿呀？

狗肉张说，闭上你的臭嘴，不会当哑巴卖了你的。

棺材缓缓上升，直达抱犊崮顶。

山崖上满是迎风飘扬的白绫。

绿树挂满了白花。

众人一律白衣白帽。

漫山遍野一片素白。

两口同样的棺材,两班扛棺人。

扛棺头者赤裸上身,只穿一条短裤,身子贴在棺材上,两只大手反扣着棺底。棺尾也有一个扛棺人。棺材的两边各有五个人抬棺。

金丝楠棺材,每口重两千斤。

两口棺材的棺盖上都堆着白布做成的"五谷仓"。

林室雅摔碎了一摞黑碗。

棺材缓慢地向山腰的陵园行进。

棺材前面,春兰抱着君男,身着重孝,君男的小手里被塞进一杆白幡。

众人跟在棺材后。

棺材被一条干沟阻挡。孙桂林喊,弟兄们,千万不能放呀。

他领头跪在干涸的沟里,许多人跟随着他。他们用身子筑成一道桥。

扛棺人踩着"人桥"过沟。

……

棺材颤颤悠悠地下葬。

林室雅把山花抛进坟坑,悲戚地喊,小甲午、黑熊,你们上路吧,西天是光明大道。

她点烧了两匹纸扎的马。

那匹雪青西凉马不知道从什么地方跑来,独立绝壁,仰天长嘶。

它飞越峡谷,不知奔向何方。

林室雅向空谷中抛撒鲜艳的花瓣。

她跳下坟坑,脸贴在棺材盖上,痛哭失声。

一千支枪同时向天空射击。

……

两冢新起的高大坟头。

孙桂林一头白发,老泪纵横。

他亲手给两冢坟各压好了五张坟头纸,种下了一棵"摇钱树"。

四周那片昔日的无字碑,已经有了清晰的铭文。

两座新坟前,却又立起了两块最高最大的无字碑……

第二十一章

三月三,"溜溜嘴"黄了山,青绿的扁扁叶、红秆子、金黄色的小喇叭花,一坡尽带黄金甲。

与抱犊崮遥遥呼应的徐州云龙山的阳坡上,青虚虚的石板缝里,一块块或三角形或圆形的黑土地里,一棵棵野酸枣树长满了枣红的尖刺与豆粒大小的青枣子。

云龙山的阳坡上有个农家小院,孙桂林站在院门前,迎接从刑场上归来的青衣人孙美瑶,两人拥抱。

孙美瑶说,皇叔,从没听您提过这里呀。

孙桂林说,抱犊崮毕竟是座孤山,弟兄们哪能没有退路,多年来,我用山上所获的钱财陆续置办了云龙山阳一千顷沃田,以备不时之需。你转身看看,这四下都是你的土地。

孙美瑶放眼眺望,随他而来的林室雅、庄共和、狗肉张、马神等人个个喜笑颜开。

映入他们眼帘的是云龙山阳千顷沃野。三月三,麦尚青青花儿黄,上百个农夫正在田间劳作。

孙桂林说,我一直在暗中打理这片沃田,这一百零八名农人都是长佃户。抱犊崮的两千五百名弟兄我也安排妥当了,其中一千名留守山上,照料你的十亩黄芪、漫山乳香,另外一千五百名弟兄会分批来云龙山,换上农人衣裳,一肩背长枪,一肩扛锄板,边耕耘边操练,等待你一声令下,便骑马挎枪,跟着那面赤帜,为百姓打拼出一个崭新的世界。

林室雅说，美瑶，长沙已经给共和君来了信，那位令人钦佩的先生说，欢迎孙美瑶总司令率领他的同志们前来共商义举。

孙美瑶点头，对孙桂林说，皇叔，这里和抱犊崮的一切，就托付给您了。

孙桂林伤感地沉默。

他守着过去，孙美瑶却即将离开他，奔向未来和新世界。

孙美瑶振奋精神，大声说，我宣布，孙美瑶、狗肉张、林室雅、车耗子……

马神急切地问，总司令，我呢？我已经不想当官了，也下定决心戒色，你可不能丢下我。

孙美瑶爽快地说，当然不能少了你。我们一行五人，作为抱犊崮两千五百名农民义军之代表，在庄先生带领下，即刻直奔徐州火车站，赶赴长沙。

孙桂林说，甲午，你们还是休整几天再走吧。

孙美瑶说，皇叔，这个旧世界一天不打碎，崭新的世界就不会到来，我实在是一分钟也不想等待了。

庄共和说，打碎旧世界，拼出新世界，确实只争朝夕。总司令，你选择了赤帜作为你的人生导引，说明你已经决心与封建主义完全决裂。其实，北方也好南边也罢，主要成员都是出身于封建营垒，无论受多少西方思想熏染，都无法与旧世界彻底切割，只有集合在赤帜下战斗的无产者，才是义无反顾的反封建斗士。

三月三的田野上，绿叶欣欣向荣，古老阡陌送走了孙美瑶和他的五个同志。

正值黄昏，斑斓的晚霞将身着竹布长衫的孙美瑶勾勒出一道金边。

油画般的情景在幻化——

杏黄的绣金大旗下，洪秀全、李自成们气势如虎，却在奔腾中渐渐消散……

画面重新清晰——

孙美瑶率领两千五百个农民兄弟,加入风起云涌的时代浪潮。队伍像湘江一般浩荡,挺立潮头、开天辟地的是一杆赤帜。

赤帜猎猎。

(小说根据历史口头传奇"津浦路大劫案"重新构思人物与故事,纯属虚构化创作而非历史性纪实。)